中国古典文学名著丛书

说 唐

[清] 如莲居士 著

华夏出版社
HUAXIA PUBLISHING HOUSE

图书在版编目（CIP）数据

说唐／（清）如莲居士著. —北京：华夏出版
社，2013.01（2024.09重印）
（中国古典文学名著丛书）
ISBN 978 - 7 - 5080 - 6359 - 1

Ⅰ. ①说… Ⅱ. ①如… Ⅲ. ①章回小说 - 中国 - 清代
Ⅳ. ①I242.4

中国版本图书馆 CIP 数据核字（2011）第 083668 号

出版发行：**华夏出版社**
（北京市东直门外香河园北里 4 号　邮编 100028）
经　　销：新华书店
印　　制：永清县晔盛亚胶印有限公司
版　　次：2013 年 01 月北京第 1 版
　　　　　2024 年 09 月北京第 2 次印刷
开　　本：670×970　1/16 开
印　　张：17
字　　数：256.6 千字
定　　价：34.00 元

前　言

　　《说唐》全称《说唐演义全传》，又名《说唐前传》，清代长篇历史演义小说，全书共十卷六十八回，近人陈汝衡改写本，六十六回。《说唐》题名"鸳湖渔叟校订"，作者的真实姓名不可考，也有人说是如莲居士。

　　《说唐》以瓦岗寨群雄的风云际会为中心，从隋文帝平陈写起，到李世民削平群雄登基称帝为止，叙述了瓦岗寨好汉聚义反隋、辅唐开国的故事，再现了十八路反王、六十四路烟尘的动乱时代。

　　《说唐》是清初历史演义向英雄传奇演变的代表作。小说广泛吸取了民间传说并加以敷演，又不拘泥于史实，具有鲜明的民间文学色彩。小说发挥了民间传说善于铺叙的特点，以主要笔墨描叙瓦岗寨聚义英雄劫王杠，劫囚牢，反山东，起马取金堤，三斧取瓦岗，建立起义政权的故事，情节曲折，描叙也较为生动。在塑造人物形象方面，则注意突出个性，使其神态各异，都颇具特色，如秦琼的宽厚善良、任侠仗义，罗成的年少气盛，尉迟恭的威猛果敢，徐茂公的智谋神算等。其中单雄信豪爽暴烈的性格富于悲剧色彩，他誓不降唐，面临强敌而别妻抛子，单骑踹营，视死如归的一段描写颇为悲壮。对程咬金的描绘尤为传神。他出身微贱，几经患难，由流浪要饭的穷汉而成为瓦岗寨的"混世魔王"，在直爽暴躁性格中带有机智诙谐。书中人物形象多具传奇色彩，但以夸张的笔调写他们的神力勇武，不免有凭空构撰、脱离真实之弊。全书善于以粗犷的线条勾勒人物，铺叙故事，想象了许多好看的热闹情节，充满了生龙活虎的战斗气氛和浓郁的浪漫主义色彩，许多人物形象至今家喻户晓。

　　《说唐》在思想内容上具有一定的进步意义。小说用相当的篇幅揭露了隋炀帝荒淫无道，大兴徭役，宇文氏恃宠骄横，残暴凶狠，给人民带来了深重苦难的罪行。统治阶级内部的倾轧矛盾，又加剧了隋王朝的分崩离析之势。书中着力塑造了一群瓦岗寨起义英雄的形象，这些人中既有来自下层的城市贫民、捕差马夫，又有位居要津的勋戚贵胄、功臣名将，也有浪迹江湖的豪杰义士、绿林好汉。这些人物聚集在反隋的旗帜下，在一定程度上揭示了隋末起义队伍广泛的社会基础。李世民则是被歌颂的"真命天子"，在他身上寄寓着"仁政"的理想，对他归顺与否是群雄成败的根本条件，也是作者评定褒贬的基本标准，渲染出浓厚的封建正统观念和宿命论色彩。

《说唐》在民间影响甚大，流传颇广。其后在此书的基础上，又陆续出现了《说唐后传》、《征西说唐三传》及《反唐演义传》等续书，可见其影响之深。

此次再版，我们对原书中的笔误、缺漏和难解字词进行了更正、校勘和释义，对原书原来缺字的地方用□表示了出来，以方便读者阅读。由于时间仓促，水平有限，其中难免有所疏失，望专家和读者予以指正。

编　者
2011 年 4 月

目　录

第 一 回

战济南秦彝托孤　破陈国李渊杀美

诗曰：繁华消长似浮云，不朽还须建大勋；

　　　　壮略欲扶天日坠，雄心岂入驽骀①群；

　　　　时危俊杰姑埋迹，运起英雄早致君；

　　　　怪是史书收不尽，故将彩笔补奇文。

上古②历史，传说有三皇五帝，历夏、商、周、秦、汉、两晋，又分为南北两朝。南朝刘裕代晋，称宋；萧道成代宋，号齐；萧衍代齐，称梁；陈霸先代梁，号陈。那北朝拓跋称魏，后又分东西两魏，高洋代东魏，号北齐；宇文泰代西魏，称周。其时周主国富兵强，起兵吞并北齐。封护卫大将军杨忠为元帅，其弟杨林为行军都总管，发大兵六十万，侵伐北齐。

这杨林生得面如傅粉，两道黄眉，身长九尺，腰大十围。善使两根囚龙棒，每根重一百五十斤，有万夫不当之勇，在大隋称第八条好汉。逢州取州，逢府夺府，兵到济南，离城扎寨。当时镇守济南的是武卫大将军秦彝，父名秦旭，在齐授亲军护卫。夫人宁氏，妹名胜珠，远嫁勋爵燕公罗艺为妻。宁夫人只生一子，名唤太平郎，是隋唐第十六条好汉。其时年方五岁。

齐主差秦彝领兵镇守济南，父旭在晋阳护驾。因周兵大至，齐主出奔檀州，只留秦旭和高延宗把守。与周兵相持月余，延宗被擒，杨林奋勇打破城池，秦旭孤军力战而死。周兵得了晋阳，起兵复犯济南，探子飞报入城，秦彝闻报，放声大哭，欲报父仇，点兵出战。有齐主差丞相高阿古，协助守城，他惧杨林威武，急止道："将军勿忙，晋阳已破，孤城难守，为今之计，速速开城投降。"秦彝道："主公恐我兵单力弱，故令丞相协助，奈何偷

---

①　驽骀(nǔ)——驽、骀都是能力低下的马。劣马。比喻才能平庸。

②　上古——三古之一，较早的古代，《易·系辞》，《礼记·礼运》中称伏羲时代为上口，亦有称上古为夏以前的时代。有时亦兼指史前时代。

生无志?"阿古道:"将军好不见机,周兵势大,守此孤城,亦徒劳耳!"秦彝道:"我父子誓死国家,各尽臣节。"遂传令紧守城门,自己回私衙,见夫人道:"我父在晋阳,被难尽节,今周兵已至城下,高丞相决意投降。我想我家世受国恩,岂可偷生? 若战败,我当以死报国,见先人于地下。儿子太平郎,我今托孤于汝,切勿轻生。可将家传金装锏①留下,以为日后存念,秦氏一脉,赖你保全,我死瞑目。"

正在悲泣之际,忽听外面金鼓震天,军声鼎沸,原来高阿古已开城门投降了。秦彝连忙出厅上马,手提浑铁枪,正欲交战,只见周兵如潮水涌来。部下虽有数百兵,怎挡得杨林这员骁②将,被他大杀一阵,秦彝部下十不存一。杀得血透重袍,箭攒遍体,尚执短刀,连杀数人。被杨林抢入,把他刺死,杨林遂得了秦彝盔甲。

此时城中鼎沸,宁夫人收拾细软,同秦安走出私衙。使婢家奴,俱各乱窜,单剩太平郎母子二人,东跑西走,无处安身。走到一条僻静小巷,已是黄昏时候,家家闭户,听得一家有小儿啼哭,遂连忙叩问。却走出个妇人,抱着三岁孩儿,把门一开,见夫人不是下人,连忙接进,关了门,问道:"这样兵荒马乱,娘子是哪里来的?"夫人把被难实情,哭诉一遍。妇人道:"原来是夫人,失敬了! 我家丈夫程有德,不幸早丧,妾身莫氏,只有此子一郎,别无他人。夫人何不在此权住,候乱定再处?"宁夫人称谢,就在程家住下。

不几日,杨忠收拾册籍,安民退兵。宁夫人将所带金珠变换,就在离城不远的斑鸠镇上觅了所房子,与莫氏一同居住。却喜两姓孩子,都是一对顽皮,甚是相合。太平郎长成十五岁,生得河目海口,燕项虎头。宁夫人将他送入馆中攻书,先生为他取名秦琼,字叔宝。程一郎名咬金,字知节。后因济南年荒,咬金母子别了夫人,自往历城去了。这是后话。

且说杨忠获胜班师,周主大喜,封杨忠为隋公,自此江北已成一统。这杨忠所生一子,名杨坚,生得目如朗星,手有奇文,俨成"王"字。杨忠夫妇,知他是个异人,后杨忠死了,遂袭了隋公之职。周主见杨坚相貌瑰

---

① 锏——古代兵器。长条形,有棱无刃,下端有柄。

② 骁(xiāo)——勇猛。

奇,十分忌他,杨坚知道,遂将一女,夤缘①做了太子宠妃。然周主忌他之心,亦未尝忘。不幸周主晏驾②,太子庸懦,他倚着杨林之力,将太子废了,竟夺了江山,改称国号大隋。正是:

> 莽因后父移刘祚③,操纳娇儿覆汉家;
> 自古奸雄同一辙,莫将邦国易如花。

杨坚即了帝位,称为隋文帝,立长子杨勇为太子,次子杨广为晋王,封杨林为靠山王,独孤氏为皇后,勤理国政。文有李德邻、高颍④、苏威等,武有杨素、李国贤、贺若弼、韩擒虎等,一班君臣,并胆同心,渐有吞并南陈之意。

且说陈后主是个聪明之人,因宠了两个美人张丽华、孔贵妃,每日锦帐风流,管弦沸耳。又有两个宠臣孔范、江总,他二人百般迎顺,每日引主上不是杯中快乐,定是被底欢娱,何曾把江山为念?隋主闻之,即与杨素等商议,起兵吞陈。忽次子杨广奏道:"陈后主荒淫无度,自取灭亡,臣请领一旅之师,前往平陈,混一⑤天下。"你道晋王如何要亲身统兵伐陈?盖因哥哥杨勇慈懦,日后不愿向他北面称臣,已有夺嫡⑥之念,故要统兵伐陈,可以立功。又且总握兵权,还好结交英雄,以作羽翼。

那隋主未决,忽报罗艺兵犯冀州,隋主着杨林领兵平定冀州。又差晋王为都元帅,杨素为副元帅,高颍、李渊为长史司马,韩擒虎、贺若弼为先锋,领兵二十万,前往伐陈。晋王等领命,一路进发,金鼓喧天,干戈耀日,所到之处,望风而降。

陈国边将,雪片告急,俱被江总、孔范二人不奏。不想隋兵已到广陵,直犯采石⑦。守将徐子建,见隋兵强盛,不敢交战,弃了采石,逃至石头

---

① 夤缘(yín yuán)——攀附上升。比喻拉拢关系,向上巴结。
② 晏驾——古时帝王死亡的讳称。
③ "莽"——指王莽,"后父"是说他是西汉平帝皇后的父亲。"移刘祚"是说公元8年莽篡汉,建立"新"朝。
④ 颍(jiǒng)。
⑤ 混一——统一。
⑥ 嫡(dí)——宗法制度下指家庭正支。
⑦ 采石——中国古代长江下游江防要地。亦名牛清山。

城①。又值后主醉倒，自早候至晚，始得相见，细奏隋兵形势强盛。后主道："卿且退，明日会议出兵。"过了数日，方议得二将出兵拒战，一个贲武将军萧摩诃，一个英武将军任忠。二人领兵到钟山，与贺若弼会战，两下排成队伍，萧摩诃出马当先，贺若弼挺枪迎敌，两人战不十余合，贺若弼大喊一声，把萧摩诃挑于马下，陈兵大败。任忠逃回见后主，后主并不责他，说道："王气在此，隋兵其奈我何哉！"反与任忠黄金二柜，叫做重赏之下，必有勇夫的意思。这任忠只得再整兵马出城，到石子岗，却撞着韩擒虎的人马前来，任忠一见，不敢交兵，倒戈投降，反引隋兵入城，以作初见首功。

这时城中百姓，乱窜逃生，可笑后主还呆呆坐在殿上，等诸将报捷；及至隋兵进城，连忙跳下御殿便走。仆射袁宪上前扯住道："陛下衣冠御殿，料他不敢加害。"后主不从，走入后宫，谓张、孔二妃道："北兵已来，我们一处去躲，不可失落！"左手挽了孔贵妃，右手挽了张丽华，慌忙走到景阳井边。忽听一派军声呐喊，后主道："去不得了，同死在一处吧！"一起跳下井去。喜是冬尽春初，井中水只打在膝下，不能淹死。隋兵抢入宫中，获了太子与正宫，单不见后主，隋兵擒一宫女，吓逼她说。宫人道："适见跑至井边，想是投井死了。"众人听说，都到井边探望，见井中黑洞洞，大呼不应，军士遂把大石打下。后主见飞石下来，急喊道："不要打，快把绳子放下，扯起我来便了。"众军急取绳子放下井去，一霎时众军把绳子拖起，怪其太重。及拖起来，却是三个人束在一堆，故此沉重。众人簇拥去见韩、贺二人，后主见二人作了一揖，贺若弼笑道："不必恐惧，不失作一归命侯耳！"着他领了宫眷，暂住德教殿，外面添军把守。

这时晋王领兵在后，闻得后主作俘，建康②已破，先着李渊、高颍进城安民。不数日，晋王遣高颍之子记室高德弘，来取美人张丽华，营后听用。高颍道："晋王为元帅，伐暴救民，岂可以女色为事？"不肯发遣。李渊道："张丽华、孔贵妃，狐媚③迷君，窃权乱政，陈国灭亡，本于二人。岂可留下祸根，再秽隋主？不如杀了，以正晋王邪念。"高颍点头道："是。"德弘道："晋王兵权在手，若抗不与，恐触其怒。"李渊不听，叫军士带出张丽华、孔

---

① 石头城——我国古都之一，今南京市的一部分，梁时称石头城。

② 建康——我国古都之一，即今南京市。

③ 狐媚——用阴柔诡媚的手段迷惑人。

贵妃双双斩了。

这一来弄的高德弘有兴而来，没兴而去。回至行宫，参见晋王，竟把斩张丽华、孔贵妃之事，独推在李渊身上，对晋王说了。晋王大惊道："你父亲怎不做主？"高德弘道："臣与父亲三番五次阻挡他，只是不依，反说我们父子备美人局，愚媚大王。"晋王闻言大怒道："这厮可恶，他是个酒色之徒，定是看上这两个美人，怪我去取他，故此捻酸吃醋，把两个美人杀了。我必杀此贼子，方遂吾愿！"遂立意要害李渊不题①。

且说李渊乃成纪人，后来起兵太原，称号唐主。他系李虎之孙，李炳之子。李虎为西魏陇西公，李炳为北周唐公。李渊夫人窦氏，乃周主之甥女。曾在龙门镇破贼，发七十二箭，杀七十二人，其威名远近皆知。当下灭陈，杀了张、孔二妃，与晋王结下深仇。那晋王兵到，勉强做个好人，把孔范等尽行斩首，以息建康民怨。收了图籍②，封好府库，将宫内之物，给赏三军，班师回朝，献俘太庙。隋主大喜，封晋王为太尉，封杨素为越国公，其子杨元感封为开府仪同三司，贺若弼封宋公。韩擒虎纵放士卒，淫污陈宫，不与爵禄，封上柱国③。高颎为齐公，李渊为唐公。随征将士，俱各重赏。

自是晋王威权日盛，名望日增，奇谋秘策之士，多入幕府。重用一个宇文述，叫做小陈平，晋王曾荐他为州刺史，因欲谋议密事，故留在府。又有左庶子张衡，一同谋议。这宇文述有一子，名叫化及，后篡位灭隋于扬州，称许王。当时晋王与一班心腹，谋夺东宫之事。宇文述道："大王要谋此事，还少三件大事。"晋王忙问道："是哪三件大事？"欲知宇文述说出什么事来，且听下回分解。

① 不题——不写，不表述。
② 图籍——地图和户口册，常指疆土，百姓。
③ 上柱国——自春秋起为军事武装的高级统帅。隋代有"上柱国"，以封勋臣。

第　二　回

谋东宫晋王纳贿　反燕山罗艺兴兵

宇文述道:"大王,那第一件:皇后虽不深喜东宫,然还在两便①;必须大王做个苦肉计,动皇后之怜,激皇后之怒,以坚其心。第二件:须要一位亲信大臣,言语足以取信于上,平日间进些谗言②,临期一力撺掇③。这便是中外夹攻,万无一失。第三件:废斥东宫,是件大事,若没罪恶,怎好废斥? 须是买他一个亲信,要他首发。无事认有事,小事认大事,有了此证见,他自分辩不得。大王行了这三件事,即不怕他不废。"晋王道:"我自准备,只要足下为我谋之,他日功成,富贵共享。"自此晋王不惜资财,从朝中宰相起,下至僚属,皆有厚赠,宫中宦官世侍,皆赏重赐,只有唐公说人臣不敢私交,不受晋王礼物。

时有大理寺卿杨约,乃越公杨素之弟,与宇文述是厚交好友。一日,宇文述往拜杨约,将奇珍异宝,许多礼物送上。杨约把礼物看了,问道:"仁兄这礼物从何处得来? 小弟从未尝见这等异宝。"宇文述道:"弟乃武夫,如何有这些宝贝? 此是晋王有求于兄,故托弟送上。"杨约道:"晋王之物,弟如何敢领?"宇文述道:"仁兄且收入,还有一场大富贵送与令兄,肯容纳否?"杨约道:"请教。"宇文述道:"仁兄知东宫不欲令兄久矣! 他日得登大位,自有所用的臣,岂肯使令兄专权乎? 况权高招谮,今之低首于昆玉④之下者,安知他日不危及贤昆玉乎? 今幸东宫失德,主上有废立之心,若贤昆玉在主上面前肯进言语,废东宫而立晋王,则晋王当铭于肺腑,才算得永远悠久的富贵。仁兄以为何如?"杨约道:"兄言固是,容弟与家兄图之。"言讫,宇文述辞去。

---

① 两便——对双方都有好处;对两件都有好处。

② 谗言——毁谤的话;挑拨离间的话。

③ 撺掇——从旁鼓动人;怂恿。

④ 昆玉——称他人兄弟的敬词,如贤昆玉。

　　到次日，杨约来见杨素，假作愁容，杨素忙问为了何故，杨约道："前日东宫护卫苏孝慈道：'兄长过傲太子，太子道，必杀老贼。'我愁兄长者，恐遭危耳！"杨素道："他怎奈何我？"杨约道："太子乃将来人主，若有不测，身命所系，岂可不作深虑？"杨素道："据你意思，还是谢位避他？还是改心顺他？"杨约道："谢位失势，顺他不能释怨。只有废他，更立一人，不惟免祸，还有大功。"杨素抚掌道："不料你有此奇谋，出我意外。"杨约道："这事宜速不宜迟，若太子一旦用事，祸无日矣！"杨素点头会意。

　　于是杨素在隋主面前，说晋王好，东宫歹，一起搬出。隋主十分听信，皇后亦为晋王所惑，她认晋王为孝顺，时时进些谗言，使太子如坐针毡。宇文述又打听东宫有个幸臣①，唤作姬威，与段达相厚。宇文述将金宝托段达买嘱姬威，要伺②太子动静。自此积毁成山，按下不表。

　　且说靠山王杨林，统兵五万，直抵冀州。那领兵前来攻打冀州的大将罗艺，字廉庵，父名允刚。北齐因他功高，远封在燕山，世袭燕公。罗允刚中年早亡，罗艺年少，就袭了燕公之职。他为人刚勇，能使一杆滚银枪。夫人秦氏，乃亲军护卫秦旭之女，结发二十年，尚未生子，甚是忧闷。当时罗艺夫妇，闻秦旭父子被杨林所困，尽忠死节，夫人一哭几绝。后闻杨坚篡位，灭了周主，罗艺得了此报，正欲复仇，遂起兵十万，进犯河北冀州等处。忽报隋主着杨林领兵五万前来，罗艺遂领兵前来迎敌。

　　那杨林的先锋是四太保张开，七太保纪曾，二人正行，忽报罗艺兵马挡住去路。张开闻报，飞马向前，见阵前一员大将，面如满月，髯须甚美。张开知是罗艺，便举蛇矛，分心就刺，罗艺挺枪来迎，战不数合，罗艺逼开蛇矛，扯起银花铜打来，正中后心，张开吐血伏鞍而走。纪曾大怒，举斧劈来，罗艺回马便走，纪曾在后追赶，罗艺看得亲切，将坐骑一磕，那马忽失前蹄，纪曾舞斧砍下，罗艺举枪一晃，向纪曾咽喉一枪，挑于马下。这是罗家"回马杀手独门枪"。罗艺挥兵杀来，有数里之遥。杨林大军已到，闻得铜打张开，枪挑纪曾，登时大怒。催兵前进，到了九龙山，扎下营寨。次日摆齐队伍，亲出营前对阵。

　　罗艺见杨林白面黄眉，髭须三绺，勒马横枪，立于旗门之下，遂叫道：

―――――――――――

①　幸臣——帝王宠幸的臣子(贬义)。

②　伺(sì)——探察。

"杨林,你如何贪心不足,灭北齐,废周主? 今必欲灭你邦家,吾之愿也。"杨林道:"罗将军,你之所论,但知其一,不知其二。古云:'天下非一人之天下,唯有德者居之。'而今天时在隋,故一战而定北,再战而平陈,四海咸①平,边疆敬服。将军虽有旧仇,亦只好待时而动,料不能再兴齐室,何不归我大隋,老夫自当保奏将军,永镇燕山,世守此职。不知将军意下如何?"罗艺闻言,想了一想,就说道:"你要俺顺隋,必依俺三件事,俺就顺隋;如若不依,俺誓死不降。"杨林道:"将军,是哪三件事?"罗艺道:"我虽降隋,第一件:是俺部下兵马,须听俺调度,永镇燕山;第二件:俺名虽降隋,却不上朝见驾,听调不听宣;第三件:凡有诛戮,得以生杀自专。"杨林笑道:"将军,此三件乃易事耳,都在老夫身上。"遂令三军退回十里。罗艺见杨林退兵,亦令三军退十里。杨林道:"将军不放心,老夫同将军到燕山府,动表奏闻圣上,候旨下然后回去。"

罗艺大喜,同杨林并辔而行,及到燕山府,请杨林入城,大排筵宴,款待杨林。杨林忙修表章,令差官至长安奏上,隋主闻奏,即差窦建德赍②诏到燕山府来。罗艺闻之,出城迎接天使,窦建德入城,开读诏书:

奉天承运皇帝诏曰:今据靠山王所奏,燕公罗艺,廉明刚勇,堪为冀北屏藩。今加封为靖边侯,统本部强兵,永守冀北,听调不听宣,生杀自专,世袭所职,无负朕意。钦哉! 谢恩!

罗艺接过圣旨,大排筵宴,厚待天使,又赠杨林、窦建德金银彩缎,次日排酒长亭,与杨林饯别,亲送十里而回。

那杨林、窦建德二人回朝,尚在路中,忽报登州海寇作乱,上岸抢劫居民。杨林闻报,对窦建德道:"汝且先回复旨,老夫亲往登州,剿灭海寇。"遂领兵望登州而来。那海寇闻知杨林兵到,不敢交战,各各散去,杨林只扑个空。但见那里人烟稀少,城池倒坏,杨林十分叹息。就上表奏闻,自愿镇守登州。叫军士招集民工,整治府库,修筑城垣,不一年,把登州修得十分齐整,不在话下。

再说李渊当日不受晋王礼物,晋王不喜道:"我已内外都谋成,不怕你怎的! 若我如愿,必杀此老贼,方消我恨。"那杨素得了晋王厚礼,百般

---

① 咸——全;都。

② 赍(jī)——持;带;送。

谤毁太子，又知文帝惧内①，最听妇人谗言，每每乘内宴时，在皇后面前，称扬晋王贤孝，挑拨独孤皇后。妇人见识浅薄，认以为真，常在文帝面前，冷言冷语，弄得文帝十分猜疑，常常遣人打听太子消息。

　　到开皇三年十月，有东宫幸臣姬威出首②太子，说："东宫叫师姥卜吉凶，道圣上忌在十八年，此期速矣！又于厩中养马千匹，欲谋悖逆③之事。"文帝闻言，料事已真，不觉大怒。即召太子，太子跪在殿下，宣读诏书，废太子为庶人，立晋王为太子，宇文述为护卫。东宫旧臣唐令臣、邹文胜等，皆被杨素诳奏斩首。朝廷侧目④，无敢言者。大夫袁竆⑤，与文林郎杨孝政同奏道："父子乃天性至亲，今陛下反听谗言，有伤天性。况太子这事，又无实据，今依臣奏，将杨素、姬威以诬罪太子之事反坐，伏乞陛下速斩杨素等，朝野肃清，臣等幸甚。"文帝闻奏大怒，将杨、袁二臣，并皆拿下，再无敢言者。

　　只有李渊上疏道："太子所谋事情，俱无实据，又无对证。今既废黜⑥，不可加罪，还宜悯恤。"文帝览疏⑦，虽不全听，却给太子五品俸禄，终养于内苑。晋王见李渊这疏，一时大怒，即召宇文述、张衡计议道："这李渊明明是为斩张丽华之故，恐我怀恨，怕我为君，故上这疏。必须杀此老贼，你我方得安稳！"张衡道："杀李渊有何难哉！"欲知后事如何，且听下回分解。

① 惧内——怕老婆。

② 出首——检举、告发别人的犯罪行为。

③ 悖逆——指违反正道，犯上作乱。

④ 侧目——斜眼看，怒目而视。形容怒恨。

⑤ 竆（mín）。

⑥ 黜——罢免；革除。

⑦ 疏——臣下向君主分条陈述事情的文字。条陈。

第 三 回

造流言李渊避祸　当马快叔宝听差

晋王忙问道："欲杀李渊,如何不难?"张衡道："主上素性猜忌,常梦洪水淹没都城,心中不悦。前日絣①公李浑之子,名唤洪儿,圣上疑他名应图谶②,叫他自尽。如今可散布流言,说渊洪从水,却是一体,未有不动疑者! 主上听信谣言,恐李渊难免杀身之祸。"晋王大喜。自此张衡暗布流言,道:"李子结实并天下,杨主虚花没根基。"又道:"日月照龙舟,淮南逆水流,扫尽杨花落,天子季无头。"初时乡村乱说,后来街市传喧,巡城官禁约不住,渐渐传入禁中③。

晋王故意奏道:"里巷妖言,大是不祥,乞行禁止。"文帝听了,甚是不悦,但心中疑在李浑身上,不以李渊为意。登时发下圣旨,把李浑合家五十二口,拿赴市曹斩首。又有晋王心腹方士安伽佗奏道:"李氏当为天子,皇上可尽杀姓李之人。"丞相高颎奏道:"主上若专务杀戮,反致人心动摇,大为不可。如主上有疑,可将一应姓李的不用便了。"此时蒲山公李密,与杨素相交最厚,杨素要保全李密,遂赞美高颎之言,暗叫李密退避(按李密后兵反金墉,称魏公)。其时在朝姓李者,皆解兵权归田里,李渊也趁这势乞回太原,圣旨准行,令他为太原留守,克日起程。

晋王闻李渊解任,谓张衡道:"计策虽好,只是不能杀他。"宇文述道:"殿下若不肯饶他,臣有一计,把他全家不留一个。"晋王大喜道:"计将安出?"宇文述道:"只须点东宫骠骑④,命臣子化及,悄悄出城,到临潼山埋伏,扮作强人,把他父子一起杀绝,岂不干净!"晋王拍掌道:"如此甚妙,但他是个武官,必须一个勇士方好。"宇文述道:"臣子足矣! 若殿下亲

---

① 絣(chéng)。
② 图谶(tú chèn)——古代关于宣扬迷信的预言、预兆的书籍。
③ 禁中——宫中。帝王宫殿的代称。
④ 骠骑——古代将军的名号。

行,何愁这事不成?"晋王欢喜,依计而行。

　　且说唐公见圣旨允奏,心中大喜,收拾起程。着宗弟李道宗,长子建成,带领了四十名家将,押着夫人小姐车辇①。虽夫人身怀六甲,将及分娩,也顾不得。遂一起上路,望太原进发,不表②。

　　且说秦叔宝久居山东历城县,学得一身好武艺,有万夫不当之勇,专打不平,好出死力,不顾口舌,宁夫人屡次戒他。幸家中还有积蓄,叔宝性情豪爽,济困扶危,结交好汉,因此人称为"小孟尝"。他祖上传留下来一件兵器,是两条一百三十斤镀金熟铜锏。娶妻张氏,贤德无比。最和他相好的是济南捕快都头,姓樊名虎,号建威,也有三五百斤气力。与叔宝结交往来,如一个人相似。又一个豪杰,姓王名勇,字伯当,此人胸襟洒落,器宇轩昂,且武艺绝伦,时时与叔宝议论,辄③自叹服。还有两人,就是历城东门头开鞭杖行的贾闰甫,伙计柳周臣,他两个不但全身武艺,还有一桩好处,就是过往豪杰,无不交结,叔宝每每与他们往来。

　　当时青齐一带,连年荒旱,又兼盗贼四起,本府刺史刘芳,出了告示,招募有勇谋的充当本府捕快。这一日,叔宝正在贾闰甫家闲话,只见樊虎忽走来对叔宝道:"今日州里发下告示,新招有勇谋的充当捕快,小弟在本官面前,赞哥哥做人慷慨,智勇双全。本官欢喜,就着小弟奉屈④哥哥,不知哥哥意下如何?"叔宝道:"我想身不役官为贵。况我累代将门,若得志斩将搴⑤旗,开疆拓土,也得耀祖荣宗。若不然,守几亩田园,供养老母,村酒野蔬,亦可与知己谈心。奈何充当捕快,听人使唤,拿得贼是他的功,起得赃是他的钱。至于尽心竭力,拿着贼盗,他暗地得钱卖放了,反坐个诬良的罪名。若一味掇臀捧屁⑥,狐假虎威,诈害良民,这便是畜生所为。你想这捕快,劝我当他则甚。"言讫,遂怫然⑦回去。

　　樊虎见叔宝去了,自想:"在官府面前,夸了口,不料他不肯。我今再

①　辇(niǎn)——古代用人拉的车,后来多指皇帝坐的车。
②　不表——小说中用作结束上文另启下文之词。犹言不说。
③　辄(zhé)——总是,就。
④　奉屈——屈尊。奉,敬辞。
⑤　搴(qiān)——拔。
⑥　掇臀捧屁——形容巴结谄媚的丑态。
⑦　怫然——形容不满的样子或愤怒。

往他家去说，且看他如何。"遂走到秦家来。只见宁夫人在堂前，樊虎作了揖，把前事一一告诉，又把叔宝推辞的话，述了一遍。宁夫人道："做官也非容易，祖上有甚荫①袭，也想将就靠他。"樊虎道："一刀一枪的事业，谁不愿为？奈时机未至，只得将就从权②，哥哥偏偏不肯！"忽叔宝从里面走出来道："母亲不要听他。"宁夫人道："你虽志大，但樊哥哥的话，我想也是。且由此出身，也未可知。况你祖也是东宫卫士出身，从来人不可料，不宜固执。"叔宝是个孝顺的，只得诺诺连声道："是。"樊虎见允了，道："如此，明日我来约会哥哥同去。"次日两人同见刺史，刺史问道："你是秦琼么？"叔宝道："小人就是秦琼。"刺史又道："我闻你是个豪杰，今就与你做个都头，你须小心任事。"叔宝叩谢了出来。

樊虎道："哥哥当差，须要好脚力。"叔宝道："如此，我们就到贾闰甫行中去看看。"二人径到行内，贾闰甫拱手道："恭喜，恭喜，还不曾奉贺。"叔宝道："何喜要贺？不过奉母命耳！但今新充差役，恐早晚有差，要寻个脚力，故特专到你这边来。"闰甫道："昨日新到了四百匹马，就凭秦兄选择便了。"言讫，就引二人到后面来看，果然到了四百匹好马。贾闰甫、樊虎两个道这一匹好，那一匹强。叔宝只不中意，踱来踱去。忽听后边槽头马嘶，叔宝举目观看，却是一匹羸③瘦黄骠马，身子虽高八尺，却是毛长筋露。叔宝问道："此马如何这般瘦？"闰甫道："这马是关西客贩来，到此三月，上料喂养，只是落膘不起，谁肯要它？那客人不肯耽搁，小弟这里称了三十两马价与他，两月前起身去了。此马又养了两月，仍是这样羸瘦。"

叔宝就到槽边细看，那马一见叔宝，把领鬃毛一搧，双眼圆睁，卓荦④之状，如见故主一般。叔宝知是一匹好马，就对闰甫道："此马待弟牧养了吧？"樊虎笑道："哥哥如何要这匹瘦马？"叔宝微笑不言。贾闰甫道："既然叔宝兄爱此坐骑，即当相赠。"遂备酒与叔宝相贺，尽醉而散。

叔宝带这匹黄骠马回家，不上半月，养得十分肥润，人人皆夸奖叔宝

---

① 荫——封建时代由于父祖有功而给予子孙入学或任官的权利。

② 从权——依从权宜之计。

③ 羸(léi)——瘦。

④ 卓荦(zhuō luò)——超绝；特出。

好眼力。叔宝奉公缉盗，远近谁不羡慕，都愿和他结交，因此山东一省，皆知叔宝是个豪杰。

一日刘刺史发下一起盗犯，律该充军，要发往平阳驿、潞州府收管。恐山西地面有失，当堂就点了叔宝、樊虎二人押解，樊虎解往平阳驿进发，秦琼解往潞州投递。叔宝忙回家中，收拾行李，拜别母亲妻子，同樊虎将一起人犯，解到长安司挂号①，然后向山西进发。

这时正值暮秋天气，西风飒飒，一日行到长安道上，离长安五十里，有一山名临潼山，十分险峻，上有伍相国②神祠。叔宝对樊虎道："我闻伍子胥，昔日身为明辅，挟制诸侯，临潼会上，举鼎千斤，名震海宇。今山上有祠，我欲上去瞻仰一番，你可代我押着人犯，到临潼关外等我。"樊虎应诺，就把人犯带过岗子，自到关口去了。不知叔宝在临潼山上又作何事？且听下回分解。

---

① 挂号——编号登记。
② 伍相国——即伍子胥，春秋时吴国大夫。

第 四 回
临潼山秦琼救驾　承福寺唐公生儿

那叔宝见樊虎去了，就行到临潼山上，见殿宇萧条，人烟冷落。下马进庙，拜了神圣，站起来，见神像威仪，十分钦仰。闲玩之际，不觉困倦，就在神前打睡片时，不表。

且说李渊辞朝起程，来到临潼山楂树岗地方，日方正午，李道宗和李建成行到林中，忽听林中呐喊一声，奔出无数强人来，都用黑煤涂面，长枪阔斧，拦住去路，高声叫道："快留下买路钱来！"建成吃了一惊，回马跑往原路。还是李道宗胆大，喝道："你这般该死的男女，岂不知咱家是陇①西李府，敢来阻截道路！"说罢，拔出腰刀便砍，那些家丁都拔短刀相助。那建成骤马跑回，对唐公道："不好了！前面尽是强人，围住叔父要钱买路。"唐公道："怎么辇毂②之下，就有盗贼？"一面叫家将取过方天画戟，又令建成护着家眷，却要上前。不料后面又有强人杀来，唐公不敢上前，先自保护家眷要紧，那贼人一起逼近，唐公大吼一声，摆开画戟，同家将左冲右突，众贼虽有着伤，死不肯退。那晋王与宇文父子，闪在林中，见唐公威武，兵丁不敢近身，晋王就用青纱蒙面，手提大刀，冲杀过来。宇文父子随后夹攻，把李渊团团围住，十分危急，这话慢说。

且说叔宝在伍员庙中正要睡去，忽听庙外有人马喊杀之声，好生惊异。他自己平时乘坐的黄骠马在一厢③嘶鸣不已，似有奔驰之势。叔宝上马，奔至半山，山下烟尘四起，喊杀连天。叔宝勒马一望，只见无数强人，围住了一起官兵，在那边厮杀。叔宝一见，把马一纵，借那山势冲下来，厉声高叫道："响马④不要逞强，妄害官员！"只这一声，恰似迅雷一般，

①　陇（lǒng）——甘肃的别称。
②　毂（gǔ）——车轮的中心部分，有圆孔，可插轴。
③　厢——边，旁，多见于早期白话。
④　响马——古时指拦路抢劫的强盗。

众强人吃了一惊。回头一看，只见是一个人，哪里放在心上？及到叔宝来至垓心①，方有三五个来抵敌，叔宝手起铜落，一连打死十数人。那唐公正在危急，听得一声喝响，有数人落马，见一员壮士，撞围而入，头戴范阳毡笠②，身穿皂色箭衣，外罩淡黄马褂，脚蹬虎皮靴，坐着黄骠马，手提金装铜，左冲右突，如弄风猛虎，醉酒狂狼。战不多时，叔宝顺手一铜，照晋王顶上打来，晋王眼快，把身一闪，那铜梢打中他的肩上，晋王负痛，大叫一声，败下阵去。宇文化及见晋王着伤，忙勒回马，保晋王逃走。众人见晋王受伤，也俱无心恋战，被叔宝一路打来，四散逃散。

叔宝拿住一人问道："你等何处毛贼，敢在此地行劫？"那人慌了道："爷爷饶命！只因东宫太子与唐公不睦，故扮作强人，欲行杀害。方才老爷打伤的，就是东宫太子。求爷爷饶命。"叔宝听了，吓出一身冷汗，便喝道："这厮胡言，饶你狗命，去吧！"那人抱头鼠窜而去。叔宝自思太子与唐公不睦，我在是非丛里，管他怎的，若再迟延，必然有祸。遂放开坐骑，向前跑去。

那唐公脱离虎口，见壮士一马跑去，忙对道宗道："你快保护家小，待我赶去谢他。"遂急急赶去，大叫道："壮士，请住，受我李渊一礼。"叔宝只是跑。李渊赶了十余里，叔宝见唐公不舍，只得回头道："李爷休追，小人姓秦名琼。"把手摇上两摇，将马一夹，如飞去了。唐公再欲追赶，奈马是战乏的，不能前进。只听得风送鸾③铃响处，他说一个琼字；又见他把手一摇，错认为"五"，就把它牢牢记在心上。

正要回马，忽见尘头起处，一马飞来。唐公道："不好！这厮们又来了！"急忙扯满雕弓，飕的照面一箭射去，早见那人双脚腾空，翻身落马。又见尘头起处，来的乃是自家家将。唐公对道宗道："幸亏了壮士，救我一家性命，此恩不可忘了！"言讫，又见几个大汉，与种庄稼的农夫，赶到马前啼哭道："不知小人家主，何事触犯老爷，被老爷射死？"唐公道："我并未射死你家主。"众人道："适喉下拔出箭来，现有老爷名号。"唐公想道："呀！是了！方才与一班强盗厮杀方散，恰遇你主人飞马而来，我道

---

①　垓心——战场中心。

②　毡笠(qú)——用毛编成的帽子。

③　鸾(luán)——传说中凤凰一类的鸟。

是响马余党,误伤你家主人。你主人姓甚名谁?我与你白银百两,买棺收殓回籍,待我前面去,多做功德,超度他便了。"家人道:"俺主人乃潞州单道便是,二贤庄人,今往长安贩缎回来,被你射死,谁要你的银子?俺还有二主人单二员外,名通,号雄信,他自会向你讨命的。"唐公道:"死者不能复生,教我也无可奈何。"众人不理,自去买棺收殓,打点回乡,不表。

唐公行至车辇下,问说:"夫人受惊了!贼今退去,好赶路矣!"遂一起起行。夫人因受惊恐,忽然腹痛,待要安顿,又没个驿递①。旁边有座大寺,名曰承福寺,只得差人到寺中说,要暂借安歇。本寺住持法名五空,忙呼集众僧,迎接进殿。唐公领家眷在附近后房暂住,叫家将巡哨,以防不虞②。自己带剑观书。到三更时候,忽有侍儿来报:"夫人分娩世子了。"李渊大喜。这诞生的世子就是后来劝父举兵,开基立业,神文圣武大唐太宗皇帝③。到天明时,参拜如来,众僧叩贺。唐公道:"寄居分娩,污秽如来道场,罪归下官,何喜可贺?怎奈夫人已经分娩,不胜路途辛苦,欲要再借上刹,宽住几时,如何?"五空道:"贵人降世,古刹生光,何敢不留!"唐公称谢。

一日,唐公在寺中闲玩,见屏上有联一对,上写道:"宝塔凌云,一日江山,无边清净;金灯代月,十方世界,何等悠闲!"侧边写"汾阳柴绍题"。唐公见词义深奥,笔法雄劲,便问五空道:"这柴绍是甚人?"五空道:"这是汾阳县柴爷公子,向在寺内读书,偶题此联。"唐公道:"如今可在此间么?"五空道:"就在寺左书斋里。"唐公道:"你可领我去看。"

五空就引唐公向柴绍书房而来。只见一路苍松掩映,翠竹参天。到了门首,五空向前叩门。见一书童启扉,问是何人。五空道:"是太原唐公,特来相访。"柴绍听得,即忙迎接,请入书斋。柴绍下拜道:"久违年伯,不知驾临,有失远迎。"唐公扶起叙坐,彼此闲谈。唐公看柴绍双眉入鬓,凤眼朝天,语言洪亮,气宇轩昂,心内欢喜。唐公询知未有妻室,便对

①　驿递(yì dì)——驿,是古代供应递送公文的人或来往官员暂住、换马的处所。指休息、住宿的地方。
②　虞(yú)——预料。不虞,即意外。
③　唐太宗——李世民。

柴绍道："老夫有一小女，年已及笄①，尚未受聘。意欲托住持为媒，以配贤契②，不知贤契意下如何？"柴绍道："小侄寒微，蒙年伯不弃，敢不如命？"唐公大喜，回至方丈，对夫人说知，即令五空为媒，择日行聘。在寺半月有余，窦夫人身体已健，着五空通知柴绍，收拾起行。柴绍将一应事体，托了家人，自随唐公往太原就亲去了。按下不表。

且说叔宝单骑跑到关口，方才住鞭，见樊虎在店，就把这事说了一遍。到次日早饭后，匆匆分了行李，各带犯人分路去了。这叔宝不止一日，到了潞州，住在王小二店中。就把犯人带到衙门，投过了文，少时发出来，着禁子③把人犯收监，回批候蔡太爷往太原贺唐公回来才发，叔宝只得到店中耐心等候。

不想叔宝量大，一日三餐，要吃斗米。王小二些小本钱，连人带马，只二十余天，都被吃完了。小二就向叔宝说道："秦爷，小人有句话对爷说，犹恐见怪，不敢启口。"叔宝道："俺与你宾主之间，有话便说，怎么见怪？"小二道："只因小店连月没有生意，本钱短少，菜蔬不敷。我的意思，要问秦爷预支几两银子，不知可使得么？"叔宝道："这是正理，我就取出与你。"就走入房去，在箱里摸一摸，吃了一惊。你道叔宝如何吃惊？却有个缘故：因在关口与樊虎分行李时，急促了些，有一宗银子，是州里发出做盘费的，库吏因樊虎与叔宝交厚，故一总兑与樊虎。这宗银子，都在樊虎身边。及至匆匆分别，行李文书，件件分开，只有银子不曾分得。心内踌躇，想起母亲要买潞绸做寿衣，十两银子，且喜还在箱内，就取出来与小二道："这十两银子，交与你写了收账。"小二收了。

又过数日，蔡刺史到了码头，衙役出郭迎接，刺史因一路辛苦，乘暖轿进城。叔宝因盘缠短少，心内焦躁，暗想他一进衙门，事体忙乱，难得禀见了，不如在此路上禀明为是，只得当街跪下喊道："小的是山东济南府的解差，伺候太爷回批。"蔡刺史在轿内，半眠半醒，哪里有答应？从役喝道："太爷难道没有衙门？却在这里领回批？还不起去！"言讫，轿夫一发

①　及笄（jí jī）——笄，簪子。及笄，特指女子可以盘发插笄的年龄。十五岁，即成年。

②　贤契——对弟子或朋友侄辈的敬称。

③　禁子——旧称在监狱中看守罪犯的人；狱卒。

走得快了。

叔宝起来,又想我在此一日,多一日盘费,他若几日不坐堂,怎么了得!就赶上前要再禀,不想性急力大,用手在轿杠上一把,将轿子拖了一侧,四个轿夫,两个扶轿的,都一闪撑支不住。幸喜太爷正睡在轿里,若是坐着,岂不跌将出来?刺史大怒道:"这等无礼,叫皂隶①扯下去打!"叔宝自知礼屈,被皂隶按翻了,重打二十。

叔宝被责,回到店中,挨过一夜,到天明,负痛来府中领文。哪蔡知府甚是贤能,次日升堂,把诸事判断极明。叔宝候公事完了,方才跪下禀道:"小的是济南府刘爷差人,伺候老爷批文回去。"叔宝今日怎么说出刘爷,因刺史与刘爷是个同年好友,是要望他周全的意思。果然那蔡刺史回嗔作喜道:"你就是济南刘爷的差人么?昨日鲁莽得紧,故此责你几板。"遂唤经承取批过来签押,叫库吏取银三两,付与叔宝道:"本府与你老爷是同年,念你千里路程,这些小赏你为路费。"叔宝叩头谢了,接着批文银两,出府回店。

小二看见叔宝领批文回来,满脸堆笑道:"秦爷批文既然领来,如今可把账算算何如?"叔宝道:"拿账来。"小二道:"秦爷是八月十六到的,如今是九月十八,共三十二天,前后两日不算,共三十日。每日却是六钱算的,该十八两银,前收过银十两,尚欠八两。"叔宝道:"这三两是太爷赏的,也与你吧!"小二道:"再收三两,还欠五两,乞秦爷付足。"叔宝道:"小二哥且莫忙,我还未去,因我有个朋友,到泽州投文,盘缠银两,都在他身边,等他来会我,才有银子还你。"小二听了这话,即时变脸,暗想:"他若把马骑走了,叫我那里去讨这银子?莫若把他的批文留住,倒是稳当。"就向叔宝笑道:"秦爷既不起身回去,这批文是要紧的,可拿到里面,交拙荆②收藏,你也好放心盘桓③。"

叔宝不知是计,就将批文递与王小二收了。自此日日去到官塘大路,盼望樊虎到来。望了许久,不见樊虎的影子。又被王小二冷言冷语,受了

---

① 皂隶(zào lì)——旧时衙门里的差役。
② 拙荆(zhuō jīng)——对别人谦称自己的妻子。
③ 盘桓——逗留;住宿。

腌砟①之气。所叫茶饭，不是宿②的，就是冷的。一日晚上回来，见房中已点灯了，向前一看，见里面猜三喝五，掷色③饮酒。王小二跑出来道："秦爷不是我有心得罪。因今日来了一伙客人，是贩珠宝古董的，见秦爷房好要住，你房门又不锁，被他们竟把铺盖搬出来，说三五日就去的。我也怕失落行李，故搬到后面一间小房内，秦爷权宿数夜，待他们去了，依旧移进。"叔宝此时人贫志短，便说道："小二哥，屋随主便，怎么说出这等话来！"小二就掌灯引叔宝转弯抹角，到后面一间破屋里，地上铺着一堆草，那铺盖丢在草上，四面风来，灯儿也没处挂。叔宝见了，闷闷不乐。小二带上门，就走了出去，叔宝把金铜用指一弹，作歌道：

　　　旅舍荒凉风又雨，英雄守困无知己；
　　　平生弹铗④有谁知？尽在一声长叹里！

正吟之间，忽闻脚步到门口，将门搭钮反扣了。叔宝道："你这小人，我秦琼来清去白，焉肯做此无耻之事？况有批文鞍马在你家，难道走了不成？"外边道："秦爷切勿高声，妾乃王小二之妻柳氏。"叔宝道："你素有贤名，今夜来此何干？"柳氏道："我那拙夫，是个小人，出言无状，望秦爷海涵些儿。我丈夫睡了，存得晚饭在此，还有数百文钱，送秦爷买些点心吃，晚间早些回寓。"叔宝闻言，不觉落下几点泪来，道："贤人，你就好似淮阴的漂母⑤，恨我他日不能如三齐王⑥报答千金耳！若得侥幸，自当厚报。"柳氏道："我不敢比漂母，岂敢望报？"说罢，把门钮开，将饭篮放在地上，竟自去了。

叔宝将饭搬进，见青布条穿着三百文钱，篮中又有一碗肉羹。叔宝只得吃了，睡到天色未明，又走到大路，盼望樊虎。未知后来如何，且听下回分解。

① 腌砟(ā zà)——脏，不干净。
② 宿——隔夜的。
③ 掷色(zhī shǎi)——掷，扔；色子，一种游戏用具或赌具。
④ 弹铗(tán jiá)——弹，击；铗，剑把。"弹铗"指生活困穷，求助于人。
⑤ 漂母——漂泊老妇。汉代淮阴韩信贫贱时，挨着饿钓于城下，漂母分自己的饭给他吃的故事。
⑥ 三齐王——指韩信。

第 五 回

秦叔宝穷途卖骏马　单雄信交臂失知音

叔宝望樊虎不来，又过几日，把三百文钱都用尽了，受了小二无数冷言冷语，忽然想道："我有两条金装锏，今日穷甚，可拿到典铺里，押当些银子，还他饭钱，也得还乡，待异日把钱来赎回未迟。"主意定了，就与小二说了，小二欢喜。叔宝就走到三义坊当铺里来，将锏放在柜上。当铺的人见了道："兵器不当，只好作废铜称！"叔宝见管当的装腔，没奈何，说道："就作废铜称吧！"当铺人拿大秤来称，两条锏，重一百二十八斤，又要除些折耗，四分一斤，算该五两银子，多要一分也不当。叔宝暗想道："四五两银子，如何能济得事？"依旧拿回店来。

王小二见了道："你说要当这兵器还我，怎么又拿了回来？"叔宝托辞应道："铺中说，兵器不当。"小二道："既如此，你再寻什么值钱的当吧。"叔宝道："小二哥，你好呆，我公门中道路，除了这随身兵器，难道有金珠宝物带在身边不成？"小二道："既如此，你一日三餐，我如何顾得你？你的马若饿死了，也不干我事。"叔宝道："我的马可有人要么？"小二道："我们潞州城里，都是用脚力的，马若出门，就有银子。"叔宝道："这里马市在哪里？"小二道："就在西门大街上，五更开市，天明就散。"叔宝道："明早去吧。"

叔宝到槽头看马，但见马蹄穿腿瘦，肚细毛长，见了叔宝，摇头流泪，如向主人说不出话的一般。叔宝眼中流泪，叫声："马呵……"要说话，口中噎塞，也说不出，只得长叹一声，把马洗刷一番，割些草与它吃。这一夜，叔宝如坐针毡，睡到五更时分，把马牵出门，走到西市。那马市已开，但见王孙公子，往来不绝，见着叔宝牵了一匹瘦马，都笑他："这穷汉，牵着劣马，来此何干？"叔宝闻言，对着马道："你在山东时，何等威风！如何今日就如此垂头落颈？"又把自己身上一看道："我今衣衫褴褛，也是这般模样。只为少了几个店账，弄得如此，何况于你？"遂长叹一声，见市上没有人睬他，就把马牵回。

他因空心出门，一时打着睡眼。顺脚走过马市时，城门大开，乡下人挑柴进城来卖，那柴上还有些青叶，马是饿极的，见了青叶，一口扑去，将卖柴的老儿冲了一交，喊叫起来。叔宝如梦中惊觉，急去扶起老儿。那老儿看着马问道："此马敢是要卖的，这市上人哪里看得上眼！这马膘虽瘦了，缠口实是硬挣，还算是好马。"叔宝闻言欢喜道："老丈，你既识得此马，要到哪里去卖？"那老儿道："'卖金须向识金家。'要卖此马，有一去处，包管成交。"叔宝大喜道："老丈，你同我去卖得时，送你一两茶金。"老儿听说欢喜道："这西门十五里外，有个二贤庄，庄上主人姓单号雄信，排行第二，人称他为二员外，常买好马送朋友。"叔宝闻言，如醉方醒，暗暗自悔，失了检点①。在家时闻得人说，潞州单雄信，是个招纳好汉的英雄，今我怎么到此许久，不去拜他，如今衣衫褴褛，若去拜他，也觉无颜。又想道："我今只认作卖马的便了！"就叫老丈引进。

那老儿把柴寄在豆腐店，引叔宝出城，行了十余里路，见一所大庄院，古木阴森，大厦连云。这庄上主人，姓单名通，号雄信，在隋朝是第十八条好汉。生得面如蓝靛，发似朱砂，性同烈火，声若巨雷。使一根金钉枣阳槊，有万夫不当之勇，专好交结豪杰，处处闻名。收买亡命，做的是没本营生，各处劫来货物，尽要坐分一半。凡是绿林中人，他只一枝箭传去，无不听命，所以十分富厚。

一日他闲坐厅上，只见苏老走到面前，唱了个喏，雄信回了半礼。苏老道："老汉今日进城，撞着一个汉子，牵匹马卖。我看那马虽瘦，却是千里龙驹，特领他来，请员外出去看看。"雄信遂走出来。叔宝隔溪一望，见雄信身长一丈，面若灵官，青脸红须，衣服齐整。觉得自身不像个样，便躲在树后。雄信走过桥来，将马一看，高有八尺，遍体黄毛，如纯金细卷，并无半点杂色。双手用力向马背一按，雄信膂力②最大，这马却分毫不动。看完了马，方与叔宝见礼道："这马可是足下要卖的么？"叔宝道："是。"雄信道："要多少价钱？"叔宝道："人贫物贱，不敢言价，只赐五十两足矣！"雄信道："这马讨五十两不多，只是膘跌太重，不加细料喂养，这马就是废物了。今见你说得还好，咱与你三十两吧。"言讫，就转身过桥去了。

叔宝无奈，只得跟进桥来，口里说道："凭员外赐多少罢了。"雄信到

---

① 检点——言行谨慎。
② 膂力(lǚ lì)——体力。

庄,立在厅前,叔宝站于月台旁边,雄信叫手下人把马牵到槽头,上了细料,因问叔宝道:"足下是哪里人?"叔宝道:"在下是济南府人氏。"雄信听得济南府三字,就请叔宝进来坐下,因问道:"济南府咱有个慕名的朋友,叫做秦叔宝,在济南府当差,兄可认得否?"叔宝随口应道:"就是在下——"即住了口。雄信失惊道:"得罪。"遂走下来。叔宝道:"就是在下同衙门朋友。"雄信方立住道:"既如此!失瞻了!请问老兄高姓?"叔宝道:"姓王。"雄信道:"小弟要寄个信与秦兄,不知可否?"叔宝道:"有尊札①尽可带得。"雄信入内,封了三两程仪②,潞绸两疋③,并马价,出厅前作揖道:"小弟本欲寄一封书,托兄奉与叔宝兄,因是不曾会面,恐称呼不便,只好烦兄道个单通仰慕之意罢了!这是马价三十两,另具程仪三两,潞绸两疋,乞兄收下。"叔宝辞不敢收,雄信致意送上,叔宝只得收了。雄信留饭,叔宝恐露自己名声,急辞出门。苏老儿跟叔宝到路上,叔宝将程仪拈了一锭,送与苏老,那苏老欢喜称谢去了。

叔宝自望西门而来,正是午牌时分,此时腹中饥饿,走入酒店来,见是三间大厅,摆着精致桌椅,两边厢房,也有座头。叔宝就走到厢房,拣了座头坐下,把银子放在怀内,潞绸放在一边,酒保摆上酒肴,叔宝吃了几杯。只见店外来有两个豪杰,后面跟些家人进来。叔宝一看,却认得一个是王伯当,连忙把头别转了。

你道这王伯当是何等人,他乃金山人氏,曾做武状元。若论他武艺,一枝画戟,神出鬼没;论他箭法,百发百中。只因他见奸臣当道,故此弃官,游行天下,交结英雄。这一个是长州人,姓谢名映登,善用银枪,因往山西探亲,遇见王伯当,同到店中饮酒。叔宝回转头,早被伯当看见,便问道:"那位好似秦大哥,为何在此?"就走入厢房,叔宝只得起身道:"伯当兄,正是小弟。"伯当一见叔宝这般光景,连忙把自己身上绣花战袄脱下,披在叔宝身上道:"秦大哥,你为何到此,弄得这样?"当下叔宝与二人见过了礼,方把前事细说一遍,又道:"今早牵马到二贤庄,卖与单雄信,三十两银子,他问起贱名,弟不与他说。"伯当道:"雄信既问起兄长,兄何不

① 札——信件。
② 程仪——赠送给远行者的礼物。表示谢意的酬金。
③ 疋(pǐ)——同"匹"。

道姓名与他？他若知是兄长，休说不收兄马，定然还有厚赠，如今兄同小弟再去便了。"叔宝笑道："我若再去，方才便道姓名与他了。如今卖马有了盘费，回到下处，收拾行李，就要起身回乡了。"

伯当道："兄不肯去，弟也不敢相强，兄长下处，却在何处？"叔宝道："在府前王小二店内。"伯当道："那王小二是潞州城里著名的势利小人，对兄可曾有不到之处？"叔宝因感柳氏之贤，不便在两个朋友面前说王小二的过错，便道："二位兄长，那王小二虽属炎凉①，他夫妇二人，在我面上还算周到。"伯当听了点头，便叫酒保摆上酒馔②畅饮，于是三人作别，伯当、映登二人往二贤庄去了。

叔宝回到下处，小二见没有了马，知是卖了，便道："秦爷，这遭好了！"叔宝听了不言语，把饭银算还于小二，取了批文，谢别柳氏，收拾行李，把双铜背上肩头。又恐雄信追来，故此连夜出城，往山东而去。

那王伯当、谢映登到二贤庄，雄信出迎，伯当道："单二哥，你今日做了不妙的事了！"雄信忙问何事，伯当道："你今日可曾买一匹么？"雄信道："马不是假的，二位如何得知？"伯当道："方才卖马的对我说道，说你贪小利，失了名望的人了！"雄信道："他不过是个好手，有何名望？"伯当道："他名望比别个不同些儿，你可知道他的名姓否？"雄信道："我问他，他说是济南府人姓王；我便问起秦叔宝，他说是他的同班，我就央他进里坐。"伯当闻言哈哈大笑道："可惜你当面错过，他正是'小孟尝秦叔宝'。"雄信吃惊道："呵呀，他为何不肯通名，如今在哪里？"伯当道："就在府前王小二店内。"

雄信就要赶去，伯当道："天色已晚，赶进城来不及了，明早去吧。"雄信性急，与二人吃了一夜酒，天色微明，就上马赶到小二店前下马，问小二道："有名望的山东秦爷，可在店么？"小二道："秦爷昨晚起身去了。"

雄信闻言，就要追赶，忽见家将跑来叫道："二员外，不好了！大员外在楂树岗被唐公射死，如今棺木到庄了。"雄信闻言大哭道："伯当兄，弟今不得去赶叔宝兄弟，请兄多多致意，代为请罪。"说罢飞马回去了。伯当、映登辞别回去，欲知后事如何，且听下回分解。

---

① 炎凉——气候的热和冷。比喻人情、世态、亲朋反复无常。

② 馔（zhuàn）——饭食。

第　六　回

樊建威冒雪访良朋　单雄信挥金全义友

再说叔宝恐雄信赶来，走了一夜，自觉头昏，硬着身子又走十余里。不料脚软，不能前进，见路旁有一东岳庙，叔宝奔入庙来，要去拜台上坐坐。忽然头昏，仰后一跤，豁喇一声，倒在地上，肩上双锏，竟把七八块砖都打碎了。惊得道人慌忙来扶，哪里扶得他动？只得报知观主。这观主姓魏名征，维扬①人氏，曾做过吉安知州，因见奸臣当道，挂冠修行，从师徐洪客在此东岳庙住。半月前，徐洪客云游别处去了。

当下魏征闻报，连忙出来，见叔宝倒在地上，面红眼闭，口不能言，就与叔宝诊脉，便道："你这汉子，只因失饥伤饱，风寒入骨，故有此症。"叫道人煎金银花汤一服药，与叔宝吃了，渐渐能言。魏征问道："你是何处人氏？叫什么名字？"叔宝将姓名并前事说了一遍。魏征道："兄长，既如此，且在敝观将养，等好了再回乡不迟。"便吩咐道人，在西廊下打铺，扶叔宝去睡了。魏征日日按脉用药与叔宝吃。

过了几天，这一日，道人摆正经堂，只等员外来，就要开经。你道这法事是何人做的？原来就是单雄信，因哥哥死了，在此看经。霎时雄信到了，在大殿参拜圣像，只见家丁把道人打嚷，雄信喝问何故，家丁道："可恶这个道人，昨日吩咐他打扫洁净，他却把一个病人，睡在廊下，故此打他。"雄信大怒，叫魏征来问。魏征道："员外有所不知，这个人是山东豪杰，七日前得病在此，贫道怎好赶他？"雄信道："他是山东人，叫什么名姓？"魏征道："他姓秦，名琼，号叔宝。"雄信闻言大喜，跑到廊下。此时叔宝见雄信来，恨不得有个地洞也爬下去。

雄信赶到跟前，扯住叔宝的手，叫声："叔宝哥哥，你端的想杀了单通也！"叔宝回避不得，起来道："秦琼有何德能，蒙员外如此见爱？"雄信捧住叔宝的脸，看他形状，不觉泪下道："哥哥，你前日见弟，不肯实说，后伯

---

①　维扬——古城扬州的发祥地。

当兄说知，次早赶至下处，不料兄长连夜长行，正欲追兄，忽遭先兄之变，不得赶来。谁知兄落难在此，皆单通之罪了！"叔宝道："岂敢，弟因贫困至此，于心有愧，所以瞒了仁兄。"雄信叫家丁扶秦爷洗澡，换了新衣，吩咐魏征自做道场。又叫一乘轿子，抬了叔宝。雄信上马，竟回到二贤庄。

叔宝欲要叙礼，雄信扯住道："哥哥贵体不和，何必拘此故套？"即请医生调治，不消半月，这病就治好了。雄信备酒接风，叔宝把前事细说一遍，雄信把亲兄被唐公射死告知，叔宝十分叹息，按下不表。

却说樊虎到泽州①，得了回文，料叔宝亦已回家，故直回济南府，完了公干。闻叔宝尚未回来，就到了秦家，安慰老太太一番。又过了一月，不见叔宝回来，老太太十分疑惑，叫秦安去请樊虎来。老太太说道："小儿一去，将近三月，不见回来，我恐怕他病在潞州。今老身写一封书，欲烦大爷去潞州走一遭，不知你意下如何？"樊虎道："老伯母吩咐，小侄敢不从命，明日就去。"接上书信，秦母取出银子十两做路费，樊虎坚辞不受，说："叔宝兄还有银在侄处，何用伯母费心？"遂离秦家，入衙告假一月，次日起程，向山西潞州府来。

行近潞州，忽然彤云密布，朔风紧急，落下一天雪来。樊虎见路旁有座东岳庙，忙下马进庙避雪。魏征一见问道："客官何来？有何公干？"樊虎道："我是山东来的，姓樊名虎，因有个朋友来到潞州，许久不回，特来寻他。今遇这样大雪，难以行走，到宝观借坐一坐。"魏征又问道："客官所寻的朋友，姓甚名谁？"樊虎道："姓秦，名琼，号叔宝。"魏征笑道："足下，那个人，远不过千里，近只在眼前。"樊虎闻言，忙问今在何处，魏征道："前月有个人病倒在庙，叫做秦叔宝，近来在西门外二贤庄单雄信处。"

樊虎听了，就要起身。魏征道："这般大雪，如何去得？"樊虎道："无妨，我就冒雪去吧。"就辞魏征上马，向二贤庄来。到了庄门，对庄客道："今有山东秦爷的朋友来访。"庄客报入，雄信、叔宝闻言，遂走出来。叔宝见是樊虎，就说："建威兄，你因何到这时才来？我这里若没有单二哥，已死多时了。"樊虎道："弟前日在泽州，料兄已回，及弟回济南，将近三月，不见兄长回来，令堂记念，差弟来寻，方才遇魏征师指示至此。"

---

① 泽州——地处太行山南端，是山西通向中原的重要门户，史称"河东屏翰"。

叔宝就把前事说了一遍,樊虎取出书信与叔宝看了,叔宝即欲回家,雄信道:"哥哥,你去不得,今贵恙①未安,冒雪而回,恐途中病又复作,难以保全。万有不测,使老夫人无靠,反为不美。依弟主意,先烦建威兄回济南,安慰令堂。且过了残年,到二月中,天时和暖,送兄回去,一则全兄母子之礼,二则尽弟朋友之道。"樊虎道:"此言有理,秦兄不可不听。"叔宝允诺,雄信吩咐摆酒,与樊虎接风。

过了数日,天色已晴,叔宝写了回信,雄信备酒与樊虎饯行,取出银五十两,潞绸五疋,寄与秦母。另银十两,潞绸五疋,送与樊虎。樊虎收了,辞别雄信、叔宝,竟回济南去了。

你道雄信为何不放叔宝回去? 只因他欲厚赠叔宝,恐叔宝不受,只得暗暗把他黄骠马养得雄壮,照马的身躯,叫匠人打一副镏金鞍辔②并踏镫。又把三百六十两银子,打做数块银板,放在一条缎被内。一时未备,故留叔宝在此。

那叔宝在二贤庄,过了残年,又过灯节,辞别雄信。雄信摆酒饯行,饮罢,雄信叫人把叔宝的黄骠马牵出来,鞍镫俱全,铺盖捎在马上,双铜挂在两旁。叔宝见了道:"何劳兄长厚赐鞍镫?"雄信道:"岂敢,不过尽小弟一点心耳!"又取出潞绸十疋,白银五十两,送与叔宝为路费。叔宝推辞不得,只得收下,雄信送出庄门,叔宝辞谢上马去了。未知叔宝此去如何,且听下回分解。

---

① 贵恙——敬辞。对对方的病的敬称,动问他人病情的敬语。
② 辔(pèi)——驾驭牲口用的嚼子和缰绳。

第　七　回

打擂台英雄聚会　解幽州姑侄相逢

却说秦叔宝离了二贤庄，行不到几十里，天色已晚，见有一村人家，地名皂角林，内有客店。叔宝下马进店，主人随即把马牵去槽上加料，走堂的把他行李铺盖，搬入客房。叔宝到客房坐下，走堂的摆上酒肴与叔宝吃，就走出来，悄悄对主人吴广说道："这个人有些古怪，马上的鞍镫，好似银的。行李又沉重，又有两根铜，甚是厉害，前日前村失盗，这些捕人缉访无踪，此人莫非是个响马强盗？"吴广叫声轻口，不可泄漏，待我去张①他，看他怎生的，再作道理。

当下吴广来至房门边，在门缝里一张，只见叔宝吃完了酒饭，打开铺盖要睡，觉得被内沉重，把手一提，扑的一声，脱出许多砖块来，灯光照得雪亮；叔宝吃了一惊，取来一看，却是银的，便放在桌上。想雄信何故不与我明言，暗放在内。吴广一见，连忙叫声："小二，不要声张，果是响马无疑，待我去叫捕人来。"言讫，就走出门。恰遇着二三个捕人，要来店上吃酒。吴广遂把这事对众人说了，众人就要下手。吴广道："你们不可造次，我看这人十分了得，又且两根铜甚重，若拿他不住，被他走了，反为不美。你们可埋伏在外，把索子伏在地下，我先去引他出来，绊倒了他，有何不可。"众人点头道："是！"各各埋伏。

吴广拿起斧头，把叔宝房门打天，叫声："做得好事！"抢将进来。叔宝正对着银子思想，忽见有人抢进来，只道是响马来劫银子，立起身来。吴广早到面前，叔宝把手一推，吴广立脚不住，扑的一声，撞在墙上，把脑浆都跌出来。外边众人呐一声喊，叔宝就拿双铜抢出房门，两边索子拽起，把叔宝绊倒在地。众人把兵器往下就打，叔宝把头抱住，众人便拿住了，用绳将叔宝绑了，吊在房内。见吴广已死在地下，他妻子央人写了状子，次日天明，众捕人取了双铜及行李、银子、黄骠马，牵着叔宝，带了吴广

① 张——看；望。

妻子,投入潞州府。

　　那潞州知府蔡建德,听得拿到一个响马强盗,即刻升堂,众捕人上堂跪禀,说在皂角林拿得一名响马。吴广妻子亦上堂哭告道:"响马行凶,打死丈夫。"蔡公问了众人口词,喝令把响马带进来,众人答应一声,就把叔宝带到丹墀。蔡公看见,吃了一惊,问道:"我认得你是济南差人,何故做了响马?"秦琼跪下道:"小人正是济南差人,不是响马。"蔡建德喝道:"好大胆的奴才,去岁十月内得了回文,就该回去,怎么过了四个月,还不曾回? 明明是个响马无疑。"秦琼道:"小人去年十月,得了回文,行不多路,因得了病,在朋友家将养到今,方才回去。这些银子是朋友赠小人的,乞老爷明察。"蔡建德道:"你那朋友住在哪里?"秦琼就要说出,忽想恐连累雄信,不是耍的,遂托言道:"小人的朋友是做客的,如今去了。"蔡建德听了,把案一拍,骂道:"好大胆的奴才,焉有做客的留你住这多时? 又有许多银子赠你? 我看你形状雄健,不像有病方好的人,明明是个响马了。又行凶打死吴广,你还敢将言搪塞。"叔宝无言可答。蔡建德令收吴广尸首,就把这一干人,发下参军厅审问明白,定罪施行。参军孟洪,问了口词,叔宝不肯认做响马,打了四十板收监,另日再审。

　　不料这桩事沸沸腾腾,传说山东差人,做了响马,今在皂角林拿了,收在监内。这话渐渐传到二贤庄,雄信一闻此事,吃了一惊,连忙进城打听,叔宝被祸是实,叫家人备了酒饭,来到监门口,对禁子道:"我有个朋友,前日在皂角林,被人诬做响马,下在牢内,故此特来与他相见。"禁子见是雄信,就开了牢门,引雄信去到一处,只见叔宝被木栲锁在那里。雄信一见,抱头大哭道:"叔宝兄,弟害兄受这般苦楚,小弟虽死难辞矣!"忙令禁子开了木栲。叔宝道:"单二哥,这是小弟命该如此,岂关兄长之故? 但弟今有一言相告,不知吾兄肯见怜否?"雄信道;"兄有何见教,弟敢不承命?"叔宝道:"弟今番料不能再生了! 就是死在异乡,也不足恨,但是可怜家母在山东,无人奉养,弟若死后,二哥可寄信与家母,时时照顾。俺秦琼在九泉之下,感恩不尽矣!"雄信道:"哥哥不必忧心,弟自去上下衙门周全,拨①轻了罪,那时便有生机了。"言罢,吩咐家人摆上酒饭,同叔宝吃了,取出银子与那禁子,叫他照顾秦爷,禁子应诺。

----

① 拨——减轻,除去。

　　雄信别了叔宝,出得牢门,就去挽①一个虞候,在参军厅蔡知府上下说情。参军厅就审叔宝,实非响马,不合误伤跌死吴广,例应充军。知府将审语详至山西大行台处,大行台批准,如详结案,把秦琼发配河北幽州,燕山罗元帅标下为军。

　　那蔡建德按着文书,吩咐牢中取出秦琼,当堂上了行枷,点了两名解差。这二人也是好汉:一个姓金名甲,字国俊;一个姓童名环,字佩之,与雄信是好朋友,故雄信买他二人押解。当下二人领文书,带了叔宝,出得府门,早有雄信迎着,同到酒店饮酒。雄信道:"这燕山也是好去处,弟有几个朋友在彼:一个叫张公瑾,他是帅府旗牌,又有两个兄弟,叫尉迟南、尉迟北,现为帅府中军。弟今有书信在此。那张公瑾他住在顺义村,兄弟可先到他家下了书,然后可去投文。"叔宝谢道:"弟蒙二哥,不惜千金,拼身相救,此恩此德,何时可报?"雄信道:"叔宝兄说哪里话? 为朋友者生死相救,岂有惜无用之财,而不救朋友之难也! 况此事是弟累兄,弟虽肝脑涂地,何以赎罪? 兄此行放心,令堂老伯母处,弟自差人安慰,不必挂念。"叔宝十分感谢。

　　吃完了酒,雄信取出白银五十两,送与叔宝;又二十两送与金甲、童环。三人执意不受,雄信哪里肯听,只得收了,与张公瑾的书信,一同收拾,别了雄信,竟投河北而去。

　　三人在路,晓行夜宿,不日将近燕山,天色已晚,三人宿在客店。叔宝问店主人道:"这里有个顺义村么?"店主人道:"东去五里便是。"叔宝道:"你可晓得村中有个张公瑾么?"店主人道:"他是帅府旗牌官,近来元帅又选一个右领军,叫做史大奈。帅府规矩,送领职的演过了武艺,还恐没有本事,就在顺义村土地庙前造了一座擂台,限一百日,没有人打倒他,才有官做。倘有好汉打倒他,就把这领军官与那好汉做。如今这史大奈在顺义村将有百日了,若明日没有人来打,这领军官是他的了。那张公瑾、白显道,日日在那里经管,你们若要寻他,明日只到庙前去寻便了。"叔宝闻言欢喜。

　　次日吃完了早饭,算还饭钱,三人就向顺义村土地庙来。到了庙前,看见一座擂台,高有一丈,阔有二丈,周围挂着红彩,四下里有人做买卖,

────────────

　　① 挽——拉,找。

十分热闹。左右村坊人等，都来观看。这史大奈还未曾来。叔宝三人看了一回，忽见三个人骑着马，来到庙前，各各下马，随后有人抬了酒席。史大奈上前参拜神道，转身出来，脱了团花战袍，把头上扎巾按一按，身上穿一件皂缎紧身，跳上擂台。这边张公瑾、白显道，自在殿上吃酒。那史大奈在台上，打了几回拳棒。

此时叔宝三人，虽在人丛里观看，只见史大奈在台上叫道："台下众人，小可奉令在此，今日却是百日满期。若有人敢来台上，与我交手，降服得我，这领军职分，便让与他。"连问数声，无人答应。童环对叔宝、金甲道："你看他目中无人，待我去打这狗头下来。"遂大叫道："我来与你较对!"竟向石阶上来。史大奈见有人来交手，就立一个门户等候。童环上得台来，便使个高探马势，抢将进来。被史大奈把手虚闪一闪，将左脚飞起来，一腿打去，童环正要接他的腿，不想史大奈力大，弹开一腿，把童环撞下擂台去了。金甲大怒，奔上台来，使个大火烧天势，抢将过来。史大奈把身一侧，回身佯走，金甲上前，大叫一声"不要走!"便拦腰抱住，要吊史大奈下去。却被史大奈用个关公大脱袍，把手反转，在金甲腿上一挤，金甲一阵酸麻，手一松，被大奈两手开个空，回身一膀子，喝声"下去!"扑通一声，把金甲打下台来，旁观的人齐声喝彩。

叔宝看了大怒，也就跳上擂台，直奔史大奈，两个打起来。史大奈用尽平生气力，把全身本事，都拿出来招架。下面看的人，齐齐呐喊。他两个打得难解难分，却有张公瑾跟来的家将，看见势头不好，急忙走入庙内叫道："二位爷，不好了! 谁想史爷的官星不现，今日遇着敌手，甚是厉害。小的看史爷有些不济事了!"二人闻说，吃了一惊，跑出来。张公瑾抬头一看，见叔宝人材出众，暗暗喝彩，便问众人道："列位可知道台上好汉，是哪里来的?"有晓得的便指金、童二人道，是他们同来的。张公瑾上前，把手一拱道："敢问二位仁兄，台上的好汉是何人?"金甲道："他是山东大名府驰名的秦叔宝。"张公瑾闻言大喜，望台上叫道："叔宝兄，请住手，岂不闻君子成人之美?"叔宝心中明白："我不过见他打了金甲、童环，一时气愤，与他交手，何苦坏他名职?"遂虚闪一闪，跳下台来。史大奈也下了台。

叔宝道："不知哪一位呼我的名?"张公瑾道："就是小弟张公瑾呼兄。"叔宝闻言，上前见礼道："小的正要来拜访张兄。"公瑾请叔宝三人，来至庙中,各各见礼,现成酒席,大家坐下。叔宝取出雄信的书信,递与公瑾,公瑾拆开观看,内说叔宝根由,要他照顾之意。公瑾看罢,对叔宝道:"兄诸事放心,都在小弟身上。"当下略饮数杯,公瑾吩咐家将备三匹良马,与叔宝三人骑了,六人上马,回到村中,大排筵席,款待叔宝。及至酒罢,公瑾就同众人上马,进城来至中军府,尉迟南、尉迟北、韩实忠、李公旦一起迎入,见了叔宝三人,叩问来历。公瑾道:"就是你们日常所说的山东秦叔宝。"四人闻言,忙请叔宝见礼,就问为何忽然到此。公瑾把单雄信的书信,与四人看了,尉迟兄弟只把双眉紧锁,长叹一声道:"元帅性子,十分执拗,凡有解到罪人,先打一百杀威棍,十人解进,九死一生。如今雄信兄不知道理,将叔宝兄托在你我身上,这事怎么处?"

众人听说,个个面面相看,无计可施。李公旦道:"列位不必愁烦,小弟有个计在此:我想元帅生平最怕是牢瘟病,若罪人犯牢瘟病,就不打。恰好叔宝兄尊容面黄如金,何不装做牢瘟病。"公瑾道:"此计甚善!"大家欢喜。尉迟南设席款待,欢呼畅饮,直至更深方散。

次日天明,同到帅府前伺候。少刻辕门内鼓打三通,放了三个大炮,吆吆喝喝,帅府开门。张公瑾自同旗牌班白显道归班。左领军韩实忠、李公旦,中军官尉迟南、尉迟北,随右统制班一起上堂参见。随后又有辕门官、听事官、传宣诸将,同五营、四哨、副将、牙将,上堂打躬。唯有史大奈不曾投职,在辕门外伺候。金甲、童环将一扇板门抬着叔宝,等候投文。

那罗元帅坐在堂上,两旁明盔亮甲,密布刀枪,十分严整。众官参见后,有张公瑾上前跪禀道:"小将奉令,在顺义村监守擂台,一百日完满,史大奈并无敌手,特来缴令。"站过一边。罗公就叫史大奈进来。史大奈走到丹墀下,跪下磕头,罗公令他授右领军之职。史大奈磕头称谢,归班站立。然后听事官唱:"投文进来。"金甲、童环火速上前,捧着文书,走到仪门内,远远跪下。旗牌官接了文书,当堂拆开,送将上来。罗公看罢,叫他把秦琼带上来。金甲跪下禀道:"犯人秦琼,在路不服水土,犯了牢瘟病,不能前进。如今抬在辕门,候大老爷发落。"

罗公从来怕的是牢瘟病,今见禀说,又恐他装假,遂叫抬进来亲验。金甲、童环就把叔宝抬进。罗公远远望去,见他的面色焦黄,乌珠①定着,

————————

① 乌珠——眼珠。

认真是牢瘟病。就把头点一点,将犯人发落去调养刑房,发回文书。两旁一声答应,金甲、童环叩谢出来。

罗公退堂放炮,吹打封门。那张公瑾与众人,都到外面来见叔宝,恭喜相邀,同到尉迟南家中,摆酒庆贺,不在话下。

彼时罗公退堂,见公子罗成来接,这罗成年方十四岁,生得眉清目秀,齿白唇红,面如团粉,智勇双全,隋朝排他第七条好汉。罗公就问道:"你母亲在哪里?"罗成道:"母亲不知为什么早上起来,愁容满面,只在房内啼哭。"罗公见说,吃了一惊,忙到房里,只见夫人眼泪汪汪,坐在一边。罗公就问:"夫人为何啼哭?"秦夫人道:"每日思念先兄,为国捐躯,尽忠战死,撇下寡妇孤儿,不知逃往何方,存亡未卜。不想昨夜梦见先兄,对我说:'侄儿有难,在你标下,须念骨肉之情,好生看顾。'妾身醒来,想起伤心,故此啼哭。"罗公道:"令侄是叫何名字?"夫人道:"但晓得他乳名叫太平郎。"罗公心中一想,对夫人道:"方才早堂,山西潞州解来一名军犯,名唤秦琼,与夫人同姓。令兄托梦,莫非应在此人身上?"

夫人着惊道:"不好了!若是我侄儿,这一百杀威棍,如何当得起!"罗公道:"那杀威棍却不曾打,因他犯了牢瘟病,所以下官从轻发落了。"夫人道:"如此还好,但不知这姓秦的军犯,是哪里人氏?"罗公道:"下官倒不曾问得。"夫人流涕道:"老爷,妾身怎得能够亲见那人,盘问家下根由。倘是我侄儿,也不枉了我先兄一番托梦。"罗公道:"这也不难,如今后堂挂下帘子,差人去唤这军犯,到后堂复审。那时下官细细将他盘问,夫人在帘内听见,是与不是,就知明白了。"夫人闻言欢喜,命丫环挂下帘儿,夫人出来坐下。罗公取令箭一枝,与家将罗春,吩咐带山西潞州解来的军犯秦琼,后堂复审。罗春接了令箭,来到大堂,交与旗牌官曹彦宾,传说元帅令箭,即将秦琼带到后堂复审。曹彦宾接过令箭,忙到尉迟南家里来。

此时众人正在吃酒,忽见曹彦宾拿令箭入来,说:"本官令箭在此,要带秦大哥后堂复审。"众人闻说,不知何故,只面面相觑,全无主意。叔宝十分着急,曹彦宾道:"后堂复审,决无甚厉害,秦大哥放心前去。"叔宝无奈,只得随彦宾来到帅府,彦宾将叔宝交罗春带进,罗春领进后堂,上前缴令。叔宝远远偷看,见罗公不似早堂威仪,坐在虎皮交椅上,两边站几个青衣家丁,堂上挂着珠帘。只听罗公叫秦琼上来,家将引叔宝到阶前跪下。罗公道："秦琼，你是哪里人氏？祖上什么出身？因何犯罪到此？"叔宝暗想，他问我家世，必有缘故，便说道："犯人济南人氏，祖父秦旭，乃北齐亲军。父名秦彝，乃齐主驾前武卫将军，可怜为国捐躯，战死沙场。只留犯人，年方五岁，母子相依，避难山东。后来犯人蒙本府抬举，点为捕盗都头，去岁押解军犯，到了潞州，在皂角林误伤人命，发配到大老爷这里为军。"

罗公又问："你母亲姓什么，你可有乳名否？"叔宝道："犯人母亲宁氏，我的乳名叫太平郎。"罗公又问："你有姑娘①么？"叔宝道："有一姑娘，犯人三岁时，就嫁与姓罗的官长，后来杳无音信。"罗公大笑道："远不远千里，近只近在目前。夫人，你侄儿在此，快来相认。"秦夫人听得分明，推开帘子，急出后堂，抱住叔宝，放声大哭，口叫："太平郎，我的儿！你嫡亲的姑娘在此！"

叔宝此时，不知就里，吓得遍身发抖："呵呀！夫人不要错认，我是军犯。"罗公站起身来，叫声："贤侄，你莫惊慌！老夫罗艺，是你的姑夫，这就是你姑娘，一点不错。"叔宝此时，如醉方醒，大着胆上前拜认姑爹、姑母，也掉下几点泪来，然后又与表弟罗成见过了礼，罗公吩咐家人，服侍秦大爷沐浴更衣，备酒接风。张公瑾众人闻知，十分大喜，俱送礼来贺喜。未知叔宝此后如何，且听下回分解。

---

① 姑娘——此处指姑母。

第 八 回
叔宝神箭射双雕　伍魁妒贤成大隙

　　叔宝换了新衣,来到后堂,重新见礼,秦夫人喜笑颜开。罗公看叔宝人材出众,相貌魁梧,暗暗喝彩,便叫:"贤侄,老夫想你令尊,为国忘身,归天太早,贤侄那时尚幼,可惜这两根金装锏,不知落于何人之手? 谅你秦家锏法,不复传于后世了。"叔宝道:"不敢瞒姑爹,当初父亲赴难时节,就将金装锏托付母亲,潜身避难,以存秦氏一脉。后来侄儿长成,赖有老仆秦安,教这家传锏法。侄儿不才,略知一二。"罗公喜道:"贤侄,如今这锏可曾带来?"叔宝道:"侄儿在皂角林被祸,潞州知府认侄儿为响马,这锏当做凶器;还有马匹箱子铺盖,认作盗赃,入了官了。"罗公道:"这不要紧,你将各项物件,并银子多少,开一细账,待我修书,差官去见蔡知府,不怕他不差人送来。"叔宝道:"若得姑爹如此用心,侄儿不胜感激。今有解侄儿的两个解差,尚未回去,明日就着他带书,去见本府,岂非两便?"罗公道:"说得有理。"

　　他们饮至更深方散。罗公即吩咐家人,收拾书房,请秦大爷安睡。叔宝来到书房,在灯下修书一封,致谢单雄信。又开一纸细账,方才去睡。到次日起来,进内堂请姑爹姑母安。罗公就写信一封,命叔宝出堂,着解差回潞州,见本府投下。叔宝奉命出帅府,竟到尉迟南家来。恰好金甲、童环正欲起身,一见叔宝来,与张公瑾众人上前恭喜。叔宝道:"金、童二兄,欲回贵府,弟有书信一封,烦带二贤庄交雄信兄。另有细账一纸,家姑夫手书一缄,烦兄送与太爷。"言讫,在袖中取出十两银子,说道:"碎银几两,送与二兄路中买茶。"金甲、童环推辞不得,连书信收了,就起身作别,众豪杰相送,叔宝送到城外,珍重而别。回到中军,谢过众友,然后进帅府,到后堂来禀姑爹,罗公点头,吩咐摆酒,至亲四人,相对开怀。席间罗公讲些兵法,叔宝应答如流,夫妻二人甚是欢喜。

　　当下酒散,叔宝回书房安睡,罗公对夫人道:"我看令侄人材出众,兵法甚熟,意欲提拔他做一官半职。但下官从来赏罚严明,况令侄乃是配军,到此无尺寸之功,若骤加官职,恐众将不服。我意欲下教场演武,使令侄显一显本事,那时将他补在标下,以服众心。不识夫人尊意如何?"夫人道:"相公主意不差。"那日罗公对叔宝说明就里,秦琼道:"可惜侄儿铜在潞州,不曾取到。"

罗成道:"这不打紧,我的铜借与表兄用一用吧!"叔宝说:"也好。"罗公就传令五营兵将,整顿队伍,明日下教场操演。次早,罗公冠带出堂,放炮开门,众将行礼。罗公上轿,下教场,随后叔宝、罗成与众将跟随,一路往教场来,十分威武。及到了教场,放起三个大炮,罗公到演武厅下轿,朝南坐定,众将下见。五营兵丁,各按队伍,分列两行。罗公下令,三军演武,一声号炮,众军踊跃,战马咆哮,依队行动,排成阵势。将台上令字旗一展,两声号炮,鼓角齐鸣,人马奔驰,杀气漫天。又换了阵势,呐喊摇旗,互相攻击,有鬼神不测之妙。及三声号炮,一棒鸣金,收了阵势,三军各归队伍。众将进前射箭,射中的磨旗擂鼓,不中的吊胆惊心。

少停,射箭已完,罗公又传下令来,唤山西解来的军犯秦琼。叔宝闻唤,连忙答应上前,跪下磕头。罗公道:"今日本帅操兵,非为别事,欲选一名都领军,不论马步兵丁,囚军配犯,只要弓马娴熟,武艺高强,即授此职。你有什么本事,不妨演来?"叔宝禀道:"小的会使双铜。"罗公吩咐,赏他坐骑,军政官闻令,就给与战马。叔宝提铜上马,加一鞭,那马嘶叫一声,发开四蹄,跑将下来。叔宝把双铜一摆,兜回坐马,勒住丝缰,在教场中间,往来驰骋,把两枝银铜,使将开来。起初还见他一上一下,或左或右,护顶蟠①头,前遮后躲。舞到后来,但听呼呼风响,万道寒光,冷气飕飕。这两根铜宛如银龙摆尾,玉蟒翻身,裹住英雄体,只见银光不见人。罗公暗暗喝彩,罗成不住称赞,军将看得眼花缭乱。

霎时使完收了铜,叔宝下马,上前缴令。罗公叫一声:"好。"便问两边众将道:"秦琼铜法精明,本帅意欲点他为都领军,你们可服么?"当下尉迟南等,巴不得叔宝有了前程,大家齐应道:"我等俱服。"言还未毕,忽闪出一员战将,大叫道:"我偏不服。"叔宝抬头一看,此人身高八尺,紫草脸,竹根须,戴一顶金盔,穿一副金甲,宫绿战袍衬里,姓伍名魁,乃是隋文帝钦点先锋、当朝宰相伍建章族侄。罗公见他不服,大怒喝道:"好大胆

---

①　蟠(pán)——盘曲,曲折环绕。

匹夫！今日操兵演武,量材擢①用,众将俱服,你这厮擅敢喧哗,乱我军法。"伍魁道:"元帅差矣！秦琼是一个配军,并无半箭之功,元帅突然补他为都领军！若是小将等久战沙场,屡战有功,还该封侯了！元帅赞他使的锏,天上少,地下无。据小将看起来,也只平常,内中还有不到之处。"罗公闻说,哑口无言,唤过秦琼大叫道:"你怎敢将这些学不全的锏法,搪塞本帅！"叔宝暗想:"这秦家锏天下无双,为何被此人看低了,难道此人用锏法,比我家又高么？"以心问心,未肯就信。只得认个晦气,跪禀道:"小的该死！望元帅爷开恩恕罪。"

罗公心内明白,怎奈伍魁作对,难以回复,只得又问道:"你还有什么本领？"叔宝道:"小的能射天边飞鸟。"罗公大喜,命军政官,给付弓箭。叔宝站起来,伍魁大叫道:"秦琼,你好大胆,擅敢戏弄元帅,妄夸大口,少刻没有飞鸟射下来,我看你可活得成！"叔宝道:"巧言无益,做出便见,我射不下飞鸟,自甘认罪,何用伍将军如此费心,为我担忧？"伍魁闻言,气得面皮紫涨,大怒道:"你这该死的配军,敢顶撞俺老爷！也罢,你若有本事射下飞鸟,俺把这个钦赐的先锋印输与你；如射不下来,你便怎的？"叔宝道:"若射不下来,我就把首级输与你。"罗公道:"军中无戏言,吩咐立了军令状。"

叔宝此时,拈弓搭箭,仰天遥望飞鸟。忽听呀呀之声,有两只饿老鹰,在前村抓了人家一只鸡,一只雌的抓着鸡在下,一只雄的扑着翅在上,带夺带飞,追将下来。叔宝看了,扯开弓,发出箭,飕的一声响,把两只鹰和那小鸡一箭贯了胸脯,扑地跌将下来。大小三军,齐声呐喊,众将拍掌称奇。军政官取了一箭双鹰,同叔宝上前缴令。罗公看了,赞道:"好神箭也！"心中欢喜。那叔宝的箭法,乃是王伯当所传,原有百步穿杨之功。若据小说上说,罗成暗助一箭,非也,并无此事,抑且岂有此理。

当下罗公唤过伍魁说道:"秦琼已经射下飞鸟,你还有什么讲的？快取先锋印与他！"伍魁道:"元帅说哪里话？俺这先锋印,乃朝廷钦赐,岂可让与军犯秦琼！"未知罗公怎么处置,且听下回分解。

---

① 擢(zhuó)——提拔。

第 九 回
夺先锋教场比武　思乡里叔宝题诗

当下罗公闻伍魁之言,大怒喝道:"你这匹夫,擅敢违吾军令?"喝叫刀斧手,快绑去砍了。伍魁大叫道:"元帅假公济私,要杀俺伍魁,俺就死也不服。秦琼果有本事,敢与俺伍魁一比武艺,胜得俺这口大刀,就愿把先锋印让他。"罗公怒气少息,喝道:"本帅本该将你按照军法处斩,今看朝廷金面,头颅权寄在汝颈上。"又唤秦琼过来道:"本帅命你同伍魁比武,许胜不许败。"着军政官给予盔甲,叔宝遵令,全装披挂,跨马抢锏。只见伍魁催开战马,举钢刀大叫道:"秦琼快来受死!"叔宝道:"伍魁休得无礼!"言罢放马过来。

伍魁此时眼空四海,哪里把秦琼放在心上?双手舞刀,劈面砍来。叔宝双锏架住,战了十余合,两锏打去,伍魁把刀来迎,那锏打在刀口上,火星乱迸,震得伍魁两膀酸麻,面皮失色。耳边但闻呼呼风响,两条锏如骤雨一般,弄得伍魁这口刀,只有招架之功,并无还刀之力。虚晃一刀,思量要走,早被叔宝左手的锏,在前胸一打,护心镜震得粉碎,仰面朝天,哄咙一交,跌下鞍桥。他此时靴尖不能退出葵花镫,那匹马溜缰①,拖了伍魁一个筋头②,可怜伍魁不为争名夺利,只因妒忌秦琼,反害了自己性命。当时罗元帅吓得面如土色,众官将目瞪口呆,叔宝惊惶无措,不敢上前缴令。军政官来禀元帅:"伍魁与秦琼比武,秦琼打伍魁前胸,击碎护心镜,战马惊跳,把伍魁颠下鞍桥。马走如飞,众将不能相救,伍先锋被马拖碎头颅,脑浆迸流,死于非命,请元帅定夺。"罗公听了,吩咐将伍魁尸骸,用棺盛殓。

言讫,那右军队里闪出一将,姓伍名亮,乃伍魁之弟,厉声叫道:"反了!反了!配军犯罪,擅伤大将,元帅不把秦琼处斩,是何道理?"罗公大

---

① 溜缰——牲口脱缰。

② 辔头(pèi)——驾驭牲口用的嚼子和缰绳。

怒喝道："好大胆匹夫,擅敢喧哗胡闹!伍魁身死,与秦琼无涉。况且军中比武,有伤无论,你这厮适才叫反,乱我军心,该当何罪!"即命军政官,除了伍亮名字,把他赶出。两边军士答应一声,走过来,不由伍亮做主,赶出演武场,弄得伍亮进退无门,大怒道:"可恨罗艺偏护秦琼,纵他行凶,杀我兄长,此仇不可不报!我今反出幽州,投沙陀国,说动可汗兴兵,杀到瓦桥关。我若不踏平燕山,生擒罗艺、秦琼,碎尸万段,也不显俺的厉害。"主意已定,就反出幽州,星夜投沙陀国去了。

那罗公传令散操,回到帅府,三军各归队伍,叔宝、罗成随进后堂,夫人上前接住,见老爷面带忧容,就问根由。罗公细言一遍,夫人大惊。忽有中军传报进来说:"伍亮不缴巡城令箭,赚出幽州,不知去向。"罗公闻报大喜,叫声:"夫人,天使伍亮反了燕山,令侄恭喜无事,下官也脱了干系。"就差探子四路打探伍亮踪迹。过了数日,探子回来说:"伍亮当日赚出城门,诈称公干,星夜走瓦桥关,将巡城令箭,叫开关门,竟投沙陀国,拜在大元帅奴儿星扇帐下,说动可汗,将欲起兵来犯燕山。"罗公闻言,立刻做成表章,差官往长安申奏朝廷,不在话下。

再说金甲、童环回到潞州,此时蔡公正坐堂上,二人进见,缴上回文。又将罗公书帖,并叔宝细账呈上。蔡公当堂开看,方知就里,即唤库吏取寄库赃簿来查看。蔡公对罗公来的细账,见银两不敷其数,想当日皂角林有些失落。黄骠马一匹,镏金鞍镫一副,已经官卖,册上注明马价银三十两,其余物件,俱符细账。蔡公将朱笔逐一点明,备就文书,即命金甲、童环送去,将秦琼银两物件,并马价当堂交付,限三日内起程。金甲、童环不敢违命,领了物件,回家安宿一宵。次日,将秦琼书信,托人转送到二贤庄,与单雄信。遂起身前往幽州,候罗公坐堂,将文书投进。罗公当堂拆看,照文收明物件,即发回批。金甲、童环叩谢回去,不表。

再说叔宝在罗公衙内,日日与罗成闲耍。一日同在花园内演武,罗成道:"表兄,小弟的罗家枪,别家不晓得,表兄的秦家锏,也算天下无二。不若小弟教哥哥枪法,哥哥教小弟锏法如何?"叔宝道:"兄弟说得有理,只是大家不可私瞒一路,必须盟个咒方好。"罗成道:"哥哥所言有理,做兄弟的教你枪法,若还瞒了一路,不逢好死,万箭攒①身而亡。"叔宝道:

---

① 攒——聚拢,集中。

"兄弟,我为兄的教你锏法,若私瞒了一路,不得善终,吐血而亡。"兄弟在花园盟誓,只道戏言并无凭证,谁知后来俱应前言。

他二人赌过了咒,秦琼把锏法一路路传与罗成,看看传到杀手锏,心中一想:"不要吧,表弟勇猛,我若传了他杀手锏,天下只有他,没有我了。"呼的一声,就住了手。罗成学了一回,也把枪法一路路传与秦琼,看看传到回马枪,也是心中一想:"表兄英雄,若传了他,只显得他的英名,不显得我的手段了!"也是一声响,把枪收住,叔宝也学了一回。自此二人在花园内,学枪学锏,不在话下。

一日罗公来到书房,不见二人在内,遂走进叔宝房内,忽见粉壁上写着一行大字。近前一看,见壁上写道:

> 一日离家一日深,犹如孤鸟宿寒林;
> 纵然此地风光好,还有思乡一片心。

罗公看了,认得是叔宝笔迹,怫然不悦,遂回后堂。夫人道:"老爷到书房去,观看二子学业,此时为什么匆匆回来,面有怒色?"罗公叹道:"他儿不足养,养杀是他儿。"夫人惊问何故,罗公道:"夫人,自从令侄到来,老夫待他如同己子。我本意待边庭有变,着他出马立功,那时我表奏朝廷,封他一官半职,衣锦还乡。谁想令侄不以我为恩,而反以我为怨。适才进他房中,见壁上写着四句胡言,后两句一发可笑,说道:'纵然此地风光好,还有思乡一片心。'这等看起来,反是我留他不是了!"夫人闻言,不觉下泪道:"先兄去世太早,家嫂寡居异乡,只有此子,出外多年,举目无亲。老爷就使小侄有一品官职,他也思念老母为重,必不愿留在此。依妾愚见,不如叫他归家省母,免得两头悬望。"说罢,泪下如雨。

罗公道:"不要伤感,待老夫打发令侄回去便了!"吩咐家人备酒送行,就令书童,请叔宝赴席。叔宝闻说是送行酒席,十分欢喜,同罗成进到后堂。夫人道:"侄儿,你姑夫见你怀抱不开,知道你念母远离,故备酒替你饯行。"叔宝闻言,哭拜于地。罗公扶起说道:"贤侄,不是老夫屈留你在此,只为要待你成功立业,求得一官半职,衣锦回乡,才如我愿。今你姑母说你令堂年高,无人侍奉,所以今日打发你回去。前日潞州蔡知府已将银两等物送来,一向不曾对你说得,今日回去,逐一点收明白。我还修书一封,你可送到山东大行台节度使唐璧处投递。他是老夫年侄,故荐你在他标下,做个旗牌官,日后也可图些进步。"叔宝接领,叩谢姑爹姑母,又与表弟对拜四拜,方入席饮酒。酒至数巡,告辞起身,出了帅府,去辞别了尉迟昆玉并众朋友,遂匆匆上马,竟奔河北,来到了潞州府前下马。

到了饭店,王小二见了,忙跑入内,对老婆柳氏说道:"前年秦客人被我冷落,今做了官,骑马到门前来了。他恼我得紧,必然拿我送官,打一顿板子,出他的气。我今要躲避他,你可说我如此如此,就可打发他去。"说罢,溜开去了。柳氏乃是个贤妻,只得依了丈夫之言。霎时叔宝走入店来,柳氏迎着道:"秦爷,你来了么?"叔宝道:"我来了,要见你丈夫。"柳氏闻言,哭拜于地道:"我拙夫向日得罪秦爷,原来是作死。自秦爷遭事,参军厅捉拿窝家,拙夫用了几两银子,心中不悦,就亡过了。"叔宝道:"贤人请起,昔日是我囊中空乏,以致你丈夫白眼相看。世态炎凉,古今皆然,我也不怪他。只是我受你大恩,今日来此,正欲答报。"未知叔宝怎样报答,且听下回分解。

第 十 回
省老母叔宝回乡　送礼物唐璧贺寿

叔宝道:"贤人,你丈夫既然亡过,遗存寡妇孤儿,我恨不能学韩信,用千金来报答漂母。今日权以百金为酬,聊报大德。"即便取银相送,柳氏感谢不尽,叔宝就出门上马,向二贤庄去了。

那单雄信闻人传报,叔宝重回潞州,心中大喜道:"谅他必来望我。"吩咐备酒,倚门等候。再说叔宝因马力不济,步行迟缓,直到月上东山,才到庄上。雄信听得林中马嘶,高声道:"可是叔宝兄来了么?"叔宝道:"正是秦琼,特来叩谢。"雄信大笑道:"真乃月明千里故人来!"二人携手登堂,喜动颜色,顶礼相拜。家人摆上酒席,二人坐下,开怀痛饮,各有醉意。雄信将杯放下道:"恕小弟今日不能延纳①,有逐客之意,杯酌之后,就要兄行。"叔宝道:"这是何故?"雄信道:"自兄去燕山二载,令堂②老伯母,有十三封书信到此。前十二封书信,是令堂写的,小弟薄具甘旨③,回书安慰。只今月内第十三封书,不是令堂写的,是令正④写的。书中说令堂有恙,不能修书,故小弟要兄速速回去,与令堂相见一面,以全母子之情。"

叔宝闻言,五内皆裂,泪如雨下道:"单二哥,若这等,弟时刻难容。只是燕山来,马被骑坏了,路程遥远,心焦马迟,怎生是好?"雄信道:"兄不说,我倒忘了,自兄去后,潞州府将兄的黄骠马发卖,小弟就用银三十两,纳在库内,买回寒舍,今仍旧送还兄长。"叫手下把秦爷的黄骠马牵出来,手下应诺,不一时,牵了出来。那马见了故主,嘶喊乱跳,有如人言之状。雄信又把向日的鞍辔,挂在马上,然后将行李背上。叔宝拜辞,连夜

---

① 延纳——延,延长;纳,留。延纳,长留。
② 令堂——对对方母亲的尊称。
③ 甘旨——美味的食物。
④ 令正——旧时对对方嫡妻的敬辞。

起身,出庄上马,纵辔加鞭,如逐电追风,十分迅速。

及行到济南,叔宝飞奔入城,走到自己后门,跳下马来,一手牵马,一手敲门,叫声:"娘子,我母亲病势如何? 我回来了。"张氏听见丈夫回来,忙来开门,说道:"婆婆还未曾好。"叔宝牵马进来,张氏关了门,叔宝拴上马,与娘子相见。张氏道:"婆婆方才吃药睡着,虚弱得紧,你缓些进去。"叔宝蹑足,轻轻走进母亲卧房,伏在床边,见老母面向里,鼻息只有一线,膀臂身躯,犹如枯柴一般。叔宝就跪在床前,低声叫道:"母亲醒了吧!"那母亲游魂缓返,身体沉重,翻不过来,面朝床里,恍如梦中,叫声:"媳妇!"张氏道:"媳妇在此!"秦母道:"我方才略睡一睡,只听得你丈夫在床前絮絮叨叨叫我,想是已为泉下之人,千里游魂,来家见母了。"张氏道:"婆婆,你儿子回来了,跪在这里。"叔宝道:"太平郎回来了。"

秦母原无重病,因思想儿子,想得这般模样。忽听得儿子回来,病就好了一半,即忙爬起来,坐在床沿上,扯住叔宝的手,大哭起来。但又哭不出眼泪,张着大口,只是喊。叔宝叩拜老母,老母道:"你不要拜我,可拜你妻子。你三年在外,若不是你媳妇能尽妇道,我久已死了,也不得与你相见。"叔宝遵母命,回身叩拜张氏,张氏跪下,对拜四拜。秦母问道:"你在外作何勾当,至今方回?"叔宝将潞州府颠沛,远配燕山,得遇姑父姑母,前后事情,细说一遍。秦母道:"姑父作何官职? 姑母可曾生子否?"叔宝道:"姑父作幽州大元帅,镇守燕山。姑母已生表弟罗成,今年十四岁了。"秦母大喜。又说受单雄信大恩,如何得报? 到了次日,有樊虎等众友来访,叔宝迎接,相叙阔别之情。

叔宝就取罗公那封荐书,自己开个脚册手本,戎装打扮,带两根金装锏,往唐璧帅府投书。这唐璧是江都人,因平陈有功,官拜黄县公开府仪同三司,山东大行台兼济州节度使。是日放炮开门,升堂坐下。叔宝将文书投进,唐璧看了罗公荐书,又看了秦琼手本,叫秦琼上来。叔宝答应一声,就上月台跪下。唐璧抬头一看,见秦琼身高八尺,两根金装锏拿于手中,身材凛凛,相貌堂堂,有万夫莫敌之威风。唐璧大喜,对秦琼道:"我衙门中大小将官,都是论功行赏,今权补你一个实授旗牌官,日后有功,再行升赏。"秦琼叩谢。唐璧令中军给付秦琼旗牌官服色,点鼓闭门。秦琼回家,就有营下二十多军士,各拿手本,到宅门叩见秦爷。

叔宝虽为旗牌官,唐璧却待为上宾,另眼相看。过了四个月,正值隆冬天气，唐璧叫秦琼至后堂说道："你在标下，为官四月，不曾重用。来年正月十五日，长安越国公杨爷六旬寿诞，今欲差官送礼，前去贺寿。因天下荒乱，盗贼生发，恐路中有失。我知你有兼人之勇，能当此任，你肯去么？"叔宝道："养兵千日，用在一朝，小人焉有不去之理？"唐璧大喜，叫家人抬出卷箱来，另取一领大红毡包，一张礼物单。唐璧开卷箱，照单检点，付秦琼六色，计开：

圈金一品服五色，计十套；玲珑白玉带一围；

夜明珠二十颗；马蹄金二千两；寿图一轴；寿表一道。

话说越公杨素，乃突厥可汗一种，又非皇亲，如何用寿表贺他？这里有个缘故：因他在隋朝大有战功，御赐姓杨，出将入相，宠冠百僚；又因废太子，立了晋王，内外官员，皆以王侯事之；故差官送礼，俱用寿表。唐璧赏秦琼马牌令箭，又令中军选两名壮丁健步①，服侍秦琼。

秦琼回家，拜辞老母，秦母见叔宝又要出门，眼中流泪道："我儿，我残年暮景，喜的是相逢，怕的是别离。你回家不久，又要出门，使我老身倚门而望。"叔宝道："儿今出门，非昔日之长远，明年二月，准拜膝下。"说罢，别了老母妻子，令健步背包上马而去。欲知后事如何，且听下回分解。

---

①　健步——指善于走路的人。常被派去送信或办理急事。

第 十 一 回

英雄混战少华山　叔宝权栖承福寺

　　叔宝与健步上马长行,离了山东、河南一带地方,过了潼关,来到华阴县少华山。只见这山八面嵯峨①,四围险峻。叔宝便吩咐两个健步道:"你们后来,待我当先前去。"那两人晓得山路险恶,内中恐有强人,就让叔宝先行。

　　他们来到前山,只听得树林内一声呐喊,闪出三四百喽啰,拥着一个英雄,貌若灵官,髯须倒卷,二目铜铃,横刀跨马,拦住去路,大叫道:"要性命的,留下买路钱来!"吓得两名健步尿屁直流,叫声:"秦爷,果然有强人来了,如何是好?"叔宝道:"无妨,你们站远些。"遂纵马前进,把双铜一挥,照他顶梁门当的一铜,那人就把金背刀招架。两人斗了七八回合,叔宝把双铜使得开来,躔躔②的有如风车一般,那人只有招架之功,没有还刀之力,渐渐抵敌不住。

　　那些喽啰见了,连忙报上山来。山上还有两个豪杰:一个是叔宝的通家③王伯当,因别了谢映登,打从此山经过,也要他买路钱,二人杀将起来,战他不过,知他是个豪杰,留他入寨。那拦叔宝的叫做齐国远,山上陪王伯当吃酒的,叫做李如珪。二人正饮之间,忽见喽啰来报说:"齐爷下山观看,遇见一个衙门将官,就向他讨长例钱,不料那人不服,就杀了起来了。不上七八回合,齐爷刀法散乱,敌不过他,请二位爷早早出救。"二人闻言,各拿兵器,跳上战马,一起出了宛子城,来到半山。王伯当看见下面交锋,好像秦叔宝,恐怕伤了齐国远,就在半山大叫道:"秦大哥,齐兄弟,不要动手!"此山有二十余里高,就下来一半,还有十余里,虽高声大叫,无奈此时两人交战,一心招架,哪里听得叫唤? 不一时,两匹马走到前面,

---

　　①　嵯峨(cuò è)——山势高峻。

　　②　躔(chán)——运行。躔躔的,快速舞动或转动。

　　③　通家——指两家交谊深厚,如同一家。

王伯当叫道:"果然是叔宝兄,齐兄弟,快住手了,大家都是相好朋友。"叔宝见是伯当,遂住了手。

当下伯当请叔宝进到山寨,叔宝到了山寨,健步两人已经吓坏,叔宝道:"你两人不要惊怕,这不是外人,乃是相好朋友。"二人方才放心。王伯当道:"是你的从者么?"秦叔宝道:"是两个健步。"李如珪吩咐手下,抬秦爷的行李到山,大家一同上少华山,进宛子城,入聚义厅,摆酒与叔宝接风。王伯当道:"自从仁寿元年十月初一日,在潞州分手,次日,同单二哥到王小二店中来奉拜,兄长已行。单二哥又有胞兄之变,不得追兄,我与谢映登各各分散。后来闻兄遭了一场官司,因路程遥远,不能相顾,今日幸得相逢,愿闻兄行藏①。"叔宝就把前后事情,说了一遍,并指出今奉唐节度差遣赍送礼物,赶正月十五日,到长安杨越公府中贺寿。因问伯当缘何在此。伯当道:"小弟因过此山,蒙齐李两弟相招,故得在此。今日遇见兄长进长安公干,小弟欲陪兄长同往,乘势看灯如何?"叔宝道:"同往甚妙!"齐国远、李如皂二人齐道:"王兄同往,小弟亦愿随鞭镫②。"

叔宝闻言,不敢应承,暗想:"王伯当偶在绿林走动,却是个斯文人,进长安还可,这两个乃是鲁莽之夫,进长安倘有泄漏,惹出事来,连累于我,如何处置?"一时沉吟不语。李如珪笑道:"秦兄不语,是疑我们在此打家劫舍,养成野性,进长安看灯,恐怕不遵约束,惹出事来,有害兄长,不肯领我二人同去。但我们自幼学习武艺,岂就要落草为寇不成?只因奸臣当道,我们没奈何,只好啸聚山林,待时而动。岂真要把绿林勾当,作为终身之事?我们识势晓理,同往长安,自不致有累兄长,愿兄长勿疑。"叔宝听了这一篇话,只得说道:"二位贤弟,既然晓得情理,同去何妨。"齐国远吩咐喽啰,收拾行囊战马,多带银两,选二十名壮健喽啰同去,其余喽啰不许擅自下山,小心看守山寨。叔宝也吩咐两名健步,不可泄漏。到了二更,众人离了少华山,取路奔向陕西。

一日,天色将晚,离长安只有六十里之地,远远望见一座旧寺,新修得十分齐整。叔宝暗想:"这齐李二人到京,只住三四日便好,若住得日子多,少不得有祸。今日才十二月十五日,还有一月,不如在前边新修的这

①　行藏——行迹。
②　鞭镫——鞭子和马镫。借指马。

个寺内,问长老借间僧房,权住几日,到灯节边进城。乘这三五日时光,也好拘管他们。"思算已定,又不好明言,只得设计对齐李二人道:"二位贤弟,我想长安城内,人多屋少,又兼行商过客,往来甚多,哪里有宽阔下处,足够你我二十余人居住? 况城内许多拘束,甚不爽快。我的意思,要在前边新修寺里,借间僧房权住。你看这荒郊旷野,又无拘束,任我们走马射箭,舞剑抡枪,岂不快活? 住过今年,到灯节边,我便进城送礼,列位就去看灯。"

王伯当因二人有些碍眼,也极力撺掇,说话之间,早到山门首下马。命手下看了行李马匹,四人一起入寺。进了二山门,过韦驮①殿内,又有一座佛殿,望将上去,四面还不曾修好。月台下搭了高架,匠人修整檐口,木架边设公座一张,公座上撑一把黄罗伞,伞下公座上坐了一位紫衣少年,旁站六人,青衣小帽,垂手侍立。月台下竖两面虎头牌,用朱笔标点,前面还有刑具排列。这官儿不知何人。叔宝看了,对三人道:"贤弟,不要上去,那黄罗伞下,坐一少年,必是现任官长。我们四人上去,还是与他见礼好,不与他见礼好? 刚则取祸,弱则取辱,不如避他为是。"伯当道:"有理! 我们与他荣辱无关,只往后边去,与长老借住便了。"

兄弟四人,一起走过小甬道,至大雄殿前,见许多泥水匠,在那里刮瓦磨砖。叔宝向匠人道:"我问你一声,这寺是何人修理?"匠人道:"是并州太原府唐国公修的。"叔宝道:"我闻他告病还乡,如今又闻他留守太原,为何在此间干此功德?"匠人道:"唐国公昔年奉旨还乡,途间在此寺权住,窦夫人分娩了第二位世子在这里。唐国公怕污秽了佛像,发心布施万金,重新修建这大殿。上坐的紫衣少年,就是他的郡马,姓柴名绍,字嗣昌。"

叔宝听了,四人遂进东角门,见东边新建起虎头门楼,悬朱红大匾,大书"报德祠"三个金字。四人走进里边,乃是小小三间殿宇,居中一座神龛,龛内站着一尊神像。头戴青色范阳毡笠,身穿皂布海青箭衣,外套黄色罩甲,足穿黄鹿皮靴。面前一个牌位,上写六个金字,乃是"恩公琼五生位"。旁边又有几个细字:是"信官李渊沐手奉祀"。叔宝一见,暗暗点

---

① 韦驮——佛教守护神之一。在寺院内,一般立于天王殿弥勒佛像之后,正对释迦牟尼像。

头。你道为何？只因那年叔宝在临潼山，打败了一班响马，救了李渊，唐公要问叔宝姓名，叔宝恐有是非，放马奔走。唐公赶了十余里，叔宝只通名"秦琼"二字，摇手叫他不要赶。唐公只听得"琼"字，见他伸手，乃错认"五"字，故误书在此。

　　齐国远看了，连这六个字也不认得，问道："伯当兄，这神像可是韦驮么？"伯当笑道："不是韦驮，乃是生像，此人还在。"各人都惊异起来，看看这像，实与秦叔宝无异。那个神龛左右，却塑两个从人，一个牵一匹黄骠马，一个捧两根金装锏。伯当走近叔宝低声问道："往年兄出潞州，是这样打扮么？"叔宝道："这就是我的形像。"伯当就问其故，叔宝遂将救唐公事情说了一遍。不想柴绍见四人进来，气宇轩昂，即着人随看他们作何勾当。叔宝所言之事，却被家丁听见，连忙报知柴绍。柴绍闻言，遂走进生祠来，着地打拱道："哪位是妻父的活命恩人？"四人答礼，伯当指叔宝道："此兄就是老千岁的故人，姓秦名琼。当初千岁仓促之间，错记琼五。如若不信，双铜马匹，现在山门外。"嗣昌道："四位杰士，料无相欺之理，请至方丈中献茶。"各人通了姓名，柴绍即差人到太原，报知唐公，就把四人留在寺内安住，每日供给，十分丰盛。

　　看看年尽，到了正月十四日，叔宝要进长安公干，柴绍亦要同往看灯。遂带了四个家丁，共三十一人，离了寺中，到长安门外，歇宿在陶家店内。众人吃了些酒，却去睡了。叔宝不等天明，就问店主人道："你这里有识路的尊使借一位，乘天未明，指引我进明德门，往杨越公府中送礼，自当厚谢。"店主叫陶容、陶化引路，叔宝将两串钱赏了二人。即取礼物，分作四个纸包，与两名健步拿着，带了陶容、陶化，瞒了众人进明德门去。欲知后事如何，且听下回分解。

第 十 二 回
李药师预言祸变　柴郡马大耍行头①

　　话说杨越公知天下进礼贺寿的官员,在城外的甚多,是夜二更,就发兵符,大开城门,放各处进礼官员入城。都到巡视京营衙门报单,京营官总录递到越公府中。你道那京营官是何人?却是宇文化及长子,名唤宇文成都,他使用一根流金锏,万夫难敌,乃隋朝第二条好汉。

　　是日五鼓,文武官员,与越公上寿。彼时越公头戴七宝冠,身穿暗龙袍,后列珠翠,群妾如锦屏一般,围绕左右。左首执班的女宫,乃江南陈后主之妹乐昌公主。曾配驸马徐德言,因国破家亡,夫妻分别时,将镜一面,分为两半,各怀一半,为他日相见之用。越公见她不是全身②,问她红铅③落于何人?此妇哭拜于地,取出半面宝镜,诉告前情。越公即令军士,将半面宝镜货于市中,乃遇徐德言,收于门下为幕宾,夫妻再合,破镜重圆。右首领班女宫,就是红拂张美人,她不惟颜色过人,还有侠气深心。又一个异人,是京兆三原坊人氏,姓李名靖,号药师,是林澹然徒弟,善能呼风唤雨,驾雾腾云,知过去未来,为越公府中主簿。此日一品、二品、三品官员,登堂拜寿,越公优礼相待,献茶一杯。四品、五品以下官员,就不上堂,只在丹墀下总拜。其他藩镇差遣、送礼官将,则分由众人查收礼物。

　　山东各官礼物,晓谕向李靖处交割,秦琼便押着礼物,到主簿厅上来。李靖见叔宝一貌堂堂,仪表不凡,就与行礼。看他手本,方知是旗牌官秦琼,表章礼物全收,留入后堂,取酒款待,就问道:"老兄眼下气色不正,送礼来时,同伴还有几人?"叔宝不敢实言,说道:"小可奉本官差遣,只有两名健步,并无他人。"李靖微笑道:"老兄这话只可对别人说,小弟面前却说不得。现带来了四个朋友,跟随二十余人。"叔宝闻言,犹如天打一个

---

　　① 行头——指踢球的技术。
　　② 全身——保住性命或名节。指整个身体。不是全身,即失身。
　　③ 红铅——胭脂和铅粉;妇女月经。

响雷,一惊不小,忙立起来,深深一揖道:"诚如先生所言,幸忽泄漏。"李靖道:"关我甚事?但兄今年正值印堂管事,黑气凌入,有惊恐之灾,不得不言。今夜切不可与同来朋友观灯玩月,恐招祸患,难以脱身,天明即回山东方妙。"叔宝道:"奉本官之命,送礼到此,不得杨老爷回文,如何回复本官?"李靖道:"回书不难,弟可以任得。"李靖怎么应承叔宝说有回书?原来杨公的一应书札,都假手于李靖,所以这回书出在他手。不多时,将回书回文写完了,付与叔宝,这时天色已明。临行叮嘱道:"切不可入城看灯。"叔宝作别回身,李靖又叫转来道:"兄长,我看你心中不快,难免此祸。我今与你一个包儿,放在身边;若临危之时,打开包儿,往上一撒,连叫三声'京兆三原李靖',那时就好脱身了。"叔宝接包藏好,作谢而去。

且说叔宝得了回书,由陶容引路,他心中暗想:"我去岁在少华山,就说起看灯。众朋友所以同来,就是柴绍也说同来看灯。我如今公事完了,怎么好说遇着高人,说我面上部位不好,我就要先回去?这不是大丈夫气概;宁可有祸,不可失了朋友之约。"回到下处,见众朋友换了衣服,正欲起身入城。众人见叔宝回来,一起说道:"兄长,怎么不带我们同去公干?"叔宝道:"弟起早先进城,完了公干,如今正好同众位入城玩耍。不知列位可曾用过酒饭么?"众人道:"已用过了,兄长可曾用过么?"叔宝道:"也用过了。"柴绍算还店账,手下把马匹都牵在外边,众豪杰就要上马。伯当道:"我们如今进城,到处玩耍,或酒肆,或茶坊,大家取乐。若带了这二十余人,驮着包裹,甚是不雅,我的意思:将马寄放安顿,众人步行进城,随意玩耍,你道如何?"叔宝此时记起了李靖言语,心想:"这话不可全信,也不可不信,如今入城,倘有不测之事,跨上马就好走脱,若依伯当步行,倘有紧要处,没有马,如何走得脱?"就对伯当道:"安顿手下人,甚为有理,但马匹定要随身。"两人只管争这骑马不骑马的话。

李如珪道:"二兄不必相争,小弟愚见:也不依秦大哥骑马,也不依伯当兄不骑马。若依小弟之言,马只骑到城门旁边就罢,城门外寻着一个下处,将行李放在店内,把马牵在护城河边饮水吃草,众人轮流吃饭看管。柴郡马两员家将,与他带了毡包拜匣,多拿银两,带入城去,以供杖头①之费。其余手下人,到黄昏时候,将马紧辔鞍镫,在城门口等候。"众朋友听

---

①　杖头——手杖的顶端。此处指杖头钱的省称。

说,都道:"讲得有理!"他们骑到城门口下马。叔宝吩咐两名健步道:"把回书回文,随身带好。到黄昏时分将我的马加一条肚带,小心牢记!"遂同众友各带随身兵器,带领两员家将,一起入城。

只见六街三市,勋将宰臣,黎民百姓,奉天子之命,与民同乐,家家户户,结彩悬灯。五个豪杰,一路玩玩耍耍,说说笑笑,都到司马门首来。这是宇文述的衙门,只见墙后十分宽敞,那些圆情①的把持,两个一伙,吊挂着一副行头,雁翅排于左右,不下二百多人。又有一二十处抛球场,每一处用两根柱,扎一座牌楼,楼上一个圈儿,有斗来大,号为彩门,不论膏粱子弟,军民人等,皆愿登场,踢过彩门。这原是宇文述的公子宇文惠及所设。那宇文述有四子:长曰化及,官拜御史;次曰士及,尚②南阳公主,官拜驸马都尉;三曰智及,将作少监。惠及是最小儿子。他倚着门荫,好逞风流,手下有一班帮闲诔附,故搭合圆情把持,在衙门前做个球场。自正月初一,摆到元宵,公子自搭一座彩牌,坐在月台上,名曰观球台。有人踢过彩门,公子在月台上就送他彩缎一疋,银花一对,银牌一面。也有踢过彩门,赢了彩缎银花的,也有踢不过彩门,被人作笑的。

五个好汉,看了些时,那李如珪出自富贵,还晓得圆情。这齐国远自幼落草,只晓得风高放火,月黑杀人,哪里晓得圆情的事?叔宝虽是一身武艺,圆情最有癖节。伯当是弃隋名公,搏艺皆精。只是众人皆说,柴郡马青年俊逸,推他上去。柴绍少年,乐于玩耍,欣然应诺。就有两个圆情的捧行头来,说:"哪位相公请行头?"柴绍道:"二位把持,那公子旁边两位美女,可会圆情?"二人答道:"是公子在平康巷聘来的,惯会圆情,绰号金凤舞、彩霞飞。"柴绍道:"我欲相攀,不知可否?"圆情道:"只要相公破格些相赠。"柴绍道:"我不惜缠头之赠,烦二位通禀一声。"

圆情听了,就走上月台来,禀公子说:"有一位富豪相公,要同二位美人同耍行头。"公子闻言,即吩咐两个美人下去,后边随着四个丫环,捧两个五彩行头,下月台来,与柴绍相见。施礼毕,各依方位站下,却起个五彩行头。公子离了座位,立在牌楼下观看。那各处抛球的把持,尽来看美女圆情。柴绍拿出平生搏艺的手段来,用肩挤拃,踢过彩门里,就如穿梭一

---

① 圆情——旧时指踢球。亦指踢球的人。
② 尚——匹配,多用于匹配皇家的女儿。

般,连连踢过去。月台上家将,把彩缎银花连连抛下来,两个跟随的只管收拾起来。齐国远喜得手舞足蹈,叫郡马不要住脚。两个美女卖弄精神。你看:

　　这个飘扬翠袖,轻笼玉笋纤纤;那个摇曳湘裙,半露金莲窄窄。这个丢头过论有高低,那个张泛送来真又楷。踢个明珠上佛头,实蹴埋尖拐。倒膝弄轻佻,错认多摇摆;踢到眉心处,千人齐喝彩。汗流粉面湿罗衫,兴尽情疏方叫悔。

　　及踢罢行头,叔宝取银二十两,彩缎四端,赠两位美女;金扇二把,白银五两,谢两个监论。此时公子打发圆情的美女,各归院落,自家也要在街市出游了。

　　那叔宝一班朋友,出了戏场,到一个酒楼上吃酒。听得各处笙歌交杂,饮酒者络绎不绝,众豪杰开怀痛饮,直吃到月上花梢,算还酒钱,方才下楼出店看灯。未知众豪杰看灯如何,且听下回分解。

第 十 三 回

长安士女观灯行乐　宇文公子强暴宣淫

　　叔宝众人出了酒店,行至街上,见灯烛辉煌,如同白昼。及看到司马
衙门前,见一个灯楼,却是彩缎装成,居中挂一盏麒麟灯,楼上挂着四个金
字的匾额,写着:"万兽来朝"。牌楼上有一副对联道:

　　　　周祚①呈祥,贤圣降凡邦有道。

　　　　隋朝献瑞,仁君治世寿无疆。

　　麒麟灯下,有各样兽灯围绕,见各项兽类,无不齐备。两边有两位圣
贤,骑着两盏兽灯,也有着对联一副,悬于左右。上写道:

　　　　梓潼帝君,乘白骡下临凡世。

　　　　三清老子,跨青牛西出阳关。

　　众人看罢,过了兵部衙门,行到杨越公府东首来。这些附近百姓人家
门首,各搭一个小小灯栅,设天子牌位,点灯焚香供花,以示与民同乐的意
思。街中走马撮戏,做鬼接神,闹嚷嚷填满街道。不多时,已到杨越公门
首。灯楼与兵部衙门一样,楼虽一样,灯却不同,挂的是一盏凤凰灯,牌匾
上面写四个金字,写的是:"天朝仪凤"。牌楼柱上左右一副金字对联道:

　　　　凤翅展丹山,天下咸欣瑞兆。

　　　　龙须扬北海,人间尽得沾恩。

　　凤凰灯下,各色鸟灯齐备,悬挂四围。另有两个古人,骑着两盏鸟灯,
甚是齐整。也有一副对联,悬于牌楼柱左右,上写道:

　　　　西方王母坐青鸾,瑶池赴宴。

　　　　南极寿星骑白鹤,海屋添筹。

　　众人看过,已是初更时分。那齐国远自幼落草,不曾到过帝都。今日
又是良辰佳节,灯明月灿,锣鼓喧天,笙歌盈耳,欢喜得紧,也没有一句话,
好对朋友讲。只是在人丛里,挨来挤去,摇头摆脑,乱叫乱跳,按捺不住。

---

　　① 祚(zuò)——福,君主的位置。

众人遂进皇城,到五凤楼前,人烟挤塞的紧。那五凤楼外,却设一座御灯楼,有两个太监,坐在交椅上,带五百军士,各穿锦袄,每人拿一根齐眉朱红棍把守。这座灯楼,不是纸绢颜料扎缚的,都是海外异香,宫中宝玩砌就。这一座灯楼上面悬一牌匾,都是珠宝穿就。当时众游人都在灯栅内,穿来插去,寻香嗅味,何尝真心看灯?以致剪绺①的杂在人丛,捞了首饰,割了衣服。那些风骚妇女,在家坐不安,又喜欢出来布施,趁此机会,结识标致后生,算为一乐。

不想有一个孀居王老娘,不识祸福,领了一个十八岁的女儿,小名琬儿,出来看灯。那琬儿又生得十分美貌,才出门时,就有一班少年跟随在后,挨上闪下。一到大街,蜂攒蚁聚,身不由己。琬儿母女,各各惊慌。不料宇文公子有多少门下游棍,在外寻察;见了琬儿姿色,就飞报公子,公子急忙追上,看见琬儿容貌,魂消魄落,便去挨肩擦背调戏他,琬儿吓得不敢做声,走避无路。王老娘不认得宇文惠及,就发作起来,惠及趁势假怒道:"这妇人无礼,敢挺撞我?拿她回去!"说得一声,家人就把母女掳去。

王老娘与琬儿大惊,叫喊救人,街上的人哪个不认得是宇文公子,谁敢惹他?掳到府门,将王老娘羁②在门房内,只有琬儿被这些人撮过几个弯,转过了几座厅房,方到书房里。那宇文公子即时赶到,把嘴一咂,众家人都走出去,只剩几个丫环。公子将琬儿抱住,便去亲嘴,这琬儿是未经见识的女子,不知什么意思,把脸侧开,将手推去。公子还要伸过手去,琬儿惊得乱跳,急得挣扎一番,啼哭叫道:"母亲快来救我!"公子笑嘻嘻,又抱住说道:"不消哭,少不得有你好处。"就叫丫环,把琬儿抱到床上,由他奸淫一次。事后吩咐丫环看守,遂往外去。

公子走到府门,那王老娘看见,一发喊叫要讨女儿。公子道:"你女儿我已收用,你早早回去,休得在此讨死!"王老娘大哭道:"我单生此女,已许人家了,快快还我。若不还我,我就死在这里!"公子道:"既是这等说,我府门首死不得许多!"叫手下人攒她开去。众人推的推,打的打,把王老娘打出巷口,关了栅门,凭她叫喊啼哭。那公子又带了一二百名狠仆,街上闲撞,还想再撞出个有色的女子,抢来作乐。此时已三鼓了。

———————————

①　剪绺(jiǎn liǔ)——在人丛中剪开人家衣袋窃取财物。

②　羁(jī)——停留。

再说叔宝一班豪杰，遍处玩耍，忽见一簇人在喧嚷，众豪杰进前观看，见一个老妇人，匍匐在地，放声大哭。伯当问旁边看的人道："这妇人为何在街坊啼哭？"众人道："这老妇人因今夜带女儿到街上看灯，撞见宇文公子，被公子抢了去。"叔宝道："哪个宇文公子？"众人道："是兵部尚书的公子。"叔宝道："可就是射圃圆情的？"众人道："正是。"叔宝又问那妇人道："你姓什么？住在哪里？"老妇人道："老身姓王，住在宇文老爷府后。"叔宝道："你且回去，那个宇文公子，在射圃踢球，我们赢他彩缎银花，有数十件在此。待我寻着公子，赎你女儿还你。"老妇闻言，叩头四拜，哭回家去。

叔宝问众人道："抢她女儿，可是真么？"众人道："稀罕抢她一个？那公子见有姿色妇人，不论缙绅①庶民②，都要抢去，百般淫污。他们的父母丈夫，会说话的，次日进去，婉转哀求，或者还他。不会说话的，冲撞了他，即时打死，丢在夹墙，谁敢与他索命？"叔宝听了，竟忘李靖之言，恨恨不平，就动了打的念头。又问道："那公子如今在哪里？"众人道："那公子不是好说话的，惹着他有命无毛，你问他怎的？我看列位雄赳赳，气昂昂，只怕惹祸。"叔宝道："我们是外乡人氏，不知底里，问他怎样行头，若中途遇着，我们也好回避。"未知众人说出什么话来，且听下回分解。

---

① 缙绅——古代称有官职或做过官的人。官宦的代称。
② 庶民——一般老百姓。

第 十 四 回

参社火公子丧身　行弑逆杨广篡位

　　众人见叔宝问宇文公子怎么样行头，就说道："那公子的行头太多哩！他养着许多亡命之徒，每人拿一根齐眉棍，有一二百个在前开路，后边都是会武艺的家将，真刀真枪，摆着社火①。公子骑着马，马前都是青衣大帽管家。长安城内，这些勋卫府内家将，扮得什么社火，遇见公子，当场舞来。舞得好，赏赐花红，舞得不好，用棍打开。列位若遇着，避他为是。"叔宝道："多承指教了！"

　　众豪杰听了此语，个个摩拳擦掌，扎缚停当，只在长安西门外御街道上找寻。等到三更中，忽见宇文公子来了，果然短棍有一二百，如狼牙相似，自己穿了艳服，坐在马上，背后拥着家丁。众豪杰观看明白，就躲在路旁，正要寻出事来，恰恰前面探子来报说："夏国公窦爷府中家将，有社火来参。"公子问道："什么故事？"他回说："是'虎牢关三战吕布'。"公子着他舞来。众社火舞了些时，及舞罢，公子道："好！"赏了众人去。叔宝高叫道："还有社火来参！"说罢，五个豪杰窜进来喊道："我们是'五马破曹'。"叔宝拿两条金锏，王伯当两口宝剑，齐国远两柄金锤，李如珪一条竹节钢鞭，柴嗣昌两口宝剑，那鞭锏相撞，发出叮当哗啄之声，只管舞过来。旁观之人，重重叠叠，塞满街衢②。

　　齐国远想道："此时打死他不难，只是不好脱身，除非是灯棚上放起火来。这百姓救火要紧，就没人阻拦我们了！"便往屋上一窜，公子只道这人要从上边舞将下来，却不防他放火。叔宝见火起，料止不得这件事，将身一纵，纵于马前，举锏照公子头上打去。那公子跌下马来，登时殒命。众家人叫道："不好了！把公子打死了！"各举刀枪棍棒，齐奔叔宝打来。叔宝抡动双锏，哪个是他敌手？打得落花流水。齐国远就灯棚上跳下来，

────────────

① 社火——民间在节日的集体游艺活动。

② 衢（qú）——大路。

抡动金锤,逢人便打,众豪杰一起动手,不论军民,尽皆打伤。打得东倒西歪,裂开一条血路,齐奔明德门来。

那巡视京营官宇文成都,闻知此事,吃了一惊,遂发令闭城,亲身赶来。叔宝当先挥铜打去,宇文成都把二百斤的流金镋,往下一拦,铜打着镋上,把叔宝右手的虎口都震开了,叫声:"好家伙!"回身便走。王伯当、柴嗣昌、齐国远、李如珪四个好汉,一起举兵器上来,被宇文成都把镋往下一扫,只听得叮叮当当,兵器乱响,四个人身子摇动,几乎跌倒。叔宝赶快取出李靖的包儿,打开一看,原来是五粒赤豆,便望空一抛,就叫:"京兆三原李靖"。连叫三声,只见呼的一声风响,变了叔宝五人模样,竟往东首败下去了,把叔宝五人的真身隐过。那宇文成都纵马望东赶来。叔宝五人乘机向明德门外逃走。那些进城看灯的喽啰们见百姓狂奔叫喊,知道城中出了乱事,就连忙走出城来,向看马的喽啰说道:"列位,想是爷们五个在城内闯了祸,打死什么人。你们几个牵马到大路上伺候,几个有膂力的同我们去按住城门,不要被守门的官将城门关了。"众人都道:"说得有理。"十数个大汉到城门首,几个故意要进城,互相扭扯,便打起来,把门的军士都被推倒了。那巡视京营官的军令下来,要关城门,如何关得?这时众豪杰恰好逃到了城门边,见城门未关,便有生路,齐招呼出门。众喽啰看见主人齐到了,便一哄而散,抢出城门。见自己马在路旁,各飞身上马,一起奔向临潼关来。

众人至承福寺前,嗣昌要留叔宝在寺,候唐公的回书,叔宝道:"怕有人知道不便。"还嘱咐他把报德祠毁去。说罢,就举手作别,马走如飞。将近少华山,叔宝对伯当道:"来年九月二十三日,是家母六十寿诞,贤弟可来光顾。"伯当、国远与如珪都道:"弟辈自然都来拜祝。"叔宝也不入山,各各分手,自回家去。

却说长安城内,杀得尸积满街,血流遍地,百姓房屋,烧毁不计其数。宇文述闻报爱子被响马打死,五内皆裂,说道:"我儿与响马何仇,被他们打死?"家将禀道:"因小爷酒后与王氏女子作戏玩耍,其母哭诉于响马,响马就行凶,将小爷打死。"宇文述大怒,就叫家将把琬儿拖出仪门,乱棍打死,并差家将前去,把王老娘一家尽行杀死。又令紧随小爷的家将,把响马的年貌衣饰,一一报来。家将道:"那响马共有五人,打死公子的,身长一丈,年纪二十多岁。穿青色衣服,舞着双铜。"宇文述就叫几个善写丹青的,把响马的年貌衣服,画了图形,四面张挂缉获,不题。

　　再说太子杨广,既谋夺了哥哥杨勇东宫,又逼去了李渊,他生平最怕独孤娘娘。不料开皇①元年娘娘也崩了,斯时无所畏忌,奢华好色之心,渐渐发起。那文帝因独孤娘娘身死,没人拘束,宠幸了两个绝色,一个是宣华陈夫人,一个是容华蔡夫人;朝政渐渐不理。

　　仁寿四年,文帝年纪高大,当不起两把斧头②,四月间已成病了。因令杨素营建仁寿宫,就在仁寿宫养病。到了七月,病势渐渐不起,尚书仆射杨素、礼部尚书柳述、黄门侍郎元岩,三人值宿阁中,太子入宿太宝殿上。宫内是陈、蔡二夫人服侍,太子因侍疾,两个都不回避。蔡夫人容貌十分美丽,陈夫人比之更胜,况她是陈高宗之女;生长锦绣丛中,说不尽的齐整。太子见了,魂消魄落,要闯入宫去调戏她,因她侍疾时多,不得凑巧。

　　一日,太子入宫问疾,远远见一丽人出宫,又无个宫女跟随。太子举目一看,却是陈夫人,为要更衣,故此独自出来。太子喜得心花大放,暗想:“机会在此时矣!”吩咐从人不要随来,自己急急赶上。陈夫人看见,吃了一惊道:“太子到此何为?”太子道:“夫人,我终日在御榻前,与夫人相对,神情飞越。今幸得便,望乞夫人赐我片刻之欢。”陈夫人道:“太子,我已托体圣上,名分所在,岂可如此?”太子道:“夫人,情之所钟,何名分之有?”就把陈夫人紧紧抱住,求一接唇,陈夫人竭力推拒。正在不可解之际,只听得一声传呼道:“圣旨宣陈夫人。”此时太子知道留她不住,道:“不敢相强,且留后会。”

　　夫人喜得脱身,神色惊慌,要稍俟喘息宁静入宫,又恐文帝索取药饵,如何敢迟? 只得走到御榻前面。文帝怪其神色有异,因问何故。此时陈夫人欲要把这件事说知,恐文帝着恼,病加沉重,但一时没有遮饰,只说得一声:“太子无礼!”帝闻此言,不觉大怒,把手在榻上敲了几下道:“畜生,何足以付大事? 独孤误我!”即宣柳述、元岩进宫。太子心中不安,走在宫门打听,听得文帝怒骂,又听得宣柳述、元岩,不宣杨素,知有难为他的意思,急奔来寻张衡等一班计议。张衡等见太子来得慌张,只道文帝崩

---

　　①　开皇——公元589年二月—公元600年十二月,随朝政权隋文帝扬坚年号。
　　②　两把斧头——此指陈、蔡二夫人。

驾,及至问时,方知为陈夫人之事。张衡道:"事既如此,只有一件急计,不得不行了!"太子忙问何计? 张衡附耳道:"如此,如此。"

急见杨素慌慌张张走来道:'殿下不知因何事忤了旨,圣上宣柳述、元岩撰诏,去召太子杨勇。他二人已在撰诏,只待用宝赍往济宁。他若来时,我们都是他仇家,怎生是好?"太子附耳道:"张衡已定一计,说如此如此。"杨素听了道:"如今也不得不如此了!"就催张衡去做。又假一道圣旨,着宇文化及带校尉到撰诏处,将柳述、元岩拿住,说他乘上弥留,不能将顺,妄思拥戴,将他下了大理寺狱。再传旨说:"宿卫兵士劳苦,暂时放散。"就令郭衍带领东宫兵士,守定各处宫门,不许内外人等出入,泄漏宫中事务。又矫诏去济宁召太子杨勇,只说文帝有事,宣他到来,斩草除根。众人遂分头去做事。

此时文帝半睡问道:"柳述、元岩,写诏曾完否?"陈夫人道:"还未见呈进。"文帝道:"完时即便用宝,着柳述飞递去。"言讫,只见外边报太子差张衡侍疾,带了二十余太监,闯入宫中,先吩咐当值内侍道:"太子有旨,你们连日辛苦,着我带这些内监更替。"又对御榻前这些宫人道:"太子有旨,将带来这些内监承应,尔等也去歇息。"这些宫女因承值久了,巴不得偷闲,听得吩咐,一起都出去了。唯有陈夫人、蔡夫人仍立在御榻前。张衡走到榻前,也不叩头,见文帝昏昏沉沉,就对二位夫人道:"二位夫人也暂回避。"这两个夫人乃是女流,没甚主意,只得离了御榻,在阁子后坐了。但又放心不下,即着宫人在门外打听。过了一个时辰,那张衡洋洋的走出来道:"启上二夫人,圣上已归天了! 适才还是这等守着,不报太子知道?"又吩咐各宫嫔妃,不得哭泣,待奏过太子来,举哀发丧。正是:

　　鼎湖龙去寂无闻,谁向湘江泣断云?
　　变起萧墙人莫识,空将旧恨说隋文。

这些宫妃嫔女,虽然疑惑,却不敢说是张衡谋死。那张衡忙走来见太子与杨素,说道:"恭喜大事毕了!"太子听了改愁为喜,就令传旨,着杨素之弟杨约,提督京师十门,郭衍为右铃卫大将军,管领行宫宿卫,及护从车驾人马;宇文成都升无敌大将军,管辖京师各省提督军务。秘不发丧。

不数日,有济宁大将军杨通,保废太子杨勇,到长安城外安营。杨广假文帝旨,召杨勇夫妻父子三人进城,其余不准入内。及至杨勇赚进城中,父子二人同被缢死。因见萧妃有国色,杨广乃纳为妃子。杨通一闻此事,大怒不息,领部下十万雄兵,返回济宁,自称吓天霸王。按下不表。

当下文帝驾崩时,并无遗诏,太子与杨素计议,叫谁人作诏,然后发丧?杨素保举伍建章为人耿直,众臣信服,如召他来,令他作诏,颁行天下,庶不被众臣谤议。太子见说,即差内监前去宣召。

那伍建章一生忠直,不交奸党,这日在府,闻皇帝已死,东宫亦亡,大哭道:"杨广听信奸臣,谋害父兄,好不可恨!"忽见家人来报说:"太子差内监,宣老爷即刻就往。"建章出见内监道:"公公请回,我打点就来。"内监告别,回复太子。伍建章拜辞家庙与夫人,乃麻巾①衰绖②,进见太子,痛哭不止。太子谕之曰:"此我家事耳,先生不必苦楚!取御笔来,先生代孤写诏,当裂土分封。"建章将笔大书:"文皇死得不明,太子无故屈死!"写毕,掷笔于地。太子一看,大怒道:"老匹夫,孤不杀你,你却来伤孤。"命左右推出斩首。建章高声骂道:"你弑父缢兄,人伦大变,天道不容。今日又要杀我,我生不能啖汝之肉,死必勾汝之魂。"左右不由分说,把伍建章斩首宫门外。就与杨素等商议发丧,假为遗诏,命太子杨广即皇帝位,颁行天下。当时太子取一个黄金小盒,内藏同心彩结,差内侍送与陈夫人,至晚就在陈夫人宫中宿了。

七月丁未,文帝晏驾,至甲寅,诸事皆备。次日,杨素先辅太子,在梓宫侧举哀发丧,群臣皆衰绖,依着班次送殡。然后太子换吉服,拜告天地祖宗,换冕冠,即大位,群臣都换朝服入贺,大赦天下,改元大业元年,称为炀帝。在朝文武,各晋爵赏。就差宇文化及,带了铁骑,围住伍府,将阖③门老幼,尽行斩首。可怜伍建章一门三百余口,个个不留,只逃走了马夫。那马夫名唤伍保,一闻此信,逃出后槽,离了长安,星夜往南阳,报与伍云召老爷去了。

炀帝又追封东宫为房陵王,以掩其谋害之迹。斯时宇文述与杨素,俱

---

① 麻巾——丧服。
② 衰绖(cuī)——丧服。
③ 阖(hé)——同"合",全部。

怕伍云召在南阳,思欲斩草除根,忙上一本道:"伍建章之子云召,官封侯爵,镇守南阳,勇冠三军,力敌万人。若不早除,必为大患,望陛下遣兵讨之,庶无后忧。"炀帝准奏,即拜韩擒虎为征南大元帅,麻叔谋为先锋,化及之子成都,在后接应,点起雄兵六十万,即日兴师。韩擒虎等领命出朝,望南阳发进。未知此去胜负如何,且听下回分解。

第 十 五 回

雄阔海打虎显英雄　伍云召报仇集众将

再说伍建章之子云召，身长八尺，面如紫玉，目若朗星，声如铜钟，力能举鼎，万夫莫敌，拥雄兵十万，镇守南阳，是隋朝第五条好汉。夫人贾氏，生一位公子，才方周岁。一日，伍云召往金顶太行山打围，来至山边，叫军士安营，摆下围场，各驾鹰犬，追兔逐鹿。此山周围有数百余里，山中有一大王，姓雄名阔海，本山人氏，身高一丈，腰大数围，铁面虬须，虎头环眼，声若巨雷。使两柄板斧，重一百六十斤，两臂有万斤气力。在本山落草，聚集喽啰数千，打家劫舍，往来商客，不敢单身行走，是隋朝第四条好汉。这日因山中钱粮缺少，他即令众头目各带喽啰下山，到各处打劫往来客商。众头目得令，带着喽啰下山去了。

那雄阔海就换便服，走出寨门，望山下而来。行到半山，见林中跳出两只猛虎，扑将过来。阔海上前双手擎住，那两只虎动也不敢动，将右脚连踢几脚，举手将虎望山下一丢，那虎撞下山岗而死。又把一只虎，一连几拳打死。这名为"双拳伏两虎"。那伍云召在山上打围，望见前村有一好汉，不消片时，将两虎打死。便吩咐家将，上前相请。家将领命上前，大叫："壮士慢行，我老爷相请。"阔海就问："你老爷是何人？"家将道："我老爷是南阳侯伍老爷。"阔海心中暗想："伍老爷乃当世之英雄，无由进见，今来相请，是大幸了！"就随家将来到营前，入营进见云召，朝上一揖。云召看此人，相貌堂堂，威风凛凛，即出位迎接道："壮士少礼，请问壮士姓甚名谁？哪里人氏？作何生理？"阔海道："在下姓雄名阔海，本山人氏，作些无本经纪。"云召道："怎么叫做无本经纪？"阔海道："只不过在山中聚集喽啰，白要人财帛，故叫做无本经纪。"伍云召笑道："本帅见你双拳打虎，定是一个豪杰。本师回府，意欲为你进表招安，同为一殿之臣，你意下若何？"阔海道："多谢元帅。"云召道："本帅今日欲与你结拜为兄弟。"阔海道："在下一介莽夫，怎敢与元帅结拜？"云召道："说哪里话来！"即吩咐家将摆着香案，云召年长一岁，拜为哥哥，阔海拜为兄弟。立誓后日要患难相扶,若有私心,天地不容。拜毕,云召道:"贤弟,你回山中守候,待哥哥回到南阳,修本进朝,招安便了。"阔海谢道:"多谢哥哥!"二人告别,阔海自回山寨。

云召令众将摆齐队伍,回转南阳,到了城外,众将出城迎接。云召同众将入城,至衙门大堂中坐下,那旗牌官四营八哨,游击把总,千户百户,齐齐上堂。行礼毕,云召吩咐众将,各回汛地,四营八哨,各回营寨。众将士得令,一起退出,放炮三声,封门退堂。夫人接着,就问:"相公出去打围如何?"云召就把与雄阔海结拜之事,细说一遍。夫人大喜,即吩咐摆宴,与老爷接风。夫妻二人,对坐同饮,按下不题。

再说那马夫伍保,逃出长安,在路闻得又差韩擒虎起大兵,前来讨伐,心中着急,便不分星夜,赶到南阳。来至辕门,把鼓乱敲,旗牌官上前喝问何事,伍保道:"咱是都中太师爷府中差来,要见老爷,烦你通报。"旗牌官闻言,即到里面,对中军说了。中军将走到内堂禀道:"都中太师爷差官在外面,要见老爷。"云召大喜,吩咐唤那差官进来,中军将此话传出,旗牌官就请差官进内。伍保闻言,走到后堂,望见云召,坐在椅中,两旁数十名家将站立。伍保走进一步,大叫一声:"老爷,不好了!"禁不住眼中流泪。伍云召心下大惊,急问道;"太师爷,太夫人,在都中何如? 可有书信? 拿来我看。"伍保道:"哪里有书信?"云召道:"为何没有书信? 你快快说与我知道。"伍保道:"太子杨广与奸臣谋死圣上,要太师爷草诏,太师爷不肯,就把太师爷杀了。又围住府门,将家中三百余口,尽行斩首。小人在后槽越墙而逃,报与老爷知道。"

云召听了,大叫一声,晕倒在地。夫人与家将上前叫唤,云召半晌方醒。家将扶起云召,放声大哭,夫人流泪劝解。云召道:"我家世代忠良,我们赤心为国,南征北伐,平定中原。今日昏君弑父篡位,反把我父亲杀了,又将我一门尽行斩首,此恨如何得消?"伍保道:"老爷,那昏君把太师爷杀了之后,又听奸臣之言,差韩擒虎为元帅,麻叔谋为先锋,宇文成都为后应,领兵前来讨伐,老爷作速打点。"夫人道:"公公婆婆既被昏君所害,伍氏只存相公一人,并无哥弟,相公还须打点主意,决不可束手无策,坐以待毙。"

云召道:"夫人所言有理,待下官与众将商议,然后举行。"遂打鼓升堂,三声炮响,把门大开,众将齐入参见,分立两旁。云召道:"众将在此,本帅有句话儿，要与众将商议。"众将道："老爷吩咐，末将怎敢不遵？"云召道："我老太师在朝，官居仆射。又兼南征北讨，平定中原，不想太子杨广，弑父篡位，与奸臣算计，要老太师草诏，颁行天下。老太师忠心不昧，直言极谏，杨广反把老太师杀了，并家眷三百余口，尽行斩首，言之真可痛心！今差韩擒虎、麻叔谋、宇文成都，领兵前来拿我，我欲弃了南阳，身投别处，不知诸将意下如何？"忽见总兵队里，闪出一员大将，复姓司马名超，身长八尺，青面红须，使一柄大刀，有万夫不当之勇，大叫道："主帅之言差矣！杨广弑父篡位，人人可得而诛。老太师尽忠被戮，理当不共戴天，奈何欲弃南阳，逃遁他方，而不念君父之仇乎？今末将愿随主帅，杀入长安，去了杨广，别立新主。一则为君，二则为亲，岂不是忠孝两全？"云召道："将军赤心如此，不知众将如何？"只见统制班内闪出一员上将，姓焦名芳，身长七尺，白面长须，使一杆长枪，上马临阵，无人抵敌，大声叫道："主帅不必费心，末将等愿同主帅报仇。"又见四营八哨，齐声愿随报仇。云召道："既然如此，明日下教场操演。"众将得令，齐声答应退出，放炮三声，掩门退堂。

夫人把他迎接进去，就问众将之意若何？云召就把众将之言，说了一遍，又道："本帅明日即下教场，点齐众将，分兵各处把守，调齐各处粮草。待擒了韩擒虎，然后杀上长安，与父报仇，岂不快哉！"夫人道："相公主意不差！"

次日天明，众将各各收拾兵器盔甲鞍马，带领管下军马，往教场伺候。云召用了早膳，来到大堂，点齐三百名家将，出了辕门，来到教场将台边上。三声炮响，云召下马，坐在虎皮交椅上，众将进前参见礼毕，站立两旁。云召传令着总兵官司马超领兵二万，前去把守麒麟关各处营寨，须要小心抵敌，不可有违。司马超得令，领了人马，往麒麟关去了。云召又着统制官焦芳，领令箭一枝，往各处催趱①粮草，不可有误。焦芳得令，领了令箭，前往各处去了。云召吩咐，大小将官，须要盔甲鲜明，各归营寨，操演该管军士，候命不日听点。众将得令，各归营寨，操演军士。伍保牵过马匹，三声炮响，云召上马，带了家将，回转帅府。毕竟不知后事如何，且听下回分解。

---

①　趱(zǎn)——加快。

第 十 六 回

麒麟关莽将捐躯　南阳城英雄却敌

　　再说齐国公韩擒虎，奉旨征讨南阳，令麻叔谋领前队先行，自领中军在后，缓缓而行。看官，你道韩擒虎为何在道延迟？只因他与伍建章有八拜之交，意欲使伍云召知觉，逃往别处，故此打发麻叔谋领前队。那叔谋在路上，纵容军士，掳掠百姓，奸人妻女，罪不可当。及兵至麒麟关，麻叔谋出马观看，只见总兵司马超，关门紧闭，关上扯起两面白旗。那旗上大书"忠孝王与父报仇"七个大字。叔谋看了，十分大怒，令军士叩关下寨，自己到军中见韩擒虎禀道："小将领兵到麒麟关，那总兵司马超扶助反贼，把关门紧闭，扯起旗号，上写着'忠孝王与父报仇。'"韩擒虎道："这厮反叛朝廷，殊为无礼。"吩咐三军，拔营前去。

　　众军得令，直至关下，韩擒虎道："哪一位将军前去讨战？"有副先锋雷明，进前应道："末将愿取此关。"遂翻身上马，手执方天画戟，直至关下大叫道："关上军士，快报与守将知道，有本领的出来会战！"军士飞报入府说，有一位隋将讨战。司马超闻言，提刀上马，领兵出关。雷明看见大叫道："青面贼，你是何人？"司马超大喝道："吾乃伍元帅帐下总兵司马超便是。"雷明听说大喝道："我乃天朝大将，岂识你反臣贼子？"拿戟便刺，司马超举刀相迎，不上几个回合，雷明看司马超这把大刀，神出鬼没，自己招架不住，慌忙要走。被司马超撤开画戟，举刀把雷明砍做两段。败兵逃去，飞报入营，说："雷将军被贼将杀了！"擒虎大怒道："未曾破关，先折一员大将。"即叫道："众将官，哪一位与我去擒这贼来？"闪过正先锋麻叔谋道："小将愿往擒此反贼。"遂提枪上马，来到关下，大叫道："反贼，你是朝廷命官，乃助这逆贼，有违天命，自取灭亡。如今趁早投降，饶你性命！"司马超大怒喝道："放屁！"上前把刀劈面砍来，麻叔谋将枪架住，两马相交，枪刀并举，大战四十回合，不分胜败。麻叔谋暗想："战他不胜，必须回马一枪，方可胜他。"就把枪虚晃一晃，分开大刀，拖枪回马而走。司马超在后追赶，麻叔谋见他渐渐走近，即取枪在手，回马一枪。枪还未起，司马超把刀在马后砍来，叔谋将身一闪，跌下马来。众将抢上前去，救了叔谋。天色已晚，各自收兵。

叔谋回营，来见元帅道："小将出去，与那贼交战四十回合，看他本事高强，意欲用回马枪挑他，不料马失前蹄，自己跌下马来，败走回营，来见元帅，望乞恕罪。"韩擒虎道："胜败兵家常事，何足为虑？但此关不破，此贼难擒，待本帅明日自去擒他便了！"

及至次日，韩擒虎全装披挂，直抵关前讨战，探子报入军中，司马超闻报道："这老匹夫，合当要死，待我出去斩了他。"便吩咐三军，齐出会战。那司马超顶盔贯甲，当先出见，欠身施礼道："老元帅，小将甲胄在身，不能全礼，马上打躬了。"看官，那司马超昔日也在他麾下，做过指挥，知他本事。他十二岁打过老虎，十三岁出兵，曾破番兵数十万。南征北讨，至今年近七旬，须发苍白，不知会过多少英雄，并无敌手。后归隋朝，封为齐国公。当时他见司马超马上欠身，口称老元帅，忙答礼道："将军少礼，本帅有句直言，不知肯容纳否？"司马超道："元帅有何金言，末将自当洗耳。"韩擒虎道："本帅奉旨南征，大兵六十万，战将一千员，后队天保将军宇文成都，不日就到。将军退回关中，与云召商议，早早打点。不然，打破南阳，玉石俱焚，悔之晚矣！"韩擒虎心中，不过要云召逃走，不好明言，故此暗暗点醒。但司马超是个莽夫，哪里听得出这话？又且昨日胜了二将，今又欺其年老，即大喝道："不必多言，看兵器吧！"当头一刀劈来。擒虎大怒道："这狗头，如此无礼！"忙把刀架住。那司马超虽勇，不是韩擒虎对手，当时战了七八回合，被韩擒虎架开司马超的刀，照头一刀砍下。可怜他为主忠心，不能成功，竟死于擒虎之手！众军见主将已死，四散逃走，擒虎乘势抢关，关内无主，开关投降。擒虎兵马入关，点明户口，盘算钱粮，养息三日，就起兵直抵南阳，离城十里，安营下寨，不表。

再说那探子飞马报进南阳，见了云召，把司马超交战始末，说了一遍。"今韩元帅乘势起兵，直抵南阳来了，大老爷须速速打点迎敌。"云召听说微笑道："自古说'兵来将挡，水来土掩'。他人马虽多，有何惧哉！"遂传令众将，整顿盔甲，操演兵马，预备交战。又见外面报道："催粮将军焦芳缴令。"云召唤他进来，焦芳步进辕门，上堂参见，云召叫声："免礼。"焦芳道："末将奉主帅将令，往新野等县，催运粮米十万斛，今在城外渭河里。"云召道："将军路上辛苦，且回营安歇，再候本帅令吧！"焦芳拜谢主帅，出了辕门回营,不表。

再说韩擒虎升帐,众将参见毕,就问道:"哪一位将军前去擒拿反贼?"闪过汜水关总兵何伦道:"元帅,待小将去擒来!"韩擒虎道:"那反臣武艺高强,你须要小心前去!"何伦道:"元帅放心,末将此去,拿伍云召不来,誓不回营。"即提枪上马,领兵近城讨战。城上军士报至府中,云召闻报,即提枪上马,领兵出城迎敌,大叫道:"来将何名?"何伦向前喝道:"反贼,你不识得我汜水关总兵何伦么?你速速下马受缚,免污我宣花斧。"云召大喝道:"啐!你乃无名小卒,敢来说这大言?速速叫韩擒虎出来会战,不然,先把你这匹夫,碎尸万段。"何伦大怒,举起宣花斧,劈面砍来。云召把枪一架,叮当一响,何伦双手酸麻,虎口震开,复一枪,结果了性命。众将上前围住云召,云召一杆枪,神出鬼没,一连几枪,又挑死了隋朝十余员将官,众皆败走。云召又趁势把三军乱砍,杀得血流成河,尸积如山,云召得胜入城。

那隋朝败兵报进营中,把战败事情,说了一遍。擒虎闻报大惊,连忙出营,计点军士,折了十余员大将,兵卒一万,马三千匹,盔甲不计其数。韩擒虎大怒道:"待本帅明日亲自临阵,擒此匹夫,与何将军报仇。"到了次日,韩擒虎点起三军,正欲出战,忽闪出先锋麻叔谋上前道:"元帅,今日待小将前去,擒拿反贼,解上朝廷,何劳元帅亲战!"擒虎道:"既如此,将军须要小心!"叔谋应声:"得令。"回到营中,点齐众将,令帐下四员猛将,领三千人马,在离此五里路名叫长平冈的地方埋伏。又命四员心腹勇将,领三千人马,离城三里埋伏。麻叔谋又对护从猛将四员道:"你四位将军,乃是我亲信之将。要晓得那反贼英雄盖世,勇冠三军,今日元帅要亲自临阵,俺为先锋,焉敢退避?故此讨下差来,与那反贼交战,四位将军,俱要紧随着我,我若胜了反贼,你们可速速帮助擒他。若我杀败了,你们速速上前挡住,尽力死战。若拿得反贼,功劳是一样的。"四人应声道:"得令!"

麻叔谋点了四万人马,与四将齐出营门,来到城下,大叫:"城上军士,你可速报与反贼知道。你说:'今日我先锋亲来,快早早出来受缚,免我先锋动手。'"军士报入帅府道:"隋将麻叔谋在城外讨战。"云召道:"杀不尽的狗头,今日也来讨死!"遂执了长枪,挂了宝剑,带了军士,上马出城,来到战场。麻叔谋提枪上前,四员猛将随列于后,云召出马骂道:"杀不尽的狗头！敢兴无名之师，犯我南阳，速速下马受死，免累三军遭难。"遂把枪劈面刺来，叔谋举枪便迎，两马相交，双枪并举。战了三四回，叔谋气力不加，大叫众将上前抵敌，虚刺一枪，大败而走。云召后面追来，四将上前挡住，云召独战四将，不上二三合，二将中枪落马而死。另外那二将见势头不好，正待要走，被云召拔出青虹剑，俱斩落马下。

隋兵败走，云召追至长平冈，只听一声炮响，闪出埋伏四将，领了三千人马，拦住去路。后面那四员大将，听得炮声呐喊，连忙领兵从后面杀来。云召急引兵回时，韩擒虎又差二员大将，一员是陈州总兵吴烈，一员是曹州参将王明，各带兵马五千，四面围住。云召东冲西突，隋兵愈加众多，云召手执长枪，杀上前面，四将来迎，云召大喊一声，竟冲四将。那四将抵敌不住，被云召刺死三将，一将往前逃走，又被云召一箭射死，前军四散逃生。云召从后追来，两胁下伏兵齐起，吴烈、王明，各执大刀，一起杀来。云召在中央独战二将，全无惧怯，不上五个回合，吴烈中枪落马。王明要走，也被云召一枪，结果了性命。军士乱逃，被云召把青虹剑乱砍，如砍瓜切菜一般，不消半个时辰，四将皆丧在沙场。可怜麻叔谋帐下十二员将官，俱伤于伍云召之手。只逃走了麻叔谋。

那麻叔谋亏了四将挡住，杂入小军中逃脱，盔袍尽落，衣甲全无，急急然如丧家之狗，忙忙然如漏网之鱼，逃到营中，来见擒虎，大叫："元帅，不好了！"擒虎抬头一看，见叔谋盔甲全无，衣衫不整，垂着头，拐着脚，好似落汤鸡一般，忙问道："先锋为什么这般光景？"叔谋将交战败走的事情，说了一遍，韩擒虎大怒道："我差二员大将，前来接应，你怎么不与那反贼死战，私下逃回？前日被司马超杀败，本帅念你初次，今又丧师误国，军法难逃，左右与我绑去砍了。"叔谋大叫："饶命！"左右不由分说，把叔谋绑出营门。未知性命如何，且听下回分解。

第 十 七 回

韩擒虎调兵二路　伍云召被困危城

当时左右把叔谋押出营门,叔谋大哭道:"众将快来救我,必当犬马相报。"当有军中参谋包勿杀上前禀道:"未破南阳,先斩大将,于军不利。不如暂恕先锋,待破了南阳,与反贼一并解上朝廷,候旨定夺。"擒虎道:"此言有理。"即叫左右将叔谋免斩,发军政司重打四十,令他后营管马。左右答应一声,就解往军政司去发落了。忽见败兵来报说:"麻爷手下十二员大将,并总兵吴爷,参将王爷,俱被反贼杀了。"擒虎闻言大怒道:"这反贼猖狂如此,待本帅自去擒他。"便去执刀上马,带了三军,齐出营来,不表。

再说伍云召杀死隋将二十余员,士卒不计其数,当下杀出长平冈,只见探子报道:"韩元帅大兵到了!"伍云召遂列阵以待。只见韩擒虎当先出马,云召马上欠身道:"老伯,小侄甲胄在身,不能全礼,马上打拱了,望老伯恕罪!"擒虎答礼道:"贤侄少礼。老夫有一言相告,不知贤侄可容纳否?"云召道:"老伯有何见教,小侄自当恭听。"擒虎道:"贤侄,你世食隋禄,官居极品,乃不思报效,叛逆称王,自立旗号,称为忠孝王。你知忠孝二字之义否? 自古道:'君要臣死,不死非忠;父要子亡,不亡非孝。'又称与父报仇,你的仇在哪里? 今老夫奉命征讨,你又抗拒天兵,杀害朝廷大将,罪孽重大。何况你南阳一郡之地,如何敌得天下之兵? 不如归降,待老夫回奏朝廷,赦你之罪,封你为王,你意下如何?"云召道:"我父亲赤心为国,并无过犯,老伯所知。不料杨广弑父篡位,纳娘为后,古今罕有。我父亲忠心不昧,直言极谏,那杨广反把我父亲杀了! 又把我一门三百余口,尽行斩首,又烦老伯前来拿我。小侄本该引颈受刑,奈君父之仇,不共戴天。老伯请速回兵,待小侄不日杀进长安,除昏君,杀奸逆,复立东宫,以定天下。复立东宫谓之忠,除昏君,报父仇谓之孝,岂不是忠孝两全? 老伯请自详察。"

擒虎大怒道:"反贼,我好意劝你去邪归正,你却有许多支吾。"遂举起大刀，照头砍去，云召将枪架住道："老伯，念小侄有大仇在身，还求老伯怜恤！"擒虎不听，又一刀砍下，云召又把枪架住道："老伯，我因你与我父亲有八拜之交，故此让你两刀，你可就此回去，不然小侄要得罪了。"擒虎又是一刀砍下，云召逼开大刀，把枪一刺，两下大战十余合，擒虎看看抵敌不住，回马就走，云召拍马赶来。擒虎不走自己营门，竟往侧首山下而走。云召看看赶上，擒虎看四面无人，住马大叫道："贤侄休赶，老夫有言相告。"云召住马道："你且讲来。"擒虎道："贤侄少年英雄，无人可敌，是未逢敌手耳！后队救应使宇文成都，好不厉害，贤侄虽勇，恐非所敌。今老夫劝贤侄弃此南阳，投往河北，暂且守候。想目下真主已出，隋朝气数亦不久矣！然后自当报仇，贤侄意下如何？"云召道："老伯此言虽是，但我大仇在身，刻不容缓。宇文成都到了，有何惧哉！老伯请速回去。"擒虎转马就走，叫道："贤侄，你仍旧追赶，以别嫌疑。"云召依言追出山口，那隋朝众将，看见大叫道："反臣不可伤我元帅！"一起进前挡住，保护擒虎回营。云召也不追赶，收兵而去。

擒虎入营，吩咐众将，退回麒麟关扎住。一面修表进朝求救，一面差官催救应使宇文成都，速来讨战。又发令箭两枝，一枝去调临潼关总兵尚师徒，一枝去调红泥关总兵新文礼，前来助战。差官得令，各自分头前去。

且说伍云召战胜入城，到了私衙，夫人接住，就问交战如何。云召把杀败擒虎之事，细说一遍，夫人大喜，即吩咐摆酒贺庆，此话不表。

再说宇文成都趱粮已齐，来到麒麟关，闻元帅尚在关上，遂入关进营参见。擒虎道："将军少礼。"成都道："元帅起兵已及三月，因何还在这里？"擒虎就把两次交战，折去许多将士，细说一遍。成都大怒道："那反贼如此猖獗，待小将明日出城，擒那反贼，与诸将报仇。"言讫，辞别出营，令军士将粮草上了仓廒①。吩咐随征将士，明日同进南阳，擒拿反贼，众将得令。

那宇文成都身高一丈，腰大十围，虎目龙眉，使一柄流金镋，重二百斤，乃隋朝第二条好汉。一日，跟随文帝到甘露寺行香，文帝见殿内寺前有一鼎，是秦始皇铸的，高有一丈，大有二抱，上写着重五千零四十八斤，遂谓成都道："朕闻卿力能举鼎，可将此鼎举与朕看。"成都领旨，走下殿

---

① 仓廒（cāng áo）——仓库。

来，将袍脱下，两手把鼎脚拿住。将身一低，托将起来，离地有三尺高，就走了几步，复归原所放下。两旁文武看见，无不喝彩。成都走入殿上，神气不变，喘息全无。文帝大喜，即封为无敌大将军。这是说成都力大，也不必表。

再说成都次日，领兵下南阳，离城十五里安营。那探子飞报入城，把这事说与伍老爷知道。云召闻报，暗想宇文成都猛勇难当，必须预备保守城池。就令伍保带领三百名家将，到南山斫①伐树木，备作城上檑木，伍保得令前去。云召又令焦芳带领三千人马，往吊桥守住，倘后隋兵追来，即将弓箭齐射，不得有违。焦芳得令，自领人马，前去准备。

云召遂带人马出城，来到阵前，只见宇文成都大叫道："反贼，速来受缚，免我动手！"云召大骂道："奸贼，你通谋篡逆，死有余辜，尚敢阵前大言！"就把枪劈面刺去。成都大怒，把流金铛一挡，叮当一响，云召的马倒退二步。成都又是一铛，云召拿枪架住，两个战了十余合，云召料难敌他，回马便走。成都纵马追赶，看看相近，云召回马挺枪，又战了二十余合。云召气力不加，虚刺一枪，回马又走，成都纵马又赶。

恰好伍保在南山斫树，见前面有二将大战，一将败下来。伍保一看，大惊道："这是我家老爷败回，如今我手无寸铁，如何是好！"只见山边一枝大枣树，用力一拔，拔起来，去了枝叶，拿在手中，赶下山来，大喝一声道："勿伤我主！"忙把枣树照成都马前劈头一打，成都把流金铛一挡，那马也退三四步。看官，那成都算是一条好汉，为何也倒退了三四步？只因这枝枣树大又大，长又长，伍保气力又大，成都的兵器短，所以倒退了。云召一看见是伍保，那伍保将树又打去，成都把流金铛往上一迎，将树截做两段。云召在前面山岗，忙拔箭张弓，照成都射去。成都不防暗箭，叫声："呵呀，不好了！"一箭正中在手，回马走了。伍保赶去，云召叫声："不要赶！"伍保回步，同三百家将上山，抬了树木，回进南阳吊桥边，焦芳接着，叫声："主将得胜了！"云召道："若无伍保，几乎性命不留。"言讫，同众将回至辕门，吩咐众将紧闭四门，安摆檑木炮石，紧守城池。众将得令，前去准备不题。

再说韩擒虎坐在营中，探子来报说："宇文老爷大败回来，请元帅发

---

①　斫(zhuó)——用刀斧砍。

兵相救。"擒虎正要发兵，只见兵士报临潼关总兵尚师徒，和红泥关总兵新文礼，各带雄兵，在外候令。擒虎吩咐进来。二将进营参见。擒虎道："二位将军，可带领本部人马，前去助宇文将军，同擒反贼。"二将应声："得令。"各带人马来到宇文成都营中。军士报进，成都出营迎接，二将下马同进营中，三人相见行礼毕，各叙寒温，成都命军士摆酒接风。次日，军士报元帅到了，三人出接元帅进营，下马坐定，三人上前见礼。擒虎道："将军少礼，我想反贼昨日出战，见我兵将强勇，紧闭城门，不出相敌，如何是好？"成都道："元帅放心，待小将打破城池，捉拿反贼便了！"擒虎大喜，便同三位将军，离营来至城下，把城池周围，细细看了一遍。就令尚师徒领本部人马，围住南城；新文礼领本部人马，围住北城；宇文成都领众将人马，围住西城；各各不得纵放反贼。三将应声得令，各上马分头前去。韩擒虎自领三军，围住东城。

那伍云召坐在衙中，忽见军士报道："韩擒虎调临潼关总兵尚师徒，红泥关总兵新文礼，与宇文成都，将东西南北四城围住，好不厉害。"云召闻报，只得亲督将士巡守四城，安摆大炮檑木弓箭。成都督兵攻城，城上炮石矢箭，如雨而下，折损了许多人马。只得吩咐暂退三里，候元帅军令定夺。未知攻城如何，且听下回分解。

第 十 八 回

焦芳借兵沱罗寨　天锡救兄南阳城

　　再说南阳军士见隋兵退去,忙入帅府报知。云召闻报,便上城一看,果然退去有三里远近。只是放心不下,早晚上城,巡视数回。见隋营人马,如蝼蚁之密,一到夜来,灯火照耀,有如白日,只得吩咐众将,尽心把守。云召下城谓众将道:"隋兵如此之多,众将如此之勇,如何是好!"统制官焦芳上前道:"主帅勿忧,明日待小将同主帅杀入隋营,斩其主帅,隋营兵将自然退去,主帅意下如何?"云召道:"将军有所不知,隋营将帅,皆不足虑,唯有宇文成都勇猛无敌,倘杀出去,枉送性命。我有一个族弟,名唤伍天锡,身高一丈,腰大十围,红脸黄须,使一柄混金铛,重有二百多斤,有万夫不当之勇。他在河北沱罗寨落草,手下喽啰数万,若有人前去请他,领兵到此相助,方能敌得宇文成都之勇。"焦芳道:"既主帅令弟将军有如此之勇,待末将往河北沱罗寨,请他领兵前来相助便了。"焦芳即时提枪上马出营,前往河北去了。行了一里,只见埋伏军士向前大叫道:"咄,反贼,你往哪里走!"焦芳不应,军士一起围将拢来,焦芳大喝道:"来,来,来,你们来一个,我杀一个!"军士各执兵器前来。焦芳大怒,左手提枪,右手执刀,枪到处人人皆死,刀着处个个皆亡。焦芳杀出重围,往前飞走,那败兵将这事报进营中,新文礼闻报,提刀上马,赶出营来,那焦芳已去远了,只得回营,唤过队长喝道:"你怎么不来早报于我? 拿去砍了,以警将来。"此言不表。

　　再说焦芳杀出重围,渴饮饥餐,在路不分早夜,来到河北。却不知沱罗寨在那里,一路地广人稀,无从访问。看看天色已晚,不免趱向前去。走不上三里多路,只见金乌①西落,玉兔东升,前面一座高山,好不峻险。树木森茂,山林嵯峨,猿啼虎啸,涧水潺潺。焦芳不管好歹,只顾策马前行。忽听得地铃一响,早被绊马索一绊,将焦芳连人带马,跌将下来。两

----

　　① 金乌——太阳的别称。

边走出喽啰几个,把焦芳拿住绑了。

喽啰牵了马,抬了枪,将焦芳押过三四个山头,见小岗下,一个大大的围场,方圆数里。过了围场,又见两山相对,中间一座关栅,两旁刀剑密密,枪戟重重。喽啰来到关前,叫道:"开关!"那关上喽啰认是自家的人,遂开了侧首小关,喽啰带了焦芳,望内而走,过了三重栅门,来到聚义厅上。里面摆着虎皮交椅一张,案桌上点了两支画烛,喽啰把焦芳绑在将军柱上。只见里面报出来道:"大王出来了!"喽啰立在两旁,大王出来,坐在交椅上问道:"你们今日出去劫客商,有多少财物?"喽啰上前禀道:"大王,今日小人下山,没有客商经过,只拿得一个牛子①,与大王醒酒。"大王道:"与我取来。"

喽啰取一盆水,放在焦芳面前,手拿着刀,把焦芳胸前解开,取水向心中一喷。原来那心是热血裹住的,必须用冷水喷开热血,好取心肝来吃。焦芳见明亮一把刀,魂飞天外,大叫道:"我焦芳横死于此,亦无足惜,可恨误了南阳伍老爷大事!"大王听得问道:"哪一个说南阳伍老爷?"喽啰道:"这牛子口中说的。"大王大惊,忙叫道:"与我把这牛子唤过来。"喽啰把焦芳解了绑,带将上来,那焦芳已吓得半死。大王问道:"你这牛子,怎么说起南阳伍老爷?"焦芳道:"他是小将的主帅,官受南阳侯,名唤伍云召。被隋将宇文成都围住南阳,攻打城池,危在旦夕。差小将到河北沱罗寨那边,求取救兵,不料遇着大王。乞大王放回小将,救伍老爷城池。"

大王便立起身来问道:"你叫什么名字?"焦芳道:"小将是伍老爷帐下统制官,叫做焦芳。"大王道:"请起,看坐。"左右忙把交椅过来,焦芳坐定,抬头一看,只见那大王身长一丈,红脸黄须,因吃人心多了,连眼睛也是红的。大王道:"焦将军,你说伍大王叫什么名字?"焦芳道:"是主帅的兄弟,名唤伍天锡。"大王道:"俺就是伍天锡,这里就是沱罗寨了,将军受惊了。"便吩咐左右摆酒压惊,又问道:"我云召哥哥,不知为的何事,被宇文成都围住南阳?"焦芳就把杨广弑父,老太师受害,前后事细说了一遍。天锡闻言大怒道:"这昏君害我一家,我必把这昏君碎尸万段,才得出气。既是奸臣之子宇文成都这狗头厉害,待俺去擒来,作醒酒汤。"当下两人谈论饮酒,直饮到天明,伍天锡遂留焦芳守寨,点了数千喽啰,救取南阳。

---

①　牛子——绿林中人对俘虏的称呼。

众头目相送启程,伍天锡对众头目道:"俺此去救了南阳,不日就要回来。你们与我把守山寨,各路须要小心,不得有违。"头目应声:"得令。"那伍天锡离了沱罗寨,晓行夜住,一日来到太行山,安营造饭,按下不表。

单说那金顶山中雄阔海,坐在聚义厅,暗想:"伍云召哥哥说回转南阳,申奏朝廷,不日就有招安到了。为何一去数月,并无音信?如今山寨人众粮少,只得再劫客商,以备山寨之用。"即令头目到各路打听来往客商,有财帛的尽行取来。头目得令,带领喽啰分头下山,各路打听,不表。

再说当时有一班客商,都是贩珠宝金银的,共有二十余人,在路商议道:"此地盗贼甚多,倘被他瞧见,性命难保。不如把这货物藏在身边,各人身上换了破碎衣服,有人看见,只道我们是求乞的,便不来想了。"众客人都道:"有理。"各人换了衣服,藏了珠宝,在路缓缓而行。及行近太行山,被众喽啰望见,皆认为乞丐,不以为意。内中一个头目打听有大商下来,因说道:"这班人必定是贩珠宝的大商,故意扮作乞丐,以瞒我们,我们不可错过。"众喽啰听说,就鸣锣一声,跳出数百人,手执短刀,大叫道:"来的留下买路钱来,放你过去。"众客道:"小人们是关中难民,要往南阳去求乞的,望大王方便。"只见跳出一个头目,厉声大叫道:"我们知道,你这班人是贩珠宝的大商扮下来的。快快留下金宝,饶你性命。不然,照我斧头吧!"言讫,举起斧头劈来,众客大喊,往前乱跑,喽啰在后追赶。

众客看见前面一所大营,即抢进营中跪下道:"小人是求乞的难民,后面有大王追来捉拿,乞老爷救命,公侯万代。"那伍天锡正要拔营前去,见外面走进许多乞丐,哀求救命,天锡认以为真,便叫往后营出去。众客叩谢,一起往后营逃走,不表。

那追来的喽啰,见众客逃入营中,就上前问道:"你们是哪里人马,在此扎营?"喽啰答道:"你这班瞎眼狗头,岂不认得沱罗寨伍大王的营寨么?"喽啰道:"你不要开口就骂,兄弟们也是有名目的,乃是太行山雄大王的头目。方才追下一班客商,入你营中,求伍大王发放还,我好回山缴令。"沱罗寨的喽啰笑道:"原来是我同道中的朋友,既如此,待我进去禀大王,还你便了。"言讫,进营禀道:"启大王,今有太行山雄大王头目,追赶一班客商,乞大王发放他去。"伍天锡道:"没有什么客商呀!想是指的这班破衣乞丐,但我已放他们往后营去了。你可去回复他,说没有客商进营。"喽啰答应,就把这话出来回复。那头目道:"好奇怪,我方才明明见这班客商,望你营中进去,说什么没有? 想是你家大王,要独吞此宝货了!"喽啰大怒道:"你这不知方向的狗头,有什么客商! 什么宝货! 你等不要在此妄想了。"

那头目敢怒而不敢言,只得跑回太行山,将这事报与雄阔海知道。阔海大怒,遂带喽啰亲身赶来。未知此事如何,且听下回分解。

第 十 九 回

太行山伍天锡鏖兵① 关王庙伍云召寄子

　　却说伍天锡见雄阔海的头目去了,遂拔营前行,行未一里,忽见后面有人赶来,飞马大喊道:"伍大王人马慢行,雄大王赶来,要讨客商宝物,望乞发还。"喽啰听了,遂将这话报与伍天锡知道。天锡闻言,令喽啰摆开兵马,以待阔海。阔海望见,便叫喽啰扎住人马,列兵相待,遂纵马出阵。伍天锡问道:"雄大王久不相会了,今日台驾前来,有何话说?"雄阔海道:"俺因头目打听山南有一班大客商下来,是咱家的衣食,故令喽啰上前拦阻,要劫他宝物。不想这班客商,逃进大王营中,不见出来。头目取讨不还,故此咱自来,要大王送还这班客商。"伍天锡道:"俺从没有见什么客商进营,若果然有这班客商,自然送还大王。大王若不信,请大王进来一搜,就明白了。"雄阔海道:"岂敢!咱与大王是同道中人,这一班客商的宝贝货物,大王拿出来对分罢了。"伍天锡道:"哪里有什么宝货,俺也不管。俺有正事在身,不与你讲,各自走吧!"阔海大怒道:"我们衣食被你夺去,若不拿出来对分,你也去不得!"天锡大怒道:"放屁!你敢拦阻我们的去路么?"阔海道:"不分,我与你战三百合。"说罢,双斧抢起,劈面砍来,天锡将混金铛挡住,珰琅一声,只见两人战了五十余合,并无高下。天色已晚,各自收兵,安营造饭。次日,又战了二百余合,不分胜负。两下鸣金,各回营寨。自此两人直杀了半月,不肯住手,此话不表。

　　再说南阳伍云召,一日同众将上城观看,见城外隋兵十分凶勇,云梯火炮弓箭,纷纷打上城来,喊声不绝,炮响连天,把城池围得铁桶相似。云召看了,无计可施,想此城池,料难保守,只得退下城来,回至私衙。夫人问道:"相公,大事如何?"云召道:"嗳!夫人,不好了!隋兵四门围住,下官前日差焦芳往沱罗寨,请兄弟伍天锡来助,不料一去二月,并无音信。如今城中少粮,又无救兵,如何是好?"夫人道:"为今之计,相公主意若

_____

　　① 鏖兵(áo)——激烈的或大规模的战斗。

何?"云召低头一想,长叹道:"夫人! 我有三件事放心不下。"夫人道:"是哪三件事不能放心?"云召道:"第一件,父仇未报;第二件,夫人年轻,行路不便;第三件,孩儿年幼,无人抚养。为这三件,实难放心。"夫人道:"要报父母之仇,哪里顾得许多?"

正谈论间,忽听炮响连天,喊声震地,军士报进道:"老爷,不好了! 那宇文成都已打破西城了!"云召面皮失色,吩咐军士再去打听,就叫:"夫人呵! 事急矣! 快些上马。待下官保你杀出重围,逃往别处,再图报仇。夫人意下如何?"夫人道:"言之有理。你抱了孩儿,待妾往里面收拾,同相公去便了。"就将孩儿递与云召,往内去收拾,谁知一去竟不出来。云召走进一看,并不见夫人影子,连叫数声,又不答应。忽听得井中咚咚响,云召向井一看,说声:"不好了! 一定夫人投井死了!"只见井中水面上有一双小脚一蹬,一连几个小泡,不见了。云召扒井大哭道:"夫人呀! 你因家亡,投井身死,深为可怜。"哭叫了几声,将井边一堵花墙推倒,掩了那井,忙走出来,把战袍解开,将孩儿放在怀中,便把袍带收紧了,又到井边跪下道:"夫人,你阴魂保佑孩儿,下官去了!"拜了几拜,就走出堂来。

只见众将大叫:"主帅,怎么处?"云召吩咐伍保,汝往西城挡住宇文成都。伍保得令,手拿二百四十斤一对铁锤,竟走西城。只见数万人马,拥入城来,伍保把铁锤乱打,那伍保只有膂力,不会武艺,见人也是一锤,见马也是一锤。一路把锤打去,只见人亡马倒,无人可敌。忙报宇文成都,飞马进前,正遇伍保。伍保拿了大铁锤劈面打来,宇文成都把流金铛一迎,这铁锤倒打转来,把伍保的头打碎了,身子望后跌倒,成都令军士将伍保斩首号令。

那伍云召杀出南门,被临潼关总兵尚师徒拦住,云召无心恋战,提枪撞阵而走。尚师徒拍马追赶道:"反臣哪里走?"照背后一枪刺来,云召回马,也是一枪刺去。大战八九合,尚师徒哪里战得过,竟败下来。云召不追,竟回马往前而走,那尚师徒又赶上来。这伍云召的马,是追风千里马,尚师徒如何就追得上? 原来尚师徒的马,是龙驹马,名曰呼雷豹,其走如飞,更快于千里马。若有人交战不过,那马头上有一宗黄毛,用手将毛一提,那马大叫一声,别马听了,就惊得尿屁直流,坐上将军就颠下来,性命不保。就是尚师徒那枝枪,名曰提炉枪,也好不厉害,若撞着身上,见血就不活了。云召见尚师徒追来，走避不脱，只得复又回马再战十余合。尚师徒到底战不过，只得将马头上把这宗毛一拔，那呼雷豹嘶叫一声，口中吐出一阵黑烟。只见云召坐的追风马，也是一叫，倒退了十余步，便屁股一蹲，尿屁直流，几乎把云召跌下马来。云召心慌，将手中枪往地上一拄，连打几个旺壮，那马就立定了。尚师徒见他不曾跌下，又把马头上的毛一拔，那马又嘶叫起来，口中又吐出一口黑烟，往云召的马一喷。那追风马惊跳起来，把头一登，前蹄一仰，后蹄一蹲，把云召从马上翻跌下来。

尚师徒把枪刺来，只见前面一个人，头戴毡帽，身穿青衫，面如黑漆，眼似铜铃，一部胡须，手执青龙偃月刀，照尚师徒劈面砍来。尚师徒大惊，说道："不好了！周仓①来了！"回马就走。那黑面大汉要赶去，云召大唤道："好汉，不要赶了。"那人听得，回身转来，放下大刀，望云召便拜。云召答礼，便问姓名。那人道："恩公听禀，小人姓朱名灿，住居南庄。我哥哥犯事在狱，多蒙老爷释放，此恩未报。小人方才在山打柴，见老爷与尚师徒交战，小人正要相助，因手无寸铁，只得到关王庙中，借周将军手中执的这把大刀来用用。"云召喜道："关王庙在那里？"朱灿道："在前面。"云召道："快同我前去。"朱灿道："当得。"就引云召来到庙中。云召向关王下拜，祝道："先朝忠义圣神，保佑弟子无灾无难。伍云召前往河北，借兵复仇，回来重修庙宇，再塑金身。"

祝罢，对朱灿道："恩人，我有一言相告，未知肯容纳否？"朱灿道："有何见谕，无不允从。"云召便把袍带解开，胸前取出公子，放在地下，说道："恩人，我有大仇在身，此去前往河北，存亡未卜。伍氏只有这点骨血，今交托恩人抚养，以存伍氏一脉，恩德无穷。倘有不测，各从天命。"便跪下道："恩人，念此子无母之儿，寄托照管。"朱灿也跪下道："恩公请起，承蒙见托公子，小人理当抚养。"就把公子抱过，问道："公子叫什么名字？后来好相认。"云召道："今日登山，在庙内寄子，名字就叫伍登吧。"

二人庙中分别，朱灿将刀仍放在周将军手内，将公子抱出庙门，说道："老爷前途保重，小人要去了，后会有期。"云召道："恩人请便。"言讫，流泪而去。未知云召此去如何，且听下回分解。

---

① 周仓——历史小说《三国演义》中人物，关羽千里寻兄之时请求跟随，自此对关羽忠心不二。

第 二 十 回

韩擒虎收兵复旨　程咬金逢赦回家

云召别了朱灿,提枪上马,匆匆行去。行到太行山。忽听得金鼓之声,喊杀连天,暗想道:"此地怎么有兵马在此厮杀?"遂走上山顶,向下一看,叫声:"不好了!这两个都是我兄弟,为何在此厮杀?"即纵马跑下山来。

那两人正在杀得高兴,只见山上走下一个骑马的人来。伍天锡认得是云召,便叫道:"哥哥,快来帮我。"雄阔海也认得是云召,也叫道:"哥哥,快快帮我。"云召道:"二位兄弟不要战了,都是一家人,快下马来,我要问个明白。"二人听了下马。天锡问道:"哥哥为何认得他?"云召道:"他是我结拜的兄弟。"就把前日金顶山打猎,遇见他打虎因由,说了一遍,故此与他结义。雄阔海也问道:"哥哥为何认得他?"云召道:"他是我堂弟伍天锡。"二人听了,一起大笑,各道:"得罪!"

阔海遂请天锡、云召到山寨去坐坐。二人应允,各自上马,带领两寨喽啰,到太行山中聚义厅下马坐定。阔海吩咐摆酒接风,就问云召道:"前日哥哥说回转南阳上表,奏过朝廷,不日就有招安。为何一去,将及半年,尚未见来?"云召道:"一言难尽。"就把父亲受害,满门斩首,以及城陷妻子离散,细细的说了一遍,不觉泪如雨下。阔海大怒道:"哥哥请免悲泪,待我起兵前去,与兄收复南阳,以报此仇。"天锡大怒道:"前日哥哥差焦芳来取救兵,兄弟随即前来,被这个黑贼阻住厮杀,误我大事。致我哥哥城破,嫂嫂身亡,我好恨也!"阔海道:"你休埋怨我,前日相会,你就该对我说明,我也不与你交战这许多日期了。自然同你领兵去救哥哥,擒拿宇文成都,岂不快哉!如今埋怨也迟了。"云召道:"二位兄弟不必争论。也是我命该如此,说也枉然了!"

这时只见喽啰来报道:"筵席完备。"阔海就请二位上席,喽啰送酒,三人轮杯把盏。云召愁容满面,吃不下咽。阔海道:"哥哥不必心焦,待弟与天锡哥哥,明日帮助大哥,杀到南阳,斩了宇文成都,复取城池。"天锡道:"雄大哥说得有理,明日就起程便了。"云召摇手道:"二位兄弟,只知其一,不知其二。昔日我镇守南阳,有雄兵十万,战将百员,尚不能保守。今城池已失,兵将全无,二弟虽勇,若要恢复南阳,岂不难哉!明日我往河北,投奔寿州王李子通处。他久镇河北,兵精粮足,自立旗号,不服隋朝所管。又与我姑表至戚,我去借兵复仇。二位兄弟,可守本寨,招兵买马,积草屯粮。待愚兄借得兵来,与二位兄弟,同去报仇便了。"阔海苦劝再三,云召只是不听。阔海道:"既是哥哥要往河北去,不知几时方可起兵?"云召道:"这也论不定日期,大约一二年间耳!"阔海道:"兄弟在此等候便了。"云召道:"多谢贤弟。"

到了次日,云召辞别起身,天锡随行,阔海送出关外。两人分手,行到沱罗寨,焦芳接着。天锡请云召先到山中歇马,设筵款待,极其丰盛。次日,云召将行,吩咐焦芳且在山中操演人马,待一二年后一同起兵报仇。说罢,与天锡分别,取路而去。

却说李子通坐镇寿州,掌管河北等处,有雄兵百万,战将千员,各处关寨,遣将把守;因此隋文帝封他为寿州王,称为千岁。一日早朝,文武两班朝参毕,只见朝门外报进来说:"外面有一员大将,匹马单枪,口称南阳侯伍云召特来求见。"李千岁闻报大喜道:"原来我表弟到此,快宣他进来。"手下领旨,出来宣进。云召走到殿上,口称:"千岁,末将南阳侯伍云召参见。"李千岁叫左右扶起,问道:"表弟,你镇守南阳,为何到此?"云召把父亲被害,宇文成都打破南阳的事情,说了一遍。言讫,放声大哭。李千岁道:"你一门遭此大变,深为可叹,待孤家与你复仇便了。"云召叩谢。军师高大材奏道:"大王正缺元帅,伍老爷今来相投,可当此任。"李千岁大喜,即封云召为大元帅,掌管河北各路兵将,云召拜谢。自此伍云召在河北为帅,此话不表。

再说宇文成都打破西城,杀进帅府,闻说反臣逃出南城走了。不多时,军士听闻元帅逃走,军中无主,遂开城投降。韩擒虎、新文礼,俱进帅府,独尚师徒不见。擒虎问道:"反臣如今何在?"成都道:"末将攻城之时,他已开了南城逃走,末将想南城有尚师徒把守,必被遭擒。"须臾①尚师徒来帅府参见元帅,擒虎问道:"反臣拿住了么?"尚师徒道:"不曾拿

① 须臾——极短的时间。

得。"就把追赶的事情，并周仓将军显圣，说了一遍。擒虎道："原来云召大数未绝，故有神明相佑。"遂差人盘查仓库，点明户口，养马五日，放炮回军。成都禀道："元帅，那麻叔谋虽然失机有罪，但他非反臣对手，乞元帅开莫大之恩，释他无罪。"韩擒虎听了，就令麻叔谋仍领先锋之职。叔谋得放，即来叩谢。擒虎吩咐尚师徒，回临潼关把守，新文礼回红泥关把守。二将得令，各带本部人马回去。

韩擒虎委官把守南阳，不许残害百姓，遂班师回朝。军马浩荡，旌旗遮道，正是："鞭敲金镫响，齐唱凯歌声。"行到长安城外，擒虎令三军扎住教场内，自同宇文成都、麻叔谋三人进城。来到朝门，时炀帝尚未退朝，黄门官启奏："韩擒虎得胜班师回朝，门外候旨。"炀帝命宣进来，韩擒虎等进殿俯伏，山呼万岁，将平南阳表章上达。炀帝展开一看，龙颜大悦，封韩擒虎为平南王，宇文成都为平南侯，麻叔谋为都总管。其余将士，各皆封赏，设太平宴，赐文武群臣。又出赦书，颁行天下。除犯十恶大罪，谋反叛逆不赦外，其余流徒笞①杖等，不论已结证，未结证，已发觉，未发觉，俱皆赦免。

赦书一出，放出一个大虫②来。他乃是一个惯好闯祸的卖盐浪汉。那人身长力大，因卖私盐打死巡捕官，问官怜他是个好汉，审做误伤，监在牢内。得此赦书一到，他却赦了出来。此人住居山东济南府历城县一个乡村，名唤斑鸠镇，姓程名知节，又名咬金。身长八尺，虎体龙腰，面如青泥，发似朱砂，勇力过人。父亲叫做程有德，早卒。母亲程太太，与人做些生活，苦守着。他七岁上与秦叔宝同学读书，到大来却一字不识。后来长大，各自分散。因有几个无赖，和他去卖私盐，他动不动与人厮打，个个怕他，都唤他做"程老虎"。不料一日撞着一起盐捕，相打起来，咬金性发，把一个巡盐捕快打死。官府差人捉拿凶身，他恐连累别人，自己挺身到官，认了凶身，问成大罪。问官怜他是个直性汉子，缓决在狱，已经三年。时逢炀帝大赦天下，他也在赦内。

一日监门大开，犯人纷纷出去，独程咬金呆呆坐着，动也不动。禁子道："程大爷，朝廷大赦，罪人都已去尽了，你却赖在此怎的？"咬金听见

①　笞(chī)——用鞭、杖或竹板子打。
②　大虫——老虎。

"赖在此"三字,就起了风波,大怒起来,赶上前撩开五指打去。众牢头晓得他厉害,俱来解劝。咬金道:"入娘贼的,你要我出去,须要请我吃酒,吃得醉饱,方肯甘休。"那几个老成的牢头,知拗他不得,就沽①些酒来,买了些牛肉,请他吃,算做是赔罪的。那咬金正在枯渴,拿这酒肉,直吃了个风卷残云,立起身来道:"酒已吃完,咱要去了! 但咱的衣服都破,屪②子露出来,怎好外边去见人? 你们可有衣服,拿来借咱穿穿?"禁子道:"这是难题目了,我们只有随身衣服,日日当差,哪里有得空?"咬金红着眼,只是要打。禁子无奈,说道:"只有孝衣一件,是白布道袍,一顶孝帽,是麻布头巾,是闲着的。程爷若不嫌弃,我们就拿出来。"咬金道:"咱如今也不管他,你可拿出来。"禁子就拿孝衣孝帽递与咬金,咬金接着,就穿戴起来,跑出监门。因记念着母亲,急急向西门而去。未知回家见母如何,且听下回分解。

---

①　沽——买。
②　屪(liáo)——男子的外生殖器。

第二十一回

俊达有心结好汉　咬金学斧闹中宵

　　程咬金回到家中，程母认是咬金，母子抱头大哭一场。然后程母说道："儿呵！自从你打死捕人，问成死罪，下在狱中三年，我做娘的十分苦楚。欲要来看看你，那牢头禁子如狼似虎，没有银钱把①他，哪肯放我进监？因此做娘的日不能安，夜不能睡，逐日与人做些针黹②，方得度命。如今不知我儿因何得放回家？"咬金道："母亲的苦楚，孩儿也尽知道。如今换了皇帝，大赦天下，不管大小罪犯，一起赦了，故此孩儿遇赦回来。"

　　程母闻言大喜，咬金道："母亲，我饿得很了，有饭拿来我吃。"程母道："说也可怜，自从你入牢之后，做娘的指头上做来，每日只吃三顿粥，口内省下来，余有五升米，在床下小缸内，你自去取出来煮饭吃吧！"咬金听说，就把米取出来洗好了，放在釜③里煮饭，等得熟了，吃一个不住。待吃了个光，还只得半饱。程母道："看你，如此吃法，若不挣些银钱，如何过得日子。"咬金道："母亲，这也不难，快些拿银子出来，待我再去贩卖私盐，就有饭吃了。"程母道："哪里有银子？就是铜钱也没有，你不要想岔了。"咬金道："既没有银子，当头是有的，快拿出来，待孩儿去当来做本钱。"程母道："我有一条旧布裙子，你拿去当几十个铜钱吧。不要贩私盐，买些竹子回来，待我做几个柴扒，拿去卖卖，也可将就度日。"咬金道："母亲说得是。"

　　当下程母取出裙子，咬金接了，出门竟奔斑鸠镇上来。那市上的人，见了都吃惊道："不好了！这个大虫又出来了！"有受过他气的，连忙闭门不出。咬金来到当铺，大叫道："当银子的来了！走开！走开！"把那些赎当的人一起推倒，都跌在两边。他便将这条布裙，望柜上一抛，把手一搭，

---

①　把——给。

②　针黹(zhēn zhǐ)——针线活。

③　釜(fǔ)——古代的炊事用具。相当于现在的锅。

腾的跳上柜台坐了,大喝道:"快当与我!"当内大小朝奉①,齐吃了一惊。内中一个认得他是程老虎,连忙说道:"呵呀!我道是谁,原来是程大爷。恭喜!贺喜!遇赦出来了!小可尚未来作贺,不知程大爷要当多少?"咬金道:"要当一两银子。"朝奉连忙打开一看,却是一条布裙,又是旧的。若是新的,所值有限,哪里当得一两银子?心中想道:"不当与他,打起来非同小可;若当与他,今日也来,明日也来,那如何使得?倒不如做个人情吧!"主意已定,就称了一两银子,双手捧过来,说道:"程大爷,恭喜出来,小可不曾奉贺。今有白银一两,送与程大爷作贺礼,裙子断不敢收。"咬金笑道:"你这人倒也知趣。"说着,接了银子,拿了布裙,跳下柜来,也不作谢,竟出当门,到竹行内来。

那竹行的主人名唤王小二,向日与咬金赌银钱,为咬金所打,正立在门首观看,远远望见咬金走来,连忙背转身朝里面看,假意说道:"你们这班人,吃了饭不要做生活,把这些竹子放齐了。"话还未完,咬金一见,奔至后边,登的一腿,将王小二踢倒。王小二连忙爬起来说话:"是哪个?为甚的踢我一交?"咬金又打了一掌,骂道:"人娘贼,你不识得我程大爷么?快送几十枝竹子与我,我便饶你。"王小二道:"我怎么不认得你?实是方才不曾见你,你休冤屈了人,白白踢我一交,打我一掌。要竹子自去拿便了,拿得动,竟拿两排去。"咬金笑道:"你这人娘贼,欺我程大爷拿不动么?竟叫我拿两排去,我就拿两排与你看!"当下咬金将银子含在口内,布裙拴在腰间,走至河边,把一排竹子一提,将索子背在肩上。又提了一排,双手扯住,飞跑去了。惊得王小二目定口呆,眼巴巴看他把三十枝毛竹拖了去,又不敢上前扯住他,只得忍耐。

再说程咬金拽了这两排毛竹,奔至自家门首放下,口中取出银子来,搦在手内。程母看见,又惊又喜说:"我儿,这许多竹子,又有银子,是哪里来的?"咬金道:"孩儿拿了裙子,到当铺去当。那朝奉是认得的,道我遇赦放出,送我一两银子作贺,不收当头。这竹子是一个朋友送与我做本钱的。"程母闻言大喜道:"你今再去买一把小竹刀来,待我连夜做些柴扒起来,明日清早,好与你拿到市上去卖。"咬金即将这一两银子,去买一把刀,一担柴,几斗米,称了些肉,沽了些酒,回到家中,烧煮起来,吃个醉饱。

---

①　朝奉——当铺的管事人。

程母削起竹来，叫咬金去睡。咬金道："母亲辛苦，孩儿怎生睡得？"便陪他母亲直到四更，做成了十个柴扒，方才去睡。未到天明，程母起来，煮好了饭，叫咬金起来吃了。咬金问道："母亲，这个柴扒，要卖多少价钱一个？"程母道："每个扒，要讨五分，三分就好卖了。"咬金答应，背了柴扒，一直往市镇上来。

　　到了市中，两边开店的人见了他，都收店关门。咬金放下扒儿，等人来买。不想镇上这些人，都知道他厉害，谁敢来买？就要买的，看见他也躲避开去。咬金直等到下午，不见人来买，心中一想："要等一个体面人来，扯住他买，不怕他不买。"主意已定，又等了一回，再不见个人影，肚中饥饿，思道："且去酒店内，吃他一顿，再作计较。"背了柴扒，要往酒店里去，众店看见，各各紧闭。直到市梢尽头，却有一所村酒店。原来那店中老儿老婆两个，是别处新移来居住的，这情形他们哪里知道？一见咬金走进店来，便问道："官人要吃酒么？"咬金道："是。"放下柴扒，向一处座头坐了。那婆子连忙暖起酒来，老儿切了一盘牛肉，并碗筯①，拿到咬金面前。婆子送酒过来，咬金放开大嘴，只顾吃，不一时，把一壶酒，一盘肉，吃得罄尽②。抹抹嘴，取了柴扒，往外便走。老儿道："官人吃了酒，酒钱呢？"咬金道："今日不曾带来，明日还你吧！"老儿赶出来，一声喊，一把扯住，将他旧布衫扯破。咬金大怒，抛下柴扒，回身打下一掌，把老儿打得一个发昏，跌入店里去。那老婆大声叫屈，惹得咬金性发，登的一脚，把锅灶踢翻，双手一掀，把架上碗盏物件，一起打碎。老儿老婆见不是路，奔上楼去，将扶梯扯了上去，大叫："地方救命！"此时外边的人，见是程咬金撒泼，谁敢上前来劝？咬金把店中桌凳，打个罄尽，喝一声："入娘贼，你不下来，我把这间牢房打坍，不怕你不下来！"登的一脚，踢在中央柱上，把房子震得乱动。老儿老婆在楼上吓慌，大叫："爷爷救命！"

　　正打之间，忽见一个大汉，分开旁观众人，赶入门内，叫一声："好汉息怒，有话好好地说，不必动手。"咬金回身一看，见这个人身长九尺，面如满月，目若寒星，颔下微有髭须，头戴线紫巾，身穿绿战袍，像个好汉，便说道："若非老兄解劝，我就打死了这入娘贼，方肯干休。"那人叫老儿

---

①　筯（zhù）——筷子。
②　罄尽（qìng）——没有剩余。

老婆放好扶梯下来,陪咬金的罪,又叫家丁取十两银子与了他,就对咬金道:"请仁兄到敝庄上,可另有话说。"言讫,就挽咬金的手要走。咬金说:"我还有十个柴扒要拿了去。"那人道:"赏了这老儿吧。"咬金道:"便宜了他!"

他二人挽手出了店门,行到庄上,只见四下里人家稀少,团团都是峻岭高山,树木丛茂。入得庄门,到了堂上,那人吩咐家丁,请好汉用香汤沐浴,换了衣巾,进堂来见礼,又吩咐摆酒。不多时,咬金换了衣冠,整整齐齐,来至中堂见礼,分宾主坐定。

那人问道:"不知长兄尊姓大名?家居何处?府上还有何人?"咬金道:"小可姓程名咬金,字知节,斑鸠镇人。自幼丧父,只有老母在堂。请问仁兄高姓大名?"那人道:"小弟姓尤,名通,字俊达,祖居此地。向来出外,以卖珠宝为业,近因年荒世乱,盗贼频多,难以行动。今见兄长如此英雄,意欲合兄做个伙计,去卖珠宝,不知兄意下如何?"咬金闻言,起身就走。尤俊达忙扯住道:"兄长为何不言就走?"咬金道:"你真是个痴子,我是卖柴扒的,哪里有本钱,与你合伙,去卖珠宝?"俊达笑道:"小弟不是要你出本钱,只要你出身力。"咬金道:"怎么出身力?"俊达道:"小弟一人出本钱,只要兄同出去,一路上恐有歹人行劫,不过要兄护持,不致失误。卖了珠宝回来,除本分利,这个就是合伙了。"咬金道:"原来如此,这也使得。只是我母亲独自在家,如何是好?"俊达道:"这个不难,兄今日回去与令堂说明,明日请来敝庄同住如何?"咬金听说大喜道:"如此甚妙,这合伙便合得成了。"

说话之间,酒席完备,二人开怀畅饮,直吃到月上。咬金辞别要行,俊达叮咛不可失信,叫两个家丁,取了几件衣服首饰,抬一桌酒,送咬金回去。俊达送出庄门,咬金作别,同两个家丁来到家里。程母看见咬金满身华丽,慌忙便问,咬金告知其故,程母大喜。家丁搬上酒肴,送上衣服首饰,竟自去了。母子二人,吃了酒肴,安睡一夜。

次日天明,尤俊达着家丁轿马到门相请,程母把门锁好上轿,咬金上马,一起奔到武南庄来。俊达出门相接,咬金下马,挽手入庄。俊达妻子出来,迎接程母,进入内堂,见礼一番,内外饮酒。酒至数杯,俊达道:"如今同兄出去做生意,不久就要起身。只是一路盗贼甚多,要学些武艺才好,未知兄会使何等兵器?"咬金道:"小弟不会使别的兵器,往常劈柴的时候,就把斧头来舞舞弄弄,所以会使斧头。"俊达闻言,就叫家丁取出一柄八卦宣花斧,重六十四斤,拿到面前。咬金接斧在手,就要舞弄,俊达道:"待我教兄斧法。"就叫家丁收过酒肴,把斧拿在手中,一路路的从头使起,教导咬金,不料咬金心性不通,学了第一路,忘记第二路;学了第二路,又忘记了第一路。当日教到更深,一路也不会使。俊达无法,叫声:"住着,吃了夜饭睡吧!明日再教。"二人同吃酒饭,吃罢,俊达唤家丁同咬金在侧厅耳房中歇了,自己入内去睡。

且说咬金方才合眼,只见一阵风过去,来了一个老人,对他说:"快起来,我教你的斧法。你这一柄斧头,后来保真主,定天下,取将封侯,还你一生富贵。"咬金看那老人,举斧在手,一路路使开,把六十四路斧法教会了,说一声:"我去也。"说罢,那老人忽然不见。咬金大叫一声:"有趣。"醒将转来,却是南柯一梦,叫声:"且住,待我赶快演习一番,不要忘记了。只是没有马骑,使来不甚威武!"想了半晌,忽说道:"马有了,何不将厅上一条板凳,当作马骑,坐了跑起来,自然一样的。"遂开了门,走至厅上。取一条索子,一头缚在板凳上,一头缚在自己颈上,骑了板凳,双手抢斧,满厅乱跑,使将起来。只是这厅上用地板铺满的,他骑了板凳,使了斧头,震动一片响声。尤俊达在内惊醒,不知外边什么响,连忙起来,走至厅后门缝里一觑,只见月光照人,如同白昼,见咬金在那里舞斧头,甚是奇妙,比日间教不会的时节,大不相同,心中大喜,遂走出来,大叫道:"妙呵!"这一声竟冲破了,他只学得三十六路,后边的数路就忘记了。俊达道:"有这斧法,为何日间假推不会?"咬金听说,就装体面,说起捣鬼的大话来了,呵呵大笑道:"我方才日间是骗你,难道我这样一个人,这几路斧头不会使的么?"俊达道:"原来如此!我兄既然明白,连这下面几路斧头索性一发使完了,与我看看如何?"咬金道:"你若要看这几路斧使来,可牵出马来,待我试他一试看。"俊达叫家丁到后槽牵出一匹铁脚枣骝马来。咬金抬头一看,见是一匹宝驹,自头至尾,有一丈长,背高八尺,四足如墨,满身毛片兼花。那匹马却也作怪,见了咬金,如遇故主一般,摆尾摇头,大声嘶吼。咬金大喜道:"且把他牵过一边,拿酒来吃,等至天明,骑马演几路斧头便了。"家丁摆下酒肴,二人吃了。天色微明,咬金起身,牵马出庄,翻身上马,加上两鞭,那马一声嘶吼,四足蹬开,往前就跑,如登云雾一般。顷刻之间,跑上数十余里。试毕回庄。欲知后事如何,且听下回分解。

第 二 十 二 回

众马快荐举叔宝　小孟尝私入登州

　　咬金回到庄上，尤俊达道："事已停妥，明日就要动身，今日与你结为兄弟，后日无忧无虑。"咬金道："说得有理。"就供香案，二人结为生死之交。咬金小两岁，拜俊达为兄。俊达请程母出来，拜为伯母。咬金请俊达妻子出来，拜为嫂嫂。大设酒席，直吃到晚，各自睡了。

　　次日起来，吃过早茶，咬金道："好动身了。"俊达道："尚早哩！且等到晚上动身。"咬金问其何故，俊达道："如今盗贼甚多，我卖的又是珠宝，日里出门，岂不招人耳目？故此到晚方可出门。"咬金道："原来如此。"

　　到晚，二人吃了酒饭，俊达令家丁把六乘车子，上下盖好，叫声："兄弟，快些披挂好，上马走路。"咬金笑道："我又不去打仗上阵，为何要披挂？"俊达道："兄弟不在行了，黑夜行路，最防盗贼，自然要披挂了去。"咬金听了，同俊达一起披挂上马，押着车子，从后门而去。

　　走了半个更次，来到一个去处，地名长叶林。望见号灯有数百盏，又有百余人，各执兵器，齐跪在地下，大声道："大小喽啰迎接大王。"咬金大叫道："不好了！响马来了！"俊达连忙说道："不瞒兄弟说，这班不是响马，都是我手下的人，愚兄向来在这里行劫。近来许久不做，如今特请兄弟来做伙计，若能取得一宗大财物，我和你一世受用。"咬金听说，把舌头一伸道："原来你是做强盗，骗我说做生意。这强盗可是做得的么？"俊达道："兄弟，不妨，你是头一遭。就做出事来，也是初犯，罪可免的。"咬金道："原来做强盗，头一次不妨碍的么？"俊达道："不妨碍的。"咬金道："也罢，我就做一遭便了。"

　　俊达听了大喜，带了喽啰，一起上山。那山上原有厅堂舍宇，二人入厅坐下，众喽啰参见毕，分列两边。俊达叫道："兄弟，你要讨账，要观风？"咬金想道："讨账，一定是杀人劫财；观风，一定是坐着观看。"遂应道："我去观风吧。"俊达道："既如此，要带多少人去行劫？"咬金道："我是观风，为何叫我去行劫？"俊达笑道："原来兄弟对此道行中的哑谜都不晓得。大凡强盗见礼,谓之'剪拂'。见了些客商,谓之'风来',来得少谓之'小风',来得多谓之'大风'。若杀之不过,谓之'风紧',好来接应。'讨账',是守山寨,问劫得多少。这行中哑谜,兄弟不可不知。"咬金道:"原来如此。我今去观风,不要多人,只着一人引路便了。"俊达大喜,便着一个喽啰,引路下山。

咬金遂带喽啰,来到东路口,等了半夜,没有一个客商经过,十分焦躁。看看天色微明,喽啰道:"这时没有,是没有的了,程大王上山去吧!"咬金道:"做事是要顺溜,难道第一次空手回山不成,东边没有,待我到西边去看。"小喽啰只得引到西边,只见远远的旗旛招飐①,剑戟光明,旗上大书:"靠山王饷杠"。一支人马,溜溜而来。原来这镇守登州净海大元帅靠山王,乃炀帝叔祖,文帝嫡亲叔父,名唤杨林,字虎臣。因炀帝初登大宝,就差继子大太保罗芳,二太保薛亮,解一十六万饷银,龙衣数百件,路经长叶林,到长安进贡。

咬金一见,叫声:"妙呀,大风来了!"喽啰连忙说道:"程大王,这是登州老大王的饷银,动不得的。"咬金喝道:"放屁,什么老大王,我不管他!"遂拍动自己乘坐的铁脚枣骝驹,手持大斧,大叫:"过路的,留下买路钱来!"小校一见,忙入军中报道:"前面有响马断路。"罗芳闻报,叫声:"奇怪!难道有这样大胆的强人,白日敢出来断王杠!待我去拿来。"说罢便上前大喝一声:"何等盗贼,岂不闻登州靠山王的厉害。敢在这里断路!"咬金并不回言,把斧砍来,罗芳举枪,往上一架,唰的一声响,把枪折为两段,叫声:"哎呀!"回马便走。薛亮拍马来迎,咬金顺手一斧,正中刀口,唰的一声,震得双手血流,回马而走。众兵校见主将败走,呐喊一声,弃了银桶,四下逃走。咬金放马来赶,二人叫声:"强盗,银子你拿去罢了,苦苦赶我怎的?"咬金喝道:"你这两个狗头,休认我是无名强盗,我们实是有名强盗。我叫做程咬金,伙计尤俊达,今日权寄下你两个狗头,迟日可再送些来。"

咬金说罢,回马转来。罗芳、薛亮惊慌之际,错记了姓名,只记着陈达、尤金,连夜奔回登州去了。咬金回马一看,只见满地俱是银桶,跳下马来,把斧砍开,滚出许多元宝,咬金大喜。忽见尤俊达远远跑来,见了元

---

① 飐(zhǎn)——风吹颤动,即招展,飘动。

宝,就叫众喽啰,将桶劈开,把元宝装在那六乘车子内,上下盖好,回至山上。过了一日,到晚一更时分,放火烧寨,收拾回庄,从后门而入。花园中挖了一个地穴,将一十六万银子尽行埋了。到次日,请了二十四员和尚,挂榜开经,四十九日梁王忏①。劫杠这日,是六月二十二日,他榜文开了二十一日起忏,将咬金藏在内房,不敢放他出来,此话慢讲。

且说登州靠山王杨林,这一日升帐理事,外面忽报:"大太保,二太保回来了。"杨林吃了一惊道:"为何回来这般快?"就叫他们进来。二人来至帐前,跪下禀道:"父王,不好了!王杠银子,被响马尽劫去了!"杨林听了大怒道:"响马劫王杠,要你们押杠何用?与我绑去砍了!"左右一声答应,将二人拿下。二人哀叫:"父王呵,这响马厉害无比,他还通名姓哩!"杨林喝道:"强盗叫甚名字?"二人道:"那强盗一个叫陈达,一个叫尤金。"杨林道:"失去王杠,在何处地方?"二人道:"在山东历城县地方,地名长叶林。"杨林道:"既有这地方名姓,这响马就好拿了。"吩咐将二人松了绑,死罪饶了,活罪难免,叫左右捆打四十棍。遂发下令旗令箭,差官赍往山东,限一百日内,要拿长叶林劫王杠的响马陈达、尤金。百日之内,如拿不着,府县官员,俱发岭南充军,一应行台节制武职,尽行革职。

这令一出,吓得济南文武官员,心碎胆裂。济南知府钱天期,行文到历城县,县官徐有德,即刻升堂,唤马快樊虎,捕快连明,当堂吩咐道:"不知何处响马,于六月二十二日在长叶林劫去登州老大王饷银一十六万。临行又通了两个姓名。如今老大王行文下来,限百日之内,要这陈达、尤金两名响马。若百日之内没有,府县俱发岭南充军,武官俱要革职。自古道:'上不紧则下慢。'本县今限你一个月,要拿到这两名响马。每逢三六九听比,若拿得来,重重有赏;如拿不来,休怪本县!"

二人领牌出衙,各带公人去寻踪觅迹,并无影响。到了比期,二人重责三十板,徐有德喝道:"如若下卯比没有响马,每人打四十板。"二人出来,会齐众人商量道:"这两个响马,一定是过路的强盗,打劫去往外州县受用。叫我们哪里去拿?况且强盗再没有肯通个姓名的,这两个名姓,一定是假的。"众人道:"如此说来,难道就此死了不成?"樊虎道:"我有一计

---

① 梁王忏——佛经名,慈悲道场忏法的简称。相传梁武帝忏悔皇后郗氏往业,命法师撰写经文,成十卷。

在此；到下卯比的时节，打完了不要起来，只求本官把下卯比一起打了吧。本官一定问是何故，我们一起保举秦叔宝大哥下来。若得他下来，这两个响马，就容易拿了。"连明道："秦大哥现为节度旗牌，如何肯下来？"樊虎道："不难，只消如此如此，他自然下来了。"众人大喜，各自散去。

不几日，又到比期，徐有德升堂，问众捕人道："响马可拿到了么？"众人道："并无影响。"有德道："如此说，拿下去打。"左右一声呐喊，扯将下去，每人打四十大板。及打完，众人都不起来，一起说道："求老爷将下次比板，一总打了吧！就打死了小的们，这两个响马也没处拿的。"徐有德道："据你们如此说来，这响马一定拿不得了。"樊虎道："老爷有所不知，这两个强人，一定是别处来的。打劫了，自往外府去了，如何拿得他来？若能拿得他，必要秦琼。他尽知天下响马的出没去处，得他下来，方有拿处。"徐有德道："他是节度大老爷的旗牌，如何肯下来追缉响马？"樊虎道："此事要老爷去见大老爷，只须如此如此，大老爷一定放他下来。"徐有德听了道："说得有理，待本县自去。"即刻上马，竟投节度使衙门来。

此时唐璧正坐堂理事，忽见中军官拿了徐有德的禀摺①，上前禀道："启老爷，今有历城县知县在辕门外要见。"唐璧看了禀摺，叫："请进来。"徐有德走至檐前，跪下拜见。唐璧叫免礼赐坐。徐有德道："大老爷在上，卑职焉敢坐？"唐璧道："坐了好讲话。"徐有德道："如此，卑职告坐了。"唐璧道："贵县到来，有何事故？"徐有德道："卑职因响马劫了王杠，缉获无踪，闻贵旗牌秦琼大名，他当初曾在县中当过马快，不论什么响马，手到拿来。故此卑职前来，求大老爷将秦琼旗牌发下来，拿了响马，再送上来。"唐璧闻言喝道："咄！狗官，难道本藩的旗牌，是与你当马快的么？"徐有德忙跪下道："既然大老爷不肯，何必发怒？卑职不过到了百日限满之后，往岭南去走一遭，只怕大老爷也未必稳便。还求大老爷三思。难道为一旗牌，而弃前程不成？"唐璧听说，想了一想，暗说："也是，前程要紧，秦琼小事。"因说道："也罢！本藩且叫秦琼下去，待拿了响马，依旧回来便了。"有德道："多谢大老爷。但卑职还要禀上大老爷，自古道：'上不紧则下慢，'既蒙发下秦旗牌，若逢比限不比，决然怠慢，这响马如何拿得着？要求大老爷做主。"唐璧道："既发下来，听从比限便了。"就叫秦琼

---

① 禀摺(zhé)——旧时禀报的文件。

同徐知县下去，好生着意，获贼之后，定行升赏。秦琼见本官吩咐，不敢推辞，只得同徐有德来到县中。

　　徐有德下马坐堂，叫过秦琼，吩咐道："你向来是节度旗牌，本县岂敢得罪你？如今既请下来，权当马快，必须尽心获贼。如三六九比期，没有响马，那时休怪本官无情！"叔宝道："这两名响马，必须出境缉获，数日之间，如何得有？还要老爷宽恕。"有德道："也罢，限你半个月，要这两名响马，不可迟缓。"叔宝领了牌票，出得县门，早有樊虎、连明接着。叔宝道："好朋友！自己没处拿贼，却保我下来！"樊虎道："小弟们向日知仁兄的本事，晓得这些强人出没，一时不得已，故此请兄长下来，救救小弟们的性命。"叔宝道："你们依先四下去察访，待我自往外方去寻便了。"遂别了众友回家，见了母亲，并不提起这事，只说奉公出差。别了母亲妻子，带了双锏，翻身上马，出得城来，暗想："长叶林乃尤俊达地方，但他许久不做，决不是他。一定是少华山的王伯当、齐国远、李如珪前来劫去，通了两个鬼名，待我前去问他们便了。"遂纵马竟向少华山来。

　　到了山边，小喽啰看见，报上山来。三人忙下来迎接，同到山寨，施礼坐下。王伯当道："近日小弟正欲到单二哥那边去，知会打点，前来与令堂老伯母上寿。不料兄长到此，有何见教？"叔宝道："不要说起。不知哪一个于六月二十二日，在长叶林劫了靠山王饷银一十六万，又通了两个鬼名，叫陈达、尤金。杨林着历城县要这两名强人，我只恐是你们，到那里打劫了，假意通这两个鬼名，故此来问一声。"王伯当道："兄长说哪里话？我们从来不曾打劫王杠，就是要打劫，登州解来饷银，少不得他要经此山行过，就在此地打劫，却不省力，为何到那里去打劫？"李如珪道："我晓得了！那长叶林是尤俊达的地方，一定是他合了一个新伙计打劫了去。那伙计就如上阵一样，通了姓名，那押杠的差官慌忙中听差了。"齐国远道："是呵，你说得不差。叔宝兄你只去问尤俊达便了。"叔宝听了，即便动身，三人苦留不住，只得齐送下山。

　　叔宝纵马加鞭，竟往武南庄来，到了庄前，忽听得里边钟鼓之声。抬头一看，见榜文上写着："演四十九日梁王忏，于六月二十一日为始。"想他既二十一日在家起经，如何二十二日有工夫去打劫？如今不要进去问他吧。想了一想，竟奔登州而来。及到登州，天色微明，一直入奔城去。未知此事如何，且听下回分解。

第 二 十 三 回

杨林强嗣秦叔宝　雄信暗传绿林箭

却说杨林自从失去饷银，虽向历城县要人，自己却也差下许多公人，四下打听。这日早上，众公人方要出城，只见秦叔宝气昂昂，跑马入城。众公人疑心道："这人却来得古怪，又有两根金装锏，莫非就是劫王杠的响马，也未可知。"大家一起跟了走来。

叔宝到了一个酒店下马，叫道："店小二，你这里可有僻静所在吃酒么？"店小二道："楼上极僻静的。"叔宝道："既如此，把我的马牵到里边去，莫与人看见，酒肴只顾搬上楼来。"店小二便来牵马到里边去了。叔宝取锏上楼。小二牵马进去出来，众公差把手招他出来，悄悄说道："这个人来得古怪，恐是劫王杠的响马，你可上去套他口风，切不可泄漏。"店小二点头会意，搬酒肴上楼摆下，叫："官人吃酒。"

叔宝问道："那长叶林失了王杠，这里可拿得紧么？"小二道："拿得十分紧急。"叔宝闻言，脸色一变，呆了半晌，叫道："小二，你快去拿饭来我吃，吃了要赶路。"小二应了，走下楼来，暗暗将这问答形状，述与众公人知道。众公人道："必是响马无疑，我们几个，如何拿得他住？你可慢将饭去，我去报与老大王知道，着将官拿他便了。"遂即飞报杨林，杨林即差百十名将官，如飞赶至酒店门首，团团围住，齐声呐喊，大叫："楼上的响马，快快下来受缚，免我动手。"叔宝正中心怀，跑下楼来，把双锏一摆，喝道："今日是我自投罗网，不必你们动手，待我自去见老大王便了。"众将道："我们不过奉命来拿你，你若肯去，我们与你做什么冤家？快去！快去！"

大家围住叔宝，竟投王府而来，到了辕门，众将报入。杨林喝令："抓进来！"左右答应，飞奔出来，拿住叔宝要绑。叔宝喝道："谁要你们动手，我自进去！"遂放下双锏，走入辕门，上丹墀来。杨林远远望见，赞道："好一个响马！"叔宝来至殿阶，双膝跪下，叫道："老大王在上，山东济南府历城县马快秦琼，叩见大王。"杨林闻言，把众将一喝道："你这班该死的狗官,怎的把一个快手当作响马,拿来见孤?"众将慌忙跪下道:"小将拿他的时节,他自认是响马,所以拿来。"当有罗芳在侧跪禀道:"呵,父王,果然不是劫饷银的强盗。那劫饷银强盗是青面獠牙,形容十分可怕,不比这人相貌雄伟。"

杨林便叫:"秦琼,你为何自认作响马?"叔宝道:"小人欲见大王,无由得见,故作此耳。"杨林点头,仔细将叔宝一看:面如淡金,五绺长须,飘于脑后,跪在地下,还有八尺来高,果然雄伟,便问道:"秦琼,你多少年纪? 父母可在否?"叔宝道:"小人父亲秦理,自幼早丧,只有老母在堂,妻子张氏,至亲三口。小人今年二十五岁。"看官,你道叔宝为何不说出真面目来? 只因昔日杨林在济南府枪挑了秦彝,若说出来,恐性命不保,故此将假话回对。

杨林道:"你会什么兵器?"叔宝道:"小人会使双锏。"杨林道:"取锏来,使与孤看。"众将抬叔宝的双锏进来放下,叔宝道:"大王在上,小人焉敢无礼?"杨林道:"孤不罪你。"叔宝道:"既蒙大王吩咐,小人不敢推辞,但盔甲乃为将之威,求大王赐一副盔甲,待小人好演武。"杨林闻言,遂叫左右:"取我的披挂过来。"左右答应,连忙取与叔宝。杨林道:"这件盔甲,原不是我的,向日我出兵征战,在济南府杀了一名贼将,叫做秦彝,就得他这件盔甲,并一枝虎头金枪,孤爱他这盔甲,乃赤金打成,故此留下,今日就赏你吧。"叔宝闻言,心中悽惨,只得谢了一声。立起身来,把盔甲穿戴起来,换了一个人物。就提起双锏,在手摆动。初时人锏分明,到了后来,只见金光万道,呼呼的风响逼人寒,闪闪的金光眩双目。这回锏使起来,把个杨林欢喜得手舞足蹈,不一时,把五十六路锏法使完了,跪下禀道:"大王,锏法使完了。"

杨林大喜道:"你还会使什么兵器?"叔宝道:"小人还会使枪。"杨林道:"甚妙。"即叫左右抬过虎头金枪,左右答应,把八十二斤虎头金枪扛过来。叔宝双手接过,将柄上一看,上写:"武卫将军秦彝置。"知是父亲之物,不敢明言,只好暗暗流泪。遂将身子一摇,使将起来。杨林一见问道:"这是罗家枪,你如何晓得?"叔宝道:"前小人在潞州受了官司,发配燕山,见罗元帅在教场演枪,小人因此偷学他的枪法,故此会使。"杨林道:"原来如此,快使起来。"叔宝就将十八门,三十六路,六十四招,尽行使出。

杨林见了大喜,将枪也赐了叔宝,说道:"孤年过六旬,苦无子息,虽有十二太保,过继为义子,本事皆不若你。如今孤欲过继你为十三太保,不知你意下如何?"叔宝暗想:"他是我杀父仇人,不共戴天,怎可拜他为父?"就推却道:"小人一介庸夫,焉敢承当太保之列,决难从命!"杨林闻言,二目圆睁,喝道:"胡说,孤继你为子,有何耻辱于你? 如若不从,左右看刀。"叔宝连忙说道:"小人焉敢不从,只因老母在堂,放心不下。若大王依得小人一件,即便允从,如若不从,甘愿一刀。"杨林道:"是哪一件?"叔宝道:"待小人回转济南,见了母亲,收拾家中,乞限一月,同了老母前来便了。"杨林道:"这是王儿的孝道,孤家岂有不依?"叔宝无奈,只得拜了八拜,叫声:"父王,臣儿还有一句话,要求父王依允。"杨林道:"有何话说?"叔宝就道:"失饷银一事,要求父王宽限,令府县慢慢访拿。"杨林道:"孤只待限满,将这些狗官,个个重处。既是王儿说了,看王儿面上,再发令箭下去,吩咐府县慢慢拿缉便了。"

叔宝拜辞杨林,杨林令众将送出城外。叔宝回到济南,坐在家中,俨然是一个爵主爷爷。光阴迅速,过了一月,杨林不见叔宝到来,心中焦躁。依旧发下令箭,拿这两个响马。薛亮吩咐差官到历城县,着县官依旧叫秦琼拿贼。徐有德这次翻了脸,到三六九没有响马,从重比责,叔宝却受了若干板子,这也不在话下。

且说少华山王伯当,对齐国远、李如珪道:"叔宝母亲九月二十三日,是六旬寿诞,日期将近,咱要往潞州知会单二哥,前去拜寿。你二人稍停几天动身,山东相会便了。"二人应允,王伯当就起身下山,竟投山西潞州府二贤庄上。不一日,到了庄上,单雄信闻知,迎接入庄,礼毕坐下。

雄信道:"多时不会,我兄弟甚风吹得到此?"伯当道:"九月二十三日,乃叔宝兄令堂寿辰,小弟特来知会吾兄,前去祝寿。"雄信道:"原来如此,如今事不宜迟,即速通知各处兄弟,同去恭祝。"说罢,即取绿林中号箭,差数十家丁,分头知会众人,限于九月二十三日,在济南府东门会齐。如有一个不到,必行重罚。一面打点各样贺礼,择日同王伯当往山东进发。那时各处好汉,得了单雄信的号箭,各各动身,不表。

单讲幽州燕山罗元帅夫人秦氏,一日对罗公说道:"妾身有句话,不知相公肯允否?"罗公道:"何事?"夫人道:"九月二十三日,乃家嫂六旬寿诞。我已备下寿礼,欲令孩儿前去与舅母拜寿,不知相公意下如何?"罗公道:"这是正理,明日就叫孩儿动身。"夫人大喜。

　　这信一传出来,早有外边张公瑾、史大奈、白显道、尉迟南、尉迟北、南延平、北延道七人皆要去拜寿,都来求公子点拨同行。罗成依允,就在父亲面前点了他七人随往。到次日,罗成拜别父母,收拾寿礼,带着七人投济南而来。未知罗成在路如何,且听下回分解。

第二十四回

秦叔宝劈板烧批　贾柳店拜盟刺血

今不暇说罗成在路。且说山西太原柴绍,说知唐公,要往济南与叔宝母亲上寿。唐公道:"去年你在承福寺遇见恩公,及至我差人去接他时,他已回济南去了。大恩未报,心中不安。如今他母亲大寿,你正当前去。"即备黄金一千两,白银一万两,差官同柴绍往济南来。

再说少华山齐国远、李如珪两人计议道:"我们要去济南上寿,将甚寿物为贺?"李如珪道:"去年闹花灯时节,我抢一盏珠灯在此,可为贺礼。"二人遂收拾珠灯,带了两个喽啰,下山而来,将近山东地界,望见罗成等八人来了,齐国远不认得罗成,说道:"好呵!这班人行李沉重,财物必多,何不打劫来去做寿礼?"遂拍马抡刀大叫道:"来的留下买路钱!"罗成见了,就令张公瑾等退后。自家一马当先,大喝道:"响马你要怎的?"齐国远道:"要你的财物。"罗成道:"你休妄想,看我这杆枪。"齐国远大怒,把斧砍来。罗成把枪一举,珪的一响,拦开斧头,拿起银花铜就刺,正中国远头颈上。国远大叫一声,回马便走,李如珪见了,举起两根狼牙棒,拍马来迎。被罗成一枪逼开狼牙棒,也照样的一铜,正中左臂。如珪负痛,回马便走,两个喽啰抛掉珠灯,也走了。罗成叫史大奈取了珠灯,笑道:"这个毛贼,正是偷鸡不着,反折一把米。"按下不表。

且说齐、李二人败下来,一个被打了头颈,一个挂落了手,正想:"财物劫不来,反失了珠灯,如今却将何物去上寿?"忽见西边转出一队人来,却是单雄信、王伯当,后边跟了些家将。齐国远道:"好了!救星到了!"二人遂迎上前去,细言其事,雄信大怒,叫众人一起赶来。罗成听见人喊马嘶,晓得是败去的响马,纠合同伙追来,遂住马候着。看看将近,国远道:"就是这个小贼种。"雄信一马当先,大喝道:"还我珠灯来便罢,如不肯还,看俺的家伙!"罗成大怒,正欲出马相杀,后面张公瑾认得是雄信,连忙上前叫道:"公子不可动手,单二哥也不必发怒。"二人听得，便住了手。公瑾告罗成知道："这人就是秦大哥所说的大恩人单雄信便是。"罗成听说，便与雄信下马相见毕，大家各叙过了礼。取金枪药与齐国远、李如珪搽好，疼痛即止。都说往济南拜寿，合做一处同行，不表。

且说尤俊达得了雄信的令箭，见寿期已近，吩咐家将，打点贺礼，即日起身。程咬金问道："你去到谁家拜寿？我也去走一遭。"俊达道："去拜一个朋友的母亲，你与他从来不熟，如何去得？"咬金道："且说这人姓甚名谁？"俊达道："这人乃山东第一条好汉，姓秦名琼，字叔宝。你何曾与他熟识？"咬金闻言大笑道："这人是我从小相知，如何不熟，我还是他的恩人呢。他父亲叫做秦彝，官拜武衙将军，镇守济南，被杨林杀了。他那时年方三岁，乳名太平郎，母子二人，与我母子同居数载，不时照顾他。后来各自分散，虽多年不会，难道不是熟识？"俊达道："原来有这段缘故，去便同你去，只是你我心上之事，酒后切不可露。"咬金应声："晓得。"二人收拾礼物，领了四个家将，望济南而来。

那咬金久不骑马，在路上好不燥皮①，把马加鞭，上前跑去。转出山头，望见单雄信一队人马，咬金大叫："妙呀！大风来了！"遂抡起宣花斧，大叫："来的留下买路钱去！"雄信笑道："我是强盗头儿，好笑那厮目不识丁，反要我买路钱！待我赏他一槊。"遂一马上前，把金顶枣阳槊就打。咬金把斧一架，架过了槊，当当的连砍两斧，雄信急架忙迎，哪里招架得住？叫声："好家伙！"回马忙走。罗成看见，一马冲来，摇枪便刺。咬金躲避枪，把斧砍来，罗成拦开斧，闪的一枪，正中咬金左臂。咬金回马要走，不提防腿上又中了一枪，大叫："风紧！风紧！"只见后边尤俊达到了，见咬金受伤，遂抡起朴刀，拍马赶来。单雄信认得，连忙叫住罗成，不要追赶。俊达唤转咬金，各各相见，取出金枪药，与咬金敷了伤痕，登时止痛。大家合做一处，取路而行。

将近济南，见城外一所客店，十分宽敞，板上写着贾柳店，雄信对众人道："我们今日且在这里居住，等齐了众友，明早入城便了。"众人皆说："有理。"遂一起入店。店主贾闰甫、柳周臣，接进众人，上楼去坐。几个家丁，派在路上，要等上寿的朋友，招呼进店。当下吩咐安排七八桌酒，先

---

① 燥皮——痛快，快意，舒畅。

拿两桌上来吃。不一时,来了潞州金甲、童环、梁师徒、丁天庆,家丁招呼,入店上楼,各各见礼,又添上了一桌酒。不多时,又来了柴绍、屈突通、屈突盖、盛彦师、黄天虎、李成龙、韩成豹、张显扬、何金爵、谢映登、濮固忠、费天喜一班豪杰,陆续俱到,各上楼吃酒。忽听外面渔鼓响,走入魏征、徐贩,二人上楼来,各各见礼,坐下饮酒。这时楼下又来了兄弟两人,叫做鲁明月、鲁明星,他二人乃是海贼,所以家丁不认得。二人走入店中,看见楼上有客,就在楼下坐了。走堂的摆上酒肴,二人对饮。

　　且表楼上呼三喝四,吃得热闹,咬金暗想:“我当初贫穷,衣食不足,今日大鱼大肉,这般富贵,又且结交众英雄,十分荣耀。”想到此处,欢喜之极,不觉把脚在楼上当的一登。恰好底下是鲁家兄弟的坐处,把那灰尘落在酒中,好似下了一阵花椒末。鲁明星大怒,骂道:“楼上入娘贼的,你登什么?”咬金在上面听见,心头火发,跑下楼来,骂一声:“入娘贼,焉敢骂我?”就一拳望鲁明星打来,早被明星举手接住。咬金摆不脱,就举右手一拳打来,鲁明月又上前接住。兄弟两个,两手扯住咬金两只手,这两只空手,尽力在咬金背上如擂鼓一般打下。楼上听得,一起下楼来。雄信认得二人,连忙叫住,挽手上楼,彼此赔罪,依前饮酒。

　　且表贾闰甫见这班人不三不四,心内疑惑,悄悄对柳周臣道:“这班人来得古怪,更兼相貌凶奇,莫非有劫王杠的陈达、尤金在内?你可在此看店,待我入城叫叔宝兄来,看看风色,却不可泄漏。”柳周臣点头会意,贾闰甫飞奔往县前来,看见叔宝,就说道:“今日小弟店中,来了一班人,十分古怪。恐有陈达、尤金在内,故此急来,通知兄长。”叔宝就叫樊虎、连明同闰甫走到店中。叔宝当先入内,走上楼梯一看,照面坐的却是单雄信,连忙缩下头来。早被雄信看见,遂立起身来叫:“叔宝兄!”叔宝躲避不及,只得与连明、樊虎上楼,逐一相见行礼,叙了阔别之情。

　　叔宝走到咬金面前,却不认得,竟作一揖,又无言语,就向别人行礼。尤俊达扯住咬金低低说道:“你说与他自小好相知,如今何不与你叙话?倒像个从不识面的!”咬金闻言大怒,扯住叔宝道:“你这势利小人,为何不睬我?”叔宝笑道:“小可实不认得仁兄。”咬金大喝道:“太平郎,你这等无恩无义,可记得当初住在斑鸠镇上,我母子怎样看顾你?你今日一时发迹,就忘记了我程咬金么?”叔宝闻言叫声:“呵呀!原来你就是程一郎

哥！我一时忘怀，多多有罪。"说罢跪将下去。咬金大笑道："尤大哥，如
何？我不哄你！"连忙扶起叔宝道："折杀！折杀！"又重新行礼，各叙别后
事情。

　　言讫，叔宝叫贾、柳二人，一起上来喝酒。酒至数巡，叔宝起身劝酒，
劝到雄信面前，回转身来，在桌子脚上撞了痛处，叫声："呵呀！"把腰一
曲，几乎跌倒。雄信扶起叔宝，忙问为何痛得如此厉害？樊虎把那王杠被
劫，缉访无踪，被县官比板，细细说了一遍。所以方才撞了痛处，几乎晕
倒。雄信与众人听了，一起骂道："可恨这个狗男女，劫了王杠，却害得叔
宝兄受苦。"此时尤俊达心内突突地跳，忙在咬金腿上扭，咬金大叫道：
"不要扭，我是要说的。"便道："列位不要骂，那劫王杠的就是尤俊达、程
咬金，不是尤金、陈达！"叔宝闻言大惊，忙将咬金的口掩住道："恩兄何出
此言？倘给别人听见，不大稳便。"咬金道："不妨，我是初犯，就到官也无
甚大事。"李如珪道："如何？我说一定是尤俊达合了新伙计打劫的。如
今怎么处？"咬金道："怎么难处？快找索子绑我去见官就是了！"叔宝道：
"恩兄呀！弟虽鲁莽，那情理二字，亦略知一二。怎肯背义忘恩，拿兄去
见官？如兄不信，弟有凭据在此，请他做个见证。"言讫，就在怀中取出捕
批牌票，将佩刀一劈，破为两半，就在灯火上，连批文一起烧了。众人看
见，齐说道："好朋友，这个才是好汉！"

　　徐茂公道："今日众英雄齐集，是很难得的。今叔宝兄如此仗义，何
不就在此处摆设香案，大家歃血为盟，以后必须生死相救，患难相扶，不知
众位意下若何？"众人齐说道："是！"就于楼上摆设香案，个个写了年纪，
茂公写了盟单，众人跪下。茂公将盟单念道：

　　　维大业二年，九月二十二日，有徐勣、魏征、秦琼、单通、张公瑾、
　　史大奈、尉迟南、尉迟北、鲁明星、鲁明月、南延平、北延道、白显道、樊
　　虎、连明、金甲、童环、屈突通、屈突盖、齐国运、李如珪、贾闰甫、柳周
　　臣、王勇、尤通、程咬金、梁师徒、丁天庆、盛彦师、黄天虎、李成龙、韩
　　成豹、张显扬、何金爵、谢映登、濮固忠、费天喜、柴绍、罗成三十九人，
　　歃血①为盟。不愿同日生，只愿同日死。吉凶相共，患难相扶，如有
　　异心，天神共鉴。

_____

　　①　歃血(shà)——古代举行盟会时，嘴上涂上牲畜的血，表示诚意。

祝罢,众人举刀,在臂上刺出血来,滴入酒中,大家各吃一杯血酒。叔宝道:"天色已晚,我同表弟入城回家,明朝在舍等候众兄弟便了。"众人齐道:"有理。"即时别了众友,同罗成进城到家。罗成拜见舅母,秦母见罗成一表人物,十分欢喜,各叙寒温。就叫张氏与罗成见过了礼,吩咐摆酒,请罗成吃酒。未知后来如何,且听下回分解。

第 二 十 五 回
庆寿辰罗单相争　劫王杠咬金被捉

　　次日清晨,秦叔宝先到后边一个土地庙中,吩咐庙祝在殿上打扫,等候众人殿上吃酒。你想这班人,可在自家厅上久坐得的么? 万一有衙门中人来撞见,如何使得? 所以预先端整,一等拜完了寿,就在土地庙中吃酒。早饭毕,众人到了厅上,摆满寿礼,无非是珠宝彩缎金银之类。大家先与叔宝见礼,然后请老伯母出来拜寿。叔宝道:"不消,待小弟说知便了。"大家定要请见,叔宝只得请老母出房。秦母走到屏风后一张,见众人生得异相,不觉心惊,不肯出来。叔宝低声指道:"那青面的是单二员外,蓝脸的是程一郎,这一个是秀才柴绍,乃唐公的郡马。其余众人,都是好朋友,出去不妨。"

　　正在说话,外边程咬金性急,就走入内,看见秦母,就叫:"老伯母,小侄程咬金拜寿。"遂跪下去。秦母用手扶起,便问叔宝:"这就是程一郎么?"叔宝道:"正是。"秦母就问:"令堂近日可好么?"咬金道:"家母近来无病,饭也要吃,肉也要吃,叫侄儿致意伯母。"说罢,就请秦母出来。秦母不肯,咬金竟将秦母抱出厅来,对众人道:"我是拜过寿的了,你们大家一总拜吧。"众人齐说:"有理。"一起跪下。秦母要回礼,被咬金一把按定,哪里动得? 只得道:"老身折福了!"叔宝在旁回礼,拜罢起身,叔宝又跪下,拜谢众友。秦母又致谢单雄信往日之情,雄信回称:"不敢!"秦母又向众人谢道:"今日老身贱辰,何德何能,敢劳列位前来,惠赐厚礼。叫老身何以克当?"众人齐说:"老伯母华诞①,小侄等理当奉拜,些须薄礼,何足挂齿?"彼此礼毕,秦母入内去了。

　　叔宝请众人到土地庙来,进得山门,却是一块平坦空地。走入正殿,酒席早已摆设端整,一起坐下吃酒。不多时,只见秦安来说道:"有节度使衙门中众旗牌爷来家拜寿,请大爷暂时回去。"叔宝忙起身说道:"家中

---

　　① 华诞——华,称美之词;诞,生日。华诞,旧时对别人生日的称美之词。

有客，不得奉陪，烦咬金代我做主，小弟去去就来。"众人道："请便。"叔宝竟自回去。

　　饮酒中间，咬金暗想，在席众友，唯有单雄信与罗成厉害。待我哄他二人，打一阵看看，有何不可。想罢，立起身来劝酒，劝到单雄信面前，低声道："我通个信与你，罗成要打断你的肋子骨哩！"雄信吃惊道："他为什么缘故？"咬金道："他骂你坐地分赃的强盗头，倚着财主的势，不把他靖边侯公子放在眼内，把你肋子骨打断，这句话，是我亲耳听见的，好意来通知你，你须小心防备。"雄信听罢大怒。咬金复向众人劝过，劝到罗成面前，轻轻叫道："罗兄弟，你可晓得么？雄信要搂出你的乌珠哩！"罗成道："他为什么缘故？"咬金道："他道你仗着公子的势，不把他放在眼内。要寻着事端，把你的乌珠搂出来，你须小心！"罗成听了，微微而笑。咬金依旧坐下，照前饮酒。两个心中越想越恼，各怀了打的念头。

　　少时换席，众人下阶散步，罗成在空地走了一转，回身入殿。雄信立在殿门，两下肩头一撞，罗成力大，把雄信哄的一声，仰后一跤，直跌入殿内。众人吃了一惊，不知就里。雄信大怒，爬起来骂道："小贼种，焉敢跌我！"罗成道："青脸贼，我就打你，怕你怎的？"奔近前来，雄信飞起一脚踢去，早被罗成接住，提起一丢，有如小孩子一般，扑通响撩①在空地上去了。众人上前劝解，哪里劝得住？雄信被罗成抓住，按倒在地，挥拳便打。恰好叔宝走到，喝开罗成，扶起雄信。雄信道："好打！好打！我怕你这小畜生难脱我手！"罗成道："我不怕你这个坐地分赃的强盗！"叔宝喝道："胡说，还要放屁！"罗成见表兄骂他，回身就走，竟到家中，拜别舅母，撇了张公瑾等七人，上马回河北去了。

　　秦母不知何故，忙着秦安来通知叔宝，叔宝大惊道："如此一发成仇了！哪一位兄弟去追他转来？"咬金道："我去。"带了斧头上马追去。叔宝问为何相打，雄信就把咬金所言，说了一遍。尤俊达道："这程咬金惯会说谎，你如何听他？"茂公道："既如此，咬金追去，罗成决不转来。"叔宝道："何以不转来？"茂公道："他方才在内做鬼，若把罗成追转来，岂非对出是非来？要叫他追，是催他走了。"俊达道："待我去追。"遂取双股托天叉，飞身上马赶去。

_____

　　①　撩（liào）——弄倒。抛。

　　单表这程咬金追到黄土岗，看见王杠银子来了。原来杨林又起了十六万王杠，恐路中有失，亲自解来，这咬金哪里知道杨林不是儿戏的？一见王杠便大叫道："妙呵！大风来了！"遂摇斧高叫道："来的留下买路钱！"这边罗芳看见认得，飞报老大王说："前日长叶林劫王杠的响马又来了！"杨林闻言大怒，提起两根囚龙棒，飞马出来，喝问："响马，你是陈达、尤金么？"咬金笑道："我是程咬金，伙计尤俊达，不是陈达、尤金。你快把王杠送过来，免我动手！"杨林道："你可晓得登州靠山王杨林么？"咬金道："我不晓得什么靠山王、靠水王，照我的斧吧！"遂举宣花斧照杨林头上砍了过来。杨林大怒，把囚龙棒拦开宣花斧，伸过手来，一把扯住咬金的围腰带，叫声："过来吧！"遂提过马抛在地上，叫左右绑了。随后尤俊达赶到，见咬金被擒，飞马动叉，直奔上前。被杨林拦开，也擒过来，抛下绑了。

　　当下杨林就叫安营，发一支令箭，着济南府中大小官员，并众马快手，前来听令。个个闻知，同文武官员忙出城来。单雄信等三十余人，也出城住在贾柳店内，打听消息。那文武官员一起到了黄土岗营外候令。杨林唤历城县徐有德进营，有德闻唤入营，恭拜杨林。杨林问道："你县里有一个马快秦琼么？"徐有德道："有一个秦琼，现在营外候令。"杨林叫左右唤秦琼过来。未知后事如何，且听下回分解。

第 二 十 六 回

劫囚牢好汉反山东　　出潼关秦琼赚①令箭

　　左右一声答应,传令出营,秦琼慌忙进见跪下。杨林问道:"秦琼,你请你母亲去,因何直到如今,不前来见我?"叔宝道:"小人因家母偶然得病,所以违了千岁之令。"那程咬金绑在旁边,却待要叫,叔宝把头只管摇,咬金便不做声。当下杨林道:"孤今承继你为子,你今随孤到京,回来之日,接你母亲去登州便了。"叔宝不敢违命,只得拜谢,并要回家,取披甲兵器。那杨林道:"不必自去,可写下书信与你母亲,我差官去取来便了。"叔宝无奈,退出帐外,索了纸笔,于无人之处,写了两封信,交与差官说:"一封送到西门外,有个贾柳店中投下;一封到我家中取东西,不可错了。"那差官接了,飞马而去。杨林问两个强人,是何处响马?咬金道:"我们是太行山好汉,还有十万个在那里。"杨林叫左右押去斩了!叔宝上前叫声:"父王,这两个人不可杀他,可交济南府下在牢中。待父王长安回来,那时追究,前赃明白,诛灭余党,然后斩他未迟。"杨林道:"说得有理。"吩咐左右将二名响马,交与济南府监候。少时,差官取到叔宝的盔甲兵器,杨林令叔宝引兵先行,遂拔营往长安去了。

　　且表留在贾柳店的三十五位好汉接了叔宝书信,拆开一看,方知前事。叫众人设计,救出二人。茂公道:"要这二人出狱,必大反山东,方能济事。"众人道:"若能救出两个朋友出狱,我们大家就反何妨。"茂公道:"我有一个计策在此,众兄弟必须听我号令方好。"众人道:"谨遵大哥号令。如有违逆者,军法从事!"茂公道:"如此齐心,事必济②矣!只是柴郡马在此不便,可收拾回去。"柴绍即忙带了家将,回太原去了。

　　茂公道:"单二哥打扮贩马客人,将众人的马匹,赶入城去,到秦家等

---

①　赚(zuàn)——骗(人)。

②　济——成。

候。"茂公问①贾、柳二人,取了十来个箱子,放了短兵器并盔甲,贴上爵主的封皮。着几个兄弟,抬入城去,秦家相会。再取毛竹数根,将肚内打通,藏了长兵器,拖进城中,也在秦家相会。众兄弟陆续进城,当下众好汉依了茂公吩咐,各各进城,齐到秦家。茂公叫秦安请老太太出来说话,秦母不知何故,忙走出来。茂公把事情说了一遍,暗暗道:"今晚就要动手,特来请老伯母同秦大嫂往小孤山。如今可快快收拾起身。"秦母闻言,连声叫苦,却不敢不依从,暗暗把秦琼骂个不住。茂公吩咐贾、柳二人,带了樊虎、连明的家眷,扮做家人,随老太太秦大嫂出去,只说庙中进香,到自己店中。二人领命,即带樊虎、连明的家眷,随秦母与秦大嫂出城,到店中收拾完备,带了家小,往小孤山去了。

茂公因樊虎衙门相熟,叫他入牢,暗暗约定程咬金、尤俊达,今夜只听号炮一响,可就动手,自有人来接应。茂公再叫:"单二哥,你可在城外黄土岗等候。明日若有追兵,你独自一马挡住。"雄信答应,上马而去。又叫鲁明星、鲁明月扮做乞丐,如此如此。又叫屈突通、屈突盖、尉迟南、尉迟北、南延平、北延道,各带引火之物,如此如此。又叫张公瑾、史大奈、樊虎、连明去劫牢。齐国远、李如珪、金甲、童环拦住府门。王伯当、谢映登拦住节度使衙门。梁师徒、丁天庆拦住县门,俱不可放那官员出来。又叫盛彦师、黄天虎斩开西门,以便走路。众兄弟俱各听号炮为号,不可有误。其余众兄弟,往来接应,齐出西门,往小孤山会齐。大家应声"得令",分路而去。茂公同魏征坐在厅上,只听号炮一响,即便动身。

当下鲁明星、鲁明月扮做乞丐,篮内藏着火炮,在街上游走。到了人静更深,二人走到城东,见前面有一座宝塔。二人手脚伶俐,走上塔顶,取出火炮,把火石打出火来,点着药线,往空中一抛。那炮虽小,却十分响亮,四下里一起动手。屈突通、屈突盖城南放火,尉迟南、尉迟北城北放火,南延平、北延道城东放火。城中百姓,逃出火来,又遇众好汉厮杀,号哭之声,震动山岳。那张公瑾、史大奈、樊虎、连明乘乱打入狱中,尤俊达听见号炮响,遂与程咬金挣断铁索,大声喊叫:"众囚徒要性命者,随我们一起反出去吧!"众囚徒一起答应,打出牢来。

恰好众好汉前来救应,俊达、咬金取了披挂马匹兵器,打入库中,劫了

---

① 问——向(某方面或某人要东西)。

钱粮。此时各衙门闻报，因被众好汉拒住，哪里敢出来？单雄信在黄土岗等候，先见徐勣、魏征过去；又见众好汉并咬金、俊达，载着钱粮，随着许多囚徒，一起过去，并无遗失。此时天色微明，看见节度使唐璧、知府孟洪公，领兵赶至。雄信一马拦住厮杀，哪里挡得住许多官兵？正在十分危急，忽见王伯当赶来，冲入重围，招呼雄信，两马杀出，知府孟洪公逞勇追来，被王伯当一箭射死。随后又有几个将官赶来，也是一箭一个，断送了性命。余者不敢上前，一起退入城去。雄信、伯当见无追兵，即来小孤山缴令，茂公令各人回去，取了家眷，遂扯起招兵旗号。

那唐璧退回城中，有人报叔宝举家潜逃，响马却在他家安歇。唐璧大惊，连忙往秦琼家内一看，见正桌上有一张大红盟帖，是众好汉结盟的。茂公因要叔宝回来，故放在此出首，只涂抹了柴绍、罗成二人。当下唐璧一看，见第三名就是秦琼，遂连夜修下表章，连盟帖封了，差官星夜送往长安。

此时杨林已到长安面过君王，把秦琼封为十三太保。一日，杨林接了唐璧的文书，拆开一看，上说："九月二十四日，有响马劫牢，大反山东。杀了知府孟洪公，劫了钱粮，杀了百姓一万余人，烧毁民房二万余间。那响马都是十三太保的朋友，现有盟帖一张，众响马名字在上。"杨林看了大吃一惊，又疑秦琼未必有此事，就发一枝令箭，差了一个旗牌名叫尚义的，去召秦琼来问。那尚义前日有罪当死，遇叔宝极力保救，今日领了令箭，知此消息，连忙来见叔宝，低声说道："小人向蒙恩公保救，今日恩公大难临身，小人岂敢不以实告？"就把唐璧的文书所言之事，说了一遍，并道："今大王狐疑，差小人来召，此去决无好意，我劝恩公不如走了吧！"叔宝呆了半晌，方才说道："走出长安不打紧；只恐不能走出潼关。"尚义道："小人总①无妻子，愿随恩公逃走，有令箭在此，赚出潼关便了。"叔宝大悦。二人飞身上马，出了长安，竟奔潼关而来。

这杨林坐在殿上，直等到下午，不见叔宝回前来。又差官去催，少停报说："有人看见二人，飞马出东门去了！"杨林闻言，遂取了囚龙棒，上马赶来。若说叔宝的黄骠马，行走甚快，杨林是赶不上的。但尚义所骑的是一匹川马，行走不快，叔宝只得等他，以此行慢。日将下山，后边杨林赶

①　总——一直；一向。

到，大叫道："王儿住马。"叔宝对尚义道："你速去赚开潼关，待我去挡他一挡。"遂带回了马。杨林赶近叫道："王儿，你要往那里去？如今快同孤家回转长安。"叔宝道："杨林，你要我转回去，今生休想了！"杨林怒道："畜生，怎么叫起我名字来？既不肯转去，照我的家伙罢！"就把囚龙棒打来，叔宝把枪一架，当的又是一棒。叔宝用尽平生的气力，哪里招架得住？回头就走，看见尚义的马，还在前面，杨林又在后赶来，此时月色又不甚明亮。叔宝暗想："他只管追来，待我回复他吧！"又带转马来，放下枪，取双铜在手，叫声："杨林，你知道我是什么人？"杨林道："畜生，你不过是一个马快罢了！"叔宝道："我不是别人，我乃先朝武卫将军秦彝之子。我父被你枪挑而亡，我与你不共戴天之仇。拜你为父，正欲杀你，以报父仇，不料不能遂意，且饶你再活几时！"杨林听了大怒，举囚龙棒乱打，叔宝忙举双铜招架。被杨林一连七八棒，叔宝拦挡不住，回马便走。

　　杨林拍马赶来，后面十二家太保又带了兵丁追来。此时已有二更时分，叔宝一马跑到灞陵桥上。看见这桥十分高大，连忙上桥占住上风，下面一条大溪，又无船只。那杨林赶到桥边，叔宝在桥上看得分明，一箭射下，把杨林头上龙紫巾射脱，连头发也削去一把。杨林吃了一惊，不敢上去。后面十二家太保赶到，叫道："父王，为何不过桥去？"杨林道："秦强盗在上边，占了上风，上去不得！"罗芳、薛亮道："不难，待我兄弟上去战住他，父王在后接应。"说罢，一起要上桥，被叔宝连发二箭，各各射中，跌下马来。杨林道："上去不得，且待天明上去，谅他也飞不出潼关。"遂相持到五更时分。叔宝心生一计，把马头上九个金铃取下来，挂在桥头栏杆紫藤上。微风略动，那金铃朗朗的响，叔宝轻轻退下桥来，加上两鞭，飞马直奔潼关。

　　却说尚义到了潼关，此时天色尚未大明，走至帅府，把鼓乱敲。魏文通大开府门，出来迎接，尚义递过令箭道："老大王得报，反了山东。连夜差十三太保同我先行，后军就到，你且速速开关。"魏文通取出令箭一看，果然是金铍①令箭，遂发钥匙去开关。叔宝一时赶到，两人一起出关。叔宝对文通道："后面老大王就到，你可速去迎接。"文通道："是。"遂退入关。叔宝与尚义行了些时，两人分别，叔宝往山东去，尚义往曹州去，按下

---

　　① 　铍（pī）——铍箭。箭镞的一种。

不表。

　　再说杨林等到了天明，方知秦琼走了，连忙赶向潼关来。只见魏文通率领众将迎接。杨林道："秦琼这个强盗那里去了？"文通道："十三太保出潼关去了！"杨林大怒道："你好大胆，擅自放走强盗！"喝声手下拿去绑了。文通大叫道："方才他有千岁爷的令箭来叫关，故此小将开关。"罗芳道："就是父王与那尚义的令箭，他假传令旨，已赚出关。父王就差魏文通去捉他便了！"杨林听了，就令文通速速追去。

　　这魏文通乃隋朝第九条好汉，因他面貌似关爷①，有"赛关爷"之称。当下他奉令赶出潼关，赶了五十里，看见叔宝大喝道："好强盗，赚我出关，快下马受缚！"叔宝回马，与他交战，抵敌不住，回马便走。文通急急追来，直战九阵，皆不能敌。未知后事如何，且听下回分解。

---

　　①　关爷——即关羽，字云长。三国时，蜀国大将。

第 二 十 七 回

秦叔宝走马取金隄[①]　程咬金单身探地穴

叔宝见杀文通不过，回马又走，文通大叫道："秦强盗，你上天，我也跟你上天，你入地，我也跟你入地。看你走哪里去!"直赶到下午时分，下面有一条大河，半干不干。那边有一石桥，名曰"石龙桥"。叔宝看见，到桥边还有五六箭之路，自知这马本事好，不如跳过去吧。把马加上两鞭，那马一声吼叫，将前蹄一纵，后蹄一起。谁知这马一日一夜，走乏的了，到得河心，身体疲软，跌下河中。却是没水的，把四足陷住了。

文通追到河边，把刀望后砍来，不料对岸有一个人把箭射来，正中文通左手。那人又叫道："我要射你右手。"又是一箭射来，果中右手，说道："你还不走，我要射你心口。"文通大惊，忙回马走了，那射魏文通的，就是王伯当，当下救了叔宝。叔宝便叫："贤弟，为何在此?"伯当道："徐大哥因许久不见你，叫我专程前来探望，却不料在此地会面。"叔宝大喜，二人同行。

一日，行近金隄关，望见兵马在关前厮杀。你道那厮杀的是谁？原是徐茂公在小孤山招兵万余，又见众好汉取家眷齐到，就令三军抢取金隄关，以为基业。不料守将华公义，十分勇猛，连战数阵，不能取胜。当日咬金与公义一战，被公义打下一鞭，正中左臂，回马便走。公义纵马赶来。叔宝看见咬金败阵，忙举枪向前敌住。公义看见叔宝，头戴一顶双龙闹珠的金盔，想是贼人立了王。即忙把大戟刺来，叔宝用枪拦住。两人战了三十余合，不分胜负。叔宝见公义戟法高强，不能取胜，只得虚闪一枪，回马便走。公义赶来，叔宝把枪右手横拿，将左手扯出锏来，执在胸前。华公义马头相撞马尾，举戟望叔宝后心便刺，叔宝左手把枪反在背后往上一架，扭回身一锏打去，把公义的头都打得不见了，跌下马来。这个名为"杀手锏"。叔宝回马乘势抢关，众将随后应接，取了金隄关。只因叔宝

---

① 隄(dī)——堤的异体字。

从长安逃回初到,人不卸甲,马不卸鞍,因此名为"走马取金隄"。

叔宝随到后营,安慰母亲妻子,说道:"金隄关已破,孩儿养兵三日,邀同众兄弟一同攻取瓦岗寨。"当下众好汉一起入关,养马三日,留贾闰甫、柳周臣分兵一千镇守金隄关,其余一起竟奔瓦岗寨而来。到了瓦岗寨,放炮安营。徐茂公问道:"哪一个兄弟前去取瓦岗寨?"程咬金道:"小弟愿往。"遂提斧上马出营,直到关下,大叫道:"关上的军士,快报守将得知,说我程爷爷讨战。"探子报入帅府,守将马三保闻报,即问众将道:"哪一位将军前去迎敌?"有胞弟马宗应道:"小弟愿往。"遂披挂上马,手执大刀出城。见了咬金,状貌非常,便喝道:"丑鬼何人?"咬金大怒喝道:"我乃是卖私盐、劫王杠、反山东的程咬金便是,你这厮却是何人?"马宗道:"俺乃大隋朝正印元帅马三保胞弟马宗是也。"咬金道:"不管你是什么马,吃我一斧!"遂举斧劈面砍来。马宗把刀往上一架,不想刀杆被咬金砍断,马宗措手不及,被咬金一斧,砍落马下。咬金便又抵关讨战。

此时徐茂公一干众将,领兵齐出营门观看。那败兵报入帅府,马三保闻报大惊,忙问:"哪位将军再去迎敌?"闪出第三个胞弟马有周道:"兄弟愿与二兄报仇,杀此贼人。"遂披挂出城,一马冲来。咬金催马向前,当头就是一斧,有周兵器未举,一斧就斩下马来。败兵又飞报入帅府,马三保闻报,长叹一声道:"总是当今无道,因此天下荒乱,盗贼四发。也罢,众将收拾家小,待本帅自去开兵。若不能胜,穿城走了吧!"收拾齐备,马三保提刀上马,冲出城来,大喝道:"哪个是反山东的程咬金?"程咬金道:"爷爷便是。想你也是要来尝尝爷爷的大斧头滋味么!"遂把斧当头劈下,马三保叫声:"好家伙!"回马便走。背后程咬金、徐茂公众好汉一起赶上,马三保带了众将并老小,穿城而走,投奔山东去了。

徐茂公鸣金收军,与众好汉入城,安民查库,在帅府中摆了筵席。正吃酒之间,忽听得豁喇喇一声,震天的响,大家齐吃一惊。左右来报:"启众位爷们,教军场中演武厅后,震开一个大地穴了。"徐茂公与众好汉一起上马,来至教场中演武厅后一看,只见黑洞洞,不知多少浅深。程咬金道:"这个底下,一定是个地狱。"徐茂公叫取数丈的索子来,索头上缚了一只黑犬、一只公鸡,放下去顺手一松,便到底了。咬金道:"这是什么意思?"茂公道:"贤弟有所不知,若放下去,鸡犬没有了,这是个妖穴;若鸡犬俱在,这是个神穴。"咬金道:"原来如此。"少时拽起来,鸡犬虽在,却是冻坏的了。咬金道:"原来是个寒水地狱。我们走开吧,不要跌下去冻死了。"徐茂公道:"是神穴。必须哪一位兄弟下去探一探,便知分晓了。"咬金道:"大哥舍得自己,莫说他人,就是你下去便了。"徐茂公道:"我有个道理:写下三十七个纸阄,三十六个'不去',一个'去'字;那个拈着了'去'字的,就下去。"众人道:"有理。"茂公遂写了,个个摺好,叫众人拈。众人个个拈完了,打开来看,大家都是"不去"二字,那一个"去"字,恰好是程咬金拈着。茂公道:"这没得说,却是你自拈的。"咬金道:"我又不识字,你们作弄我,说我是'去'字。"茂公道:"'不去'是两个字,'去'字是一个字,难道你也不识?"众人拿出来看,都是两个字。程咬金看自己手中,却是一个字,便扯住尤俊达道:"我的哥哥,都是你害我。我在那里卖柴扒,你却招我做伙计劫王杠、反山东。如今要下这寒冰地狱,料想不能活了,只是我与你相好一番,我的母亲望你朝夕照管。"俊达道:"兄弟,说哪里话? 你下去,包你不妨。"咬金道:"什么妨不妨? 不过做个寒冰小鬼罢了。"茂公吩咐取一个大筐子,缚住索头。一丈挂一个大铃,叫咬金坐在筐内。咬金不得已,带了大斧,坐在筐子内。众人放下索子去,那铃儿朗朗的响,放下有六七十丈大索子,就到了底。索子一松,上面住了手。咬金爬出筐子,提斧在手,却黑洞洞不见有些亮光,只管摸去,转过了两个弯,忽见前面有一对亮光,咬金道:"哎呀! 这一定是妖怪的两只眼睛了。"赶上前,一斧劈去。豁浪一声砍开,原来两扇石门里面,又是一天世界。遂走进石门,见上边也有天,下边一条大河,中间一条石桥。走过了桥,却是三间大殿,静悄悄并没一人。咬金走上厅中间,见桌上摆着一顶冲天翅的金璞头、一件杏黄龙袍、一条碧玉带、一双无忧履。咬金见了,以为稀奇,就把头上紫巾除去,将冲天翅的金璞头戴在头上,把杏黄龙袍穿了,将碧玉带紧了,脱去皮靴,登上了无忧履。又见桌边有一个宝匣,开来一看,见一块玄圭①,一张字纸,咬金却不识得。就把匣塞在怀里,就下厅来。走至桥上,见寒气侵人,只得跑出石门,那石门一声响,即时关上。咬金七爬八跌,奔过来摸着筐子,坐在里面,把索子乱摇。那铃儿响动,上面连忙拽起,出得了地穴。咬金方走出筐,一声响,地穴就闭了。咬金道:"造化了,略迟些儿就活埋了。"众人见他这般穿戴,大家稀奇起来。咬金

---

① 玄圭——名贵的黑色玉器,为帝王诸侯举办典礼时常用。

细言前事,取出宝匣与茂公看。茂公把那字纸一看,只见上写道:

　　程咬金举义集兵,为三年混世魔王,扰乱天下。

　　咬金大喜道:"这个自然我做皇帝。"茂公道:"虽然你为主,恐众将不服。今可将旗杆帅字旗放下来,我们大家个个拜过去,若哪一个拜得旗起的,即推他为主。"众人齐说:"有理。"遂一个个拜完,哪里能拜得起?咬金道:"待我来拜。"遂上前拜下去。呼一声响,那面旗拽将起来。咬金大喜道:"到底我做皇帝!"

　　徐茂公吩咐把帅府改作皇殿,择吉日请程咬金升殿。众人朝贺毕,徐茂公请主公改年号,立国号。咬金道:"我在此做皇帝,不过混混而已!如今可称长久元年,混世魔王便了。"茂公道:"请主公封官赏爵。"咬金道:"徐茂公为左丞相,护国军师;魏征为右丞相,秦叔宝为大元帅,其余一概都是将军。"众人听了,各各谢恩。咬金吩咐大摆御宴,与各位皇兄御弟吃酒。

　　正吃之间,忽见探子来报道:"启大王爷,今有山东节度使唐璧,领兵十万,在瓦岗东门外下营了。"又见探子来报道:"启大王,今有临潼关总兵尚师徒,领兵十万,在瓦岗南门外安营了。"又见探子报道:"启大王,今有红泥关总兵新文礼,领兵五万,在瓦岗北门外下寨了。"一时三路兵马,齐来报到。咬金道:"呵呀,罢了!罢了!你们再去打听。"探子齐应道:"得令。"忽又来报说:"靠山王杨林领十万人马,离瓦岗只有一百里了。"咬金听说大惊道:"这……这……这……杨林那厮来了么?如今要驾崩了!这个皇帝当真做不成了,大家散伙吧!"徐茂公道:"主公不必心焦,自古道:'兵来将挡,水来土掩。'趁杨林未到,臣等保主公出南门面会尚师徒,待臣用一席之话,说退尚师徒。若师徒一退,这新文礼不战而自去矣。唐璧这支人马,不足为忧,待杨林到来,臣等再设计退之。"咬金道:"既如此,备孤家的御马来!"咬金遂上了铁脚枣骝驹,提着宣花斧,大小将官,一起上马。拥着龙凤旗旛①,飞虎掌扇,三声号炮,大开南门,一拥而出。未知如何说退尚师徒,且听下回分解。

――――――――――

　　①　旛(fān)――同"幡",一种窄长的旗子。

第 二 十 八 回

茂公智退两路兵　　杨林怒摆长蛇阵

却说尚师徒闻瓦岗寨出兵，遂跨上马，带了十万大兵出营。这尚师徒乃隋朝第十条好汉，向年因征南阳，走了伍云召，所以今日不奉圣旨，合了新文礼来攻瓦岗寨，要图头功。

这尚师徒坐下的马，却是个名驹。那马身上毛片，犹如老虎一般，一根尾巴似狮子一般。马头上有一个肉瘤，瘤上有几根白毛，一扯白毛，这马一声吼叫，口中吐出一口黑烟。凡马一见，便尿屁滚流，就跌倒了，真算是一匹宝马。

当下程咬金一马上前，大叫道："尚师徒，我与你风马无关，你为何兴兵到此？"尚师徒喝道："好强盗，你反山东，取了瓦岗，我在邻近要郡，岂可不兴兵来擒你？"咬金大叫道："将军只知其一，不知其二。当今皇帝无道，欺娘弑父，鸩①兄图嫂，嫉贤害忠，荒淫无道，因此英雄四起，占据州府。将军何不弃暗投明，归降瓦岗，孤家自当赏爵封官，不知将军意下如何？"尚师徒闻言大怒，举枪就刺。叔宝飞马来迎。徐茂公恐怕他扯那马的白毛，急令众将一起上去，这番二十多员好汉，各使器械，团团围住。尚师徒使枪招架众人的兵器，那里有工夫扯那马的白毛，暗想："我从来不曾见有如此战法。"茂公叫众将下马住手，众好汉一起跳下马来，举兵器围住尚师徒。

徐茂公叫声："尚将军，不是我们没体面，围住交战，只怕你的坐骑叫起来，就要吃你亏了。这且不要管他，但将军此来差矣！却又自己冒了大大的罪名，难道不知么？"尚师徒道："本帅举兵征讨反贼，有何罪名？"茂公道："请问将军此来，还是奉圣旨的，还是奉靠山王将令的？"尚师徒道："本帅闻你等猖獗瓦岗，理宜征剿，奉什么旨？奉什么令？"茂公道："将军独不记向年奉平南王韩擒虎将令，往征伍云召，令你把守南城，却被伍云

---

① 鸩（zhèn）——鸩的异体字。用毒酒害人。

召逃走,幸而韩擒虎未曾对你责怪,如今靠山王杨林,不比韩擒虎心慈。若将军胜了瓦岗还好,倘或不胜,二罪俱发。况又私离汛地①,岂不罪上加罪。且目下盗贼众多,倘有人闻将军出兵在外,领众暗袭临潼,临潼一失,将军不唯有私离汛地之罪,还有失机之罪矣!我等从山东反出来,那唐璧乃职分②当为,是应该来的;即新文礼私自起兵,亦有些不便。"尚师徒闻言,大惊失色道:"本帅失于算计,多承指教,自当即刻退兵。"徐茂公吩咐众将不必围住:"保主公回瓦岗,让尚将军回营。"这尚师徒忙回营内,知会新文礼,二人连夜拔寨,各自领兵回关去了。

再说杨林兵至瓦岗西门,安了营寨,唐璧闻知,入营参见,杨林大喝道:"好狗官,你为山东节度使,孤家把两个响马,交付与你。却被贼众劫牢,反出山东。孤家闻得只有三十六个强盗,你今却掌令数十万兵马,如何拿他不住?又不及早追灭,却被贼人成了基业,还敢来见我?"言罢即吩咐左右:"与我把狗官绑出营门斩首。"左右一声答应,便将唐璧捆绑。唐璧大叫道:"老大王,你却斩不得臣!"杨林喝道:"狗官,怎么孤家斩你不得?"唐璧道:"臣放走了响马,还是三十六个,所以拿他不住。请问大王,秦琼只是一个,为何也拿他不住?况臣只有一座城池,三十六个反了出来,那长安却是京城,外有潼关之险,一个秦琼,也被他走了;大王不自三思,而反责臣,臣死去也不瞑目!"杨林听了道:"你这狗官倒会强辩,如今孤家且饶了你,就着你身上去拿秦琼。若拿不到秦琼,你这狗官休想得活,去吧!"

当下唐璧回到东门自己营内,没奈何,领众将抵关讨战,要叔宝答话。探子飞报入殿,程咬金对秦琼道:"秦王兄,唐璧讨战,你可出马对阵。"叔宝领旨,披挂上马,出了东门,只见唐璧亲在营外。叔宝横枪出马,马上欠身道:"故主在上,末将甲胄在身,不能全礼,望乞恕罪!"那唐璧道:"秦琼,本帅从前待你不薄,今日杨林着我拿你,你若想我平昔待你之恩,便自己绑了,同我去吧。"叔宝道:"末将就肯与故主拿去,只怕众朋友不肯,故主亦有些不便。若末将不与故主拿去,杨林又不肯干休。况今皇上无道,弑父欺娘,荓兄图嫂,残害忠良,天下大乱,因此四方反者,不计其数。当

---

① 汛地——指驻防和巡逻的地区。
② 职分——犹职责。应尽的职务。

此之秋,正英雄得势之时,成王定霸之日也。故主倒不如改天年,立国号,进则可为天子,退亦不失为藩王。何苦反受人之辱?"唐璧闻言,如梦初觉,叫声:"叔宝,本帅虽有此心,只恐杨林不容。"叔宝道:"不妨,他若有犯故主,我瓦岗自当相救。"唐璧道:"本帅今日听你言,退兵自立,他日若有患难,你等必须相助。"叔宝道:"这个自然,必不有负故主之恩。"唐璧遂回营下令,叫将官将大隋旗号改了,自称为济南王,兴兵拔寨,反回山东去了。

　　那杨林坐在营内,忽见探子来报说:"唐璧与秦琼合谋,反回山东了。"杨林闻言大怒,即披挂上马,率领十二太保、大小众将,领兵出来捉拿唐璧。叔宝在城上看见杨林率兵下去,料必追赶唐璧,忙与众将领兵出城,齐声呐喊,大叫快拿杨林,一起杀来。哨马飞报杨林道:"启大王,城中贼将杀出来了!"杨林道:"这强盗怎敢杀出?"吩咐:"不必追赶唐璧,把后队作前队,前队作后队,先去杀强盗。"那叔宝等见杨林回兵,即忙退入城去。杨林见了,又回军来追赶唐璧,叔宝等又杀出来。及杨林转来,叔宝等又退入城。杨林大怒,必要灭除这班强盗。遂同十二个太保,摆下一阵,名曰"一字长蛇阵",把瓦岗四面围了。秦叔宝一班人,在城上见杨林调兵,布下一个阵势,众将俱皆不识,便问军师:"此是何阵?"茂公道:"此乃'一字长蛇阵'。击首则尾应,击尾则首应,攻其腰则首尾相应。须得一员大将能敌杨林者,从头杀入,四面调将,冲入阵中,其破必矣!"叔宝道:"不知何人能敌得杨林?"茂公道:"如要敌得杨林,除令表弟罗成不能也!必须奏知主公,差一位兄弟前去,请他到来方妥。"叔宝道:"徐大哥此言差矣!俺姑爹镇守燕山,法令严明,岂容我等猖獗?他若得知,还要见罪,焉肯使表弟前来助我?"茂公道:"我自有妙算,只消差一个的当兄弟,前往燕山,悄悄相请令表弟同来,包你令姑丈一些也不知道。"叔宝道:"徐大哥妙算虽好,小弟细想,到底使不得。纵然我姑爹瞒得过了,那杨林虽未会过罗成,枪法是瞒不得的。倘一时泄漏,干系不浅。"茂公笑道:"贤弟,我若泄漏,那盟帖上也不抹去罗成的名字了。我自有安排,包你一些不妨。"

　　当下众人下城到朝中来,咬金看见,忙问:"众位王兄,方才出兵,胜败若何?"茂公道:"杨林那厮被臣等攻击,激怒了他。他摆下一阵,名为'一字长蛇阵'。"咬金道:"这阵,不知王兄怎样破法?"茂公道:"欲破此阵，必须燕山罗成到来，方可破得。"咬金听了大喜道："妙！妙！妙！徐王兄，你可速速替孤家写起诏书来，差官前去，连他父亲也召来。他是靖边侯，孤家就封他为靖边侯，快快写诏书来！"茂公一班人，看咬金这般偏促，心中倒也好笑。却欺他不识字，胡乱应声"领旨"。茂公写了书，咬金道："念与孤听。"茂公便依他口气，假做诏书，召他父子，念了一遍。咬金道："要差哪一位去？"茂公道："此事必须王伯当前去方妥。"当下封好了书，茂公叫过了伯当，附耳低言道："过隋营如此如此，见罗成这般这般。"伯当领命，将书藏好，手提方天画戟，上马出城，竟奔隋营而去。

那隋兵一见，飞报入帐说："启大王爷，有贼人单身匹马，来冲营了！"杨林闻报，就令第七太保杨道源来出战。道源领命，提枪上马出营，一看见王伯当，忙喝道："来将何名？"伯当横戟在手，忙叫道："将军请了，我却不来交锋，要去请个人来。"道源喝问道："你去请什么人？"伯当道："将军有所不知。我们起初原不肯反，只因秦叔宝有个堂兄弟，名叫秦叔银，他叫我们反的。我们说：'反是要反，只怕杨林兴兵来，十分厉害，如何反得？'他说：'不妨你们竟反，若杨林来，待我把这老狗囊挖出眼睛，用两根灯草，塞在他那眼眶之内，做眼灯照。'我们一时听了他，所以反了。不料老大王果然到来，我今要去山东请他，特与将军说声，可去说与大王知道。若怕我去请他来，挖大王眼睛做灯儿呢，你不放我去。若不怕呢，你放我去。"

杨道源一闻此言，这把无名火直透顶梁门①，高有三千丈，说声："呵呀！罢了！罢了！你去请他来。"伯当道："将军不要着恼，还该与大王说了，大家计较一下。将军若放我去，倘老大王怕他，岂不要见罪将军？"杨道源气得三尸爆跳，七窍②生烟，大喝道："不必多讲，你去便了！"吩咐三军道："让他一条大路，放他去吧。"自己回进营来。未知后事如何，且听下回分解。

———————————

①　顶梁门——头顶前面的部分。
②　七窍——指两眼，两耳，两鼻孔和口。

第二十九回

假行香罗成全义　破阵图杨林丧师

杨道源回到营中，杨林见他颜色不平，两个眼乌珠，滴溜溜不胜怒气的形状，便问道："王儿为何如此？"道源道："嗳，父王不要说起，真活活气死！"杨林道："为何呢？"道源就把伯当的言语，一一述了一遍，并道："如今臣儿放他出营，叫他请来。"杨林闻言，气得眼珠突出，银须倒竖，叫道："好儿子，放得好，这厮焉敢无礼，辱没孤家！待他到来，看他是怎么样！"

不表杨林营中生气，再说王伯当出了隋营，竟往燕山而来。不一日，到了燕山，入城寻个下处歇了，问店主人道："罗元帅公子，可在府中么？"店主人道："罗公子不在府中。"伯当道："他到哪里去了？"店主人道："因边外突厥，兴兵犯边关，罗元帅令公子带领兵马，出征去了。"伯当道："可晓得几时回来？"店主人道："早间闻公人说，罗公子大破番兵，明日就回来了。"伯当大喜，就在店中宿了。

到了次日，早饭后伯当出城，到一个僻静处等候。到了下午，忽见有几个敲鼓锣的过去，少时，又见一队队的兵过去。将次过完，却见罗成有四五个家将跟随在后面，按辔而来。伯当嗯哨一声，罗成早看见是伯当，即吩咐家将先行，自己跳下马来，与伯当施礼。罗成道："你们反了山东，今日因何到此？"伯当道："我们反了山东，秦大哥反出潼关，取了金隄，得了瓦岗，令舅母亦在瓦岗；众人奉程咬金为主。今被杨林摆了一字长蛇阵，围困瓦岗。弟奉徐茂公之令，来请罗贤弟，故尔到此。"怀中取书，付与罗成。罗成拆开一看道："兄且在下处坐着，待我回去与母亲商量，设个计较。若能脱身，弟自差人来知会兄。"遂别伯当，上马入城，回至帅府缴了令，罗公自去赏军。

罗成入后堂来见母亲，行礼毕，罗成道："母亲，好笑得紧，秦叔宝表兄，立程咬金在瓦岗寨为王。舅母也在那边。今被杨林围困，写书来请孩儿去救他。母亲，你道好笑不好笑？"老夫人道："书在哪里？"罗成便从怀中取出，老夫人接过一看，不觉堕下泪来，叫声："我儿，你母亲面上，只有这点骨血。杨林杀你母舅，仇还未报，今又要害你表兄，一有差错，秦氏一脉休矣！儿呵，必须设个法儿，去救他才好。"罗成道："只怕爹爹得知，不大稳便。儿有一计，少停爹爹进来，母亲可如此如此，爹爹一定允的，孩儿便好前去。"夫人依允，把这封书烧毁了。

少时，只听云板①一响，夫人便大哭起来。罗公进来见了，十分惊骇，忙问道："夫人却是为何？"夫人道："我当初怀孕的时节，曾许武当山香愿，日远事忙，至今未曾了得。昨日晚间，梦见神圣震怒，要伤我儿，故此啼哭。"罗公道："夫人既有此兆，作速差人前去，还此香愿便了。"夫人道："这香愿原是为孩儿许的，须待孩儿自去方妙。"罗公依允，令罗安打点香烛祭品，明日动身前去。罗成悄悄吩咐罗安，去通知王伯当，叫他去城外僻静处相等，罗安领命自去知会。

次日天明，罗成收拾盔甲器械，暗暗叫罗安拿去，寄在中军厅。然后别了父母，带罗安、罗春一同起身，到中军厅，取了盔甲器械，吩咐罗安、罗春在朋友处借住，等他回来，进帅府复命，不可泄漏。自己一马奔出城来。伯当在前相等，二人拍马，连夜兼行。不一日，来到瓦岗，果见许多人马，团团围住。罗成叫声："伯当兄，我今杀入阵去，你可乘势入城去知会。"伯当依允，罗成遂纵马冲入阵内，大喝道："隋兵让开路，俺秦叔银来了。"隋兵听了，齐说："不好了，要挖老大王眼珠的来了。"大家把箭射来，罗成把枪一撺，那射来的箭，都叮叮当当落在地下。被罗成哄一声响，冲进营盘，直冲得一路兵东倒西歪，死者不计其数。杨林闻报，同众将一起上马，先是杨道源一马杀来，被罗成抢枪拦开刀，喝声过来。将手勒住甲绦②，提过马来，扯了双脚，哈喇一声响，撕为两半片，抛在地下。那徐茂公在城上看见尘土冲天，知是罗成已到，忙令众将大开城门，分头杀出，齐攻大寨。

且说罗成在阵内，撕开杨道源，枪挑卢芳，铜打薛亮，十二太保被他杀了八个。杨林大怒，举囚龙棒劈面来迎，罗成使开枪，如银龙出水，猛虎离山。杨林道："这是罗家枪法。"罗成道："我哥哥秦叔宝学得罗家枪，难道

----

① 云板——古乐器。长形片状，两端作云头形。
② 甲绦(tāo)——甲，古时用皮革或金属做成的战士护身衣；绦带子或绳子。甲绦，系在战士腰间的带子。

我堂弟秦叔银,学不得罗家枪么?"遂提枪直刺,杨林举棍相迎,大战十余合。杨林只战得平手,却被瓦岗众好汉杀来,杨林心中一慌,被罗成耍的一枪,正中左腿,杨林几乎坠马,大叫一声,回马便走。罗成纵马赶来,隋兵降者二万余人,弃下粮草马匹军器,不计其数。追赶二十余里,鸣金收兵。罗成会见叔宝,诉说前事,雄信也撞见,彼此赔罪。罗成对叔宝道:"哥哥,弟今不敢入城见舅母,恐有泄漏。如今就要回去,可为我致意舅母。"叔宝道:"这个自然,我也不敢相留。"罗成遂别叔宝,连夜回燕山去了。

当下叔宝等收兵入城,咬金问道:"罗成御弟呢?为何不来朝见?"叔宝道:"他瞒了父亲,私自走来,恐有泄漏,已回燕山去了。"咬金道:"前日孤家去召他的诏书,难道他不奉诏吗?"王伯当道:"臣路上遇见他的,因此不曾说起。"咬金道:"这也罢了!这次败了杨林,岂不是孤家之福星?王王兄,你可为孤家去金州取景阳钟①。秦王兄,你可为孤家去雷州取龙凤鼓。"二人领旨,分头而去。

且说杨林败去二十余里,收了残兵,再欲来打瓦岗,忽有圣旨到来,说:"海外离石湖刘留王,起兵来犯登州,令杨林回登州镇守,不可擅离。"杨林无奈,只得上本,保举潼关总兵魏文通,攻打瓦岗寨,自回登州镇守。那刘留王闻得杨林已回,亦收兵回去,若杨林一离登州,他又引兵复来,因此杨林不敢远离,按下不表。

却说炀帝得了杨林本章,下旨魏文通领本部人马,攻打瓦岗,又差大将杨讷镇守潼关。魏文通点齐十万雄兵,杀奔瓦岗而来,离西门五十里下寨。徐茂公得报,不与交兵,暗暗差齐国远、李如珪、金甲、童环、梁师徒、丁天庆,带一千人马出东门,转总路口等候。

且说秦叔宝雷州取鼓回来,远远见有人马正在扎营,吩咐从人,将龙凤鼓藏在树林,自己一马冲来,大喝道:"何处人马?闪开让路!"魏文通方才下寨,见有人冲营,遂提刀上马出来。叔宝一见,有些胆寒道:"原来是你!"文通见是叔宝,大喝道:"好强盗,前日被你走了,今日相逢,吃我一刀。"两人遂交战十余合,叔宝力怯,回马就走。文通催马赶来,却逢王伯当金州取钟回来,看见魏文通追赶叔宝,伯当忙取弓箭,开弓射去,正中

_____

① 景阳钟——南朝齐武帝萧赜置钟于景阳楼,称"景阳钟"。

魏文通咽喉,翻身落马,叔宝取了首级。那十万兵见主将被杀,慌忙退去,被齐国远等拦住去路,大叫:"投降,免我诛戮。"十万大兵,尽弃刀降顺。众将收兵,齐回瓦岗。叔宝、伯当,一起缴旨。咬金见射死魏文通,又得了十万兵马,十分快活,吩咐大摆御宴,吃酒贺功,不表。

再说炀帝闻报魏文通身死,十万兵尽降瓦岗,十分大惊,便问宇文化及如何是好。此时杨素出镇黎阳,因此兵权尽归化及。当下化及就保举兵部尚书、征戎大元帅、长平王邱瑞,大有将才,可当此任,必破瓦岗。炀帝依奏,召过邱瑞,封为兵马大元帅,领十五万雄兵,攻打瓦岗。炀帝又问:"谁敢为前部先锋?"化及次子宇文成龙道:"臣愿挂先锋印。"炀帝大喜,即封为正印先锋。化及欲待阻住,奈圣旨已下,无可奈何,退朝回府,埋怨成龙道:"你没有本事,如何挂先锋印? 此去若有一失,性命难保。"即备一副厚礼,来见邱瑞说道:"愚男成龙,不自揣①菲②才,冒挂先锋之印。老夫因圣旨已下,难以违令,千岁若到瓦岗,乞相看一二,回兵之日,自当重报。"邱瑞道:"这事自当从命。"化及大喜,即叫家将把金银礼物送上。邱瑞正色道:"丞相若送金银,是以利心动邱瑞耳! 本藩不敢领命。"化及见他色变,连忙道:"千岁既然不收,老夫不敢相强。"叫家将收回,辞别回府。邱瑞退入后堂,夫人与公子邱福迎接,邱瑞就把出征之事,说与夫人知道。夫人闻言,暗暗悲伤,只得吩咐摆酒送行。次日五更,邱瑞点齐人马,三声炮响起行。未知此去如何,且听下回分解。

---

① 揣——量度。引伸为估量,猜度。
② 菲——微,薄。(多用做谦辞)

第 三 十 回

降瓦岗邱瑞中计　取金隄元庆扬威

　　邱瑞领了军马，一路浩浩荡荡，来至瓦岗，放炮安营。探子飞报入朝说："兵部尚书邱瑞，领兵十万，在城外安营。"咬金忙问茂公，有何妙计。茂公道："臣有一计，包管十余万雄兵，不出两月，尽降主公。"话未尽，又有探子报道："启上大王，隋兵先锋宇文成龙在外讨战。"茂公叫单雄信出兵，许败不许胜，雄信得令上马而去。咬金道："出兵要胜，如何反说要败？"茂公道："兵机不可预泄，到后自然明白。"那单雄信出城，与成龙战了十余合，若说这样将官，不消一二合，就可擒来。雄信因奉军师将令，虚闪一槊，回马败入城去。成龙纵马赶来，又抵关讨战，次后又令秦叔宝出来，又败。再遣齐国远、李如珪、金甲、童环前去，个个败回。一日连败十五员大将，打得胜鼓回营。邱瑞大喜，摆酒赏功，遂写书一封，差官上长安报捷。

　　次日宇文成龙又抵关讨战，瓦岗诸将坚守不出。成龙令军士大骂，城中只是不出。一连半个月，不见有一点动静。成龙那一日到关大骂讨战，茂公令叔宝出战："只三合内，可把他生擒来。"叔宝得令，上马出城，与成龙战无三合，拦开刀，把成龙擒过马来，拿入城去。小军飞报入营说："先锋被他擒去了！"邱瑞闻报大惊，下令紧守营门，不可出战。

　　叔宝把成龙拿入城中，茂公吩咐斩了首级，石灰拌了。茂公早已造下一个夹底的竹箱，把头放在箱底下，前日有邱瑞的战书，叫魏征照笔迹写了一封，叫王伯当带了五十个人并竹箱与许多行头，包在袱内，吩咐如此如此，不可泄漏。伯当领命，与五十人到夜间，悄悄出城，从别路竟奔长安而来。

　　及到长安，伯当只叫一人取了竹箱，叫余人在兵部衙门左边相等，自与那拿竹箱的，竟往宇文丞相府来。到了府门，伯当上前道："众位哥们，相爷可在府中么？"门上的道："相爷在朝未回，你是哪里来的？"伯当道："我是瓦岗营中邱老爷差来，有书一封，竹箱一个，送与相爷。既相爷不在府，书信与竹箱，都放在此。我往别处去了；相爷到后，再来讨回书。"说罢，就将书信与竹箱，递与门上人，自与随来的这个人，竟往兵部府门后边，一条僻静巷内去了，那五十人正在内边相等。伯当打开包袱，取出行头，个个打扮起来，把囚车装好了，竟往邱瑞府中。一声：圣旨下。夫人与邱福出来接旨，便开读道："邱瑞无故伤杀大将，把家属拿下。"众人动手拿了，齐囚入囚笼，赶散众人，将拿来的布包，把囚的人都包了头。出了府门，把一张假封皮，贴在门上，飞奔出城，往瓦岗去了。

再说宇文化及回府，家将禀道："方才有邱老爷差官，把书一封，竹箱一个，送与老爷，停一会要来讨回书。"化及先打开竹箱一看，却是空的。细看底下，又有一个屉儿，抽出来一看，见是一个人头，不觉吃了一惊。仔细看来，原来是自己儿子的头，忙把那封书拆开一看，却说："你儿子恃功，不把我元帅放在眼内，屡次违我军令，今已把他斩首，特此告知。"化及看罢，大哭、大骂："邱瑞老贼，我子与你何仇，把他斩首！"即入朝把邱瑞的书，并儿子的头，与炀帝看。炀帝大怒，即着锦衣卫去拿邱瑞家属。锦衣卫领旨出朝，来到兵部衙门，见门上贴上封皮，细细问了居民，即复旨道："据附近居民说，早上有校尉到府，把家属尽行拿去了。"炀帝闻言大惊道："朕却不曾有什么旨意。"化及跌足道："这是邱瑞降了瓦岗，暗暗差人盗取家眷去了！圣上如今事不宜迟，可差官前去，若邱瑞还未曾降，可赐他三般朝典，令其自尽。"炀帝即差官一员，校尉四名，飞奔瓦岗行事，此话不表。

且说王伯当赚取邱瑞家小，到了瓦岗，茂公吩咐收拾房屋，好好安顿。遂令叔宝出城讨战，叔宝得令，领军放炮出城。邱瑞闻报，就令大小官将，摆齐队伍出城。两军相对，叔宝横枪在手，欠身说道："将军在上，小将秦琼，甲胄在身，不能全礼，马上打拱了。"邱瑞连忙回礼，叫声："秦将军，老夫闻你是个英雄，为何做这反贼勾当，岂不可惜？不如下马投降，本藩也不计你从前之过，保你做个将官。你意下如何？"叔宝道："将军但知其一，不知其二。当今皇上无道，杀害忠良，英雄并起，料来气数不久。我瓦岗寨混世魔王，有仁有义，赏罚分明，将军不如降顺瓦岗，亦不失为王侯之位。将军意下如何？"邱瑞大怒道："好匹夫，焉敢来说本藩，看家伙吧。"遂把双鞭打来，叔宝把枪一架，大战四十余合，不分胜负。邱瑞暗想："叔宝本事高强，不如用独门鞭打死他。"遂把双鞭并为一条，打将下来。叔宝将枪往上一架，就趁此把枪往后一拖，邱瑞的马拖近，叔宝双手扯住了邱瑞甲带，要提过马来。此时邱瑞见叔宝扯住甲带，心中慌了，却将鞭放下，一把捧住了叔宝的头。叔宝把带一扯，说声："过来！"邱瑞也把头盔一捧，说声："过来！"两下一扯，一起跌下马来。又是你一扯，我一扯，叔宝扯断了邱瑞甲带，邱瑞扯落了叔宝盔缨。大家不好看相①，各自收兵。

邱瑞回营，换了战袍，忽报长安家人邱天宝到。邱瑞叫他进来，天宝入营，哭拜于地，邱瑞忙问其故。天宝细述前事，邱瑞大惊道："宇文成龙是瓦岗拿去，哪有此事？"外边又报公子到来，邱瑞一发疑心。邱福来到营中，拜了父亲，那邱瑞忙问道："你已被拿，缘何到此？"邱福道："此乃瓦岗徐茂公之计，要爹爹归降，如今家属俱已赚在瓦岗城中，叫孩儿来奉请。"邱瑞闻言，急得七窍生烟，一些主意全无。又见传报说："天使到。"邱瑞接了圣旨，差官开读道："邱瑞欲顺瓦岗，故杀大将，速令自尽！"旨未读完，邱福大怒，一刀砍了天使。邱瑞大惊，邱福道："爹爹，这样昏君，保他何益？今瓦岗混世魔王，十分仁德，不如归顺了吧！"邱瑞长叹一声，吩咐邱福先去通报，即便收拾十五万人马，归降瓦岗。咬金率领众将，迎接入城，设宴庆贺不表。

再说隋朝天使的校尉逃回长安，飞报入朝。炀帝大怒，问谁敢领兵再打瓦岗，宇文化及道："若非上将，焉能取胜？今有山马关总兵裴仁基，他有三子：长元绍、次元福、三元庆。这元庆虽只十二岁，他用的两柄锤，却有五升斗大，重三百斤，从未遇过敌手。圣上可差官召他来，封他为元帅，他若提兵前去，必破瓦岗矣。"炀帝大喜，即差官星夜往山马关，宣召裴仁基。

差官飞马到关，裴仁基父子接了旨，即时起行。来到长安午门外，问圣上何在，黄门官道："圣上同国丈在紫微殿下棋。"裴仁基见说，率三子到紫微殿，果然炀帝与张大宾，对坐下棋。裴仁基与三子俯伏于地，说道："臣山马关总兵裴仁基父子朝见，愿我皇万岁！"炀帝一心下棋，哪里听得？仁基再宣一遍，又不曾听得。足足等了一个时辰，不见动静。裴元庆大怒，立起身来，走上前，一把扯住张大宾举起来。炀帝吃了一惊，忙问道："这是何人？"裴仁基道："是臣三子裴元庆，因见国丈与圣上下棋，分

---

① 看相——看。在别人身上打主意。

了圣心,不理臣等,故放肆如此。"炀帝道:"原来是卿,朕实不知,快放下来!"此时国丈肚子被扯住喊痛得紧,大叫:"将军放手!"那元庆又闻圣旨说:"快放下他!"竟把他一抛,跌在地下,皮都抓下了一大块。炀帝看元庆年纪不大,又如此勇猛,心中大喜,便叫:"裴爱卿,朕封卿为元帅,卿子为先锋,兴兵征讨瓦岗,得胜回来,另行升赏。"又道:"朕欲封一位监察行军使,以观卿父子出兵。不知何人可去?"张大宾道:"臣愿往。"炀帝大喜,就封大宾为行兵都指挥,天下都招讨。四人谢恩而出。

那大宾怀恨在心,思想要害他父子,遂点起十万雄兵,克日①兴师,离了长安。张大宾下令:先取金隄关,然后攻打瓦岗,以此兵到金隄关下寨。张大宾吩咐裴元庆道:"限你今日要取金隄关,若取不得关,休想回来见我!"元庆心中想道:"呀,是了,我晓得张大宾记恨我提他之仇,今欲害我父子了!咳,张大宾,你若识时务便罢,若不识时务,我父子一起降瓦岗,看你怎生奈何我?"吩咐带过马来,那匹马竟像老虎,不十分高大。元庆拿两柄铁锤,飞身上马,跑到关前讨战。

守关将官乃贾闰甫、柳周臣,得了报,即上马领兵,出关交战。二人一看裴元庆年纪甚小,手中拿斗大两柄铁锤,心中奇异,喝问道:"来将何名?你手中的锤敢是木头的?"元庆道:"我乃山马关总兵裴仁基三子裴元庆便是。我这两柄锤,只要上阵打人,你管我是木头的不是?"贾柳二人大笑,把刀一起砍下。元庆把两柄锤轻轻往上一架,贾柳二人的刀,一起都震断了,二人虎口也震开了,只得叫声:"好厉害!"回马就走。元庆一马赶来,二人方过吊桥,元庆也到桥上。城上军士认了自家主将,不敢放箭,倒被元庆冲入城来。贾柳二人,只得奔向瓦岗去了。张大宾领兵入金隄关,遂向瓦岗而来。未知后事如何,且听下回分解。

---

①　克日——限定时日。

第三十一回

裴元庆怒投瓦岗寨　程咬金喜纳裴翠云

　　不说张大宾领兵前来,且说瓦岗寨这日程咬金升殿,众将拜毕,忽报金隄关贾柳二位老爷,在外候旨,咬金叫宣进来。二人入殿俯伏,叫声:"主公,不好了!"就把裴元庆勇猛难当,说了一遍。咬金道:"这是你二人无用,待他来时,必要杀他大败而去。"这时闪过邱瑞,说道:"主公有所不知,这裴仁基第三子元庆,论他年纪,不过十来岁,使两柄铁锤,重有三百斤,英雄无比。若是这位小将来了,大家须要小心。"咬金听了微笑,不以为然。

　　众人说话之间,外边隋兵已到,扎下营寨。张大宾吩咐裴元庆道:"今日限你取瓦岗,若取不得瓦岗,休来见我!"裴元庆见说,微微一笑,遂上马抵关讨战。探子报入城中,咬金便问:"哪位王兄前去迎敌?"忽见史大奈出班应道:"小将愿往!"遂提刀上马,冲出城来,见了裴元庆,不觉大笑道:"你这个小孩子就是裴元庆么?"元庆道:"正是。"史大奈道:"我看你乳臭未干,到此做什么? 好好回去吧!"裴元庆道:"我若怕你,也不算为好汉!"史大奈遂把刀照顶门砍来,元庆将身一侧,举锤照刀柄上略架一架,刀便断为两截。史大奈一个虚惊,登时跌下马来。裴元庆喝道:"这样没用的! 也要算什么将官! 我小将军不杀无名之将,饶你去吧!"史大奈爬起来,跳上马,奔入城中。咬金忙问道:"小将可曾拿来么?"史大奈摇摇头道:"不要说起,吓杀吓杀!"就把前事述了一遍,众将见说,皆以为奇。

　　正说之间,又报小将在外讨战,单雄信大怒,上马出城,远远一望,哪里见什么将官? 到了元庆面前,还不见他。元庆大喝道:"青脸贼,哪里去!"雄信往下一看,只见一个小孩子,坐的马竟像驴子一般,遂大笑道:"你这小孩子要来送死么?"元庆道:"你这青脸贼,还不知道我小将军的厉害,特来杀你!"雄信大怒,把槊打下去。元庆把左手的锤举着,等他槊打到锤上,方将右手的锤举过来,把槊一夹。雄信用力乱扯,哪里扯得脱?

元庆笑道："你在马上用的是虚力,何不下马来,在地下扯? 我若在马上,身子动一动,就不算好汉。"雄信竟跳下马来,用尽平生之力乱扯,竟像猢狲摇石柱,动也不动一动。雄信只涨得一张青脸内泛出红来,竟如酱色一般。元庆把锤一放,说道："去吧!"把雄信仰后跌去,跌了一脸的血,忙爬起来,跳上马,飞跑入城来。

咬金见了这形状,又好笑,又好恼,便叫："秦王兄,你去战一阵看。"秦叔宝上马出城,一看裴元庆,暗想："小孩子为何如此厉害? 不要管他,赏他一枪再说。"就把枪刺来。元庆将锤当的一架,把一杆虎头金枪,打得弯弯如蚯蚓一般。连叔宝的双手都震开了,虎口流出血来。叔宝回马便走,败入城中。咬金大怒道："何方小子,敢如此无礼!"下旨:"孤家亲征。"带领三十六员大将,放炮出城。咬金一马上前,把斧砍下,元庆把锤一架,当的一声响亮,斧转了口,震得咬金满身麻了,双手流血,大叫:"众位王兄,快来救驾。"众将遂放开马,齐声呐喊,团团围住。裴元庆见了,哈哈大笑,把锤往四下轻轻摆动,众将哪里敢近他身? 有几个略拢得一拢,撞着锤锋的,就跌倒了。众将只得远远呐喊。

那隋营裴仁基,在营前见三子元庆战了一日,恐他脱力,忙令鸣金收兵。张大宾听见,就召裴仁基入帐喝道:"你身为大将,怎么贪惜儿子,不与国家出力。他正欲取城,你为何私自鸣金收兵? 目中全无本帅,绑去砍了!"左右答应一声,就把仁基绑缚,他两个儿子元绍、元福上前说道:"就是鸣金收兵,也无处斩之罪。"张大宾喝道:"你两个人也敢来抗拒本帅!"吩咐左右:"绑去砍了。"左右一声答应,把裴仁基父子三人绑出营门。阵上裴元庆听得鸣金,把铁锤一摆,众将分开,就冲出去了。咬金收兵,上城观看。

且说元庆回到营前,见父亲哥哥都被缚着。元庆大喝一声道:"你们这些该死的,焉敢听那张奸贼,把老将军和小将军如此! 还不放了!"这些军校被喝,怎敢不遵? 连忙放了。元庆叫声:"爹爹,今皇上无道,奸臣专权,我们尽忠出力,也觉无益。不如降瓦岗吧!"父子四人,势不由己,竟奔瓦岗而来。到了城下,见咬金在城上观看,裴元庆叫道:"混世魔王在上,臣裴元庆父子四人,被奸臣谋害,特此前来归降。"咬金大喜道:"三王兄,难得你善识时宜。但恐归降是计,乞三王兄转去,把张大宾拿了,招降隋家兵马,那时孤家亲自出城相迎。"裴元庆道:"既如此,千岁少待,父亲哥哥等一等,待孩儿去拿便来。"说罢,即便回马,跑入隋营。

此时张大宾正在帐中发落放走裴家父子的军士,忽见裴元庆匹马跑来,张大宾要走,被裴元庆跳下马来,一把擒住,又喝道:"大小三军,汝等可同我归降吧!"十万兵齐应道:"愿随将军!"裴元庆一手提着张大宾,跳上了马,招呼大队人马,来至瓦岗城下,向城上叫道:"张大宾已捉在此了!请开城受降。"程咬金看见是真,就领众将出城,迎接入内。到了殿上,裴仁基率三子朝见毕,咬金命武士绞死张大宾,封裴仁基为逍遥王,裴元庆为齐眉一字王,并命摆宴款待。裴仁基写书一封,寄与山马关焦洪。那焦洪是仁基的外甥,将书与他,要他与夫人并翠云小姐说知,收拾府中钱粮,与二十万人马,一起到瓦岗。咬金封焦洪为镇国将军,令贾柳二人依旧镇守金隄关。徐茂公与咬金为媒,娶翠云小姐为正宫。咬金大喜,即令择日迎娶成亲,自此瓦岗威声大震。

消息传入长安,炀帝大惊,即与宇文化及商议。化及道:"如今发不得兵了,只好与他议和,可封程咬金为混世魔王,割瓦岗之东一带地方,与他讲和便了!"炀帝依奏,就差一官员,赍诏到瓦岗封咬金。咬金竟不奉诏,亦不遣回使者,按下不表。

且说洛阳城外,有一安乐村,村中一个英雄,姓王,名世充。他武艺高强,件件皆精,父母俱亡,只有一个妹子,名叫青英,年方十五岁,同住在家。这王世充射鸟为活。有一个族兄,叫做王明德,常常照顾他。明德母亲养了一个鹦鹉,会说好话。不想有一天被它挣断了金丝索,飞去了。四下寻觅,并无踪迹,其母气出病来。明德烦恼,即来求王世充,代他寻觅。若寻得到,愿谢一百银子,今先交五十两银子。世充许诺,接了银子,明德回去。世充将银子交与妹子,就拿了粘竿鸟笼,入城寻觅,并未看见,只得回家。歇了一夜,到次日就在乡村寻觅,寻至日中,见前面林子内,众小孩子团团围住。世充向前一看,正是白鹦鹉,在一株松树上与小孩子相骂。那鹦鹉看见世充便叫道:"二员外,你来,我脚上的金丝索被树枝兜住了,飞不动,回去不得。二员外,你上树来,替我解一解。"世充听了,即放下粘竿鸟笼,溜上树去,将金索儿解了。鹦鹉得放,即跳在王世充头上。王世充爬下树来,就向头上取下鹦鹉,放在笼内,取了粘竿,提了竹笼,忙忙回来。

他从一个庄院经过,那庄内一个员外,姓水名要,在庄前乘凉,看见这鹦鹉会说话，又认得是王世充，就叫道："王兄弟，你笼内的鹦鹉，借我看看。"世充依言，取出来与他看。水要接过一看，问道："这鹦鹉肯卖么？"世充道："这是我伯母最喜之物，是不肯卖的。"那鹦鹉也叫道："二员外，我要回去，不要卖我。"水要道："与你三百银子，卖与我吧。"世充道："就是与我三千两银子，总是不卖。"水要变脸道："你果然不卖？"世充道："果然不卖。"水要用两手扯了鹦鹉两脚，一撕撕做两块，丢在地下，回身去了。

　　王世充敢怒而不敢言，把撕开的鹦鹉抛在笼内，提了笼，走入城来，见了明德，明德见笼内鹦鹉撕开，忙问其故。世充把水要之事，说了一遍。不料有个丫头听见此言，忙报与老太太。那时老太太正在吃药，一闻此言，一口药一噎，老人家一口气转不过，就呜呼哀哉了。丫头飞报出来，明德大哭，抛了世充，哭入内房去了。世充见了这事，不觉大怒，就出门去了。未知后事如何，且听下回分解。

第 三 十 二 回

王世充避祸画琼花　麻叔谋开河扰百姓

世充忙走出来,回到家中,向妹子取些银子,拿了一口宝刀,并一只包袋,奔到做粉食店内,称了三四钱银子,买了几百个馒头,用包袋包好。时天色将晚,就拿出店。行至一更时分,才到水家庄边,忽有十多只犬,看见人影,都吠起来。世充忙向包袋内,取出馒头,一起抛去。众犬吃着馒头,就不吠了。世充放胆,走到庄门,把门就敲。那管门的老儿在床上问道:"是哪个敲门?"世充道:"是我。"老儿道:"你敢是张小二讨账回来?待我来开。"遂披衣起来,把门一开,被世充兜胸一把,提翻在地。那老儿欲要喊叫,因见他手中执着明晃晃的钢刀,只得哀求道:"好汉饶命!"世充道:"你快快说,员外在哪里?领我去见他,我便饶你。"老儿道:"员外在东厅吃酒,待我引你去。"

老儿就把庄里门开了,走出去,转了两个弯,见前面有一个门关紧。老儿道:"这里进去,就是东厅,待我敲门。"世充就把老儿杀了,爬上墙去,轻轻跳下。望见水要与妻妾在那里呼三喝四,世充赶入,就杀了七八个家人。水要看见要走,被世充赶上前,一刀砍死,又把他妻女尽行杀完。又到四下里房中找寻,有睡的,有未睡的,都杀个干干净净。就割死尸血衣,题四句于壁上道:"王法无私人自招,世人何苦逞英豪!充开肺腑心明白,杀却狂徒是水要。"每句头上藏着一字道:"王世充杀。"

世充题罢,把血衣服抹了刀,就走出门,奔回家来,已是五更时分。把门敲了,妹子走来开门,看见世充身上衣服都是鲜血,吃了一惊。世充脱了血衣,穿了干净衣服,叫:"妹子随我来。"妹子问道:"到哪里去?"世充道:"你随我来就是了,问什么!"世充扶妹子出了门,走入城来,却好城门已开,来到明德家里。见了明德,细言前事。明德大惊道:"兄弟,此时不走,等待何时,可将妹子交与我,你快快走吧!"即取银子一百两,付与世充。世充拜谢,飞奔出城而去。

却说府尹闻报,水家庄上杀死多人,即吩咐备下棺木,亲来收尸。见了壁上血诗四句,知是王世充杀,差人捉拿,方知早已走了。有人出首说,明德是他哥子,必躲在他家。府尹就把明德一家老幼拷打,不招,监禁在狱,不题。

再说王世充逃至扬州,走入段家饭店,那店主把王世充一看,就问道:"足下莫非姓王,大号叫世充么?"世充道:"为何知道小可贱名?"那主人忙请入内,纳头便拜道:"主公在上,臣段达见驾。"世充道:"足下敢是疯癫么?"段达道:"昨日有个神仙到臣家,叫做铁冠道人,能知道过去未来。他说明日巳牌时候,有个真命天子,姓王名世充,逃难到此,你可留住家中,到明年我来助他洛阳起兵。吩咐了,如飞而去。所以臣知道。"世充道:"原来如此。若果有这一日,足下就是大元公矣。"段达谢恩,摆酒接风,收拾一间洁净房子,与世充安歇,日日讲论兵法。

扬州城里有一羊离观,是个著名的道观。一天晚上,道士们只见空中响亮,有火球滚下,落在观中。随即天井中开了一株异花,高有一丈,顶上一朵五色鲜花,如一只小船样大,上有十八片大叶,下有六十四片小叶,香闻数里,哄动远近。恰巧王世充这天日里游观,晚上投宿观中,亲眼看见这异花,好生奇怪。他夜间做梦,梦见有人向他道:"这花出现,是天下大乱的预兆。你快把这花图画下来,赶往长安,自有奇遇。"王世充一觉醒来,心里异常高兴,就细细画好一幅异花的图像,请人裱好,随即赶赴长安。

那时炀帝在宫,梦见花园中现出一朵花来,高有一丈,顶上一朵五色鲜花,上有十八片大叶,下有六十四片小叶,异香无比。又见花顶上立着一个人,天庭开阔,地角方圆,面如傅粉,唇若涂朱,头戴冲天翅,身穿杏黄袍。又见一十八片大叶,化为一十八路反王;六十四片小叶,化为六十四处烟尘①,一起杀来。炀帝大惊,又见花上跳下两人来:一个黄脸长髯,手执双铜,一个黑脸虎髯,手执钢鞭,打死了一十八路反王,剿除了六十四处烟尘。炀帝大喜,忽然醒来,乃是一梦,遂对萧妃细言梦中之事。萧妃道:"陛下梦见异花,必有其种。可宣召名手画工,画出形像,张挂朝门。若有人识得此花在何处者,官封太守,不知圣意如何?"炀帝大喜,遂召画工细细将梦中花样,描画出来,命黄门官张挂午门。百官观看,并无一个识

---

① 烟尘——比喻战乱;战争。借指参与战乱的部队。

者。

那时王世充来到长安，闻得午门挂榜，世充上前一看，竟与自己的画无二，心中大喜，即向前揭了榜文，两边太监见了，连忙扯住，领入朝门。太监先进内殿，奏道："有人认识此花，前来揭榜，现在外面候旨。"炀帝道："宣进来。"太监领旨出来，带王世充到内殿。世充拜伏在地道："小民王世充见驾，愿吾皇万岁万万岁！"炀帝道："你知此花何名？出在何处？"世充道："此花名为琼花，在扬州羊离观内。八月十五夜，生出此花，小民已描了一幅在此，与那榜上的一般无二，请万岁龙目一观。"内侍将画取上，放在龙案上，炀帝打开一看，果然与梦中所见一样。龙颜大喜，即封世充为琼花太守，先领兵一千到扬州，吩咐羊离观改为琼花观，以备驾来观玩琼花。世充道："小民有罪，不敢前往。"炀帝道："卿有何罪？"世充把明德在监之事，细细说了一遍。炀帝听说，即行赦书到洛阳，放出明德。世充领旨出朝，领一千兵马，往扬州而来。路逢段达、铁冠道人，下马相见。段达道："隋朝气数不久，我与军师到洛阳守候主公便了。"世充大喜，谢别二人，上马下扬州不表。

再说炀帝次日又得了扬州地方官报告异花的表章，即与宇文化及计议上扬州。化及奏道："主公，长安到扬州是旱路，劳于行动。陛下可传旨意，令魏国公李密作督工官，将军麻叔谋作开河总管，令狐达副之。大发民夫八十万，自龙池起工。凡是长平关隘山岭，必由去路，浅处开深，仄①处开阔，以便龙舟行走。并乘机限李渊三个月在太原府造一所晋阳宫，用金玉铺陈，以候圣驾。倘若不遵，只说他慢君，罪该斩首。他若造了，又说他私造王宫，也把他杀了，除此后患。"炀帝大喜，旨意一下，当时百姓，就是军丁户女，也要他们应工。稍有差池，禁不住督工官鞭挞，在路上不知死了多少。看看开到河南，李密闻知朱灿勇猛善谋，就来请他为总管。朱灿大喜，伍云召儿子，时年已六岁，即将他交由其兄朱然抚养，朱然许诺。朱灿别了哥哥，同李密而去，此话不表。

再说那开河总管麻叔谋，一路开河，不管住房坟茔，一直开去。这麻叔谋又十分凶恶，好吃小儿肉，使人四下里偷来烹煮吃食。百官被他扰害，远近皆闻。当时附近小儿，都吃尽了，无处可偷。又生出一个计策来，

_____
① 仄——狭窄。

把文书行到各州县去,凡一州一县,押唤掘河人去,并要解送三岁以下周岁以上的小儿一百个。这文行到相州,那相州刺史高谈圣看了文书,大怒道:"既拘①人夫开河,又要一百小儿何用?"就把那差官夹起来。那差官受刑不起,招出原由。高谈圣大怒,立刻把差官打死。麻叔谋闻报大怒,即刻点兵亲来,要杀高谈圣。惊动相州百姓,大叫道:"可惜这样清官,难道凭他奸贼拿去杀了不成?"众人沸沸扬扬,惊动了一个英雄。你道是谁? 就是太行山雄阔海。这日同各喽啰到相州打听消息,闻了这事,即大怒道:"原来麻叔谋这般作恶,你们众人随俺来!"众百姓遂同雄阔海杀出城来。遇着麻叔谋,也不说话,阔海把斧砍来,叔谋把枪架住,不知怎的,叔谋觉得两手酸麻,回马就走。阔海赶到,一斧砍作两段;又用斧把隋兵乱砍,隋兵惊慌,齐声投降。阔海方才住手,领了兵民入城,进了府堂,不由高谈圣不从,定要立他为王。高谈圣势不由己,只得依从,下令府堂改为王府,自称为白御王,封雄阔海为大元帅。阔海差喽啰往太行山,装载粮草,并大小喽啰,到相州攻打。该管州县,俱望风而降。未知后事如何,且听下回分解。

---

① 拘——抓。拉夫。

第 三 十 三 回

造离宫袁李筹谋　保御驾英雄比武

再说麻叔谋败兵到李密处，李密大惊，一面上本启奏，一面差总管朱灿前去，监督开河。开近曹州地方，曹州城外三十里有一村，名曰宋义村。村中有一员外，家私巨万，佣工①之人，不计其数。此人姓孟名海公，就是尚义的母舅，前年尚义潼关救了秦琼，就投奔此处。那孟海公家中有一个先生，名唤白顺，足智多谋，才能文武，能识阴阳。孟海公有三个妻房，十分厉害。第一个叫做马赛飞，善用二十四口柳叶飞刀，第二个叫做黑夫人，第三个叫做白夫人，都是有本领的。那孟海公心怀不轨，私置盔甲刀枪，蓄养不法之人。恰好他父母及祖宗的坟墓，是在开河的道路上。孟海公知道这事，就四出打点，想花掉一些银子，使督工的人稍改路线，可以保全祖坟。不料督工的人收受了他的银子，等到开近坟边，却推说朝廷制定路线，任何人不能徇情更改。就把孟海公的祖宗坟墓，发掘一空，并掳去了棺中珍宝。孟海公一时大怒，点齐家丁，与三个妻子，外甥尚义，反入曹州，杀了守将，自称宋义王，封尚义为元帅，白顺为军师。那李密开成了河，自去复旨，自此天下反者甚多，且将最厉害者说明。

　　瓦岗程咬金称混世魔王

　　相州高谈圣称白御王

　　苏州沈法兴称上梁王

　　山后刘武周称定阳王

　　济宁王溥称知世王

　　济南唐璧称济南王

　　湖广雷大鹏称楚王

　　江陵萧铣称大梁王

---

①　佣工——受雇来做工的人。

河北李子通称寿州王

鲁州徐元朗称净秦王

武林李执称净梁王

楚州高士达称楚越王

明州张称金称齐王

幽州铁木耳称北汉王

夏州高士远称夏明王

沙陀罗于突厥称英王

陈州吴可宣称勇南王

曹州孟海公称宋义王

共有十八路反王。还有六十四处烟尘,为首的是杜伏威、张善相、薛举,其余按下不表。

且说唐公李渊,得旨限三个月,要造一所晋阳宫,如何造得及？心中不悦,便与四个儿子计议。此时唐公有四子,长建成、次世民、三元吉、四元霸。这李元霸年方十二岁,生得尖嘴缩腮,面如病鬼,骨瘦如柴,力大无穷。两柄铁锤,其重有八百斤,坐一骑万里云,天下无敌,在大隋称第一条好汉。当下唐公说道:"这旨意,一定是宇文化及的奸计。造不成只说违旨要杀;造成又说私造王殿,也要杀。我想起总是一个死,不如不造,大家落得一个快活吧。"李元霸道:"爹爹不要心焦,那个狗皇帝若来,待我一铁锤就打死了。爹爹你做了皇帝就是了!"唐公大喝一声:"咳,小畜生住口!"话未毕,忽家将来报道:"府尹袁天罡、县尉李淳风要见。"唐公闻言,忙出外厅。袁天罡①、李淳风早在厅上,施礼后分宾主坐定。袁天罡道:"闻圣上有旨下来,要千岁三个月造一所晋阳宫,为何不造?"唐公长叹一声道:"我想造也是死,不造也是死,所以不造。"袁天罡道:"千岁差矣!圣上要千岁造殿,却并未说出宫殿大小,何不赶紧招集民夫,造起一座宫来。只须多多铺陈金玉,不必计较宫殿房屋多寡。圣上见了,自然没有话说。"唐公听罢点首,下令即着袁天罡、李淳风二人为监造官,多集民夫,限三月以内造起一所精致的晋阳宫来。

再说炀帝留次子代王侑守长安,封无敌将军宇文成都为保驾将军,带

---

① 罡(gāng)——古星名,即北斗七星的柄。这里指人名。

了萧后和三宫六院，并宇文化及一班近臣，起驾往太原而来，唐公率文武官员迎入太原。炀帝进了新造的晋阳宫，见宫殿房屋不多，却造得十分齐整，心中欢喜。宇文化及在侧边道："主公所怀之事，难道忘了？"炀帝点头下旨道："李渊私造宫殿，心谋不轨，绑下斩了。"唐公分辩道："臣奉旨起造，焉敢有私？"炀帝喝道："你既无私，焉有不及三个月，造得这样宫殿，一定是先造下的。"竟把唐公绑了出去。此时世民在午门外，见父亲绑出来，忙去击鼓。太监拿他上朝来，炀帝一见，忙问："你是何人？"世民道："臣李渊次子世民见驾，愿我皇万岁万万岁。"炀帝道："你到此何干？"世民道："臣特来为父亲辩冤。"炀帝道："你父私造王殿，有何可辩？"世民道："臣父是奉旨造的，圣上若说没有这样快，新旧可辩的。万岁可下旨，起出铁钉来看。若是旧的，钉子一定俱锈；若是新的，自然不锈。"炀帝即下旨起出钉来一看，果是新的，遂赦李渊。

李渊进朝谢恩，炀帝问道："卿有几个儿子？"唐公道："臣有四子：长子建成，这个就是次子世民，三子元吉，四子元霸。"炀帝道："卿可为朕召三子来。"唐公领旨召到三人，俯伏在地。炀帝道："平身。"四子分立两旁。炀帝看三子皆不及世民，遂说道："朕欲将卿次子世民，承继为子，不知卿意若何？"唐公谢恩。世民拜了炀帝，炀帝即封世民为秦王。

唐公道："如今贼盗丛生，陛下驾幸扬州，不知何人保驾？"炀帝道："有无敌将军宇文成都保驾。"李元霸在旁笑道："哪一个是无敌将军？请出来看看。"只见班中闪出宇文成都道："在下便是。"元霸一看，又笑道："这就叫无敌将军！恐未必然！"成都怒道："若有能敌的，你可寻一个来。"元霸道："不必去寻，只我就是。"成都笑道："你这样的孩子，只消我一个指头，就断送你命了。"炀帝道："既出大言，必有本事，二卿可便交交手看。"元霸道："臣用一条臂膊挺直在此，若推得动，扳得下，就算他做无敌将军。"说毕，即挺直臂膊过来。成都大怒，赶上来一把扯住元霸的手，用力一扯，好似蜻蜓摇石柱一般，莫想动得分毫。

元霸把手一扫，成都扑通翻筋斗，仰后一跤。成都爬起来道："你这是练就的，不算好汉。我见午门外那个金狮子，约有三千斤重，若举得起，便算好汉。"元霸道："你先去举。"成都忙走出午门，一手托着腰，一手抵住狮子脚，就举起来，一步一步走到殿上，又举出去，放在原处，复回身进来道："你可去举来。"元霸也走出午门，左手提起左边狮子，右手提起右边狮子，一起举起，走到殿上。炀帝与众臣看了，皆说真是天神。元霸在殿上，把两手举上举下十数遍，依旧举出午门，把两个狮子放好了，复走入来。成都道："我不与你赌力，明日与你下教场比武艺，胜的方为好汉。"元霸道："说得有理。"当下百官散朝，各各回府，化及与成都计议，暗差五百名有本事家将，吩咐："明日得胜便罢，若不得胜，你们一起上前，把他杀死。"家将们领命，不表。

　　且说炀帝次日带了文武官员，下教场，百官朝见毕，炀帝下旨，令李元霸与宇文成都比武。二人领旨，下演武厅，各各上马。宇文成都立在左边，李元霸立在右边。成都大喝道："李元霸快来纳命①。"遂举起流金镋，向前当的一镋，李元霸把锤往上一架，当的一声，把流金镋打在一边。成都叫道："这孩子好家伙！"举起流金镋，又是一镋，那元霸又把锤一架，将流金镋几乎打断，震得成都双手流血，回马便走。元霸一马赶来，伸手夹背心一把提过马。炀帝见成都被擒，怕伤了性命，忙传旨放了。宇文化及大叫道："圣上有旨，李公子快快放手。"元霸暗想："我当年在后花园中学习武艺，师父紫阳真人曾吩咐我，不可伤了使流金镋的性命。"又闻有旨，遂把他望空一抛。不知死活如何，且听下回分解。

----

　　①　纳命——送死。

第三十四回

众王盟会四明山　三杰围攻无敌将

当下李元霸将宇文成都望空一抛,就双手一接,叫声:"我的儿,饶你去吧!"往地下一抛,扑的一声,跌得个尿屁直流。那五百家将见主人被跌,齐举兵器上前,直奔李元霸。元霸笑道:"替死的来了!"把双锤四下一摆,打死了十余人,其余个个惊走。当时元霸得胜,把双锤插在腰间,走上演武厅,下马缴了令旨。炀帝大喜,封为西府赵王,镇守太原,遂摆驾回宫。

住了几天,夏国公窦建德奏:"龙舟造完,前来复旨,请万岁驾幸江都①。"炀帝下旨,把三宫六院,俱留住晋阳宫。令李渊、元霸,同守太原,秦王世民,同往江都,李渊谢恩。炀帝带了萧后与些宠妃,上头一座龙舟居住。第二座秦王世民,第三座宇文化及与保驾将军成都,第四座文武百官。龙舟四座,皆以锦彩为帆,又有千艘骑兵,紧傍两岸而行。炀帝坐的龙舟,挽牵②俱用妇女,各穿五色彩衣。炀帝观岸上妇女,挽牵锦缆,这些五色彩衣,红红绿绿,心中大喜。此话不表。

再说曹州宋义王孟海公,闻知昏君来游江都,必从四明山经过,忙发下一十八道矫诏③,差官各处传送,令举兵齐入四明山相会,捉拿昏君,共举大事。

且说那河北寿州王李子通,得了孟海公诏书,忙传伍云召上殿道:"孤家正欲兴兵与元帅报仇,不料昏君游幸江都,今有宋义王孟海公矫诏到来,要孤家举兵,同集四明山相会,捉拿昏君,元帅就此发兵前去。"云召大喜道:"多谢主公。"说罢,退出朝门,点起十万雄兵。又发书到沱罗寨伍天锡处,令他为先锋,在前相等,同往四明山去,不表。

---

① 江都——今位于江苏省中部,南濒长江,西傍扬州市邗江区。

② 挽牵——在岸上用绳子拉着船前进。

③ 矫诏——假托君命,发布诏敕。

　　且说瓦岗寨程咬金得了这矫诏，十分大喜。即下旨兴二十万雄兵，命秦叔宝为元帅，裴元庆为先锋，与徐茂公军师，并诸将起身。又命邱瑞保瓦岗寨。三军浩浩荡荡，往四明山进发。

　　到了四明山，孟海公早兴十万大兵，在山下扎寨。报混世魔王到了，孟海公即迎接咬金入帐。次后相州白御王高谈圣、山东济南王唐璧、济宁知世王王溥、苏州上梁王沈法兴、湖广楚王雷大鹏、山后定阳王刘武周、河北寿州王李子通、沙沱英王罗于突厥、幽州北汉王铁木耳、鲁州净秦王徐元朗、江陵大梁王萧铣、武林净梁王李执、明州齐王张称金、楚州楚越王高士达、陈州勇南王吴可宣、夏州夏明王高士远，各领雄兵十万齐到。杜伏威、张善相、李芙蓉、薛举，四个为领袖，带领六十四处烟尘，共兵二十三万，战将千员，陆续俱到。孟海公接入帐内见礼，分班坐定。

　　孟海公道："列位王兄在此，孤有一言相告。今昏君诛害忠良，弑父杀兄，欺娘奸嫂。又游幸江都，开河害民，种种罪恶，万姓怨苦。今诸位王兄，俱要同心协力，捉拿昏君，众王兄意下如何？"众反王道："孟王兄之言有理。"班中闪出徐茂公道："今日请先立盟主，调用各路大兵。"众王道："徐先生之言有理。"遂共推程咬金为盟主。徐茂公道："那宇文成都勇冠三军，力敌万人，必须立下先锋，然后可擒成都。"忽李子通队里闪出元帅伍云召说道："小将愿为前部先锋。"众王一看，见那员将士银盔银甲，面如紫玉，目若朗星，三绺长髯，堂堂仪表，立于帐下。寿州王李子通对众王道："列位王兄，此乃南阳侯伍云召，隋朝右仆射伍建章之子。伊父①被昏君斩首，又差宇文成都围困南阳。他杀伤了隋朝三十多员上将，内无粮草，外无救兵，他杀出重围，相投孤家。他心存报仇，封为先锋，无有不竭力的。"咬金大喜，与了先锋印，云召谢恩。

　　只见高谈圣队里，闪出一员大将，身长一丈，腰大数围，铁面钢须，手执双斧，大叫道："俺情愿同哥哥去。"众王抬头一看，原来是雄阔海。高谈圣道："你去须要小心！"阔海应声道："是！"便同云召回至帐中，天锡看见阔海，忙问道："兄弟因何到此？"阔海把相州之事，细说一遍。云召道："俺今请得先锋印，我兄弟三人一同前去，何愁这宇文成都擒他不来？"天锡道："是。"三人置酒畅饮，不表。

---

　　①　伊父——他的父亲。

　　却说靠山王杨林在登州，闻得驾幸江都，吃了一惊。忙令四家太保守登州，自家星夜赶上龙舟，保驾而行。不一月，驾到四明山，探子来报："启万岁爷，不好了！今有一十八家反王，六十四处烟尘，齐集会兵。现有三个先锋，在前阻路。"炀帝闻报，即令宇文成都前去退敌。成都领旨，提锏上马，杀上前去，大喝道："无名草寇，怎敢抗拒圣驾！"众军飞报上山，伍云召闻报，遂手执长枪，与雄阔海、伍天锡一起杀下山来，大叫道："奸贼，快快下马受死，免我老爷动手！"宇文成都看三人生得凶恶，认得一个是伍云召，大叫道："反贼伍云召，你又来寻死么？"云召喝道："奸贼休得夸口！"把枪刺来。成都将锏一架，两人战了十余合，天锡也把混金锏杀来，三人又战十余合。阔海见二人战成都不下，就把双斧杀入，成都把锏迎住，又战了二十余合，不分胜负。

　　四人自辰时战起，直战至午后，那杨林却想宇文化及有不臣之心，仗着儿子成都厉害，不如借反贼之手杀了他，以绝后患。就令军士只管击鼓，再不鸣金。宇文成都见三人终不肯退，又与他再战四十余合，三人虽勇，到底招架成都不住。雄阔海料战不过，大喊一声，回马先走。云召、天锡见阔海走了，便对成都道："我们今日不能取胜，放你回去，明日再战吧。"言讫，回马就走。成都不舍，在后追来，追至半山，只见裴元庆手执双锤，杀下山来。成都上前把流金锏一挡，裴元庆把双锤一架，叮当一响，成都挡不住，回马便走。裴元庆飞马追来。这宇文化及心甚着慌，忙上金顶龙舟启奏道："臣儿从早晨直战至今，腹中饥饿，力不能胜，望主公开恩。"炀帝遂传旨，鸣金收军。杨林闻旨，长叹一声，只得传令鸣金，成都大败，回到龙舟。裴元庆见天色晚了，也回四明山去。

　　成都回到舟中，扑的跌了一跤，晕死去了。化及哭救醒来，扶入床中将养，即来启奏道："臣儿战乏有病，无人退敌，怎生是好？"炀帝闻奏，就吩咐龙舟暂退五十里，问众臣道："这些反王兵马阻路，如何得退？"夏国公窦建德奏道："欲退反王，可速召太原赵王李元霸来，此兵自然退矣。"炀帝闻奏，忙下一道旨意，差一员将官，连夜飞奔太原而来。不一日，到了太原，唐公得旨，即打发元霸起身，便叫："我儿你去，我有一件事吩咐你。"忽又住了口，一想道："我若说了，是不忠而为私了，你去吧！"元霸心疑，起身往佛堂来拜别祖母独孤氏，老太太念佛方完，便问："孙儿何往？"元霸道："孙儿因圣旨来召，说有瓦岗寨程咬金立为盟主，会十八路反王，在四明山劫驾，故叫孙儿去破敌。"老太太道："你此去四明山，天下人马都凭你打，唯有瓦岗寨人马，一个也打不得。"元霸就问："这是何故？"老太太道："有一个元帅，叫做秦叔宝，却是你我大恩人。"就将临潼关相救之事，细说一遍，又道："若没有他，你也生不出来，前去不可撞他。"元霸道："原来有这缘故，怪道爹爹欲言不言，但不知那姓秦的是什么样？"老太太指画上道："就是这人！"那元霸一看，只见画上一人，淡黄脸，手执金装锏，三绺长须。桌上一个牌，牌上写着："恩公秦叔宝长生禄位。"看罢说道："孙儿就记住这秦恩公便了！"当下元霸别了老太太出来，拜别爹爹母亲，同柴绍带了四名家将，望四明山而来。

再说徐茂公探得李元霸前来保驾，忽叫声苦。众王惊问其故。茂公道："今有李元霸前来保驾，我这里众将无人敌他。昏君拿不成了，只好保全自家兵马为幸。赖有一点救星。"就暗叫伯当去半路，如此如此。那李元霸与柴绍并马而行。王伯当远远的大呼小叫，立在那里捣鬼。柴绍认得是伯当，忙叫："元霸贤弟，你且慢行，待我前去看看。"遂一马上前，叫声："伯当兄，我家四舅来了，你速速前去，通知众将，自己保全性命，每人头上插小黄旗一面便了。"伯当闻言，回马跑去。元霸来到面前，叫声："姊兄，那人做什么？"柴绍道："想是疯的，见我们来，他却跑去了。"二人依然行路，柴绍道："四舅，那瓦岗寨的元帅，叫做秦叔宝，却是我们大恩人，你去不可得罪他。"元霸道："我晓得了。祖母曾对我说过了。"柴绍道："他力量虽不如你，但他两根金装锏却会飞的。我知他好朋友最多，你却不可打他的朋友，你若打了他的朋友，他就飞起锏打你了。"元霸道："他的朋友是怎么的？"柴绍道："他的朋友是有记认的，有一面小黄旗插在头上。"元霸道："既如此，凡有插黄旗的，我不打他便了。"两下说定，及行到金顶龙舟，炀帝闻报李元霸到了，即宣上龙舟。柴绍与李元霸见了驾，炀帝传旨，明日发兵与反王交战。未知这番交战胜败如何，且听下回分解。

第三十五回

冰打琼花昏君扫兴　剑诛异鬼杨素丧身

再说徐茂公得了王伯当的回报,连夜下令十七家反王的人马,都退在后,四路八方,却布上了瓦岗的人马。众将官头上,每人分插一面小黄旗,独裴元庆不肯插。茂公再三相劝,裴元庆道:"俺七岁行军,如今一十四岁,两柄锤之下,打了多少英雄,岂怕一个李元霸? 待我拿他来便了!"遂带一支人马,往西山屯扎。茂公令诸将各插黄旗,依令分头而去。又暗嘱叔宝,此番大战,非你莫能当,不可退避,叔宝会意而去。

且说李元霸离了金顶龙舟,摆锤纵马,往四明山冲来。当头就是秦叔宝,手执虎头枪,腰挂金装锏,大喝道:"来者莫非赵王李千岁么?"李元霸道:"正是。足下可是恩公秦叔宝么?"叔宝道:"然也。"元霸道:"我认得了。"勒开马,往东而跑,叔宝随后追来。元霸到东边,看见张公瑾、史大奈拦住,头上有黄旗,知是恩公的朋友,回马转来。叔宝举枪就刺。元霸道:"恩公不须动手。"说着就往西跑去。早有齐国远、李如珪拦住,头上又有黄旗。元霸勒马回身,又遇着叔宝,叔宝把枪又刺,元霸道:"恩公不必动气。"把锤虚架一架,战了几回合,遂望南冲来,又见是插黄旗的拦住。回马又撞着叔宝,假意又战数合。望着四方里冲来跑去,皆是插黄旗的,心下暗想:"为何恩公的朋友这样多?"及回马转来,又被叔宝阻住,只得又跑开去。

当下叔宝真认元霸战他不过,心中想道:"待我刺死了他便了!"东拦西阻,直到下午时分,李元霸心中焦躁道:"这秦恩公也甚不识时务了!我只管让他,他却只管来阻我去路。"催马往西而来,见叔宝又在面前,把枪劈面刺来。元霸见四下无人,叫声:"恩公不要来吧!"把一柄锤往上一架,当的一响,把八十斤虎头枪,打脱了不知去向。叔宝大惊,下马叫道:"恕小将之罪。"元霸也下马道:"恩公休得吃惊,多蒙恩公救我一家性命,生死不忘,岂敢害了恩公? 恩公快去取枪来。"叔宝走上前数步,方才望见那枪抛去有数十步远,忙去取来,拾在手中,犹如弯弓一般,拿来递与元霸。元霸接过，将手一勒，就直了，倒长了一寸。交与叔宝，叫："恩公上马，追我出去，速回瓦岗寨，不可再出。"叔宝应诺，上马又追出来，先回四明山去。

元霸冲到西边，当头裴元庆一马迎来，见头上没有黄旗，就把锤打来。裴元庆把锤一架，大叫道："好家伙！"元霸又连打二锤，元庆连架二下，叫道："果然好厉害！"回马便走。元霸大叫："好兄弟，天下没有人挡得我半锤，你能连接我三锤，也算是个好汉，饶你去吧！"一马冲入营来，正撞着伍云召、雄阔海、伍天锡，三人围将拢来战元霸。元霸大怒，把手中锤一摆，撞着三般兵器，当的一响，三人虎口震开，大败而走。可怜十八家反王的兵马，遭此一劫。被元霸的双锤，打得尸横遍野，血流成河，众反王个个舍命奔逃。那倒运的杨林，他埋伏一支人马在后山，截住反王去路。不期遇了裴元庆一人一马，那裴元庆受了李元霸一肚闷气，没处发泄，这杨林不识时务，大叫："反贼休走！"上前拦住。元庆大怒，把锤打来，杨林双手把囚龙棒一架，豁喇一声，把一条囚龙棒打为两段，震开虎口，双手流血，大败而走。又被众反王的败兵冲下来，回不得龙舟，直败回登州去了。李元霸在后杀来，又亏叔宝拦住，因此众反王才得脱逃，各回本邦去了。

那李元霸在四明山匹马双锤，打死各反王大将五十员，军士不计其数。后来各反王闻了李元霸之名，无不丧胆。元霸回龙舟奏闻贼退，炀帝大喜，下旨开舟起行。及到扬州，文武百官迎接，炀帝命世民、元霸："先往城中，打扫琼花观，朕明日进城游览。"秦王领旨，命赵王进城，竟到琼花观来。秦王先到花边一看，只见一株树，中间一朵花，有笆斗①大。果然异样奇香，五色鲜明，花底梗上，有十八瓣大叶，下边有六十四瓣小叶。世民与元霸看了一会，出观往新造的行宫安歇了。不料到晚，狂风大作，飞沙走石，落下冰片来，足足有碗口大，把一株琼花打落干净，花叶无存。到了天明，竟成了一座冰山。

次日，炀帝闻得落了冰片，打坏琼花，只叫可恼。及起驾到琼花观一看，只存一株枯木，心下不乐，因问众臣道："卿等可知有游览之所，待朕一观否？"闪出个宇文化及奏道："臣闻金山比扬州更好。"炀帝大喜，遂登

---

①　笆斗——用柳条等编成的容器，底部为半圆形。

上龙舟,吩咐往金山游览。化及令家将速至瓜州①,备办彩船千只,游于江中。劳民伤财,百姓嗟苦。

炀帝龙舟出了瓜州,来到江中,见彩船无数,心中大喜,来到金山,将舟停住,摆驾上山。那炀帝在金山行宫内,四下观看,见江山澄空,舟船如蚁,心中得意。

是夜在行宫歇息,炀帝睡去,只见父王文帝及太子杨勇、仆射伍建章,和无数冤鬼,前来讨命。忽见一只金犬赶上前来,众鬼方才避去。炀帝惊醒,却是一场大梦。次日炀帝将此梦问宇文化及,不知吉凶若何? 化及奏道:"金犬者,娄②金狗也。今魏国公李密,乃娄金狗转世。主公回转江都,除了此人便了。"

过了两日,炀帝传旨,驾回江都。同萧后上了龙舟,进得瓜州。彩女在岸挽牵锦缆。此时李密随驾,乘了一匹骏马在岸上观看。只见萧后在龙舟内观览岸边风景,果然有天姿国色之容,闭月羞花之貌,不觉魂销魄散,只是不住眼的观看。那萧后偶然抬头看见,便大怒问宫妃道:"这岸上乘马的是谁?"宫妃道:"是魏国公李密。"萧后听了,暗记在心。待来到江都,炀帝命摆驾入城,进了行宫。当晚萧后便奏李密偷看之事,炀帝大怒道:"这厮无礼可恶!"

次日坐朝,命夏国公窦建德,将李密绑出法场斩首。建德领旨,就将李密绑出西郊,限午时处斩。此时正是辰末巳初,李密谓建德道:"小弟与兄,情同骨肉,今弟无辜受戮,何不一言保奏?"建德道:"圣旨已出,谁敢保奏? 今事已如此,兄长不必忧虑,弟自有相救之策。"忽朱灿闻圣上要将李密处斩,心中大惊,跑到法场,就与建德商议,救出李密。又有琼花太守王世充,因段达在洛阳招兵数万,前日有书来相请,欲要反出,未得其便。今见李密无故受戮,心中不平,恰好炀帝差他为催刑官,手执小旗,走进法场。三人遂相议定,朱灿将刀割断绑索,放了李密。四人各执兵器,带了家将,反出江都。有行刑军士忙通报与宇文化及,化及闻报大惊,即来奏闻。炀帝大怒,即令世民、柴绍、元霸追赶。三人领旨,离了江都,也不追赶,竟回太原去了。

---

① 瓜州——镇名。在江苏省邗江县南部,大运河分支入长江处。

② 娄——星宿名,二十八宿之一。

这窦建德逃到四明州,遇见故人刘黑闼,与蔡建方、苏定方、梁廷方招集亡命,连夜取了明州,杀了张称金,尽降其众,自称夏明王。封任宗为军师,刘黑闼为元帅,苏定方、蔡建方、梁廷方、杜明方为大将军,按下不表。

再说王世充逃到洛阳,段达接着问道:"主公为何今日才来?"世充把救李密之事,说了一遍,段达大喜。次日,王世充自称为洛阳王,以法嗣为军师,段达为元帅,周甫、王林为大将,此话不表。

再说朱灿逃到楚州,适值高士达无道,被手下杀死,国中无主,要推一人为王,并无一个有力量有肝胆的人。这一天正遇见朱灿,睡在庙中,众人见他有火光照体,就立他为南阳王,按下不表。

且说李密逃至黎阳,来见越国公杨素。杨素原与密是至好,留他在府中住了几日。李密见杨素并不升坐大堂,问其何故。杨素道:"不要说起。前日我坐大堂,见有五个恶鬼,现形乱扯乱打,所以不坐。"李密道:"千岁今日可坐坐去,待李密看是何物作怪,待我除之。"杨素即同李密到大堂,杨素一坐上去,果见几个鬼,青脸獠牙,将杨素乱扯乱打。李密大怒,拔出宝剑,照定鬼身砍去,鬼并不见,却把杨素砍死在地。这杨素今日大数该绝,故被李密杀了。当下杨素之子杨玄感,见父亲被杀,即将李密拿下,痛打一番,上了囚车,亲自押解朝廷,奏诉处斩。

再说瓦岗寨程咬金,这日临朝,对众人道:"我这皇帝做得辛苦,绝早要起来,夜深还不睡,何苦如此! 如今不做皇帝了!"就把头上金冠除下,身上龙袍脱落,走下来叫道:"哪个愿做的上去,我让他吧!"众将道:"主公何故如此?"咬金又叫道:"我真不做了!"徐茂公暗想:"他原只得三年,运气今已满了。军中无主,如何是好?"便屈指一算,叫声列位将军,有个真主到了。未知真主是谁,且听下回分解。

第三十六回

众将攻打临阳关　伯当偷盗呼雷豹

众将问道:"真主在哪里?"茂公道:"真主误罹人命,被仇家捉住,押解送朝廷治罪,如今已到瓦岗东路了。"程咬金道:"有这等事,待我去救他来。"说罢,就提斧上马,竟从东门而去。茂公即同众将上马出城,往东赶来。那杨玄感正押着囚车赶路而来,咬金望见明白,飞马跑去,玄感措手不及,被咬金一斧砍作两段。后面茂公同众将赶来,杀散从人,打开囚车,取过金冠龙袍,请李密上辇回城。李密道:"小可李密,正犯大罪,今蒙列位相救,愿为小卒足矣,焉敢出此异望?"徐茂公道:"天数已定,主公不必多虑。"李密大喜,上辇回到瓦岗寨,众将俱更朝服,请李密升殿。众文武参贺毕,降旨改天年,立国号,自立为西魏王,改瓦岗寨为金墉城。咬金把家眷移出府外,另居别第。李密遂封徐茂公为军师,魏征为丞相,秦琼为飞虎将军,邱瑞为猛虎将军,王伯当为雄虎将军,程咬金为螭①虎将军,单雄信为烈虎将军。其余众将,封为七骠八猛十二骑将军,大开筵宴庆贺。

稍停两月,李密下旨取五关,杀上江都,捉拿昏君。加封叔宝为扫隋兵马大元帅,程咬金为先锋,徐茂公为行军军师,邱瑞、单雄信、裴元庆为运粮官。其余众将,悉令随征。裴仁基协同魏征守国保驾,兴兵二十万,杀奔临阳关而来。

离关不远,放炮安营。那临阳关是尚师徒新来镇守,当时程咬金为先锋,先来抵关讨战。尚师徒闻知,手执提炉枪,上了呼雷豹,出关对敌,见了咬金大喝道:"你这呆犬,怎么皇帝不做,让与别人?今又领兵出战,分明是来送死!"咬金道:"俺不喜欢做皇帝,与你何干?如今情愿做先锋,出阵交兵,好不快活。你若知事,快快下马投降,免我动手。"尚师徒道:"你这呆子,说这无气力的屁话!"咬金笑道:"胡说!你说我无气力,来试

---

① 螭(chī)——古代传说中没有角的龙。

试我的家伙吧!"即举宣花斧砍来,尚师徒知他三斧厉害,第四斧就无用了。忙把枪架住他斧,就把这匹坐骑领上痒毛一扯,那马两耳一竖,呼的一声吼,口中吐出黑烟。那咬金的坐骑一跤跌倒,四脚朝天,尿屁直流,把咬金跌下马来。尚师徒喝一声:"与我拿了。"当下众兵把程咬金绑入关中去了。

西魏败兵报进营来,说:"先锋程咬金被尚师徒活捉去了!"叔宝闻报大惊。正要发兵,忽报运粮官邱爷到了。叔宝命左右请入帐中。相见毕,叔宝把咬金被捉的话,说了一遍。邱瑞道:"元帅放心,尚师徒的武艺,是老夫传授他的。向来师生情重,待我去劝他前来归降。"正谈论间,忽报尚师徒讨战,邱瑞道:"元帅放心,他今讨战,老夫即去叫他来。"遂上马来到阵前。尚师徒一见,口称:"老师在上,弟子甲胄在身,不能全礼,马上打拱了。"邱瑞道:"贤契①少礼,老夫有一言相告。"尚师徒道:"不知老师有何言语?"邱瑞道:"当今主上无道,弑父杀兄,奸嫂欺娘,杀害忠良,以致天下大乱。料来气数不久,贤契何不弃暗投明,同老夫为一殿之臣,岂不为妙?贤契请自熟思。"师徒闻言,高叫一声道:"老师差矣!自古道:'食君之禄,必当分君之忧。'你这些言语,只可对那贪财慕禄之人说,我尚师徒忠心赤胆,岂肯效那鼠辈之行?今日各为其主,只恐举手不容情,劝老师早早回去为是。"邱瑞听了大怒,举起鞭来,照头就打。尚师徒把枪架住,叫:"老师不要动怒,还是回去吧!"邱瑞哪里肯听,又是一鞭。尚师徒举枪来迎,战了八九合,尚师徒把呼雷豹领上痒毛一扯,吼叫一声,口中吐出黑烟,把邱瑞的坐骑跌翻在地。尚师徒道:"报君以忠,容情便不忠了。"提起枪,就把邱瑞刺死。

败兵报知叔宝,叔宝大怒,上马出城,叫声:"尚师徒,俺秦叔宝在此,特来会你。先有一言奉告。"尚师徒道:"有何话说?"叔宝道:"我知你乃顶天立地的男子,如上阵交锋,生擒活捉,枪挑剑剁,是个手段,死也甘心。你却倚了脚力本事,弄他叫一声,使人跌下马来,你就捉去,岂是好汉所为?"尚师徒道:"你说得有理。我今不用坐骑之力,有本事擒你。"叔宝道:"还有一说。我今与你比手段,两下不许暗算,各将人马退远,免生疑忌,才见高低。"尚师徒道:"有理。"各把人马一边退到关下,一边退到营

---

①　贤契——旧时对弟子或朋友子侄辈的敬称。

前,两下遂举枪齐起。叔宝又叫:"且住!你的马作怪,我终不放心。若你战我不过,又把坐骑弄起来,岂不仍受你的亏了?要见手段,我们还是下了马,用短兵器步战,就要擒你。"尚师徒微笑道:"也罢,就与你步战。"两人齐跳下马,各把枪插在地上,各把马拴在枪杆上,一起取出鞭铜,就步战起来。

叔宝一头战,只管一步一步往左边退走,尚师徒只管一步一步逼过去。徐茂公看见了,忙令王伯当如此如此。伯当便悄悄走过去,拔起提炉枪,跳上呼雷豹,就飞跑回营来。叔宝眼快,瞟着了王伯当,就又败到落马所在,叫声:"尚师徒,我和你仍旧上马吧!"拔了虎头枪,跳上黄骠马。师徒一看道:"我的马呢?"叔宝道:"想是我一个敝友牵回营中去了。"尚师徒道:"可笑你这些人,到底是强盗,怎么把我的马偷去?"叔宝道:"你可放出程咬金来还我,我便还你呼雷豹。"尚师徒道:"我就放程咬金还你,须要对阵交换。"叔宝道:"使得。"尚师徒就叫军士进关,还了程咬金盔甲斧马,送出关来。两边照应,这边放程咬金过来,那边放呼雷豹并枪过去。其时天色已晚,各人收军。

当晚秦叔宝吩咐王伯当,连夜到城东旷野,如此如此。王伯当得令,同几名军士,往城东一株大树底下,掘下一个大窟。伯当钻身伏在下面,令军士用席遮盖,上面放些浮土,众军士遂回营复令。次日,叔宝单骑抵关讨战,尚师徒闻知,跳上呼雷豹出关。交战五六合,叔宝半战半败,望东南而走。师徒紧紧追来,叔宝忽叫:"尚将军,今日不曾与你说过,却是不要动那脚力才好!"尚师徒道:"我昨日说过就是,不必多言。"叔宝道:"口说无凭。我到底疑着这匹马,还是下马战好。"尚师徒道:"我下了马,你好再偷。"叔宝道:"这里是旷野去处,离营七八里路,四下没个人影。哪个跑来偷你的?"尚师徒听了,四下一看,便说:"也罢,就下马战便了。"

二人下了马,都将缰绳拴在树上,交手紧战。叔宝又步步败将过去,尚师徒紧紧追逼,那王伯当在窟中轻轻顶起席,钻出窟来,将呼雷豹解了拴,即跳上身,加鞭回营去了。叔宝兜转身,叫声:"尚将军,我和你仍上马战吧。"遂跳上黄骠马。尚师徒一看叫声:"呵呀,我的马呢?"叔宝笑道:"又是我敝友牵去了。"说罢,大笑回营,气得尚师徒三尸直爆,七孔生烟,只得匆匆回关。

这里叔宝回营,见了呼雷豹,心中大喜。吩咐牵到后槽,急急上料,一面摆酒庆贺。是晚，程咬金想这马为何这等厉害，遂走到后槽看看，只见众马皆远远立着，不敢近他。咬金就把呼雷豹带住，一发将他痒毛一拉，他就嘶叫一声，众马即时跌倒，尿屁直流。咬金摇头道："为什么生这几根毛，这般厉害？外面好月光，我自牵他出去，放过辔头看。"遂将马牵出营来，跳上马背，往前就走。走一步，扯一扯，那马一声吼叫。程咬金把毛乱扯，那马就乱叫不住，咬金大怒，一发将他这宗痒毛，尽行拔起来。那马性发，颠跳起来，前蹄一起，后蹄一竖，掀翻程咬金在地，遂跑到临阳关来，守关军士认得是元帅坐骑，忙出关带进报知。尚师徒大喜，近身一看，却没有痒毛了，凭你扯他，只是不叫。尚师徒因这马虽然不叫，还是宝驹，便吩咐军士好好上料，按下不表。

单说程咬金当下被呼雷豹掀翻在地，及爬起来，不见了这马，就回营去睡了。次早叔宝升帐，军士报禀此事，叔宝大怒，喝令把咬金绑去砍了。咬金叫道："秦大哥，你为何轻人重畜，为一匹马，就杀一员大将？而且你我是好朋友，亏你提得起！"叔宝听了，吩咐松了绑，说道："你这匹夫，不知法度，暂寄下你这颗头，日后将功赎罪。"话未说完，忽见军校来报，尚师徒讨战，叔宝即便提枪上马出营。未知后事如何，且听下回分解。

第 三 十 七 回

叔宝戏战尚师徒　元庆丧身火雷阵

当下叔宝出营,尚师徒骂道:"你这伙贼,两次盗我宝驹,将它痒毛拔去,使它不叫。今日相逢,决不饶你。"说着就把枪刺来,叔宝将枪架住,这尚师徒使开这杆枪,犹如银龙闪铄,叔宝抵挡不住,回马往北而走。尚师徒紧紧追来,叔宝战一阵,败一阵,直走至一个所在,是一条大涧,水势甚险。有一条石桥,年远坍颓①,仰在涧中,已不能走过的了。望到上首,有一根木桥。又见尚师徒赶近,一时手忙,就在这一个桥头,把马加上一鞭,要跳过涧去。不料这匹马,战了一日,走得乏了,前蹄一纵,腰肚一软,竟扑落涧中。那水底都是石桥,折在下面,利如快刀。其马跌在石上,连肚皮也破开了,死在水中。叔宝忙将枪向马前尽力一插,却好插在石缝里。就趁势着力,在枪杆上一扳一纵,刮喇一声响,人便将近了岸,那条枪竟折做两段。

叔宝爬到岸上,那尚师徒已从木桥过来,叔宝便取双铜迎敌。尚师徒见他没了枪马,稳杀他,把枪就刺。叔宝将身一闪,在左边顺手一铜,却照马腿打来。尚师徒忙伸枪一架,拦开了铜,复手一枪,叔宝又跳在右边。原来叔宝是马快出身,窜纵之法,是他绝技。那尚师徒的枪法虽然高强,却一边在地下,一边在马上,不便施为。怎当得秦叔宝窜来跳去,或前或后,或左或右,东一铜,西一铜!那尚师徒恐怕伤了坐骑,暗想,这个战法,如何拿得他,必须与他步战,方可赢他。遂四下一看,见没有人,就取过双鞭,跳下马,把提炉枪往地上一插,缆定缰绳,抡鞭直取叔宝。叔宝舞铜相迎。两人又斗了一回,叔宝心生一计,将身侧近呼雷豹,连发几铜,大叫一声:"兄弟们,走紧一步快来救我。"把双铜往身上一护,就地一滚过去。尚师徒倒缩开了两步,四下一看,不见一个人影。掇转头来,叔宝已跳在马上,连枪拿在手中,跑过木桥,大叫:"尚将军,另日拜谢你的枪马吧!"

---

① 坍颓——倒塌,坍塌。

言罢飞跑去了。尚师徒气得目瞪口呆，只得回关，修书去请红泥关总兵新文礼，前来助战。

那秦叔宝得了枪马回营，不胜欢喜。岂知那日叔宝劳倦过度，又在涧中受了一惊，又饥又湿，回来又多饮了酒食，饥寒伤饱。次日发寒发热，病倒营中。徐茂公吩咐诸将紧闭营门，将养叔宝不表。

再说红泥关总兵新文礼，身长丈二，使一条铁方槊，重二百斤，在隋朝算是第十一条好汉。那一日得了尚师徒的请书，便将本关军务，委官料理，自往临阳关而来。尚师徒迎入帅府，将前事备述了一遍，并说："因此特请将军到来，望乞扶持。"新文礼道："不妨，明日待我出马，杀退他便了。"尚师徒称谢，摆酒接风。

次日，新文礼持槊上马出关，抵营讨战。探子忙报入营，徐茂公吩咐紧闭营门，弗①与交战。新文礼在营外恶言叫骂，天晚回关，次日又来讨战，令军士百般辱骂。不料运粮官裴元庆解粮到此，望见营外一员大将，领了许多军士，叫骂讨战。元庆大怒，叫手下押过粮草，拿了双锤进前喝道："何处贼将，敢在此无礼！"新文礼听了，回头一看，只见是个小孩子，便喝道："来将何名？"元庆道："俺乃西魏王驾前，天保将军裴元庆便是。你这厮却是何人？"新文礼道："我乃红泥关总兵新文礼便是。你这孩子，要来寻死！"遂把铁方槊照头顶打下，裴元庆把锤往上一击，当的一声响，把铁方槊打断一节。新文礼虎口出血，叫声："呵呀！"回马就走。元庆紧紧追赶，城上军士，连忙放下吊桥。新文礼上得吊桥，裴元庆追上，照着马尾一锤，打中那马屁股，新文礼跌下水去。元庆却要抢关，城上矢②发如雨，因押的粮草未曾交卸明白，便回马转去。城上军士出城，救起新文礼。尚师徒留在帅府，将养了七八天，方才无事。这边裴元庆回至营门，押入粮草，见了徐茂公，给了收粮回批。元庆备言杀退新文礼，诸将庆贺，元庆又去候③了叔宝，不表。

再说新文礼将养好了，便与尚师徒商议，先除元庆，而后可破各贼。尚师徒道："下官有一计在此，不怕不除此人。"遂附耳低言，如此如此。

---

①　弗——不。
②　矢——箭。
③　候——问候，问好。

新文礼听了喜道:"妙计!妙计!"遂差人到城南庆坠山中,暗暗埋下地雷火炮,石壁上令军士预备筐篮伺候。次日,新文礼上马抵城,单要裴元庆出战,探子飞报进城。裴元庆闻报,就要出战,徐茂公止住道:"将军今日不宜出马交战,决然不利。"元庆道:"军师又来讲腐气的话了!我今日不杀新文礼,也不算成好汉!"竟上马出城去了。徐茂公只是叫苦。众将忙问其故,茂公道:"不必多言,这是大数难逃,此去不能活矣!"众将各各惊疑。

当下元庆出营,见是新文礼,举锤便打。文礼挡了一锤,回身向南便走,元庆紧紧追去。新文礼且战且走,引入庆坠山,见两边皆是石壁,直追至窟中。外边军士就塞断了出路,石壁上放下筐篮,新文礼下马坐入筐篮,上边军士把他拽上去,遂点着干柴火箭撒下来,发动地雷,一时烈焰飞腾,可惜这少年勇将裴元庆,就这样烧死在窟中,其年十五岁。

新文礼就乘势领兵冲下山来,又到营前讨战。茂公得报,便说:"不好了!裴将军命决休矣!众将可一起迎敌。"众好汉一声呐喊,各执兵器,杀出营来。战鼓如雷,把新文礼裹在核心,用力大战。那秦叔宝病在床上,忽听得战鼓乱响,叫声秦安:"天色已晚,哪处交锋,战鼓甚急?"秦安道:"只因天保将军被新文礼引到庆坠山中烧死了,新文礼又来冲营,为此众位老爷一起出战,在那里厮杀。"叔宝闻言,说声:"呵呀!"眼珠一挺,忽然昏去。秦安见了忙叫道:"大爷,苏醒!大爷,苏醒!"叔宝渐渐醒转,开眼一看,大骂新文礼:"这狗头,伤我一员大将,誓必亲杀此贼,快快取我披挂过来。"秦安道:"大爷病重,取披挂何用?"叔宝怒道:"谁要你管,快去取来!"秦安没奈何,只得取过披挂来。叔宝走下床来,两只脚还是涩流流的抖着。秦安道:"大爷,这不是儿戏的,还是睡睡好,且待病好了,杀他未迟。"叔宝道:"哦!还要多话,速去备马,取我双锏来。"秦安又不敢违,只得牵出呼雷豹,又把双锏捧出来。叔宝两手抱了双锏,勉强上马,一只脚踏在镫上,另一只脚又不住的抖,哪里跨得上?便骂秦安道:"狗才,还不来扶我一扶!"秦安走过去,攀着肩扶了上去。

叔宝才出营门,但见四下灯球火把,如同白昼。众将周围驰骤,喊杀连天。那新文礼在中间,左冲右突,大步奔腾。叔宝一见大怒,两眼一睁,挺身举锏,大叫一声:"众兄弟不要放走那厮,俺秦琼来也!"谁知这一声大叫,浑身毛孔都开,出了一身大汗,身子就松了大半,一马冲进阵内。众人看见，齐吃一惊。新文礼举起铁方槊，正要迎击，却因被金墉诸将围杀半天，弄得筋疲力尽。忽然头一眩晕，手法错乱，铁方槊还未压下，便被叔宝纵马一锏，打倒在地。众将一起上前，把他剁为肉酱。

那尚师徒闻知新文礼被围，正领兵来救，亦被众将围住。徐茂公乘势连夜领兵抢关，叔宝见尚师徒与众将混战，便叫："尚将军，你关隘已失，何苦如此恋战？我劝你不如降了吧！"尚师徒回头一看，果见关上灯火通明，呐喊奔驰，遂长叹道："罢了，我不能为朝廷争气，死有何惜！"遂拔剑自刎而死。叔宝遂得了尚师徒盔甲，领兵入关，并令人到庆坠山收取元庆骸骨安葬，一面发兵来取红泥关。

到了关下，将新文礼首级示关上军士，招他们归降。军士见主将被杀，一起开关投降。叔宝入城安民，养兵三日，又起兵往东岭关进发。未知后事如何，且听下回分解。

第三十八回

打铜旗秦琼破阵　挑世雄罗成立功

　　这东岭关守将,乃杨义臣,官拜大元帅,有万夫不当之勇。他有五个儿子,名唤杨龙、杨虎、杨豹、杨熊、杨彪,都有本事。当下闻报叔宝来取东岭关,即聚众将计议道:"叔宝为帅,十分勇猛,此人只可计擒,不可力敌。可在关外摆下一阵,周围用二十万雄兵把守,中间立一旗杆,用八枝大木头,合成一枝,长有十丈,上边放着一个大方斗。那斗有一丈余大,内坐二十四名神箭手。叫东方伯为守旗大将,此人有万夫不当之勇,黄面赤须,使一把大刀,站立在铜旗之下。此阵名铜旗阵,外又摆着八面金锁阵,内藏绊马索、铁蒺藜①、陷马坑,只待叔宝闯来,必定被擒。除了此人,西魏易破矣!"杨义臣又写一封书,差官到幽州请罗艺前来,保守铜旗。差官奉命,往幽州而去。

　　却说燕山罗元帅,得了杨义臣的书,大惊道:"原来西魏王造反,秦琼为帅,已夺数关,兵到东岭,来接我去,保守铜旗阵。"即对差官道:"你且先回,本帅身为元戎,汛地难离,恐防边外扰乱。就差公子罗成前去,擒拿反贼便了。"差官谢了,竟回东岭关报知。那罗公吩咐罗成道:"你去保守铜旗,不要认那反贼为亲。必要生擒见我,待为父的亲斩此贼,不可违令。"罗成道:"爹爹放心,儿是隋家之将,他为金墉之帅,两下交兵,各为其主,岂肯为私而丧国家大事?"罗公大喜,叫声:"我儿,若能如此,我心无忧矣!你可速速收拾,即便动身。"

　　罗成应诺,即回身走入内堂收拾,暗暗对母亲说知。夫人道:"我儿,你爹爹的话,你却听他不得。须看你娘的面上,只有一个表兄,你前去切不可助那杨义臣,却要助你表兄破阵。"罗成道:"孩儿晓得。但助了表兄,人人得知,回来见了爹爹,性命不保。"夫人道:"孩儿,你此去,只消明

---

　　① 蒺藜(jí lí)——一年生草本植物,茎平铺在地上,羽状复叶,小叶长椭圆形,开黄色小花,果皮有尖刺。

保铜旗，暗助西魏，随机应变。若保了表兄，不要回来便了。"罗成领命，答道："孩儿知道了。"遂收拾盔甲马匹军器，出来拜别爹娘，不带人马，只同二十名家将，竟奔东岭关而来，心中想道："我且慢往东岭关，先去见过表兄，通知消息，然后到东岭，会杨义臣便了。"主意已定，竟往西魏营中而来。

隔了几日，西魏营军士报进幽州罗公子要见，茂公同秦琼出营，迎接入内，施礼毕，吩咐摆酒接风。席间罗成问道："曾与杨义臣交兵否？"茂公道："尚未曾交兵。因杨义臣排下一座铜旗阵，外面又有八门金锁阵，要你表兄独打铜旗，故尔未敢进兵。今公子到此，必有所教。"罗成道："小弟自幼看过兵书，凭他什么阵图，无不晓得。但家父甚怪表兄，不与王家出力，反助西魏兵夺关，命小弟前来保护铜旗，共助义臣，大破西魏。"叔宝道："表弟若如此，金墉兵士难保矣！"罗成道："表兄勿忧，小弟蒙母亲吩咐，明保铜旗，暗助西魏。表兄若打阵时，小弟在内照应，决不使表兄受亏。若打倒铜旗，义臣这厮，就不相干了。"茂公大喜，罗成告别，众将送出营外，带了家将，来到东岭关。杨义臣闻报，率领家将，迎入关中，摆酒接风，此话不表。

再说单雄信在席上，听得罗成言语，心中想道："这贼种，看得西魏无人，全夸自己十分本事，使我心内不平。我想这铜旗阵，有什么厉害？我今晚且瞒过诸将，也不与叔宝得知，就悄悄杀奔前去，把这铜旗阵打倒，叫他笑笑。"遂提金顶枣阳槊，上马出营，竟往东岭。来到阵边，大叫一声，竟从休门杀入阵去。那隋兵叫道："有人冲入阵了。"万弩齐发，箭如雨下。雄信见势不好，把槊乱打，将箭拨开，往东冲来，要逃性命。那东边哪里杀得出？又走到西边，见西边地下，都是些绊马索、铁蒺藜、陷马坑。雄信大叫如雷道："不想吾单通死于此地矣！"正在慌张，忽见一将奔来，大叫道："员外不要心慌，随俺来。"雄信听了，只得随那将杀出，并无拦阻。雄信道："恩公请通名姓，后当图报。"那将道："小将姓黑名如龙，乃鬼闪关总兵。向年流落山西，蒙员外周济，赠我盘费，使我回家，得投杨义臣标下。今升总兵，皆员外之恩也。今员外从休门而入，决是不知阵法，我故从生门领你出来，请快快前往，不可耽搁。"雄信称谢去了。黑如龙回进营来，杨义臣早已得知，十分大怒，把黑如龙斩首示众，此话不表。

再说叔宝在营，齐集众将，不见单雄信，即道："单二哥不见，军师快快查他。"茂公道："元帅有所不知,今日罗成到来,口出大言,显见得西魏无有人物倒得铜旗。单二哥是个直性的人,他心中不服,必是私自去打阵了。"叔宝道："快些点兵去救。"茂公屈指一算,道："元帅不要着忙,单二哥已有人救出阵了。但他不到西魏,又要往别处去了,待我差人去接他回来。"说罢,遂吩咐王伯当,速速赶到太平庄饭店,请单二哥回来。伯当领命去了。

却说单雄信当时走出阵来,心中想道："我今不到西魏去了,省得受人的气,不如往别处去吧!"遂走了二十多里路,天色大明,远远见一所庄子,就想到那里投了饭店,吃了早饭再走。及行到庄前,入店吃饭,正要出门,忽见王伯当走入店中来。伯当道："单二哥,你为何昨夜私自出来,走到这里?"雄信道："兄弟不要说起。昨夜愚兄见罗成这小贼种,好不着恼。向年庆秦伯母生辰,受了他一场吃亏,至今心中还不干休。谁想他昨晚到来,因秦大哥十分奉承,他又口出大言,说铜旗怎么样长短,许多噜噜苏苏。我向年大反山东,我一人在黄泥岗,杀退唐璧数万人马,哪里在我心上?因此瞒了元帅,私自开兵。倘杀破了铜旗阵,羞这小贼种一场,出出心中恶气,也是好的。不料杀入铜旗阵,果然厉害,只有进路,没有出路,险些送了性命,幸亏一个朋友叫黑如龙,救我出来,所以到此。"王伯当道："元帅昨夜不见二哥,好不着急!军师算定你在这里,因此差弟来接你回去。"雄信听了,与伯当出店上马,回到营来,叔宝接着大喜。

次日,茂公对叔宝道："元帅今日先去探一阵,明日好倒铜旗。"叔宝闻言,遂提枪跳上呼雷豹,来到阵前,大叫："隋兵让开路,俺秦琼来破阵也!"那隋兵万弩齐发,箭如雨下,叔宝把枪一拨,向箭丛中冲入阵来,却从旗杆边杀进。那些将士齐声呐喊,将叔宝困在核心,叔宝左冲右突,不得出来。忽见坐骑呼雷豹,两耳一竖,鼻子一张,大叫一声,放出一道黑气。只见那阵中千万匹马,一起扑倒,叔宝一马冲出阵来,回到本营,对众将道："这铜旗有些难倒,阔有一丈,高有十丈,上有一个大方斗,斗内藏二十四名神箭手。休说倒得来,连近也近他不得。"徐茂公道："元帅不必心焦,明日点将,四面杀入。元帅竟去倒旗,包他箭不能发,自有神人暗助,决倒铜旗。"叔宝闻言,疑信参半。

次日,徐茂公令王伯当、谢映登,领一千兵从东阵杀入,令齐国远、李如珪,领一千兵从南阵杀入,令尉迟南、尉迟北,领一千兵从西阵杀入,令史大奈、张公瑾，领兵一千从北阵杀入。其余各将，各按方向而入，秦叔宝从正中杀入。那罗成在将台上，见四面八方，杀入阵中，下令叫斗上神箭手，不许放箭，看他们如何倒得铜旗。叔宝一马冲入阵来，有杨龙、杨虎拦住交战，被叔宝架开刀，一枪刺死杨龙。杨虎要走，亦被叔宝刺死，遂奔到铜旗下，取出金装锏，照铜旗尽力一打，双手一合，又打一锏。铜旗已有些摇动了，叔宝使着生平气力，接着又是一锏，哄通一声，震天的响，铜旗竟倒了，跌死了二十四名神箭手。这唤做"三锏打铜旗"。当下东方伯、杨豹、杨彪、杨熊一起杀来，叔宝极力抵挡，哪里抵挡得住？罗成在将台上望见，即提枪上马冲来，众将只道他来助战，不想马到面前，一枪断送了东方伯的性命，又取锏打死杨豹、杨彪。众将大惊，齐叫："罗成反了！"那杨义臣一闻罗成反了，长叹一声："罢了！"遂拔剑自刎而亡。

当下金墉众将，一起杀入。那杨熊飞马逃出东营，不想撞着王伯当，被他一箭射死。二十万隋兵，一起归降。茂公鸣金收兵，大军遂进东岭。众将会了罗成，十分大喜。叔宝道："兄弟，你如今回不得燕山了！"罗成道："小弟未来之时，已与母亲说过，竟保魏王，不必回去了。"叔宝大喜，摆酒庆贺。

到了次日，忽见魏王有旨到来，说有涿州留守薛世雄，兴兵十万，来犯金墉，老将军裴仁基战死。叔宝大惊，下令退军，以救金墉。不日兵回金墉，果见许多兵马，围着城池。罗成道："小弟初来，并无尺寸之功，愿斩世雄，以为进身之路。"叔宝大喜。罗成提枪上马，大喝一声，杀入其营。那些涿州兵看见罗成杀入营来，一起发弩，箭如雨点。罗成把枪一摆，箭头纷纷落地，哄的一声，冲入营中。枪到处纷纷落马，锏到处个个身亡。众军齐声呐喊，薛世雄闻知，提刀赶来，大喊："来将何名？"罗成道："我罗成便是。你这厮可是薛世雄么？"世雄道："然也。"即把刀砍来。罗成拦开刀，把枪往世雄咽喉一刺，将世雄挑下马去。这边叔宝大兵杀入，把世雄十万大兵，杀个干净，鸣金收兵入城。叔宝、罗成上殿，细奏前事，魏王大悦，封罗成为猛虎大将军，罗成谢恩出殿，自去秦家拜见舅母。未知后事如何，且听下回分解。

第 三 十 九 回
创帝业李渊举兵　锄反王杨林划策

却说太原唐公李渊德高望重，手下兵多将勇，见炀帝游幸未归，天下大乱，就益发修理甲兵，渐有问鼎①中原之志。

一日，唐公召建成、世民、元吉、元霸，并李靖、袁天罡、李淳风、长孙无忌、长孙顺德、殷开山、马三保及一班将士商量国事。世民道："今主上无道，百姓困穷，晋阳城外，变为战场。大人若守小节，下有寇盗，上有惊危，亡无日矣！不若乘此机会，成就帝业，实天授之时也。且太原兵多粮足，扫除暴乱，直如探囊取物耳！"唐公听了，沉吟半晌，乃叹曰："今日破家亡躯，亦由汝，化家为国，亦由汝矣。"遂点齐众将，分布各门，鸣金击鼓，升大殿，即王位。众将朝贺参拜毕，自称唐王，立建成为世子，封李靖为护国军师，袁天罡、李淳风为左右军师，其余众将，各各受封。令元霸为先锋，来取长安。一路关隘守将，哪个是元霸的对手，到处无敌，势如破竹。不几日，得河西，取潼关，杀入长安。唐王下旨安民，诸将皆劝唐王即皇帝位，唐王道："不可。"乃立代王杨侑为皇帝，尊炀帝为太上皇。时杨侑年十岁，权柄尽归唐王，此话不表。

再说燕山罗艺，自罗成去后，放心不下。忽报罗成里应外合，破了铜旗阵，降了金墉。罗公闻信，气得半死。正要兴兵去拿罗成，忽报明州夏明王窦建德，差刘黑闼②为元帅，苏定方为先锋，领兵来犯燕山。罗公正在大怒，又闻此报，火上添油，即忙点兵出城。罗公一马上前，不问来由，举枪便刺。苏定方举戟相迎，不及三合，定方败走。罗公赶来，定方拈弓搭箭，回身射去，正中罗公左目，大叫一声，回马便走入城，定方领兵围住。罗公败回帅府，眼中取出毒箭，疼痛不止，死于后堂，老夫人大哭。当下他的义男罗春说道："夫人不必哭，且商议正事。老爷已死，军中无主，倘贼

---

① 问鼎——指图谋夺取政权。

② 闼（tà）。

兵攻进城来,如何是好?如今可把老爷尸首火化,收拾骸骨,小人出去,令三军随后,到金墉公子那边投奔便了。"夫人听了,即令家将火化老爷尸首,包了骸骨。罗春吩咐三军随行,大家收拾端正。到了黄昏,罗春保夫人与众将,大开南门杀出来,向金墉而去。刘黑闼领兵进城,得了燕山不表。

再说罗春与众将,保夫人行到金墉,罗春先进城,将这事报知罗成。罗成大哭一声,晕倒在地。叔宝叫醒扶起,出城迎接夫人进城,秦母姑嫂相逢,放声大哭。罗成在府开丧,随来众将,分头调用,择日将罗公骸骨埋葬,不表。

且说登州靠山王杨林,闻李渊得了长安,天下大半俱属反王,心中忧闷。即来朝见炀帝,定下计策,要灭反王。发十八道圣旨,会齐天下反王,各路烟尘,不论他州外国之人,齐上扬州演武。反王中有武艺高强,抢得状元者,立他为反王头儿,必须年年进贡。这个计策,意思要众反王到来,使他先自相杀一阵,伤残一半。教场里先埋下西瓜火炮,俱用竹筒引着药线,待演武后,点着药线,放起大炮,又打死他大半。其余逃脱的,在扬州城上放下千斤闸,把他们再闸死一半。再有逃脱的,杨林自与一个继子,叫做殷岳,也有十分本事,同领一支兵,埋伏在龙鳞山,拦住剿杀。宇文成都领大兵,保炀帝在西苑。这旨一下,各处反王并烟尘,及他州外国,纷纷而来。

那靠山王杨林,闻知沱罗寨伍天锡英雄,随差人前去,聘他来镇守天昌关,挡那各路反王,俱要关前考武,考过武举,然后进关抢状元。伍天锡闻召大喜道:"我正要到扬州,不想有这机会,这昏君少不得死在我手里。"忙点兵马到天昌关,等候各路反王。那各路反王到了天昌关,正要进关,看见一将红面黄须,立于关前,高叫:"众王听着,俺伍天锡奉靠山王令旨:如有将士,在我马前战三合者,中为武举,然后进关抢状元。如不能战三合者,休想进关!"

众反王闻知此言,俱扎营关外,商议这事。忽见李子通元帅伍云召上前说道:"众王爷在上,那天昌关守将,是小将的兄弟。待小将明日去对他说,他自然放进关中。"众反王道:"甚妙!"次日,伍云召率众反王至关下,军士通报,伍天锡听了,便手执混金镗,开关出来,看见伍云召在前,众反王并众将在后,遂问:"哥哥也来考武举么?"云召道:"然也。我闻扬州开科考状元，兄弟怎么听信杨林，在此考武举？"天锡道："哥哥但知其一，不知其二。我岂不晓得？然我在此，却有益于众反王。哥哥进场，须要小心，场中不怀好意，作速同众王进关，见机而作。"众反王大喜，同伍云召并诸将进关，来到扬州，都扎营在城外安歇，不表。

再说李元霸征西番回来，朝过父王，问道："哥哥秦王哪里去了？"唐王道："他往扬州考武去了。"元霸道："既如此，我也要去考武。"唐王道："你去不可生事。"元霸道："晓得。"遂同家将四名，星夜赶到天昌关。忽见有几家反王来迎接，元霸道："你们为何还在这里？"众王道："千岁有所不知，众王先来，早已进去了。我们来迟了几日，还在这里。如今天昌关有一主考，要进武场，必要在他马前战三合。战得过，算中武举，战不过，性命难保。"元霸道："有这等事！待孤家先考过了，然后列位王兄来考。"言未毕，忽走出一员大将，姓梁名师泰，生得金脸红须，手执双锤，十分猛勇，乃是元霸面前开路将军，上前叫道："千岁爷且慢前往，待末将先与他比个高下，再处。"元霸道："既如此，你先去。"未知此去如何，且听下回分解。

第 四 十 回

罗成力抢状元魁　阔海压死千金闸

当下梁师泰把马一拍，冲到关前，众反王同元霸也到关外。梁师泰叫声："关上军士，快报主试知道，今有众反王到此，要考武举进场。"只见关上放炮三声，关门大开。伍天锡一马跑出，看见梁师泰不是良善之相，不如先下手为妙。就把混金铛劈头盖下，师泰把双锤一架，震得两臂酸麻。天锡又是一铛，师泰又把双锤一架，面上失色。天锡见了，将混金铛又望顶上盖下，师泰躲闪不及，正中头盔，跌下马来，复一铛结果了性命，大叫道："哪一位敢再来考？"李元霸看见大怒，纵马进前道："孤家来了！"伍天锡见是李元霸，大惊失色道："千岁为何也来考试？末将让千岁进关。"元霸大喝道："红面贼，你把孤家开路将打死了，孤家来取你命也。"就把锤打来，伍天锡只得把混金铛一架，震得两手流血，回马就走。元霸一马赶来，伸手照背心一提，提过马来，往空中一抛，又接住脚，双手一撕，分为两开，众反王遂同元霸进关。不料外国兴兵来犯边庭，兵势甚锐，唐王差官来召元霸，回去迎敌。元霸闻召，即辞众王回去，此话不表。

再说众反王齐集，同到扬州，有封德仪出城招接，请到教场安歇。次日，众王与外邦烟尘，齐到演武场，分列两行，等候演武。不多时，三声炮响，监军官封德仪升堂，各邦众将上前打拱。只有白御王高谈圣的元帅雄阔海未到。那雄阔海因武林公干，闻知这个信息，也连夜赶来，不表。

再说封德仪与众将打拱过，各归本位，就吩咐取武状元盔甲袍带，摆在演武厅上，遂传令道："有人能夺此状元盔甲袍带者，称为国首，汝等有本事的，进前来取。"这令一下，早有山后定阳王刘武周先锋甄翟儿，把斧出马，大叫道："待我取状元，谁敢与俺比武？"早有洛阳东镇王王世充元帅段达，持戟出马，大叫一声："我来与你比武。"二人战了数合，被甄翟儿砍作两段。又有知世王王溥的大将彭虎，用竹节钢鞭来战，未及三合，亦被甄翟儿砍了。又有净秦王徐元朗的元帅暴天虎，出马交战，又被他砍了，遂大叫道："谁人敢来夺俺的状元？"忽见金墉虎将王伯当，手执银枪，出马交战数合。伯当放下银枪,取出弓箭射去,正中甄翟儿咽喉,翻身坠落马下。

王伯当大叫道:"谁敢来抢状元?"有突厥老英王的大将铁木金,使一条铁棒,大喝道:"我来也!"两下交锋,不及三四合,伯当抵敌不住,败回本阵。又有寿州王李子通的元帅伍云召,拿一条枪出马,大叫道:"待我来抢状元。"举枪刺来,铁木金将棒一架,云召把枪逼开棒,又是一枪,把铁木金刺落马下,却有高丽国的大将左雄,手执板斧,骑一匹异马,没有尾巴,名为"没尾驹",大叫道:"留下状元,我来也。"就与伍云召交战,左雄不能敌,回马便走。云召拍马赶来,左雄把没尾驹头上连打几下,那马前蹄一低,后蹄一立,屁股内一声响,撒出一丈多长的尾巴来,向后一扫,把云召的头打得粉碎,死于马下。叔宝大怒,催开呼雷豹来战左雄。战了数合,左雄回马就走,叔宝赶来,左雄又将没尾驹连拍几拍,又撒出尾巴来。叔宝叫声:"不好!"把身往后一侧,一尾打中呼雷豹的头,那呼雷豹十分疼痛,吼叫一声,口中吐出黑烟,那没尾驹扑地跌倒了,尿屁直流。叔宝一枪先刺倒没尾驹,后刺死左雄。有楚国雷大鹏的大将金德明拿起大刀来战叔宝。未及三合,见叔宝本事高强,难以取胜。一手举刀招架,一手暗扯铜锤,闪的一锤,正中叔宝左手,叔宝回马便走。罗成大怒,挺枪来战,耍的一声,刺中金德明咽喉,死于马下。

那罗成算是第七条好汉。第一条好汉李元霸,第二条好汉宇文成都,皆不在此。第三条好汉裴元庆已死了,第四条好汉雄阔海还未到。第五条好汉伍云召,第六条好汉伍天锡,亦皆死了。除了这六人,哪个是罗成的对手?纵有众王将官来夺,被他把枪连挑四十二将下马,其余一个也不敢来,竟取了状元盔甲袍带。

忽听得演武厅后三声炮响,原来这小炮一响,然后点着大炮的药线。岂知竹筒内药线湿了,再也不响,众反王都有些知觉,防有不测之变,便一起上马,飞奔到城下,忽听得一声炮响,城上放下千斤闸来。那雄阔海刚刚来到城门口,只见上边放下闸来,忙下马来,一手托住,大叫道:"众王爷,里面有变么?"众王爷道:"正是。"阔海道:"既然有变,趁我托住千斤闸在此,你们快走出城去。"那十八家王子,与各路烟尘,一起争出城来,刚刚都走脱了。雄阔海因跑了一日一夜,肚子饥饿,身子已乏。跑到这里,就托了这半日千斤闸,上边又有许多人狠命的推下来。他头一晕,手一松,扑挞一声,压死在城下。

这里众王子望前取路而行,奔到龙鳞山,忽听得一声炮响,伏兵齐出。当先一将,正是杨林,手提囚龙棒打来。罗成挺枪相迎,两下交战,未及三合,罗成回马便走。杨林拍马赶来,看看赶到,罗成反身把枪一举,杨林把囚龙棒往下一按。不料枪不及架,往上一举,正中咽喉,杨林跌下马来,死于地下。叔宝道:"兄弟,好回马枪呵!"那时殷岳大怒,拍马把狼牙棒杀来,叔宝举提炉枪迎敌,大战三十余合,不分胜负。叔宝回马便走,殷岳随后赶来。叔宝左手执枪,右手举锏,见殷岳一棒打来,叔宝把枪折在后背一架,扭回身来,耍的一锏,把殷岳打下马来。复一枪,呜呼哀哉。罗成道:"哥哥好杀手锏呵!"二人大笑,把伏兵杀退,众反王各自回国不表。

且说炀帝见计不成,杨林又死,料必灭亡,便与萧后众美人道:"朕大事去矣! 快共饮酒,趁早快活。"酒后,取镜自照道:"好头颈,谁来砍之?"萧后道:"陛下何出此不利之言! 为今之计,奈何?"炀帝道:"中原已乱,无心北归,欲保江东,以听天命。"遂下旨整治丹阳宫不表。

且说宇文化及见天意丧隋,英雄四起,遂与诸将共谋篡位,令宇文成都连夜领兵入宫。有虎卫将军独孤盛,领兵前来拦住,被成都把流金铛结果掉,众人惧怕,一起归服。炀帝闻变,逃于东阁,被校尉令狐行达扶出。帝见成都道:"朕有何罪?"成都道:"你弑父酖①兄,纳娘图嫂,又兼穷奢极欲,以致盗贼四起,何谓无罪?"遂进前欲杀炀帝。炀帝道:"天子死自有法,何得加以锋刃?"成都就把炀帝缢死,又将皇室宗亲,尽皆杀戮。是日化及登基,即皇帝位,国号大许,封成都为武安王,智及、士及为左右丞相。欲知化及后来如何,且听下回分解。

---

① 酖(zhèn)——同"鸩",用毒酒害人。

第 四 十 一 回
甘泉关众王聚会　李元霸玉玺独收

　　却说唐王李渊,闻知宇文化及杀了炀帝,放声大哭,遥祭炀帝灵魂,开
丧挂白。诸将皆劝李渊即皇帝位,李渊犹豫未决,适恭帝侑知天意在唐,
遂禅位于李渊。李渊再拜受命,戴冕冠,披黄袍,升大殿,即皇帝位,是为
高祖神尧皇帝。众臣朝贺毕,高祖下旨,国号大唐,改元武德。封世子建
成为殷王,立为太子。次子世民为秦王,三子元吉为齐王,四子元霸为赵
王,李靖为魏国公,马三保为开国公,殷开山为定国公,长孙无忌为楚国
公。其余文武百官,各加封赏。废恭帝侑为谯国公。众臣一起谢恩。李
靖拜辞高祖,云游海外,此话不表。
　　再说西魏王李密,闻炀帝被宇文化及所弑,自立为许帝,心中大怒。
即与军师徐茂公商议,发下十八道矫旨,①差十八员官,遍约各家反王,兴
兵征讨反贼。俱齐集在甘泉关相会,如不到者,以反贼论。这矫旨一传,
各路反王,果然兴师到甘泉关。唯有大唐李渊这支兵不见来,他却在宇文
化及背后杀来,故此不曾来会。看官要晓得,为什么自背后杀来?原来高
祖当日得了李密的矫旨,聚集众官商议,可差何人往扬州去杀宇文化及,
抢取传国玉玺来。李淳风出班奏道:"陛下欲诛宇文化及,并获得传国玉
玺,非赵王李元霸前去不可。"高祖准奏,即着李元霸领三千骁骑,②出潼
关而来,化及闻报,即差宇文成都到潼关拒敌,成都领旨,提兵前往潼关迎
敌,这且慢表。
　　再说甘泉关众王子会齐,大家计议道:"必须举一人为十八邦都元
帅,提调人马,方有约束。只是大将无数在此,举得哪个好?"徐茂公道:
"有个方法在此,凭天吩咐,将甘泉关闭了,一人叫三声,谁叫得关开,就
推他为十八邦都元帅。"众王子齐说道:"有理!"当下闭上关门。先是十

---

　　①　矫旨——假托圣旨;假圣旨。
　　②　骁骑——勇猛的骑兵。

八邦的反王,一个个叫过去,然后众将大家各依次序叫去,哪里叫得开?轮到程咬金,他便夸口说道:"我当初做混世魔王,三斧头取了瓦岗,何况这座关门,让我来叫他开。"遂向前大叫道:"关门!关门!你依了老程开了吧!"说也奇怪,才叫得两声,只听得一阵狂风,呼的一声响,两扇关门就大开了。程咬金大笑道:"何如?还要让我当下。"当下众人信服,推他上台,拜了十八邦都元帅之职。十八邦大小将官,一起下拜。当下程咬金令三军杀奔江都而来。

宇文化及在江都闻十八路反王,合兵一百八十万,由甘泉关杀奔前来,心中大惊。只得留兄弟宇文士及守扬州,自己带了萧后与宫娥,连夜逃奔,入淮而去。这里众王子一到城下,宇文士及就开城投降。咬金下令众将官无分昼夜,追赶宇文化及,违令者军法从事。众将只得星夜赶来。这且慢表。

且说宇文成都领兵十万,在潼关紫金山下。不料唐兵杀到,为首的大将就是李元霸,成都看见,吓得魂消魄丧,欲待退走,无奈人已照面了,只得叹口气道:"罢,小畜生,今日与你拼命也!"硬着头皮,举流金镋打来。那元霸的师父紫阳真人叮嘱他,若遇见使流金镋的,不可伤他性命。所以向年比武,就不伤害。今日见他有相害之意,竟忘记了师父之言。就把锤将成都的镋打在半边,扑身上前,一把抓住成都的勒甲绦,提过马来,望空一抛,跌了下来。元霸赶上接住,将他两脚一撕,分为两片。兵士见主将死去,走个干干净净。

再说众王子兵马昼夜赶来,追着化及,已是黄昏时候。大杀一阵,杀得那化及抛下家小,并金银宝贝,望紫金山而逃。萧后被窦建德所获,传国玉玺为李密所得。复又合兵追奔前去。那宇文化及正在逃奔,只见前面灯火照耀,当先一将拦阻,乃李元霸也。化及一见大惊,回身逃命,又撞见窦建德杀到。化及措手不及,被建德一刀,砍为两段。

谁知李元霸又抄出后山,见众王子进了紫金山,他就拒住山口,大叫道:"山上何人得了传国玉玺,快快献过来!"众王齐吃一惊。程咬金大怒道:"我们这里十八家大将甚多,何惧你一个黄毛小厮?"遂令众将一起杀去。那些将官没奈何,一起上前冲杀,高张灯火,喊杀连天。李元霸大吼一声,冲入阵中,锤到处纷纷落马,个个身亡。罗成挺枪来战,被元霸一锤打来,罗成当的一架,把枪打做两段,震开虎口,回马逃生。可怜一百八十万人马,遭此一劫,犹如打苍蝇一般。

　　李密无奈,只得献上玉玺,求放回国。元霸大叫道:"玉玺我便收了。你这些狗王若要归国,可写下降表跪献上来。便饶你等狗命,不然便都杀死。"众王无奈,只得写下降表,跪献上去。却有鲁州净秦王徐元朗,不肯跪献。元霸喝道:"为何不跪献上来?"徐元朗道:"你是王子,俺也是王子,为何要俺跪献? 此言甚属放肆!"元霸听了,冷笑一声,就把元朗抓过来,擎起两腿,撕为两片。众王子看了大惊,只得一起跪下,献上降表。轮到窦建德,说道:"我是你嫡亲母舅,难道也跪不成?"元霸道:"不相干,你若在唐家做臣子,自然与你些名分。如今做了反王,若不跪献,将徐元朗为例。"建德无奈,只得忍气跪下,献上降表。元霸收完降表,竟奔潼关而去。

　　众王计点兵马一百八十万,只剩得六十二万。程咬金大骂道:"这小畜生,愿你前去身死,那时俺杀上长安,叫你老子认得俺的斧便了!"众王各回本国,那西魏王李密在路思想,萧后天姿国色,未知下落。军士报说,夏明王窦老爷获得。李密便对众将道:"孤看萧后乃世之活宝,今被窦建德所获,我欲将真珠烈火旗前去易换,未知诸卿哪一位可去?"程咬金道:"不才愿去。"李密道:"既是程王兄肯去,如若得来,其功不小。"咬金就接了真珠烈火旗而去。未知后事如何,且听下回分解。

第四十二回

遭雷击元霸归天　因射鹿秦王落难

当下咬金上马,赶上夏明王,取出真珠烈火旗送上,细言前事。窦建德笑道:"此乃无用之妇,既是真珠烈火旗来换,焉有不肯之理?"遂将萧后送与程咬金,一路保回。李密一见,心中大喜,就回金墉不表。

再说李元霸回到潼关,有驸马柴绍前来接应,二人遂同路而行。只见风云四起,细雨霏霏,少顷雷光闪烁,霹雳交加,大雨倾盆而降。那雷声只在元霸头上响,如打下来的光景。元霸大怒,把锤指天大叫道:"天,你为何这般可恶,照我的头上响?"就把锤往空中一撩,抬头一看,那四百斤重的锤坠落下来,扑的一声,正中在元霸脸上,翻身跌下马来。柴绍大惊,连忙来扶,又见一阵怪风,卷得飞沙走石,尘土冲天,霹雳声中,火光乱滚。柴绍与兵将避入人家檐下。少顷。风停雨止,出来看,只见元霸的金冠落地,那双锤与马却在一旁,人已唤不醒了。柴绍放声大哭,只得殓了元霸遗体,连同他的遗物和玉玺降表,回转长安。入朝拜见高祖,哭倒于地。高祖忙问何故,柴绍具奏其事,献上玉玺,并十八邦降表。高祖一闻元霸身亡,大喊:"皇儿好苦!"晕倒在龙椅上,文武百官扶起救醒,又大哭一场,下旨遥祭重殓开丧。

这消息传到洛阳,王世充大喜道:"此子一死,吾仇可报矣!"就起兵十万,直杀至牢口关下寨。把关守将张方,忙写本章,差官入长安告急。高祖见本大惊,忙问众将谁敢去退敌?闪出秦王奏道:"臣儿不才,愿领兵前去。"高祖大喜,发兵十万,秦王带领马三保、殷开山,一干战将,行至牢口关,守将张方接入帅府,摆酒接风。次日秦王领兵出关,与王世充对阵。秦王道:"你何故兴兵犯我疆界?"王世充道:"唐童,我前次在紫金山,被你兄弟李元霸冲杀一阵,打得俺十八家没了火种,还要跪献降表。我只道他永世不朽,原来如今就死了!今日我兴师复仇,杀上长安,灭你唐家!"秦王背后殷开山大怒,飞马摇斧,冲将过来。王世充手下大将程洪,忙举刀敌住,大战二十余合,不分胜败。秦王使定唐刀,同马三保众将一起杀出，王世充抵敌不住，大败而走。秦王领众追赶，直抵洛阳。王世充败入城中，闭门不出，秦王下令安营。

是晚明月皎洁，如同白日，秦王同殷马二将，出营观赏。行上山坡，忽见一只白鹿，慢慢走来。秦王取得弓箭射去，正中白鹿头上，那鹿如飞走去。秦王纵马追赶，赶了许多路，回头一看，不见了殷马二将。到了一座山上，又不见了白鹿。对面有一座大大的城池，秦王又不知是什么城池。原来这就是金墉城。是夜秦叔宝与程咬金巡城，只听得那边山上有马铃响，二人疑心，下城上马提了兵器出城，奔上山来。秦王看见两马跑来，咬金一马先到，大喝道："山上是何人，敢来私探俺金墉城？"秦王吃了一惊，忙应道："我乃大唐皇帝次子李世民便是。请问王兄，却是何人？"程咬金闻言大怒道："唐童，你来得正好，"即举斧砍来。秦王把定唐刀一架，叫一声："王兄，我与你无仇，为何如此？"咬金道："你不晓得俺程咬金，在紫金山被你兄弟元霸，打得十八家王子没了火种。又抢了俺们的玉玺去，怎说无仇？今日相逢，难逃狗命。"当的又是一斧，秦王抵挡不住，回马败走。咬金紧紧赶来，前边走的，好似猛风吹败叶；后边赶的，犹如骤雨打梅花。赶得秦王上天无路，入地无门，只叫得苦。

叔宝也在后赶来，赶到天色微明，秦王转过山坡，又叫一声苦。原来是一条尽头路①，侧边有所古庙，上有匾额，写道"老君堂"三字。秦王下马，悄悄牵马入庙，伏在案桌下。外边咬金、叔宝二人赶到，咬金看道："此间四下无路，一定在庙内。"跳下马，一斧劈开庙门，果然秦王伏在桌下。咬金道："如今没处走了！"便把斧砍来。叔宝将铜架住道："他是重犯，如何擅自杀他？且拿他见主公发落才是。"咬金道："有理。"遂将腰间皮带解下来，把秦王绑在逍遥马上，咬金上前牵着秦王的马，望金墉而来。

再说殷开山、马三保见主人射鹿，随后赶来，转过山坡，忽然不见。二人登高一望，见山下有三人前来，一个执斧，一个提枪，一个捆缚在马上。二人见了。好生疑惑，忙走下山仔细一看，原来绑缚在马上的，就是秦王。二人大惊，忙来抢夺。叔宝心中本要放走秦王，怎奈程咬金牵住秦王的马。忽见马三保、殷开山来夺，咬金大怒，举斧交战。早有探军报到金墉城，众将都来接应。殷马二人见人多了，料想寡不敌众，不敢上前抢夺，竟

---

　　① 尽头路——绝路；末路。

逃回本营,领兵回牢口关,差官飞报入长安去了。

　　这边叔宝、咬金将秦王拿入金墉见魏王李密,李密见秦王,拍案大怒道:"孤家举义兴兵,追杀宇文化及,乃汝弟元霸毫无情面,自恃凶狠,抢夺皇家玉玺。这也罢了,又要众王写降表,跪送投降。我只道你唐家永远有这小畜生,不料天理难容,短命死了。孤家正要兴兵报仇,你却自投罗网。"吩咐左右绑去砍了。忽见徐茂公出班奏道:"启主公,那世民虽然该斩,但他与主公曾有恩惠,将他暂禁,另寻别故,杀之未迟。"李密道:"孤家与他并无干涉,有何恩惠?"茂公道:"主公未知其详。昔日主公曾被炀帝加罪,虽亏朱灿救出,后来炀帝差世民、元霸追赶,其时若非世民卖情,暗纵逃脱,已被元霸擒杀矣! 今日主公骤然杀之,必被诸邦豪杰讥笑。"李密听说,皱眉一想,俄①而开言道:"既是军师这等讲,将他发在天牢,留限一年处斩,不必多议。"遂把世民入天牢监禁不表。

　　且说马三保报入长安,高祖得报大惊,放声大哭。满朝文武,各各下泪,唯有殷齐二王,暗暗欢喜。忽见当驾官启奏说:"三原李靖现在午门候旨。"高祖闻言,反忧作喜,道:"此人到来,我儿有命矣!"令宣入朝。李靖山呼②已毕,高祖问道:"卿向在何处?"李靖道:"臣向在海外访友,今闻秦王被拘在金墉,特来设计相救。恐圣躬忧坏,先来安慰,包管百日之内,秦王安然回国矣。"高祖大喜,忙问何策救取吾儿。李靖道:"臣今密下小策,待秦王回国之时,自然明白。"说罢,辞别高祖出朝,竟往曹州而来。曹州宋义王孟海公,一日坐朝,黄门官启奏:"有一道人,自称三原李靖,要见大王。"孟海公叫宣进来。李靖入朝,参见孟海公,孟海公道:"先生此来,必有高议,乞请赐教。"李靖道:"贫道曾遇异人传授,善于呼风唤雨,算阴阳,先知吉凶。见大王乃是真正帝星,故特来请大王兴师,先取金墉,次取长安,以图一统基业。若天时一失,反为不美,乞大王裁之。"孟海公大喜道:"多承先生指教,不知该何日兴师?"李靖道:"天时已至,不宜迟缓。贫道当保大王,即日兴师,先下金隄,次取金墉,最为上策。"孟海公欣然降旨,亲统大兵十万,直奔金隄而来。

　　那金隄关守将贾闰甫、柳周臣,引兵出关交战,被宋义王打得大败,入

---

　　① 俄——旋即;突然。

　　② 山呼——封建时代臣下祝颂皇帝的仪节,三次叩头,三呼万岁。

关坚守不出,便差人连夜往金墉告急。孟海公将金隄围住,日夜攻打,李靖道:"大王要破此关,不出十日。贫道暂别,与大王往太行山借一件宝贝来。待李密救兵一到,管叫他片甲不存。"孟海公大喜道:"速去速来。"李靖应允,竟往海外访道去了。

那金墉李密,得了告急表章,亲自点兵五万,带领五虎大将,来救金隄。其余诸将同徐茂公等守国。兵到金隄关,贾闰甫、柳周臣接入。次日,李密领众将出关对敌,罗成一马冲到阵前,孟海公手下元帅尚义,提刀迎住。战未三合,被罗成拦开刀要的一枪,打中左肩,伏鞍而走。李密将号旗一展,五虎大将,一起冲杀过来,如砍瓜切菜一般。杀得曹州人马,尸山血海。孟海公率领残兵,奔回曹州去了。

且说李密鸣金收兵,入了金隄关,心中得意,即降旨传修撰官写赦书一道:"颁谕金墉众臣知悉。孤家亲救金隄,赖上天之佑,马到成功,合该赏军泽民,赦宥①一切罪犯。凡已结案未结案,除十恶大罪外,尽行赦除。预仰朝臣悉行释放,钦此遵依!"修撰官写毕诏书,启读一遍,排在案上。李密暗想:"南牢李世民赦不得。"遂拿起笔,在赦书后面,批下二句云:"满牢罪人皆赦免,不赦南牢李世民。"批毕,即差官赉②诏到金墉。徐茂公、魏征等开读过了,即令职使释放一切罪人。茂公收了诏书,私对魏征道:"李世民乃是真命天子,你我日后归唐,俱是殿下之臣。如今监禁南牢,应当及早救他才好,怎奈魏王赦书后面,又批这二句,如何是好?"未知魏征怎说,且听下回分解。

---

① 赦宥(shè yòu)——依法定程序减轻或免除对罪犯的刑罚。
② 赉(lài)——赏赐。

第四十三回
改赦书世民被释　抛彩球雄信成婚

当下魏征接过赦书一看，沉吟半晌，便说道："不难。可将第二句中'不'字上，竖出了头，下添一画，改作'本'字，'本赦南牢李世民'，便可以放他了。"茂公称善。二人随即改了赦书，令从人带了秦王的逍遥马、定唐刀，同到牢中见秦王。将改诏放走之事说知，秦王拜谢。徐、魏二人道："主公，臣等不久亦归辅主公。今事在匆促，请主公作速前去，恐魏王早晚回来，难以脱身矣！"秦王十分感激，提刀上马，拱手辞别而去。

再说魏王班师回来，问起秦王如何，徐茂公道："主公诏书后批语：有'满牢罪人皆赦免，本赦南牢李世民'，故臣已放他去了。"李密闻言，大怒道："取诏书我看。"徐魏二人连忙取上，李密细细看出改诏的弊端，拍案大喝道："都是你二人弄鬼，侮玩①孤家。本当处斩，姑念有功有前，饶你们一死。你们去吧，孤今用你们不着。"喝令廷尉将二人赶出。茂公冷笑，写诗一首，贴在午门上，诗曰：

丧失贤良事可伤，昏君无智太荒唐；

强邻压境谁堪恃，不及当年楚霸王。

茂公将诗贴毕，与魏征出城而去。

这边午门外有值日官连忙报知李密，李密看了诗句大怒，即差秦叔宝、罗成赶走，拿他们回来，以正国法。叔宝、罗成出城，鬼混了一日，进朝回复道："臣等追寻二人，并无踪迹，不知去向。"李密大怒道："好奸党，明明私情卖放，②还敢在孤家面前搪塞！"喝左右绑这二人，押出斩首。闪出程咬金大叫道："主公，这个使不得，你不想想，这皇帝是哪里来的？如今怎么无情，动不动就要杀起来。"李密大喝道："好匹夫，焉敢奚落孤家！"吩咐左右，一并把他推出斩首。吓得两班文武，一起跪下道："乞主公息

---

① 侮玩——哄骗戏弄。

② 卖放——收贿而放脱。

怒,看他三人从前之功,免其一死。"再三保奏,李密怒犹未息,说:"既是众卿力保,将三人削去官职,永不复用。"三人勉强谢恩而出。程咬金一路大叫道:"有这样可笑的人!我让他做皇帝,如今他倒作威作福起来!"叔宝道:"事已如此,说也无益。"咬金道:"秦大哥、罗贤弟,我们如今周游列国,到处为家,看有什么机会罢了。"罗成道:"说得有理。"

此时秦母、程母俱已去世,只有罗成母亲在堂,三人各各收拾车辆,带了家眷,一同登程,沿路周游去了。当时金墉关七骠八猛十二骑,见魏王如此,渐渐分散。那洛阳王世充听了这消息,心中大喜,即密传将令,暗暗起兵来取金墉不表。

再说李密兵势大衰,手下只有王伯当、张公瑾、贾闰甫、柳周臣保护,心中也有些着急。时值荒年,粮饷均无着落,心中十分着急。一天黄昏时分,忽听炮响连声,军士来报说:"王世充来袭金墉,攻打甚急。"李密大惊,连夜与众将计议,都是面面相觑,粮草又无,兵马又少,怎生迎敌?君臣商议,唯有弃了金墉,投奔别国,再作区处①。李密道:"如今投哪国去好?"王伯当道:"若投别国,俱是小邦,未必相容;莫若投唐,庶可苟全。"李密道:"我与世民有隙。"伯当道:"不妨。向来李渊仁厚,世民宽宏,决不会难为主公的。"李密犹豫未决,忽报王世充人马攻破西城了,李密大惊,伯当道:"主公快上马。"张公瑾、贾闰甫、柳周臣都弃了家小,走马出城,望长安而奔。这里王世充入城安民,只斩了萧后,其余各家家小,俱皆赦免,不在话下。

再说李密一行五人,行到长安,在午门外,先自绑缚,送入本章。高祖看了,对世民道:"金墉李密,被王世充暗袭,破了城池,今来投顺,我欲杀之,以消你之恨。你意若何?"世民道:"乘人之危,杀之不仁,又失人望。望父王怜而赦之,复以恩结之,则天下归心矣!"高祖大悦,即宣进来。李密到金阶,俯伏在地,高祖离坐,亲解其缚,赦其前罪,封为邢国公。又将淮阳王李仁的公主,配与李密为妻。封张公瑾、王伯当、贾闰甫、柳周臣为廷尉。伯当不受,愿为李密幕将,高祖许之。这话休表。

再说洛阳王世充得胜回国,想起妹子青英公主尚未招驸马,遂下旨在午门搭一彩楼,凭妹子掷球自择。公主遵兄之命,在彩楼上,抛球择婿,对

---

① 区处——居住的地方。

天祝道:"姻缘听天由命。"就吩咐宫女,将球掷下,却落在一个青面红须大汉身上。你道那大汉是谁? 却就是单雄信。只因他抛弃了李密,来到洛阳,在彩楼边经过,公主一球,正中顶梁。两边宫官太监,邀住雄信,延入午门。王世充见了,心中大悦,立与成亲。过了数日,叔宝、罗成、咬金三人,游到洛阳,闻得单雄信为驸马,同来投他,雄信接见大喜,意欲奏知王世充,封他们官爵。但恐他们与唐家有旧恩,异日反复无常,反为不美,不如且款留在此,再作理会。便奏过王世充,将金亭馆改作三贤馆,供养他三人在内,逍遥安乐,不表。

且说李密虽为驸马富贵,焉能比得前日为魏王时快意? 欲要反唐,未得其便。适值山西有变,李密就在高祖面前,讨差出师,愿效微劳。高祖下旨,命他收服山西。李密得旨甚喜,退回府中,意欲公主同去,遂将心思,一一说知,并道:"此去成功,公主即为王后。"公主大怒骂道:"你这狼心狗肺之人,我家伯伯何等待你,你不思报恩,起此反心,真逆贼也!"李密骂道:"你这贱人,如此无礼!"遂拔出宝剑,将公主杀了,即招伯当相商。伯当见杀了公主,大吃一惊道:"不好了! 还有什么商议? 此时不走,等待何时?"李密慌忙与伯当上马,逃出东门而走。

这里邢国公府中家将,飞报入朝,高祖得报大惊,命秦王领兵追赶,碎尸万段。秦王领兵出东门一路赶去,李密回头一看,只见一队人马飞奔赶来。李密与王伯当纵马加鞭,行不上十里,到了艮宫山断密涧,见追兵已到,李密连声叫苦。王伯当把戟向前,大喝道:"唐兵休赶,俺王伯当在此。"秦王道:"王兄,李世民特来劝你。今日之事,情理皆亏,劝王兄不如降了唐家吧!"伯当道:"千岁,不必多言。俺王勇素重纲常,事虽无济,有死而已!"遂勒马挺戟刺来。这里众将一起放箭,伯当恐伤了李密,把身向前挡住。用戟挑拨,叮叮当当,把箭杆都拨在地下。不料旁边一箭,射中李密左腿,李密呵呀一声。伯当回头,才掇①得一掇,就着了数箭,手戟一松,万弩射身而死。李密并同行数人,亦被射死。秦王下令,将王伯当尸首葬在艮②宫山,把李密首级斩下,收兵回长安,入朝复旨。高祖命将李密首级,号令午门示众。

---

①　掇(duō)——收拾。

②　艮(gěn)——八卦之一,卦形是"☶",代表山。

不多几日,徐茂公、魏征,行至午门外,见了李密首级,哭拜于地。有守门军人,将二人绑缚,入朝启奏。高祖闻知,叫推进来,军士将二人拿到金阶,秦王一见,忙奏道:"这就是徐贩、魏征,改诏私放臣者。"高祖闻奏,即令秦王下殿解缚。秦王领旨,下阶解缚,谢叙前情,就要二人归唐。二人道:"要臣归辅,必须葬祭了魏王尸首,以尽旧主之谊,然后归附。"秦王将此言奏请高祖,高祖准奏,命秦王前往主祭。秦王就将李密尸首,用天子礼葬于艮宫山。致祭毕,徐贩、魏征,就归唐朝。高祖封徐贩为军师,魏征为洗马①,按察四方,招集金墉七骠八猛十二骑。那些金墉旧将,闻二人归唐,皆来归附。欲知后事,再听下回分解。

———————————

① 洗马——官名。

第四十四回

尉迟恭抢关劫寨　　徐茂公访友寻朋

却说山后朔州麻衣县，有一人姓尉迟、名恭，字敬德。生得身长一丈，腰大十围，面如锅底，一双虎眼，两道粗眉，腮边一排虎须。善使雌雄两条竹节鞭，有万夫不当之勇。娶妻梅氏。妻舅梅国龙、梅国虎，在麻衣县当马快。他住在城外打铁，务农为业。

一天，梅国龙、梅国虎到尉迟恭家里看姐姐，尉迟恭道："我闻定阳王刘武周，特差元帅宋金刚，在麻邑募选先锋。要想前去，只因你姐姐有孕在身，如今二位老舅到此，愚兄拜托前行，凡事全赖照顾。我留下雌鞭在此，倘或生下孩儿，取名宝林。日后夫妻父子重逢，可将雌雄二鞭为证。"当下拜别，彼此流泪。

尉迟恭带了盔甲枪鞭，往麻邑而来。到了麻邑，写了投军状，投入帅府。宋金刚唤他进来一看，好像烟熏太岁，火烧金刚。就命他演武，果然十分猛勇。即着他在午门候旨，自己先入朝中启奏，武周即降旨宣他进来。尉迟恭闻宣入朝，到殿下俯伏。武周看他豹头燕额，虎步熊躯。细问武艺行兵之事，尉迟恭对答如流，武周大喜。下旨封尉迟恭为先锋，宋金刚为元帅，来抢唐家世界。

且说雁门关守将王天化得报，忙写本章，差人上长安求救。高祖见了此本，便问："哪位卿家可以领兵退敌？"闪出殷齐二王道："臣儿愿往。"高祖遂命点兵十万，与二王前去退敌。这边尉迟恭前军到了雁门关，守将王天化出关迎敌，尉迟恭把枪冲杀过来。王天化举枪来迎，未及三合，被尉迟恭一枪刺死。抢进雁门关，宋金刚的大队也到，一起进关。尉迟恭即领兵直奔偏台关杀来。关中守将金日虎，领兵出关迎敌。战不上五合，被尉迟恭一鞭打下马去，又占了偏台关。即刻拍马抢先，直奔白璧关。其时殷齐二王到了，忽报半日工夫，失了两关，又报兵到城下。二王大惊，上城一看,见那尉迟恭犹如灶君①一般。二王忙令画工,在城上描了他的形像,随后领兵出城。却被尉迟恭鞭打枪挑,连丧上将数十员,杀败二王,抢了白璧关。宋金刚人马也到,尉迟恭即起身追赶二王。一夜之间,连劫他八寨,赶得二王上天无路,入地无门。幸喜宋金刚有令,着尉迟恭先取太原,尉迟恭只得带马回白璧关去了。

再说高祖驾临早朝,忽报二王大败回来,高祖大怒,叫声:"宣进来。"二王到殿下,俯伏奏说:"来将凶狠,一日一夜,被他夺了三关,劫了八寨,杀死上将数十员。臣儿画他形像在此,请父王观看。"高祖命挂在殿旁,两班文武见了形像凶恶,齐吃一惊。高祖问道:"此人如此厉害,众卿可有良策,退得他否?"闪出徐茂公奏道:"此人必须秦王前去,方可收服。"高祖准奏,着秦王领兵前去。秦王奉命同茂公出朝,问茂公道:"孤闻金墉五虎大将,王伯当尽义射死,单雄信在洛阳为驸马,俱不必提。还有秦叔宝、罗成、程咬金三人,不知下落,谅军师必知踪迹。孤家一再道及,军师从未实告。如今俺家被黑将杀败,难道军师终不肯与孤家图谋?"徐茂公道:"主公不必心焦,几个大将都在洛阳,待臣就去访寻,请他来保驾便了。"秦王大喜,就命茂公前去寻访,自己领兵先行。

且说徐茂公扮做游方道人,带了尉迟恭图影,向洛阳而来。不料洛阳铁冠道人对王世充道:"唐家被刘武周大将尉迟恭杀得大败,不敢出战,徐茂公必暗暗来请秦叔宝、罗成、程咬金,前去保护唐家,早晚就到。"王世充闻言大怒道:"天下也没有这样便宜,平静时节,我却供养他,如今用人之际,就要来请,理上也难容得去!"铁冠道人道:"徐茂公此来,一定扮作游方道人,主公可下旨四门,凡有游方僧道,一概不许入城。"这旨一下,徐茂公哪里知道?敲着渔鼓简板,要入城去。守门军士喝道:"你这道人,是瞎眼吗?这里现奉圣旨,挂着榜文,不许游方僧道入城,你何不看看!"茂公见喝,抬头把榜一看,叫声:"列位,贫道初来,不知令旨,如今不进去便了。"遂回身走到一个面店门首,化些面吃,就把手中渔鼓简板敲起道情来。众人围住听唱,见他唱得十分好听,听的人一发多了。忽望见程咬金骑马冲出城来,把众人吓得乱嚷乱跌。程咬金见了,哈哈大笑,故意把马连转几个棄罗圈,吓得众人个个跑走,一拥拥进城去。茂公

---

① 灶君——亦称"灶神"、"灶王爷"。旧时迷信人供在灶头附近的神。

乘此也混入城，把门军士也不由做主，哪里查点得许多？茂公一路访问叔宝住处，有人指引在三贤馆内。茂公听了，即往三贤馆来。忽遇秦安在门首，秦安认得茂公，就引入府，来见叔宝。叔宝看见茂公大喜，行过礼，茂公问："罗成兄弟在哪里？"叔宝道："他有病睡在床上。"就引茂公进房，见了罗成，相叫一声，放下渔鼓简板，坐在床上，与罗成把脉，说道："罗兄弟，你的病，是个烟缠①病，过几日就好。"忽见程咬金回来，走进房中，见了茂公，心中大骇。想他做了唐朝军师，为何到这里来？又见他这般打扮，摸不着头路，便叫道："你为何做这般叫化生理？"扯过简板，折为两段，拿起渔鼓，打得粉碎。扑通掉出一轴画来，拾起来打开一看道："呵呀，原来是灶君菩萨！"叔宝一看道："这不是灶君，是个将官的图形。"茂公说道："正是。"咬金听了便大叫道："我晓得了。前日单二哥说：'刘武周有一员大将，叫做尉迟恭，身长面黑，起兵伐唐，日抢三关，夜夺八寨，杀得唐家不敢出战。'目下唐家用人之际，敢是秦王思想我们，故差你来请俺三人么？"茂公道："然也。"咬金道："秦大哥快快收拾，我们就走。"叔宝道："兄弟，你为何说这等话？罗兄弟病尚未愈，我们如何抛了他去？"罗成道："表兄，你老大年纪，不趁此时干些功名，等待何时？你二人快快前去，勿以我为念。"叔宝流泪道："表弟呵，承你好心，倘或我二人一去。单雄信一定要难为你了，如何是好？"罗成道："你放心，快快前去，兄弟自有道理。"叔宝只得收拾二辆车子，载着张氏、裴氏，令秦安先送到长安去，又叫徐茂公远远相等，遂拜别罗成，吩咐守门军士，去报单雄信来城门口相别。未知雄信来别，说出什么话来，且听下回分解。

---

①　烟缠——滞留；拖延。

第四十五回

秦王夜探白璧关　叔宝救驾红泥涧

当下单雄信闻军士来报这事，即时上马跑至城门口，跳下马来，双手搦①住秦叔宝手，叫声："秦大哥，你就要去，也须到小弟舍下相别一声，小弟也摆酒送行。如何到了这里，方才通知。如今要往哪里去？"叔宝道："小弟在此打搅不当，所以要往别处去，尚未有定着。"雄信道："秦大哥，何必如此相瞒，莫非要去投唐么？"咬金道："然也。你竟是个神仙，我今好好把一个罗成交与你。若是病好了，还我一个人。若是不济事，也要还我一把骨头。"叔宝道："你这匹夫，一些道理都不晓！二哥，你也不必介怀。"雄信叫家将斟酒来，捧与叔宝，叔宝一饮而尽，一连三杯。雄信又来敬咬金，咬金道："谁要吃你的酒？"叔宝与雄信对拜四拜，二人上马而去。

雄信遂上城观看，望见树林内走出徐茂公，同二人而去。雄信见了大怒道："这牛鼻道人，你来勾引了二人前去。那罗成小畜生不病，一定也要去了！"就下城提槊，要来害死罗成。那罗成见二人去了，就叫罗春吩咐道："你立在房门口。若单雄信来，你可咳嗽为号。"罗春立在房门口，只见单雄信提槊走来，罗春高声咳嗽。雄信问道："你主人可在房内？"罗春道："病睡在床上。"雄信走到房门口，听罗成在床上叹气道："秦叔宝、程咬金，你这两个狗男女，忘恩负义的，没处去住，就在此间。如今我病到这个田地，一些也不管，竟自投唐去了！呀，皇天呀！我死了便罢，若有日健好的时节，我不把你唐家踏为平地，也誓不为人了。"雄信听了，即忙弃了槊道："我一时之忿，几乎断送好人！"忙走进来，叫声："罗兄弟，你不必心焦。你若果有此心，俺当保奏吾主，待兄弟病好之日，报仇便了。"罗成道："多谢兄台，如此好心，感恩不尽。"过了数日，罗成病好了，雄信保奏，封罗成为"一字并肩王"，按下不表。

再说茂公、叔宝、咬金三人正行之间，咬金大叫道："此去投唐，自有

---

①　搦(nuò)——持；握；抓。

大大前程。"叔宝道："我去不必说,但你去有些不稳便①。"咬金道："为什么呢?"叔宝笑道："兄弟,你难道忘怀了斧劈老君堂,月下赶秦王么?"咬金闻言叫声："呵呀,如今我不去,另寻头路②罢了!"茂公道："不妨,凡事有我在此,包你无事便了。"咬金道："你包我无事,这千斤担是你一肩挑的。"茂公道："这个自然。"三人行到白璧关寨边,茂公道："二位兄弟,且在此等一等,待我先去通报,再来相请。"咬金道："我的事,须要为我先说一声,不可忘记。"茂公应声："晓得。"走入帐去。

秦王一见,就叫："王兄,三人可来么?"茂公道："罗成有病不来,秦叔宝、程咬金在外候旨。"秦王大喜,就要宣进来。茂公道："且住,那程咬金进来,主公必要拍案大怒,问他斧劈老君堂之罪,把他竟杀便了。"秦王道："王兄此言差矣!那'桀犬吠尧',各为其主。今日到来,就是孤的臣子,为何又问他罪?"茂公道："这人若不问他以罪,他必认唐家没有大将,才请他来退敌,他就要不遵法度了。主公须要杀他,他方得服服贴贴,那时臣自然竭力保他便了。"秦王依允,下旨宣："叔宝秦恩公入营。"叔宝闻宣,即入营拜伏于地,秦王用手扶起,谢他前日大恩,又下旨："宣程咬金犯人入营。"咬金闻宣入营,俯伏在地,叫道："千岁爷,臣因有罪,原不敢来,是徐茂公力保臣来的。"秦王见了,心中不忍,只得硬了头皮,叫声："绑去砍了!"茂公、叔宝忙道："主公权且赦他前罪,叫他后来立功赎罪便了。"秦王忙令松绑,当下大摆筵席接风。

次日叔宝提枪上马,直到白璧关,单讨尉迟恭交战。探马报入关来,此时尉迟恭往马邑催粮去了,宋金刚便问："哪位将军出去会战?"有大将水生金愿往,提刀上马,冲出城来。战了三合,被叔宝一枪刺落马下。败兵飞报入关,大将魏刁儿大怒,举枪上马,又冲出城来。战了二合,又被叔宝刺死。宋金刚失了二将,打听来将是秦叔宝,便令军士闭关,不许出战。叔宝知尉迟恭不在关内,便收兵回营。秦王闻叔宝得胜,吩咐摆宴庆功。饮到黄昏,茂公、叔宝告辞,回自己帐内安歇。

程咬金对秦王道："主公你看,今夜月明如画,臣闻白璧关十分好景,

①　稳便——妥当,便利。
②　头路——方言。头发朝不同方向梳时中间露出头皮的一道缝儿。此处指出路。

臣保主公去探看如何?"秦王依允,君臣二人,悄悄上马,离了营门。果然
月色皎洁,万里无云,走至白璧关下,见得关门十分险峻。君臣二人,正在
城下讲话,不料尉迟恭催了五千粮草,入关缴令,宋金刚把日间与叔宝交
战事情,说了一遍,并道:"你今夜可去巡关。"尉迟恭领了帅令,到关上来
巡关。有军士指道:"南首月光之下,有二人在那里指手画脚。"尉迟恭一
看,见远远一个插野鸡翎的,说道:"这一定是唐童。"忙下关来,提矛上
马,悄悄开关,把马加鞭跑来,大叫:"唐童休走!"咬金道:"不好了! 主公
退后些!"把宣花斧迎上前来,见他如烟熏太岁,火烧金刚,比那画上的更
加凶恶。

　　当下尉迟恭大喝道:"你这厮却是何人?"咬金道:"爷爷就是程咬金。
你这黑炭团,可就是尉迟么?"尉迟恭道:"然也。"咬金把斧砍来,尉迟
恭把长矛架住,当的又是一斧,他又架住。一连挡过三斧,到第四斧也没
劲了。尉迟恭叫声:"匹夫,原来是虎头蛇尾!"即把蛇矛刺来,咬金把斧
乱架,尉迟恭拦开斧,扯出钢鞭,耍的一鞭,正中左臂,跌下马来。秦王叫
声:"动不得!"尉迟恭即把长矛来刺秦王,秦王把定唐刀架住,尉迟恭又
把蛇矛劈面刺来。秦王看看遮架不住,想不到程咬金跌在地上,并未身
死,他拾斧在手,跳上马,叫声:"尉迟恭,勿伤我主。"尉迟恭回身来战咬
金。咬金道:"尉迟恭听着,我有话说。"尉迟恭遂道:"咬金,你有何话?
快快说来。"咬金道:"我君臣二人,都是没用的。你就打死,也不为好汉。
我那边有个秦叔宝,胜你十倍,你若有本事对得他过,才算是好汉。你今
不要伤我主公,待我去到营中,请了叔宝来,与你对敌。若是怕他,不肯放
我去,竟将我君臣或是拿去,或是打死,明日他来问你,你却也活不成
了。"尉迟恭听了,气得三尸直爆,七窍生烟,叫声:"快去叫他来,我有本
事,在他面前拿你们,你快去叫他来。"咬金道:"我不放心,万一我去了,
你把我主公打死了,如何是好?"尉迟恭道:"大丈夫一言既出,驷马难追。
我有本事,等那秦叔宝来,一并拿你三人。去,你快去! 不必多言!"咬金
道:"我只是不放心,你可赌个咒与我,我好放心前去。"尉迟恭道:"你去
之后,我若动手杀唐童,日后不得好死!"咬金道:"如此我便放心前去。
主公,你在此等一等,等臣去叫他来便了。"

　　当下咬金奔回营中,擂起鼓来。茂公起来,问有何事? 咬金道:"不
好了,快叫秦大哥去救驾!"就把前事说了一遍。茂公听了大惊,忙问道:

"主公如今在哪里?"咬金道:"主公,我交与尉迟恭了。"茂公喝道:"你这该死的人,怎么把主公交与敌人,自家却走了!"叫一声:"拿起锁了,跪在辕门,若救主公不得,把你万割千刀。"左右将咬金绑出。一边忙请秦叔宝起来,说出情由。叔宝遂顶盔贯甲,提枪上马赶去。这边尉迟恭果然一些不动,那秦王却倒去引他,劝他投降。尉迟恭听了大怒道:"唐童,你说这话,我也顾不得了。"就提起蛇矛刺来,秦王回马便走,敬德纵马赶来,看看赶近,忽听后面大叫:"尉迟恭勿伤我主,俺秦叔宝来了!"尉迟恭回头一看,见叔宝果然人材出众。叔宝把尉迟恭一看,真正好像黑煞神①,忙提枪迎面刺去。尉迟恭举矛相迎,二人武艺,不相上下。

　　二人正在交战,忽听得秦王叫声:"秦王兄,下不得绝手,这人孤家要他投降的。"尉迟恭听了大怒,回马竟奔秦王,秦王回马便走,尉迟恭紧紧赶去,叔宝却也追来。此时天色微明,追到美良川,却是一条极狭极小的弯路。尉迟恭追过山弯,就想要打叔宝一个不防备,遂左手举鞭,右手提矛等着。叔宝追到这个弯边,心中一想:"这黑贼若躲在那面,我若走去,他一鞭打来,怎样的招架?"便按下了枪,取出双锏,上下拿着。一过弯来,尉迟恭大喝一声,将鞭打下。叔宝把左手的锏架开鞭,右手的锏打去。尉迟恭把右手的矛一架,左手鞭又打来了。叔宝架开鞭,又打一锏。尉迟恭一矛加开锏,又是一鞭,叔宝架开鞭,却待要打,尉迟恭回马就跑了。这名为"三鞭换两锏",尉迟恭打出三鞭,叔宝只换得两锏。

　　当下尉迟恭追赶秦王,到了一个所在,秦王只叫一声苦,原来是一条大涧,名为红泥涧,约有四丈阔,水势甚急。秦王把马加上几鞭,叫声:"过去!"那马一声嘶吼,从空一跃,即跳过岸去。尉迟恭赶来,把马一夹,叫声:"宝驹,你也过去。"那马扑通一响,也跳过去。叔宝见了,便心下着急,把马鞭在呼雷豹头上乱打。此马着急,吼叫一声,那尉迟恭幸也是宝驹,不致跌倒,叔宝的马也跳过去。三人一路赶到一山,未知后事如何,且听下回分解。

────────

　　① 煞神——迷信的人指凶神。

第 四 十 六 回

献军粮咬金落草　复三关叔宝扬威

　　当下尉迟恭赶秦王到一山,名为黑雅山,茂公早已算定,差下马三保、殷开山、刘洪基、段志贤、盛彦师、丁天庆、王君起、鲁明月八将,在此等候。见尉迟恭追来,一起出战。尉迟恭挺起蛇矛,逼得那八将如走马灯一般。忽有宋金刚传令到来,叫尉迟恭即刻回关听差,不得有误。尉迟恭得令,只得去了。

　　叔宝遂保秦王回营,见咬金绑缚,跪在辕门首。咬金看见秦王,就叫道:"主公,你见了军师,求主公认是自己要去探白璧关,令臣保驾,臣方有几分活命。不然,臣的性命一笔勾了。"秦王应允,遂入营来,茂公迎入帐中,说道:"主公受惊了!"秦王道:"这是孤家自取其祸,要程王兄保驾,去看白璧关,不意撞见尉迟恭。"茂公微笑道:"主公不必瞒臣,臣已知道了。"吩咐把程咬金推进来。左右答应一声,即把程咬金推入。茂公喝道:"你这匹夫,怎么劝主公夜探白璧关,几乎丧了性命?"咬金大叫道:"屈天屈地,只是主公要我保驾,去探白璧关,故此我同去的。"秦王道:"军师,果然是孤家要他同去的。"茂公道:"既是主公认了,臣怎么好杀他? 但此人这里用他不着,吩咐册上除名,速速赶出去。"咬金尚欲再言,茂公拍案大喝道:"你这匹夫,还不快去,在这里怎么样?"咬金没光没采,只得向秦王道:"主公呀,军师要赶我出去,还求主公劝解军师一声。"秦王道:"凡事只可一,不可再,孤家说过一遭,难以再讲。"咬金看看茂公道:"军师,你当真不用我么?"茂公喝道:"你这匹夫,还不快走,若稍迟延,吩咐左右看棍。"咬金道:"罢罢罢,此处不留人,自有留人处!"叫声:"主公,臣去了!"秦王见茂公认了真,不好多言。

　　咬金走出营外,跳上马,招齐家将说:"军师不用我,我们去吧。"一路走了二十余里,到一个所在。地名言商道。只听得一声锣响,跳出五六个强人来,挡住去路。为首的二人,一个叫毛三,一个叫勾四,大叫:"留下买路钱,饶你性命!"咬金大笑道:"原来是我子孙在这里!"勾四听了这话,就问道:"你是什么人,说我们是你的子孙,难道你不怕死么?"咬金道:"你这狗头,人也认不得,爷爷就是瓦岗寨混世魔王程咬金便是!"那一班强人听说,皆跪下道:"果然是前辈宗亲!不知老爷因何在这里?"咬金道:"我因与唐朝的军师不和,因此出来,去向尚未有定。"众人道:"既是老爷去向未定,何不同小人们在这言商道中东岳庙居住?"咬金道:"如此甚妙。"就同众人到庙中来,坐在公案上,众人一起拜倒,山呼千岁。咬金就封毛三为丞相,勾四为阁老。令大小喽啰,凡有孤单客商,不许抢劫。越是大风,越是夺他。众人一起答应。

　　且说秦王见茂公赶了咬金出营,便问道:"军师今日因何这般认真?"茂公道:"臣岂认真逐他,不过激他去与主公干立一件功劳,使他将功折罪,不过六七日内,他即来了也。"秦王道:"原来如此,孤实不知,今可放心了。"

　　再说,过了几天,毛丞相来告咬金道:"今喽啰来报说:介休县解了粮草十万,打从此处经过,我们去夺取来,不知可否?"咬金道:"妙甚!妙甚!"勾阁老道:"主公,臣有一计,包管容易成功。如今主公可穿出大路,挡住解粮将官,臣等往斜路上抢了就走,不怕不成功。"咬金道:"倘被他们追杀而来。又费力了。"毛丞相道:"主公放心,这言商道中,路径最杂。凡活路上都有圈儿暗号,死路上没有圈儿暗号,我们这班人认得明白,若外来的人,哪里晓得?凭他走来走去,没处旋转。纵有千军万马,亦是无用。"

　　咬金听了大喜,即提斧上马,抄出言商道,远远望见粮草来了,一马上前喝道:"你们留下买路钱来!"众兵见了,连忙退后,报知尉迟恭。尉迟恭挺枪上前,两人一看,各各认得。尉迟恭便问:"你这匹夫,在此做什么勾当?"咬金道:"奉军师将令,在此候你。你今把粮草送我,我便饶你的狗命。"尉迟恭大怒,挺矛刺来。咬金把斧架住,战了几合,那边毛三、勾四、一班喽啰,杀散众兵,推了粮草,拥入言商道中去了。咬金把斧一按,叫声:"承惠,改日相谢。"回马一溜,也进言商道中去了。尉迟恭回头,见失了粮草,拍马追来,见咬金跑过两弯,忽然不见。尉迟恭大叫程咬金,又不见答应,催马追前一步,兜转去,是这个所在,兜转来,又是这个所在,心内无法,暗想:"没有粮草,如何缴令?我今再往介休去见张士贵,告诉此事,要他再发粮草一万,以应军需便了。"遂领众人往介休去,不表。

再说程咬金打听得尉迟恭去了，遂劝众人将这粮草投送秦王去，秦王自然重用。若在此，终非了局。毛三道："主公议论虽是，倘然军师照前不用主公，那时岂不进退两难？"咬金道："这有何难，若是不用，我们依旧再来。"众人听了，只得从命。咬金令五百余人推了粮草，竟往唐营。军士报知秦王，秦王大喜，吩咐摆酒伺候。咬金进营，先拜见秦王，后参见军师。秦王问咬金道："这几日在哪里安身？"咬金道："臣前日被军师赶出，来到言商道，降伏了一班喽啰，封了几个臣子，做了草头王。不料尉迟恭在介休县解来十万粮草，被臣尽数劫来，献与主公。军师若肯收用，依旧归保主公，若一定不收，臣带了粮草，自去图王立业，日后兵精粮足，抢州夺县，成了气候，那时主公不要怪我。"

茂公微笑道："你要我收你，且吃了酒，再到一处去，成了一桩功劳，即便收你。"秦王遂赐坐与众将饮宴。及饮罢，咬金就问："军师发令，要到哪里去干甚功劳？"茂公道："你可带领原来的人，我再差马三保等八将，点兵一千帮你，仍到言商道去。那尉迟恭又解一万粮草来了，再劫了他的，便算你一大功劳。"咬金欣然领命，同八将与原来的一班喽啰，齐到言商道扎住。

再说尉迟恭又往介休县，来见张士贵，说出粮草被劫，如今要乞贵职，再发兵粮一万，以济军需。张士贵没奈何，又发粮草一万，交尉迟恭解去。尉迟恭领了粮草，起解而来，到了言商道。程咬金望见粮草到了，就哈哈大笑，横开宣花斧，出马拦在路口。尉迟恭趱行到此，一见咬金，便问道："你这狗头，又在此做什么？"咬金道："我家军师叫我来致谢你，你如今一发把粮草送我，改日一总奉谢。"尉迟恭大怒道："好狗匹夫，前日不曾提防，被你劫去，今日又来，看爷爷的枪，送你命吧！"遂把枪刺来，咬金又会跳纵法，如猴跳圈一般，窜来窜去。尉迟恭在这边，他便跳到那一边；尉迟恭赶到那边，他又闪在这里。正在躲来躲去，那边马三保等一起杀上，冲散军士，抢了粮草就走。程咬金战了些时，料粮草已到手了，就说道："多谢你今日的粮草，另日一并总谢。"回马一溜，竟往言商道去了。尉迟恭大怒，拍马赶来，这一路兜转去，依然是这个所在，那一路抄出去，又是这个所在，心中又气又恼，没奈何，只得又往介休县去。这里程咬金与马三保一千人，推了粮草，竟往营中，来见秦王，细言其事。徐茂公道："你们不必停留，再往言商道中去。那尉迟恭还有粮草来，如今可如此如此，就算你的功劳。"咬金等得令，又来言商道中等候，不表。

再说尉迟恭又到介休县，来见张士贵，细述复失粮草之事，张士贵大惊道："呵呀，将军失事二次，非同小可，如今粮草实在没有了。"尉迟恭道："实是小将不识路径之罪，如今万望贵县周全，随多随少，付我前去应用也罢。"张士贵只得又凑齐五千粮草，交与尉迟恭。尉迟恭道："贵县如今可把车辆内用铁环搭扭，搭做一连，使他抢劫不动。再差人到白璧关通知宋金刚，领兵接应。"申发了文书，然后起解而行。

再说徐茂公时刻算计，那日令秦叔宝带领一千人马，往白璧关西首埋伏，如此如此。叔宝得令，领兵去了。再说宋金刚得了尉迟恭文书，心中着急，连夜点齐一万人马，悄悄出关，往介休接应。正行之间，一声炮响，叔宝当先拦住，大喝："宋金刚，往哪里走？"宋金刚见是叔宝，吃了一惊，战未三合，被叔宝拦开刀，耍的一枪，刺落马下。枭了首级，杀散众军，竟奔白璧关来。那关中不曾提防，被叔宝杀入关中，接了秦王兵马进城。叔宝又往偏台关、雁门关来，一夜复了三关，按下不表。

且说尉迟恭解粮到了言商道上，程咬金拦住大叫道："好军师，料得到，果然又来了。你今快快送过来，不然，大家得不成，就放火烧了吧。"尉迟恭大怒，拍马使矛刺过来，咬金遮拦招架，又跳来纵去。后面马三保一千人马过来，抛上干柴烈火，竟把车辆烧着。程咬金道："如何，你不会做人情，如今大家得不成了，我也要告别了。"尉迟恭回头一看，好似火焰山一般，心中大怒，拍马追来，咬金又两三转弯，竟不见了。尉迟恭气得目瞪口呆，只得回介休县去。这里程咬金一千人马回来，见了秦王复命，秦王就令起兵到介休县下寨。不知又做了何事，且听下回分解。

第四十七回

乔公山奉命招降　尉迟恭无心背主

当下秦王安营事毕,便问茂公道:"孤再遣一人去劝尉迟恭,未知何人可使?"茂公道:"臣闻此处有一隐士,名唤乔公山,与尉迟恭十分情厚。若得此人前去便好,主公可差人以礼聘来,必有商处。"秦王遂令秦叔宝备礼往聘。不一日,叔宝聘取乔公山来。秦王宣公山进帐,公山见秦王生得龙眉凤目,实乃帝王之相,心中暗喜,口称:"山野农民乔公山参见。"秦王亲手扶起。吩咐看坐,问道:"孤家闻长者与尉迟恭交情甚厚,不知真否?"公山道:"臣昔日在麻衣县务农,尉迟恭打铁营生,十分穷苦。臣见他生得豹头环眼,燕颔虎须,必是国家栋梁。因他时运未来,臣不时周济。近闻他在刘武周处为将,可惜误投其主。"秦王道:"孤家闻刘武周拜宋金刚为元帅,封尉迟恭为先锋,日抢三关,夜劫八寨。今孤家复夺三关,宋金刚已死。那尉迟恭现围在介休城内,今欲烦长者往彼说降此人,不知可否?"乔公山道:"臣蒙主公委命,敢不愿效微劳?"秦王大喜,遂封乔公山为参军之职。

乔公山辞别,当即到介休城下,叫城上军士,相烦通报尉迟将军,说有故人乔公山相访。城上军士将此言报知尉迟恭,尉迟恭命军士开城,请入帅府相见。行礼叙坐,拜谢往日大恩。乔公山谦逊一回,尉迟恭道:"我亏了定阳王封我为先锋,日抢三关,夜劫八寨,杀得唐家亡魂丧胆。目今在此运粮,谁想在言商道上,被程咬金劫去了粮草三次。又闻得秦叔宝杀了俺元帅,恢复了三关。俺今独守介休,进退两难,不知老员外到此,有何贵干?"乔公山道:"老夫此来,专为将军而来。"尉迟恭道:"有何见教?"乔公山道:"老夫闻良禽择木而栖,贤臣择主而仕。将军有这一身本事,可惜误投其主。老夫承秦王相召,封我为参军之职。今我奉令旨,来劝将军归降,将军可念老夫昔日交情,降了唐家吧。"尉迟恭大叫道:"老乔,你此言差矣!我尝闻烈女不更二夫,忠臣不事二主。你这些不忠言语,不须提起。若不看昔日交情,就要一刀两段。"吩咐摆酒,道:"老乔,你快吃了酒去吧,休再多言。"

乔公山无可奈何,只得坐下吃酒。正饮之时,忽闻得城外炮响连天,喊声不绝。军士忙报进来说:"唐兵攻城,四围架起云梯,团团围住,攻打甚急,请令定夺。"尉迟恭拱拱手别了乔公山,提矛上城,往外一看,见城下程咬金、秦叔宝一班战将,在城下指手画脚道:"尉迟恭,你此时不降,更待何时?"尉迟恭大怒,把箭射下,正中程咬金坐骑。那马前脚一低,后脚一起,把程咬金一个癞头,跌在地上,忙爬起来上了马,也取了弓箭追到城下道:"黑面贼,降不降由你,为何射我一箭?难道我不会射你么?"也把一箭射上城去。尉迟恭大怒,吩咐军士,一起放箭射下去,秦叔宝也令军士一起放箭射上去。那里徐茂公、秦王出营观看,只见一边射上去,一边射下来。秦王因见自家的兵将多,恐伤了尉迟恭,忙令军士不许放箭,只把介休团团围住。

尉迟恭在城上,督守了半日,见唐兵不十分攻打,心下宽了三分。过了下午,下城回县,见乔公山还在堂上,尉迟恭道:"你怎么不去?"乔公山道:"老夫没有将军号令,不敢擅自回去。"尉迟恭道:"你今快些回去,上复你家主公,说我尉迟恭宁死不降。若要归降,除非我主公死了,我便归顺。"这话尉迟恭是说差的。他心里要说断绝的话:除非我与主公都死了,然后降你。意思是来生才肯归降你,不料说差了。那乔公山道:"将军既然如此说,日后不可失信。"尉迟恭也不开口。乔公山又道:"不可失信!"尉迟恭只说:"死了便罢。"乔公山作别出城,回营缴令道:"他说主人死了方肯归唐。"秦王道:"刘武周年尚未老,怎么能死?他明明把这句话难我。"茂公道:"主公放心。臣有一计,可在众军中觅一个像刘武周面貌的,封他子孙万户侯,赠千金,将他杀了,把他首级送去,只说是刘武周是我们杀了送来,他一见了,自然认是真的,决来归降。"

秦王就令将数十万兵一一选过,有一个生得面貌与刘武周无二。秦王见了大喜,问道:"你姓甚名谁?年纪多少,可有妻子?孤家今日要借你一件宝贝,即封你子为万户侯。"那人听了不胜欢喜道:"小的名唤孟童,妻子死了,养了三个儿子,大的今年十岁,两个小的还小。小人的妻子死后,将三个儿子寄在外婆家里。小人今年四十二岁,若要小人有的东西,无有不肯借与千岁的。"秦王道:"孤家见你相貌与刘武周一样,故此要借你的首级,前去招那尉迟恭来降。孤家即封你子为万户侯,赐以千金。"那人道："呵呀,这事真正使不得!"咬金道："只此一遭,下次不可。"那人大哭道："小人死了,千岁爷方才的话,切不可失信。小的住在太原东门外,青布桥西首,有一个王阿奶,就是小人的丈母,三个儿子都在那里。"程咬金道："知道了,莫要累赘!"就把那人的头砍下,茂公取木桶盛了,付与乔公山,令他再往介休去。

乔公山奉令,到了城下,大叫："城上的,快报进去!那刘武周已死,特送首级在此。"军士忙报与尉迟恭知道,尉迟恭令开城门放入。乔公山来至堂上,尉迟恭道："老乔,俺主公首级在那里?"乔公山道："这木桶内就是。"尉迟恭把本桶盖一开,只见鲜血淋漓,一个刘武周的首级在内,即放声大哭,双手把首级提起来一看,便大哭道："我想俺主公部下还有强兵十万,战将千员,焉能就取得他的首级?"便叫一声："老乔,我问你,这首级果是谁的?你好生欺俺!"将首级照着乔公山劈面打来,乔公山慌忙闪过,便道："将军,一言既出,驷马难追。将军有言在先,说主公死了,即便归唐,而今你主公首级在此,如何你悔却前言,岂是大丈夫的气概?我说你悔却前言,便为不信,抛掷主公首级,又为不忠。不忠不信,何以为人?我家主公非无良策擒你,今苦苦劝你,无非要你投降,故不加毒害,你只管越抚越醉,觉得太过了!"

尉迟恭闻言大怒道："你这老头子学这些鬼话,只好骗三岁孩童,俺尉迟恭岂是为你所骗得信的!你去对你主公说,有本事的前来厮杀,不要用这些诡计!"乔公山道："将军怎见得不是你主公的首级?"尉迟恭道："老乔,俺主公鼻生三窍,脑后鸡冠,你岂不知鸡冠刘武周?俺的主公若果真死,俺不会失信于你。"乔公山道："将军既不失信,管教取鸡冠刘武周首级来。"遂出城,将此言回复秦王。徐茂公道："要真的也不难。武周手下有一人,姓刘名文静,官拜兵部尚书。他心向主公久矣。待臣修书一封与他,管叫将刘武周首级来献。"秦王大喜,茂公遂修书差乔公山领五百人,用尉迟恭旗号,如此如此,公山领命前去。未知后事如何,且听下回分解。

第四十八回

程咬金抱病战王龙　刘文静甘心弑旧主

当下徐茂公见乔公山领兵去了，又令秦叔宝带领一千人马，埋伏在白璧关之南，地名"多树村"。吩咐说："或见刘武周兵马来时，不可拦阻，让他过去。他若复回，方可阻截，不许放他回兵，须要他首级回来缴令。"叔宝得令，领兵去了。茂公又令程咬金也带兵马一千，慢慢而行。可迎着刘武周之兵，只许胜，不许败，违令者斩。咬金道："禀军师，小将昨夜受了风寒，肚里作痛，难以交战。须要带个帮手同去，才可放胆。"茂公道："你自前去，少不得自有兵来接应，不必帮手就得的。"咬金道："小将实是有病，若能取胜，就不必言；倘然败了，请军师念昔日之情，莫要认真。"茂公道："自有公论，不必多言，快些前去。"咬金皱着双眉，捧着肚子，走出营来，叫家将扶他上马，勉强提了斧头，领兵前去，从军师吩咐，慢慢而行，按下不表。

再说乔公山奉了将令，领五百人马，打着尉迟恭旗号，行近马邑地方，忽见定阳王刘武周带了人马，在前面扎下大营。你道刘武周为甚扎这大营？因他闻秦王复了三关，元帅已死，又闻介休被困，恐尉迟恭有失，故此起兵前来接应。为因出兵日子不利，扎营在此。乔公山来至营前，叫军士报进去，说有先锋尉迟恭差人到此求救。定阳王闻报，就令宣进来。乔公山走进营来，双膝下跪，口称："山野农民，朝见千岁。"武周就问："卿何方人氏？有何话说？"乔公山道："臣乔公山乃朔州麻衣县人，务农为生，与尉迟将军同乡。自幼相交，因往介休访尉迟将军，正遇唐兵围城，十分危急。今特奉尉迟将军之令，前来求救，望我王早起救兵。"刘武周道："贤卿请起，孤家恨唐童复了三关，杀了元帅，正要统兵前去救应，只为起兵性急，遇了黑道红沙①，故此扎营在此。"乔公山道："今日乃是黄道吉日，何不发兵？"武周大喜，吩咐大小三军，即日起兵。乔公山奏道："臣乃农民，

---

① 红沙——阴阳家的迷信说法，认为是恶星当值，不吉利。

不谙①武事，但闻厮杀之声，就惊得半死。望大王放臣回去，自耕自种，以终天年，臣之愿也。"武周道："卿不愿为官，孤家也不好相强，赐你回乡去。"公山谢恩，竟往马邑而去。

刘武周兴兵起行，来至白璧关，过了许多树林，就是秦叔宝埋伏之处。他见武周兵马过去，方才出来，绝他归路。那刘武周又引兵前进，不多时，忽见程咬金兵马扎住，不能前进。武周遂下令扎寨，便问："哪一位将军出去战一阵？"有大将王龙上前道："臣愿往。"就提一柄月牙铲，上马直抵唐营讨战，此时程咬金有病在营，闻军士来报，营外有人讨战。心内好不惊慌，遂吩咐小军道："我老爷肚痛得紧，挂了免战牌吧！"小军就把免战牌挂出。王龙一见大怒，一马来至营前，把免战牌打得粉碎，高声大叫道："我闻得唐家大将甚多，今日正要会战，为何把免战牌挂出？今日我若不冲你的营，也不为上将！"把手中月牙铲摆一摆，一马冲来。这边军士把箭乱射，他进来不得，只在营前讨战。

军士将这事报知程咬金，咬金道："呵呀，我肚中疼痛，如何是好？待我解一解手去战他吧。"忽旁边走出一个家将，叫道："老爷，真正是'急惊风遇了个慢郎中'。战与不战，速速定夺。若再停一会，被他杀进营来，这叫做'滚汤泡老鼠，一窝都要死'。"咬金听说，心中无奈，手也不解，心中想道："'丑媳妇少不得要见公姑②'况我程咬金也是一个好汉，不管死活，出去战他一战吧。"遂走至营门，家将扶他上马，咬金把斧一提，比平日重了许多。没奈何，把斧双手拿了，来至营前，抬头一看，见不是刘武周，心中放下几分。两将各通姓名，王龙道："程咬金，俺一向闻你也有小小的声名，今日遇俺，只怕你难逃狗命了。"说罢，就是一月牙铲铲过来。咬金双手把宣花斧往上一架，叫声："住着，俺程爷爷一时害了肚泻病，你略等一等，我前去解一个手，再来与你交战。"王龙大怒道："你这狗头，戏弄我王爷么！"又是月牙铲铲过来。程咬金见他连铲二铲，心头火起，提起宣花斧，照着王龙一连三四斧，把王龙杀得盔歪甲散，倒拖兵器，回马便跑。

咬金见他去了，意欲下马出恭，在战场上不好意思。看西边一带大树，不免到那里解一解手吧。一马来至树林边，下了马，拿了斧头，走出一

---

① 谙（ān）——熟悉。

② 公姑——公婆。

株松树背后。正撒得畅快，王龙回马一看，见咬金往西边树林内去了，他却回马轻轻走来。看见咬金的马拴在树上，转过树林一看，又见咬金在那里解手，心中大喜。想这狗头该死了，便轻轻走至树边。咬金见有人走来，只道是乡民在那里砍柴，遂叫一声："砍柴的，有草纸送一张来与我。"王龙应道："有，送你一铲。"突的一铲过来。咬金吃惊一看，见是王龙，叫声："不好！"立起身来，一只手提着裤子，一只手提着斧头，只拣树多的所在就走，却去躲在一株大树背后。王龙欺他无马，放心追来。不防咬金提斧等候，王龙才到树边，被咬金狠命一斧，砍着马头。王龙跌下马来。咬金又是一斧，结果了性命，把王龙首级砍下来，上马回营，将首级号令示众，自此咬金的肚泻痛也好了。

再说刘武周探子飞报进营说："王将军被程咬金杀了！把首级号令营前了！"武周大怒，亲自出马，直抵营前讨战。这边军士连忙报进，咬金道："说不得了！伸头一刀，缩头也是一刀，怕不得许多。"就提了斧头出营。来至阵前，只见刘武周金盔金甲，身坐嘶风马，手执大砍刀，赤面黄须，好似天神下降。咬金叫道："定阳王请了。"武周骂道："哇，卖柴扒的匹夫，谁与你打拱？"咬金笑道："你这人不识抬举，我好意与你打拱，你缘何开口便骂？难道我不会骂人么？你这变不完的畜生！"武周举刀劈面就砍，咬金把斧急架，大战十余合。咬金哪里是武周的对手？因奉军师将令在身，只许胜，不许败。故勉强支持几个回合。况又水泻病方好，如何支持得来，那武周把大砍刀夹头夹脑砍下来，咬金无法抵挡，只得回马往白璧关南首败下来。

后面武周阵内，又转出四个大将：一个姓薛名花，一个姓柏名祥，一个姓符名大用，一个复姓太叔名原，随武周在后赶来。程咬金心惊胆战，向前乱跑。忽见前面树林中闪出一员大将，大叫："秦叔宝在此！"咬金大喜，勒住马看叔宝交战。那武周一见叔宝，大骂道："黄脸贼，你杀孤元帅宋金刚，今日相逢，决难饶命！"即把大砍刀砍来，叔宝举枪交战，武周后面四个大将，一起杀上前来。咬金看见，也杀入阵。叔宝一枪刺中太叔原，咬金也一斧砍死柏祥，武周见损了二将，无心恋战，回马便走。叔宝、咬金随后追赶，直至武周营前，那营内闪出十数员将官，救驾进营去了。这边叔宝、咬金合兵一处，按下不表。

再说乔公山来到马邑，寻至兵部尚书衙门，就烦门上通报一声，说：

"有紧急军情的,要见你家老爷。"门上人遂进内通报,这老爷就是刘文静,乃京兆①人,与李靖同窗,胸藏韬略,文武全才。数日前接得李靖锦囊一封,说他误投其主,今应归唐,世子秦王,乃真主也,故而有意归唐,但未有便。那日闻报有紧急军情的来人求见,即吩咐叫他进来。门上人传话出来,乔公山来至里边,双膝跪下,将书呈上。文静拆书一看,原来是徐茂公的书,只见上面写道:

　　大唐皇帝驾前军师徐勣,致书定阳王驾前兵部尚书刘老先生台下:勣闻识时务者为俊杰。目今兵困介休,尉迟恭不日归唐,你主刘武周已入我牢笼之计,犹如网中之鱼耳。先生岂未识天时而恋恋在彼耶!今念先生与李药师系同窗好友,故特差参军一员,致达先生。请先生通权达变②,速取刘武周首级,以作归唐计,不失公侯之位。书不尽言。徐勣顿首。

　　文静看了书,忙离座请乔公山起来见礼,问了姓名,留在内署,款待酒饭。次日领了三千人马,只说解粮为由,同公山带了夫人马氏,妻舅马伯良,往介休而来。到了武周营前,军士忙报入营,武周命宣进来。文静进营参拜道:"臣闻唐童害了元帅宋金刚,又兵困介休,特解粮草,带领兵马三千,亲来保驾,共破唐兵。"武周大喜,吩咐排宴共饮,至晚方散。是夜刘文静手提宝剑,来到帐中,守兵见是自家人,不甚提防,被文静闪入帐中,举剑刺死,斩了首级,带出营去,招呼军士道:"有愿投唐者同去;如不愿投唐者,大家散去。"斯时兵将一半散去,一半随刘文静来唐营投顺。叔宝、咬金接着,见了武周首级,不胜之喜。合兵一处,同往介休,来见秦王。一起俯伏在地,各献功劳。刘文静献上刘武周首级,秦王大喜道:"列位王兄请起,吩咐记上功劳簿,命排宴贺功。"

　　次日就差刘文静,往长安朝见高祖,又差乔公山进介休城,将刘武周首级送去,招降尉迟恭,使他心死。乔公山领令走到城下,叫守城军士通报说:"乔公山来见将军。"军士连忙报进,尉迟恭令开城门放入。军士奉令,即放公山进城,背着木桶,走至堂上,说道:"将军,老夫不敢失信,今

---

①　京兆——府名,即今西安市。

②　通权达变——为了应付当前的情势,不按常规做事,采取付合实际需要的灵活办法。

取得真正鸡冠刘武周的首级在此。"就把桶放在桌上。尉迟恭把桶盖一掀，将首级仔细一看，果是刘武周的真头，不觉大哭道："呵呀，主公呵，倒是臣害了你了！老乔，你这狗头，如何杀我主公？"遂拔出腰刀，不由分说，把公山砍做两段，吩咐大小三军，一起戴孝，自己换了白盔白甲，点兵出城，要与主公报仇。

尉迟恭来到唐营，怒叫："唐童出来会俺。"秦王闻报，领了三十六员上将，分为左右，来至阵前。秦王叫道："尉迟王兄，今日可该归顺孤家了吧！"尉迟恭见了一班英雄俱在面前，遂心生一计道："唐童，我主已死，本该归顺，但要依俺三件事。"秦王道："王兄愿降，莫说三件，就是三十件也依你。"尉迟恭道："第一件，要你同程咬金在我鞭下钻过去；第二件，要把俺主公的首级合尸一处，归葬入土；第三件，要你披麻戴孝，还要程咬金那厮拿哭丧棒。这三件，可依得么？"众将听了，多有不平之色。秦王道："都依！都依！"

尉迟恭道："今日就要钻鞭。"将乌骓①马一纵在正中，把手中竹节钻鞭举起，叫声："唐童，快来钻鞭，才见你的真心用俺。"秦王便叫："程王兄，同孤家去走一遭。"程咬金听见秦王之命，心中畏惧，没奈何，只得应承，又想："这黑脸贼若是打了我，主公定然不依；若不打下来，就显得我是不怕死的好汉了。"即叫："尉迟恭，俺来了！"竟往鞭下钻过来。尉迟恭正要举鞭打下，忽又想道："且住，若打了这狗头，唐童一定不来了，且饶他过去吧。"咬金在鞭底下弯着腰逼近尉迟恭身边，忽将身一跃，托住尉迟恭双鞭，大喊："主公快走。"秦王一马上前，就如飞似的冲了过去。程咬金也舍了尉迟恭，随在秦王马后溜去。尉迟恭见打秦王不着，叹口气回马入城去了。

秦王令人入城，取出武周首级，又令军士取出武周尸骸，凑成一处，结起孝堂。秦王穿了孝服，咬金手拿哭丧棒，把武周首级尸骸，用硃红棺木盛殓。灵前供献全猪全羊，秦王先举行哀礼，咬金在地下叩头，众官一起拜吊。尉迟恭在城上，望见秦王如此诚心，又想，今日主公死了，莫若乘此机会，投降也罢，遂令三军开了城门，插了降旗，一马出城，至唐营下马，俯伏在地，口称："尉迟恭愿降。"秦王出营，亲手扶起，挽手同行，来至营内，与众官见礼，吩咐摆宴接风。欲知后事如何，且听下回分解。

———————————

①　骓（zhuī）——毛色苍白相杂的马。

第 四 十 九 回

刘文静惊心噩梦　程咬金戏战罗成

当下秦王见尉迟恭投降，就移兵进城，清查府库钱粮；把刘武周葬于介休城北，那张士贵也归顺唐家，遂起兵回长安不表。

再说刘文静奉秦王命，往长安朝见高祖，在路行了五日。是晚在客店安歇，睡到三更时分，忽听门外一阵阴风过处，闪出一个头戴金盔、身穿黄袍、满身流血的人，大叫："刘文静奸贼，还孤家性命来！你这奸贼，孤家不曾亏负你，你何故残害孤家？我今在阴司告准，前来索命。"刘文静此时吓得半死，自知无理，只得跪下，口称："大王饶命，臣自知罪了，乞大王放臣，见了唐王，若得一官半职，就将檀香雕成大王龙体，每日五更三点，先来朝见大王，然后去朝唐王。若有虚情，死于刀剑之下。"那阴魂欲要上前来擒文静，幸亏文静阳气尚盛，阴魂不能近身，手指骂道："你这奸贼，少不得恶贯满盈，我在阴司等你。"又起一阵阴风，忽然不见。文静惊醒，却是南柯一梦①，吓得一身冷汗。夜间不便对夫人说明，次日早饭后起行，往长安而来。不一日，到了长安，朝见高祖，进上得胜表章。高祖大喜，就封为兵部尚书。文静即日进府，用檀香刻成刘武周形像，每日五更三点，朝拜不表。

再说秦王一路回兵，对徐茂公道："孤想金墉大将，尚有罗成、单雄信，不知此二人可得归降否？"徐茂公道："主公，那罗成要他归降容易；那单雄信要他投降实难。"秦王忙问何故。茂公道："单雄信与主公有仇。昔日圣上在楂树岗，射死他的兄长单雄忠，他誓死不投唐。那洛阳王世充招单雄信为驸马，封罗成为一字并肩王，此二人俱在洛阳。主公既想念二人，何不发兵竟取洛阳？单雄信虽不能得，罗成决然可以招来。倘或打破洛阳，得其土地，亦是美事。"秦王大喜，吩咐三军取路往洛阳进发。

不一日，兵到洛阳，扎下营寨。秦王问众将道："哪一位王兄出马，以

---

① 南柯一梦——梦境。《南柯太守传》，写淳于芬做梦当太守。

建头功?"闪出尉迟恭道:"臣归主公,未有尺寸之功,待臣出马取这洛阳,献与主公。"秦王大喜。尉迟恭提枪上马,领了三千铁骑,直抵洛阳城下,高叫:"城上军士,报与王世充知道,快挑有本事的将官出来会俺。"军士忙报入朝,王世充即集众将商议退敌。单雄信道:"待臣出马,以观其势。"世充大喜道:"驸马愿出,定能成功。"雄信提槊上马,出了城门,直抵阵前。看见对阵将官,一张黑脸,两道浓眉,好似烟熏的太岁,浑如铁铸的金刚,十分难看,雄信便叫:"丑鬼通名。"尉迟恭一看,见他青面獠牙,红发赤须,就像玉帝殿内的温元帅,又似阎王面前的小鬼,就说道:"我是丑的,你的尊容也整齐得有限。"单雄信反觉羞颜,举枣阳槊劈面就打,尉迟恭将矛一架,叫道:"住着,俺尉迟恭的长矛,不挑无名之将,你快通个名来。"单雄信被他架得一架,知他厉害,也不通名,回马就走入城。

　　尉迟恭一团高兴,没处发泄,只在城外叫骂半日,方才回营。次日又来讨战,这单雄信当日来请罗成说:"有唐将讨战,甚是凶勇,望乞贤弟退得唐兵,不枉愚兄昔日拜盟交情。"罗成道:"单二哥,说哪里话? 自古道:'食君之禄,必当分君之忧。'今兵临城下,自然出去退敌。"雄信大喜。罗成提枪上马,出了城门,来至阵前。只见尉迟恭威风凛凛,罗成问道:"这黑鬼,可是尉迟恭么?"尉迟恭道:"然也。你也通个名来。"罗成道:"俺是燕山罗元帅的公子罗成便是。"尉迟恭:"原来你就是罗成。你来得正好,俺专待拿你去请功。"就把长矛刺来,罗成把枪隔过,回手也是一枪。尉迟恭未曾招架,耍的又是一枪,连忙隔住。罗成一连三四枪,尉迟恭手忙脚乱,哪里来得及隔,叫声:"不好。"回马就走。单雄信在城上看见,提兵杀出,那三千铁骑,杀得唐兵人乏马倦,打着得胜鼓回城去了。

　　尉迟恭杀得喘吁吁的败回营中,见了秦王,叫声:"厉害!"程咬金道:"想是你得胜回来了!"尉迟恭道:"程将军休得取笑,这罗成我是战他不过的,请程将军明日出去,自然得胜。"咬金道:"不敢相欺,若是我去,不但得胜,还要降服他来投顺。"尉迟恭心想:"他口出大言,待我明日去掠阵,看他光景,说他几句,以消今日讥诮之恨。"次日单雄信又请罗成出阵,那程咬金没处推托,只得出阵。尉迟恭奏道:"主公,末将今日愿去军前掠阵。"咬金道:"甚妙,你不跟来看看,也不见我的手段!"秦王道:"王兄肯去掠阵,亦可助威。"二人随即出营。尉迟恭在后看咬金交手,谁料程咬金心中早有成算,必须如此如此,方可安妥。他打马来到阵前,先丢一个眼色，又对罗成把张嘴来噜①这么两噜，然后叫道："你为何昨日欺侮我的尉迟恭？"又把眼睛向罗成霎霎，那尉迟恭在背后哪里晓得他做鬼？罗成看见咬金做出许多嘴脸，不知何意。咬金一马上前，轻轻说道："罗兄弟，你今日长些威风，这一遭儿，我感激你不尽了。"罗成笑了一笑，两边会意。咬金举爷就砍，罗成假意回手。战了二十余合，罗成虚闪一枪，回马就走。咬金大叫小呼，随后追赶，追至城外，见他进城去，方才转来。

尉迟恭哪里晓得他们是相好的兄弟？见了他今日交锋，这般威风，心内不解，就问道："程兄，前日在言商道上，你的本领也只平常。为何今日大不相同了？"咬金道："难道是假的么？你若不信，就与你试试。"尉迟恭道："这有什么要紧，何必如此？"咬金道："料你也不敢。"二人回营，见秦王说明战胜之事，秦王大喜。茂公心中明白，微笑道："今日果然有功。明日可再去，须要罗成归顺，如不能说得他来，军法从事。"咬金闻言，暗想："这是难题目来了！我是与黑炭团说耍儿的话，谁知今番军师弄假成真起来。"没奈何，只得领令，此言不表。

再说罗成进城回府，单雄信在城上坐看，见他两个眉来眼去，说了多少鬼话，又见罗成败了回去，心中疑惑，遂下城来见罗成道："兄弟，愚兄有一句不怕人怪的话，要与你讲。"罗成道："二哥有话，但说何妨。"雄信道："方才我在城上，见你同咬金交头接耳。他的本事，我岂不知，如何胜得你来？俺单某待你不薄，莫非你欲投唐，来灭我洛阳么？"罗成道："二哥，只知其一，不知其二。昨日与尉迟恭交锋，只消三枪，杀得他大败。今日程咬金来，小弟正要拿他，不知他见了兄弟，鬼头鬼脑。小弟猜他不出，只道他有意归降洛阳，故此假败一阵。此言句句是真，怎敢欺瞒二哥？"

雄信道："原来如此。我还放心不下，你若果有真心，明日再去出战，须要生擒程咬金进来，才显得你是真心为了洛阳。"罗成道："是。"雄信别了回去，罗成心中想道："好没来由，被他絮絮叨叨这一番啰嗦。俺生平性直，耳内何曾听得这些话？"遂闷闷坐在椅上，长吁短叹。被一个丫环看见，忙进去报与老夫人得知。老夫人道："既如此，你去请大老爷进来。"丫环领命，叫声："大老爷，老太太有请。"未知说出什么话来，且听下回分解。

———————————

①　噜——同撸。

第 五 十 回

对虎峪咬金说罗成　御果园秦王遇雄信

　　当下罗成闻母亲呼唤,遂走到里边,深深作揖,就问:"母亲唤孩儿进来,有何吩咐?"老夫人道:"我闻你心上不快,特唤你来问,是为什么事?"罗成道:"母亲,孩儿因秦王起兵,攻打洛阳,那秦王帐下,却有表兄秦叔宝,并程咬金一班朋友,都在那里为将。今日出战,恰遇程咬金。孩儿想起昔日在山东贾柳店拜盟情况,一时之间,不好动手。那程咬金又对孩儿做了些手势,孩儿一时不明白,只得假败回来。谁想单雄信疑心于我,将孩儿噜噜苏苏了一番,为此孩儿闷闷不悦。"老夫人闻言说道:"我儿呀,做娘的为了你表兄,连你父亲也要拗他的。再没有今番为了单雄信,倒要与表兄为难的道理。况且那边朋友多,这里只有一个单雄信。依我主意,不如归唐吧!"罗成道:"孩儿闻秦王好贤爱士,有人君之度,投唐果是。只是单雄信面上,过意不去。"老夫人道:"这有何难,只是将计就计,瞒他便了。日后遇见他避了开去,不与他交战,就是你周旋朋友之情了。"罗成道:"母亲所言有理。"

　　到了次日,程咬金又来到城下讨战,尉迟恭照前掠阵。单雄信闻知,即来对罗成说:"罗兄弟,今日该把程咬金拿进城来,方算你与单通是个知心朋友。不可又被他杀败了。若再杀败回来,那时你罗家的名色①都无了。说你一个程咬金也战不过,岂不被人取笑么?"罗成听了,又气又恼,只得提枪上马,开了城门,来至阵前。只见咬金又做出鬼脸,丢了眼色。那罗成又好气,又好笑。只听咬金说道:"罗兄弟,昨日承你盛情让我,今日我有一句好话,对你讲。但此处不是讲话的所在,你略略让我三分,我与你战到没人处,细细对你说明。"罗成点头,二人就假意杀起来。战了七八合,咬金虚闪一斧,回马向北落荒而走。罗成随后赶去。尉迟恭道:"程咬金这狗头,今番输了。想他追去,决然无命。俺奉命掠阵,岂可

————————

　　① 名色——名声,名誉。

袖手旁观？主公知道，岂不有罪？不免前去帮他一帮。"就纵马往后追来。

　　再说罗成同程咬金到了一个所在，离洛阳二十里，地名"对虎峪"，并无人家。咬金道："罗兄弟，我看这里无人来往，正好说话。"罗成道："有什么话，快快说来。"咬金道："罗兄弟，你家舅母一向对我说：'我家并无至亲，只有罗成外甥，我欢喜他，但愿他时刻与我叔宝孩儿聚在一处。自从那年来拜我寿，不知为甚把一个青面獠牙的人打了一顿，他就使性走了，使我放心不下。'我想罗兄弟如今与那青面獠牙的人同住，岂不使你舅母之心不安？况且他做事未必妥当，兄弟何苦与他为伴？"罗成道："汝言是也！我昨日为你，受了他一肚子的臭气，实是难忍。"咬金道："既然如此，罗兄弟何不投唐？况且又不负令舅母之心，得与表兄叔宝时刻相亲，同为一殿之臣，有何不可？你今回去，与令堂太夫人商量，是在洛阳好，还是投唐的好。"罗成道："何用商量，自是投唐好。但我母亲妻子，在洛阳城内，待我设法送她们出城，那时就来归唐，同保秦王便了。我去也！"程咬金道："我还有一句话对你说。今日我与你在此说了半日，还有尉迟恭在那里掠阵。就是单雄信想必也在城上观看，他不见了我两个，岂不生了疑心？我今与你杀出去，若遇见尉迟恭，须要把他一个辣手段看看，日后使他不敢在我朋友面前放肆。"罗成道："说得有理。"

　　两个重新杀转来，罗成拖枪败走。咬金在后追来。恰好遇着尉迟恭。尉迟恭哪里晓得底细？心中想道："他前日卖弄手段，今日待我报仇。"就大叫："罗成，你前日的威风哪里去了？今日不要走，吃我一枪。"遂把枪刺来。罗成正为单雄信在城上观看，正没有计较解他疑心，一见尉迟恭，十分欢喜。又听了咬金一番言语，把枪一隔，就回一枪。尉迟恭连忙招架，罗成又连要了三四枪。尉迟恭招应不下，指望咬金来帮助，回头一看，不见咬金，手一松，腿上先着了一枪，叫声："呵唷，不好了！"回马就走。罗成紧紧追来，追到一株大树边，尉迟恭就往大树后要走。被罗成要的一枪，又正中着。不防树后闪出一员大将，用两根金装铜把枪架住，叫声："不要动手。"罗成一看，原来是叔宝表兄。秦叔宝进树后，把手一招，罗成点头会意，回马往洛阳去了。原来这大树离城不远，恐怕单雄信看见，故此罗成去了。那徐茂公事先料定，故预先差秦叔宝在此等候。

　　闲话休讲，那程咬金先来缴令道："今日大战罗成，被臣一番言语，他已依允,明日准来归顺。"秦王大喜,重赏咬金。随后叔宝同尉迟恭亦来缴令,这话不表。

再说罗成进城,雄信下城相见,叫道:"罗兄弟,今日辛苦了! 方才愚兄在城上看战,虽不能生擒程咬金,这尉迟恭被你杀得大败,躲入林内,兄弟正好拿他,为何又放走了?"罗成道:"二哥,那树后因有埋伏,故此回兵。"雄信道:"原来如此,倒是愚兄多疑了。"二人拱手,各回本府。罗成走入内堂,老夫人道:"你今日开兵,遇见何人?"罗成道:"孩儿遇见程咬金。"遂把他言语说了一遍。老夫人道:"儿呵,那程咬金的言语有理,须当从之。"罗成大喜,连夜把家眷送出城外。

次日,罗成来见单雄信道:"单二哥,家母思乡甚切,弟欲送家母前往燕山,然后再来扶助洛阳。故此特来告诉一声,即时就要起身。"雄信道:"呵呀,罗兄弟,你好薄情! 愚兄不曾亏负你,只今兵临城下,正是用人之际,怎么要回燕山? 我晓得了,莫非要投唐么?"罗成道:"小弟果回燕山,并不去投唐。"雄信道:"既不投唐,为何如此之速?"罗成道:"家母之命,不敢有违。"雄信吩咐家将,备酒送行。罗成道:"家母在城外等候,不敢久留。"只吃一杯酒,作别起身。雄信送至城外,罗成头也不回,竟自去了。

雄信上城观望,见罗成到那株大树边,忽闪出秦叔宝、程咬金,同罗成家眷入唐营去了。雄信见了,心中大怒,大骂罗成:"你这小贼种,早知你今日忘恩,悔不当初在三贤馆中,将你一槊打死,以免今日之患了。小贼种呵! 日后若再相逢,我与你势不两立!"说完,愤恨回府不表。

再说秦叔宝、罗成、程咬金到了唐营,把家眷安顿好了,然后来见秦王。秦王出位迎接,罗成跪下叩见秦王,秦王双手扶起。又与徐茂公一班朋友,各各见了礼。吩咐摆宴接风。秦王在上面一桌,众好汉分列两边。饮了些时,尉迟恭暗想:"罗成小小年纪,怎么在马上如此厉害? 想必是在马上操练惯的。他的本事,料也有限,待我假做敬酒为由,抓他一把,擒将出来,与众人笑一笑,有何不可?"就满斟一杯,走上前来,叫道:"罗公子,末将敬奉一杯。"双手将杯送来。

罗成道:"多谢将军。"把手接杯,不曾提防,被尉迟恭伸过大手,抓定了勒甲,叫:"过来吧!"往上一举,把罗成举在半空中。众将齐吃一惊,不知何故。罗成道:"黑子,你放了吧!"尉迟恭道:"不放,如今怕你怎么?"

罗成道："真个不放？"尉迟恭道："真个不放。我看你在阵上八面威风，如今也被俺燥皮一燥皮。何不把前日的手段拿出来使一使？"罗成道："待我自放与你们看吧！"遂把两手齐向尉迟恭耳根上一拍，这拳势名为"钟鼓齐鸣"，原是罗家的杀手。尉迟恭着了一下，头一晕，把手一松，扑通一跤，跌倒在地。罗成将身一纵，跳下地来。众人扶起尉迟恭，大家笑了一回，依旧吃酒，至晚方散。以后尉迟恭再不敢小觑①罗成了。

到了次日，是端阳佳节，秦王令众将各回营闲耍一天，明日开兵。众将领命，各自散去。有去吃酒的，也有去下象棋的。独程咬金、秦叔宝、罗成三人到外边游玩，单剩秦王同徐茂公闲坐在营。秦王道："孤家同军师出营，观看外面风景如何？"茂公道："领旨。"同秦王走出营来，一路观看，不觉行到一座花园。原来这座花园，名为"御果园"，离洛阳不远，乃王世充起造在此游玩的。只因唐兵在此扎营，故而无人看守。秦王同茂公走进园中，只见那园中奇花异卉，不计其数。中间起造一座假山，八面玲珑，十分精巧。茂公同秦王上了假山观看，望见一座城池，秦王问道："军师，这个城池，莫非就是洛阳城么？"茂公道："然也。"

他君臣二人，正在假山上，指手画脚的看，不料单雄信恰在城上巡察，望见御果园假山上，立着二人。一个身穿道袍，一个头戴金冠，身穿大红蟒服，坐下银鬃马，料是秦王，心中大喜，即提槊上马出城，吩咐军士快报大将史仁、薛化前来接应，自己先跑到御果园假山下，大叫："唐童，俺来取你首级！"这一声喊，犹如晴空起个霹雳。秦王、茂公吃了一惊，回头一看，见是单雄信。茂公道："主公快走，难星来了！"忙下假山，雄信赶到，举枣阳槊就打。秦王忙往假山背后就跑。

茂公飞奔向前，一把扯住雄信的战袍，大叫道："单二哥，看小弟薄面，饶了我主公吧！"雄信道："茂公兄，你说哪里话来？他父杀俺亲兄，大仇未报，日夜在念。今日狭路相逢，怎教俺饶了他？决难从命。"茂公死命把雄信的战袍扯住，叫声："单二哥，可念贾柳店结义之情，饶俺主公吧！"雄信听了，叫声："徐贩，俺今日若不念旧情，就把你砍为两段。也罢，今日与你割袍断义了吧。"遂拔出佩剑，将袍袂割断，纵马去追秦王。

徐茂公知不能挽回，只得飞马跑出园门，加鞭纵马，要寻救驾将官。

---

① 觑（qù）——看，瞧。

忽见面前澄清涧边有一将，赤身在涧中洗马，却是尉迟恭。他见众人都去闲耍，独自一个，到此涧边，见涧水澄清，遂除下乌金盔，卸下乌金甲，把衣服脱得精光，只留得一条裤子，把马卸了鞍辔，正在涧中洗得高兴，只见军师飞马前来，大叫："敬德兄，主公有难，快快救驾！"尉迟恭闻言，吃了一惊，慌忙走上岸来，一时间心忙意乱，人不及穿甲，马不及披鞍，只得歪带头盔，单鞭上马，同茂公跑到御果园。尉迟恭大叫道："勿伤我主公！"那雄信追赶秦王，秦王只往假山后团团走转，又向一株大梅树下躲了进去。雄信一槊打去，却被树枝抓住，雄信忙把槊抽拔出来，那秦王已飞逃出园门，雄信随后追来。正在危急，忽见尉迟恭赶来，雄信倒吃一惊，大骂："黑脸贼！今日俺与你拼了命吧。"就把槊打来，尉迟恭举鞭相迎。秦王遇见茂公，先回营去了。这单雄信哪里是尉迟恭的对手？战不上三合，雄信一槊打来，被尉迟恭一把接往，回手一鞭打来，单雄信把槊一放，空手逃走。尉迟恭一手举鞭，一手拿槊，飞马紧紧追来，这唤做"尉迟恭单鞭夺槊"。未知单雄信性命如何，且听下回分解。

第 五 十 一 回

王世充发书请救　窦建德折将丧师

　　当下尉迟恭追赶单雄信,直追至澄清涧边,那秦叔宝、罗成、程咬金同在涧边玩耍,忽然看见,吃了一惊。三人一起上前拦住,咬金叫道:"黑炭团住着,这青面将是我们的好朋友,不得有伤。"又见他手内拿着雄信的金顶枣阳槊,又叫:"黑炭团,这是单二哥的兵器,为什么要你拿了? 快些还他!"尉迟恭听了,就把槊往地下一插,不料那槊陷入地中数尺。咬金道:"单二哥,你拔了槊回去吧!"那单雄信气忿忿过来拔槊,谁想用尽平生之力,这槊动也不动。咬金道:"黑炭团,快快把槊拔起来还单二哥,好叫他回去。"尉迟恭道:"这般无用,亏你做了将官!"遂上前轻轻一拔,就拔起来,向单雄信面前一丢。雄信接了槊,满面羞惭而去。

　　叔宝问道:"为何追赶雄信?"尉迟恭把救驾之事,说了一遍,三人听了,与尉迟恭一起回营,来见秦王不表。

　　再说雄信失意回来,遇着史仁、薛化,二将接住,一起入城回府,闷闷不悦。那王世充闻知消息,摆驾来到驸马府中探望,叫一声:"驸马,你为了孤家如此劳心劳力!"雄信道:"主公说哪里话来? 臣受主公大恩,虽粉身碎骨,难以补报。"

　　话未毕,忽报铁冠道人来到,大家见过了礼。王世充道:"今唐兵临城,十分凶勇,不知军师有何妙计退得唐兵?"铁冠道人道:"臣夜观天象,见罡星正明,一时恐未能胜。主公可多请外兵共助洛阳,何愁唐兵不破。"世充道:"据军师所见,以请哪些外兵为是?"铁冠道人道:"可请曹州宋义王孟海公,相州白御王高谈圣,明州夏明王窦建德,楚州南阳王朱灿,若得此四路兵来,何虑大事不成?"王世充大喜。雄信设席款待,至晚方散。按下不表。

　　再说秦王回营,大小将官皆来问安,不多时,秦叔宝、罗成、程咬金、尉迟恭等都到。秦王道:"孤家今日若没有尉迟恭王兄前来,几乎性命难保。"吩咐先上了功劳簿,到回朝之日,再奏与父王知道。即下令摆酒,众将同饮。秦王在席上，只管称赞尉迟恭。这尉迟恭大悦，把酒吃得大醉，坐在交椅上，把身子不定的乱摇。秦王见他醉了，命咬金扶他回营。咬金上前扶起。不料尉迟恭把手搭在咬金的颈上，用脚一扫。咬金扑通一声，跌倒在地。咬金起来将要认真，被秦叔宝上前扯住。尉迟恭道："今晚我不回营，同主公睡了吧。"秦王道："使得。"打发家人回营，自己同尉迟恭就寝。有服侍秦王的人，先来与尉迟恭脱了衣服，扶他上床，因他酒醉就睡去了。然后秦王也上床来，恐惊醒了尉迟恭，就轻轻睡在他脚后边。谁想尉迟恭是个蠢夫，翻身转来，把一只毛腿搁在秦王身上。秦王因他酒醉，动也不敢动，只得睡下。不料徐茂公因夜静出帐，仰观天象，只见紫微星正明，忽然有黑煞星相欺。徐茂公大惊，忙叫众将速速起来救驾。那些将官都在睡梦中惊醒，各执兵器，打从帐后杀来，大叫救驾。秦王闻叫大惊，忙叫醒尉迟恭说："王兄，不好了，有兵杀来，快些起来。"尉迟恭闻言，酒都惊醒了，连忙起来，拿了竹节鞭，打出帐来。只见火把照耀，光明如白日。仔细一看，都是自己人马，一时摸不着头路。秦王提了宝剑，也出帐来，问："贼兵在于何处？"众将道："没有贼兵，是军师说主公有难，故此臣等前来救驾。"秦王道："孤家没有难，可散去吧。"众将回营。次日，秦王问徐茂公夜来之事。茂公道："臣昨夜观天象，见紫微星正明，忽有黑煞星相欺，此系主公有难，故此速传众将前来救驾。"秦王把尉迟恭将毛腿搁在身上的缘故，说了一遍。两边方明，按下不表。再说当下王世充发下四封请书并礼物，差官四员，往请曹州、明州、相州、楚州四家王子起兵，共助洛阳。

先说明州夏明王窦建德，是日驾坐早朝，见有洛阳王王世充差官下书。窦建德拆开一看，上写：

　　洛阳王王世充，拜书于夏明王窦王兄驾下：自从紫金山一别几载，群雄四起，各霸一方。前唐王遣李元霸击我众将，又辱我各邦，今又兴兵犯我小国，弟因将寡兵微，不能对敌。特此差官，谨具黄金万两，彩缎万匹，伏乞鉴纳，敢乞王兄速速起兵，救弟之厄，实为幸事。

小弟王世充顿首

窦建德看罢来书，即大怒道："唐童这小畜生，前在紫金山，他兄弟李元霸恃强凌弱，孤家是他母舅，也要跪献降书。如今幸遇王世充之便，正好起兵问罪。"即打发差官去回复，就于次日领兵五万，带领大将苏定方、梁廷方、杜明方、蔡建方四员,往洛阳进发。留大元帅刘黑闼守国,此话不表。

再说曹州宋义王孟海公得王世充来书,带领三个妻子马赛飞与黑白二夫人,起兵五万,来助洛阳。还有相州白御王高谈圣,带了飞钹①禅师盖世雄,楚州南阳王朱灿,带了史万宝,各起兵五万,来助洛阳。按下不表。

再说窦建德领兵到洛阳,王世充闻知,同单雄信等一起出城迎接。世充道:"窦王兄不远千里而来,扶我小国,此恩此德,真乃天高地厚。"建德道:"王兄说哪里话来?济困扶危,乃世之常事。"二人并马入城,带来兵马扎在城外。单雄信也点兵马五万,出城扎营,世充摆宴接风。宴罢,建德出城,在营内安歇。

那边军士探知消息,忙报秦王说:"明州窦建德,领兵来助洛阳,现在城外扎营。"秦王道:"孤家母舅,难道要与外甥交兵么?"茂公道:"他前日在紫金山,被赵王元霸,要他跪献降书,故而结下冤仇。"秦王道:"这也未必。"秦叔宝道:"明日待臣去探他一二,便知端的。"次日,叔宝提枪上马,跑到阵前讨战。小军飞报进营,窦建德闻报,领了四将,齐出营来,横刀立马于阵前。叔宝上前,叫声:"大王请了。秦琼闻大王乃我主公之母舅,因何反助他人?"建德道:"秦琼,你可记得紫金山之事么?你回去可叫世民出来,孤自有话对他讲。"叔宝道:"自家至亲,何必认真,认真乃禽兽也。"建德大怒道:"你敢骂孤家么?"回顾四将道:"快与我拿来!"后面苏定方、梁廷方、杜明方、蔡建方四将齐出,叔宝大战四将,全无惧怯,窦建德也提刀来助阵。战了三十余合,叔宝大吼一声,把杜明方刺落马下。建德大怒,举刀就砍叔宝,叔宝拦开刀,取锏打来,正中建德肩膀,建德回马败走。蔡建方举锤望着叔宝打来,叔宝拦开锤,耍的一枪,正中咽喉,跌下马去。只有梁苏二人,保了建德回营。点算人马,损失不少。叔宝也回营,备言交战之事,秦王大悦。

那单雄信看见窦建德战败,心中大怒。到次日,带了史仁、薛化、符大用三将出营讨战,徐茂公叫罗成出去会战。罗成道:"我不好出去。"叔宝道:"我也不好出去。"程咬金道:"单雄信与他们二人有恩,他自然不好出

---

① 钹(bó)——打击乐器,是两个圆铜片,中间突起成半球形,正中有孔。

去，只我程咬金可以去得。一则本事对他得过，二则我来得明，去得白，三则功劳大家得些。"秦王大喜道："程王兄，那单雄信是孤家所爱的，不可伤他性命。"咬金道："晓得！"说罢，提斧上马，来至阵前，大叫："单二哥，你今可好么？"雄信见是咬金，即应道："托庇①平安。你可叫那黄面贼出来，俺要与他拼命。"咬金道："嗄，那秦叔宝是个没良心的，他惶恐得紧，不好见你。"雄信道："你来何干？"咬金道："我与你是好朋友，今日要与你厮杀，如何杀起？"雄信道："好个老实人！就让你先动手吧。"咬金道："不敢，还是二哥先动手。"雄信道："俺怎么好先动手，伤了情分？"回顾三将道："与俺拿来。"史仁、薛化、符大用三将齐出。咬金叫声得罪，扑秃一斧，把史仁砍为两段。二将死命来战，咬金又把薛化砍死，符大用见势头不好，回马就走，咬金赶去，又一斧砍死。雄信看见，叫声："罢了！"回营而去。未知后事如何，且听下回分解。

―――――――――

① 托庇——依赖长辈或有权势者的庇护。

第五十二回

尉迟恭双纳二女　马赛飞独擒咬金

当下雄信回营，王世充见三将被杀，闷闷不乐。忽军士来报，说曹州宋义王孟海公领兵来到，王世充即同窦建德、单雄信出营来接，挽手入营，见礼坐下。王世充道："有劳王兄大驾。"孟海公道："小弟来迟，望乞恕罪。请问王兄与唐童见过几阵了？"世充就将昨日今日连败二阵，细说一遍。孟海公道："既如此，待小弟明日擒他便了。"世充忙摆酒接风。

次日，世充、建德、海公一起升帐，世充便问："哪一位将军前去讨战？"忽闪出一员女将道："大王，妾身愿往。"原来是孟海公二夫人黑氏，世充大喜。黑夫人手提两口刀，上马出营，来到阵前讨战。军士飞报进营说："有员女将讨战，请令定夺。"咬金听见是女将，就说道："小将愿去擒来。"茂公道："女将出战，须要小心在意。"咬金道："不妨。"即提斧上马，来至阵前，果见一员女将，即大叫道："你是来寻老公么？"黑夫人大怒道："哎！油嘴的匹夫，照俺手中的宝刀。"说罢，双刀并起，直取咬金。咬金举斧相迎，大战三十余合，黑氏回马就走。咬金道："正好与你玩耍，为何就走？"随后赶来。看看赶近，黑氏取出流星锤，回身一锤打来。咬金一闪，正中右臂。叫声："不好！"回马走回营中。

黑氏又来讨战，军士又报入营，茂公道："如今何人前去出阵？"尉迟恭道："小将愿往。"遂提枪上马，跑至阵前，看见女将，一张俏脸，黑得有趣，一时不觉动火，便大叫道："娘子，你是女流之辈，晓得什么行兵？不如归了唐家，与我结为夫妇，包你凤冠有分。"黑氏闻言大怒道："我闻你唐家是堂堂之师，不料是一班油嘴匹夫。"就把双刀杀来。尉迟恭举枪相迎。两下交战，未及五合，黑氏就走。尉迟恭赶来，黑氏又取流星锤打来，尉迟恭眼快，把枪一扫，那锤索就缠在枪上。尉迟恭用力一扯，就把黑氏提过马来，回营缴令。茂公问道："胜败如何？"尉迟恭道："那女将擒在营外。"说罢回营。咬金道："要杀竟杀，不必停留，待末将去监斩。"茂公道："监斩用你不着。如今有大大功劳，要你去做。"咬金道："什么大大功劳?"茂公道:"就是尉迟恭擒来的女将,与尉迟恭有姻缘之分。如今只要你去劝她顺从,就算你大大功劳。"咬金道:"末将就去。"秦王道:"程王兄去做媒人,孤家就做主婚,着尉迟王兄即日成亲。"咬金奉令,走出营来,叫家将把黑夫人送到尉迟恭将军帐下去。家将一声答应,将黑夫人解了绑缚,随程咬金送到尉迟恭帐中来。尉迟恭道:"程将军,今日什么风,吹你到此来?"咬金道:"黑炭团,真正馒头落地狗造化。主公着我与你做媒,将黑夫人赏你做老婆,你好受用么?"尉迟恭笑道:"承主公好意,将军盛情,但不知此女意下如何? 烦程将军为我道达①其情,若肯顺从,你的大恩,我没齿也不敢忘②。"咬金笑道:"亏你如此老脸,说出这样话来,你自去办酒。"尉迟恭道:"晓得!"自入帐后去了。

程咬金就叫手下把女将推进来,手下答应一声,便将黑夫人推到里面。咬金道:"你可晓得我这里规矩? 大凡擒来的将官都是要杀的。今番也是你造化,我军师有好生之心,道那尉迟恭是个独头光棍,故要把你赏他。着我来做媒人,我主公做个主婚。你们黑对黑,是一对绝好夫妻。"话未说完,黑夫人大怒,照定咬金面上打了一个大巴掌。咬金不曾提防,大叫:"呵呀! 好打!"骂道:"你这贼婆娘,为何把我媒人打起来? 岂不失了做新娘的体面!"黑夫人骂道:"你这油嘴的匹夫,把老娘当什么人看待? 奴家也是主子的爱姬,虽然不幸,被你擒了,要杀就杀,何出此无礼之言?"回转头来,看见帐上有口宝刀,走上前面,就要去抢刀。程咬金同家将一起拿住,依旧把黑夫人绑缚。

尉迟恭在帐后听得喧嚷,走出来说道:"程将军,她既不肯成亲,不必相强。"咬金道:"放你娘的狗臭屁! 我这媒人是断断要做的,你快把酒来我吃,你推她往后面去做亲。就是一块生铁,落了炉,也要打她软来。况你是打铁出身,难道做不得这事? 快推进去!"尉迟恭欢喜,叫手下摆酒出来,与程将军吃,遂将黑夫人推到后帐来。黑氏道:"你推我到这所在做什么?"尉迟恭道:"我要与你成亲。"黑氏道:"既然如此,难道做亲是绑了做的么?"尉迟恭道:"也说得是。"连忙把夫人放了。

那黑氏一放了绑,就叫:"尉迟恭,我老娘是有丈夫的。你不要差了

---

① 道达——传达;说清楚,讲明白。

② 没齿也不敢忘——终身不能忘记。

念头,好好送我出营去。若说这件事,老娘断断不从。你若要动手,老娘也是不怕人的。"尉迟恭道:"我尉迟将军就是山中老虎,也要捉他回来。何况你这小小女娘,怕你怎么?"就趁势赶上前来。黑氏也摆过势子抢过来,你推我扯,扯了一回;那黑氏被尉迟恭拿住,竟往床上一丢,趁势压在身上。黑氏将拳乱打,尉迟恭一手将黑氏双拳捏住,一手解他衣裙。黑氏将身乱扭,终是力小,哪里躲得过?到了此时,只得顺从。

黑夫人道:"呵,将军,我们姊妹三个,奴家是孟海公第二位夫人。还有第三位夫人白氏,也有手段,与奴家最好的。明日将军一发捉来,一同服侍将军。还有大夫人,名唤马赛飞,有二十四把飞刀,十分厉害。将军与她交锋之时,不可上了她当。"尉迟恭大喜道:"娘子说得有理。但那程咬金你方才得罪了他,如今该去赔他一个罪,日后好与他相见。"黑氏道:"今日害羞,叫我如何去见他?"尉迟恭道:"不妨,他是极喜欢人奉承的。我们如今拿了酒走出去,大家吃杯儿就丢开手了。"

二人算计已定,就拿一壶酒走出来,见咬金正在低头吃酒,叫声:"程将军。"那咬金抬起头来,见尉迟恭拿着一壶酒,黑氏把袖遮口而笑。咬金知她是来赔罪,有些害羞,因说道:"你在阵上时,我说你要来寻老公,你骂我油嘴匹夫。今我好意与你做媒人,又把我夹面乱打,如今来做什么?"尉迟恭笑道:"如今做过亲了。"咬金道:"不许你来开口,要她自来告诉我听。"尉迟恭便对黑氏道:"娘子,你支吾他两句吧!"黑氏无奈,只得掩口微笑,低声说道:"奴家方才得罪程将军,如今不敢违命,已做了亲,前来请罪,谢谢大媒。"说罢,就道了四个万福。咬金连忙回礼,叫声:"不敢,你方才不肯,为何一时没了主意?"黑氏听了,面色变红。咬金笑道:"不要害羞,大家来吃喜酒吧。"三人共饮,直吃到月转花梢,咬金方大醉辞去。

次日天明,秦王升帐,二人谢恩。徐茂公道:"今日还有一个女将前来,尉迟恭一发捉了,一总赏你。"话未完,忽见军士报来,外面又有一员女将讨战。秦王道:"尉迟王兄,快去擒来,一发赐你成亲。"尉迟恭大喜,提枪上马,来至阵前。看见女将生得千姣百媚,比黑氏更觉好些。原来那白氏,因黑氏被擒,不见首级号令,放心不下,就来打听消息,因叫道:"你这黑脸贼,好好送还我家姊姊黑夫人,万事全休,若道半个不字,教你性命难保。"尉迟恭道:"不要开口。你姊姊黑夫人,已嫁了我,你也嫁了我,来配合成双吧。"白氏大怒,把枪刺来。尉迟恭举枪相战,战不上十合,被尉迟恭拦开枪,活擒过马,回营缴令。秦王大喜,又赐与尉迟恭完婚。军士得令,送至尉迟恭营中,黑夫人迎进后帐。白夫人初时不从,被黑夫人再三相劝,只得依允,遂与尉迟恭成亲。按下不表。

再说孟海公闻此消息,不胜愤恨,大叫一声:"罢了!"忽见大夫人马赛飞过来道:"大王不消发怒,待妾明日出阵,擒拿尉迟恭来,千刀万剐,与大王消恨便了。"孟海公道:"御妻,你须小心。"马赛飞道:"晓得了。"到了次日,就提起绣鸾刀,肩上系一个硃红竹筒,筒内藏二十四把神刀,一马当先,直抵唐营讨战。小军飞报,又有女将讨战。秦王道:"为什么他们女将这样多?"咬金道:"主公,如今这个赐了臣吧。"茂公道:"你擒得来,就赐你。"咬金大喜,提斧上马,直至阵前,看见女将,比前日两个还胜百倍,心中大喜,大喊道:"娘子,你今年青春①多少?我要与你做亲,你道快活么?"马赛飞听了这话,便问道:"你莫非是尉迟恭么?"咬金道:"正是,你要嫁他么?"马赛飞大怒,把刀砍来,咬金举斧相迎。战了三合,马赛飞忙将肩上的竹筒拿下,揭开了盖,叫声:"来将看俺的宝贝!"咬金抬头一看,见一刀飞起,咤的一响,正中咬金肩上,翻下马来,被马赛飞擒住,用索绑缚,活捉回营。未知后事如何,且听下回分解。

---

①　青春——指青年人的年龄(多见于早期白话)。

第 五 十 三 回

小罗成力擒女将　　马赛飞勘破迷途

当下王世充、孟海公见马赛飞得胜回营，不胜欢喜，就令军士把尉迟恭推进来。军士一声答应，就将程咬金推至帐前，咬金立而不跪。孟海公骂道："尉迟恭，你自恃日抢三关，夜劫八寨，英雄无敌，谁想今日被孤家所擒？"咬金道："你们瞎眼的大王，黑炭团弄你的爱姬，却来寻我卖柴扒的出气！"旁边走出单雄信说道："王爷，这不是尉迟恭，他叫程咬金。"孟海公便对马赛飞道："夫人，你人也不认明白，混乱就拿。"赛飞道："既不是尉迟恭，可把这厮监禁后营，待我再去拿尉迟恭来，一并处斩。"众王道："有理。"就把咬金监禁后营，马赛飞又提刀上马而去。

再说秦王闻咬金被擒，十分忧闷。茂公道："主公勿忧，臣料他不出三日，自然回来。"言未了，外边又报，女将在营外讨战。茂公道："此番交战，非罗成不可。"就叫罗成说道："外边女将，她有飞刀二十四把，十分厉害。你去出战，只要不放她手空。她手不空，神刀便不能起，快与我拿来。"罗成得令，提枪上马，直到阵前。那马赛飞看见罗成少年美貌，心中暗想："这样俊俏郎君，与他同宿一宵，胜如做皇后了。"因问道："小将，你青春多少？可曾娶妻么？"罗成道："你问俺做什么？"马赛飞道："我看你小小年纪，不知交兵厉害，恐伤你性命，岂不可惜，故此问你。你今与我结为姊弟，共助孟海公，我和你自有好处。"罗成大怒，骂道："不顾脸面的淫妇，你虽生得美貌，奈我罗将军不是好色之徒！"就举枪刺来。马赛飞被他骂了这话，心中大怒，遂举刀交战。罗成抢上一步，借势一提，就把马赛飞擒过来。回营缴令。茂公吩咐，监禁在后营。

那洛阳军士，飞报入营说："马娘娘着罗成活擒去了！"孟海公听见，叫声："罢了！孤家献尽丑了！"又叫道："王兄，那马氏是小弟要紧的人，怎生救他回来？"王世充道："如今可将程咬金去换马娘娘回来，谅他必定许允。"孟海公就问："哪位将军押程咬金到唐营去，换马娘娘回来?"单雄信应声愿往,遂领命来到后营,见咬金在囚车内。雄信道:"程兄弟,我特来放你回去。"咬金道:"你既有这般好心,为什么捉到之时,不放我出去?直到如今才放,其中必有缘故,你可对我说明。"雄信道:"今因马赛飞被罗成擒去,如今要将你去换来。"咬金道:"既然如此,二哥你可把酒肉请我,吃个畅快,我才肯去。"雄信道:"容易。"就叫家将取酒肉进来,放咬金出囚车,咬金把酒肉吃个醉饱。雄信道:"如今我同你去。"咬金道:"二哥,我是直性汉子,若同我去,就没了我的体面。待我自己回去,包管还你马赛飞便了。如若不信,待我罚一咒与你听!我程咬金回去,若不放马赛飞回来,天打木头狗遭瘟!"雄信道:"不必罚咒,我是信得过你的,去吧。"

咬金出了营门,一路思想,必须如此如此,方出我心头之气。回到营中,秦王大喜,就问,如何得回来。咬金道:"臣被他拿去,他用好酒好肉请我,今日送臣回来,臣说:'承你一片好心,待我回去,放马赛飞还你。'他听了,千谢万谢。主公看臣面上,把这马赛飞还了他吧。若是主公下次要这个人,臣就去拿来。"秦王道:"她有随身飞刀,甚是厉害,你日后如何拿她?"咬金道:"不难,待臣杀只狗来,将狗血涂在她飞刀上,自然飞不起来。"秦王道:"有理。"便吩咐将马氏推出。咬金对马氏说道:"你这不中抬举的,我程爷要你做偏房,你却千推万阻,为何今日落在我手里?我不要你做小婆子。"吩咐小军推出去,把宝贝用狗血涂抹了。

那马赛飞又气又恼,来至本营,见孟海公大哭道:"奴家被程咬金许多羞辱,又将宝贝弄坏了,好不可恨!"孟海公道:"日后再擒这厮,将他千刀万剐,①与爱妻出气。但宝贝被他弄坏,怎生是好?"马赛飞道:"不妨。待妻前往山中,七日七夜,重炼飞刀二十四把,再来复仇便了。如今辞别王爷前去,不出十日之期,自然回来。"孟海公道:"御妻,你早去早回。"马赛飞道:"晓得。"遂出营门。

一路前去,来至一山,名叫"杏花山",忽见一个道人,叫道:"马赛飞,你但晓得炼就飞刀害人,却不知自家的死活?那秦王是紫微星君下降,真命天子。这孟海公是奎星降世,以乱隋室,不久就灭。你若炼就飞刀前去,性命决然难保。不若拜我为师,与众仙姑修仙学道,长生不老,你意下

---

① 剐(guǎ)——割肉离骨。

若何?"马赛飞听了,惊得毛骨悚然,只得跪下,叫声:"师父,弟子情愿跟随师父出家。"遂同道人修仙学道去了。马赛飞命不该绝,遇道人前来点化她,也是仙缘有分,她从此就留山学道,一去不回。未知孟海公如何记念,且听下回分解。

第五十四回

李药师计败五王　高唐草射破飞钹

却说孟海公自从马后一去十天，音信杳无，心中十分记念。欲待转回曹州，马赛飞又不知下落；欲要进战，又不能取胜。只得闷坐帐中，长吁短叹。

一日，王世充问铁冠道人道："军师，孤家与众王兄同唐兵交战，连折数将，不能取胜，未知军师可有妙计，能退得唐兵，归还孟王兄二位夫人否？"铁冠道人道："主公放心。臣有一个朋友，姓鳌名鱼，乃琉球国王四太子，今在日本国招为驸马。其人有万夫不当之勇，主公可命人多带珍宝，聘请得此人来，何愁唐兵不破？"王世充大喜，即备珍宝玩物，请军师前往。铁冠道人奉命前往日本而去。

忽有军士来报，相州白御王高谈圣，楚州南阳王朱灿，二路人马齐到营前。王世充闻报，同二王众将出营迎接。高谈圣、朱灿来至帐中，各各见礼，吩咐摆宴接风。次日，王世充同四位大王升帐，众将分列两旁。王世充道："小弟蒙诸位王兄不弃，来助弱国。怎奈唐童这厮兵强将勇，几次出战，损兵折将。不知列位王兄，有何妙计，退得唐兵？"白御王高谈圣道："王兄不必忧心，待弟生擒这唐童便了。"遂令盖世雄出营讨战。盖世雄应声得令，遂带随身宝贝飞钹，出营而来。这盖世雄原是头陀打扮，不喜骑马，专喜步战，来至唐营，大叫："唐营军士，快叫有本事的出来会俺法师。"小军飞报进来说："有一和尚，口称法师，前来讨战。"茂公闻报大惊，双眉紧皱，叫声："怎么了！"众将问道："军师几场大战不惧，今日闻一和尚，为何就愁闷起来？"茂公道："列位将军哪里知道，这和尚叫做盖世雄，他的本事高强，又兼有二十四片飞钹，甚是厉害，故此一闻和尚，便知道是随白御王高谈圣来的，洛阳今后将有一场大战，若还出阵必有损伤。"忽有秦叔宝上前道："军师，那盖世雄不过是一个和尚，又非三头六臂，怕他怎的？待末将出马会他一阵。"茂公道："你须小心防他飞钹！"叔宝道："得令！"提枪上马，来至阵前，不通用名，挺枪就刺。盖世雄忙举禅杖相迎,大战二十余合。盖世雄就丢飞钹,叔宝躲避不及,被飞钹打中脊背,负痛回营。其后唐营出马的将官,被飞钹打伤的共有二十余员。秦王看见众将受伤,闷闷不乐,吩咐在后营调养。谁知那飞钹是用毒药炼成的,凡遇着伤者,七日内便要送命,其痛难当,饮食少进。到了次日,盖世雄又往讨战,茂公无计可施,只得挂出免战牌。盖世雄看了,回营就对五王说了,五王大喜。单雄信道:"我们今夜暗去劫寨,他必无备,必获全胜。"五王闻言,皆说:"有理。"传令三军,准备停当,即晚劫寨不表。

再说徐茂公同秦王正在议事,忽报外面三原李靖求见,茂公闻报,大喜道:"好了!好了!药师既来,吾无忧矣!"秦王与众将出营相迎,李靖到了里面,见礼毕。李靖道:"贫道在海外云游,闻得盖世雄在此用飞钹伤人,故此特来破他。"正在谈论,忽听后营悲苦之声,便问何故,秦王道:"是被盖世雄飞钹打伤的将官。"李靖即取一包药,分救众将,众将吃下,立刻打伤之痛都好了,齐出来拜谢。茂公把军师剑印,送与李靖掌管,李靖欣然领受。升帐发令,众将分列两旁。李靖道:"贫道方才进营,见洛阳营内有一道杀气冲天,今晚必有人前来劫营,必须杀他片甲不回。"即令秦叔宝领一支兵,往御果园埋伏,又说:"待黄昏时分,王世充人马必到此处经过,你可挡住他的去路。"叔宝口称:"得令。"李靖又令罗成领一支兵,往西北方埋伏;尉迟恭领一支兵,往东北方埋伏;白夫人领一支兵,往西南方埋伏;黑夫人领一支兵,往东南方埋伏;殷开山领一支兵,往正南方埋伏;马三保领一支兵,往正东方埋伏;史大奈领一支兵,往正西方埋伏;张公瑾领一支兵,往正北方埋伏,便说:"你等众将,俱听中军号令,号炮一声,一起杀来,违令者斩!"众将得令而去。李靖又令程咬金到十里之外,取高唐草来,明日准要。咬金口称:"得令。"退归本营,叫家将拿了绳索扁担,同他去割马草,家将奉命同去。

再讲王世充,到了三更时分,同各家王子大小将官,点起人马一万。不举灯火,马摘鸾铃,悄悄来到唐营,一起动手,呐喊杀入。见是空营,各家王子大叫:"不好了!中他计了!"忽营中一声炮响,四面八方,一起杀来。把五王与众将及一万人马,团团围住截杀。那五家王子与众将大吃一惊,心慌意乱,东西乱窜。那盖世雄慌慌张张,况是黑夜交兵,又不敢放起飞钹。声声叫苦,正是上天无路,入地无门。此一番交战,杀得五家的兵马,尸积如山,血流成河。那五王只得拼命杀出阵来,看看败至御果园,回头一看，见自己人马，十分去了九分。幸得众王俱在，单单不见了苏定方、梁廷方二将。原来二将见势头不好，已经连夜逃走了。

那王世充只叫："列位王兄，今番失败，大辱名声，我们休矣！"言未已，忽一声炮响，秦叔宝领军杀出，挡住去路。五王大惊，盖世雄忙举禅杖来战，怎当得叔宝那杆枪，神出鬼没，盖世雄哪里杀得他过？欲想放起飞钹，又恐黑夜之中，误伤五王。那五王杀了半夜，都杀得骨断筋酥，各自躲避。那盖世雄正在难解之时，忽见单雄信领兵杀出来，见是叔宝，大怒骂道："黄脸贼，俺来与你拼命！"遂举枣阳槊打来。叔宝道："单二哥，小弟不敢回手。"兜转马，跑回唐营。五王与众将，也只得回营，按下不表。

再说唐营众将，得胜报功已毕，只见程咬金亦来缴令，高唐草取到了。李靖叫取进来，咬金叫小军挑十余担青草进来，李靖道："不是此草。所要者，高唐草也。速去换来。"咬金道："小将在绝高的高塘路上割来的，怎么不是？"李靖道："还要胡说，快去换来。"咬金无奈，只得又到高山之上，割了十余捆草来。李靖骂道："好匹夫，不善干事，违我军令，本该斩首，姑念你有功在前，饶你一死。如今既不能取高唐草，可去取盖世雄的首级来。限你三日，如三日没有，定行斩首，快去快来。"咬金领令出营，暗想："这是难事了！那盖世雄岂是当耍的。倘或与他交战，被他飞钹打来，岂不死于非命？若要不去，又违了军令，就要斩首，如何是好？"想了一会说道："也罢，我且躲在外边，待这道人云游别处去了，那时回来未迟。"就躲在外边不表。

再说李靖又差尉迟恭去取高唐草，尉迟恭领令，往乡村寻觅。忽听见一家户内，有人唤道："高唐，你可将我身下的草，换些干燥的。"一人应道："晓得。"少停，见一人拿许多乱草出来，尉迟恭问道："你叫高唐么？"那人应道："是。"尉迟恭道："手中是何物？"那人道："家中有产妇，此是她身下的草，有了血迹，要去抛在河内。"尉迟恭喜道："既是这草没用，把与我吧。"那人就将草与他，尉迟恭忙回缴令，李靖见了大喜，吩咐众将，把草分扎箭上，若见盖世雄放起飞钹，一起放箭，众将得令。

李靖就唤叔宝出战，叔宝提枪上马，来至阵前讨战。盖世雄闻知，走出营来喝道："你这黄脸贼，昨夜挡俺归路，今日来讨死么？"举起禅杖就打，叔宝把枪相迎，战了二十合，盖世雄就把飞钹放起来。李靖在营门看见，吩咐放箭。罗成把箭放去，正中飞钹，跌下地来，就粉碎无用了。盖世雄看见大怒,索性把二十三片飞钹,一起放起。唐营众将,各各放箭,只听得半空中叮叮当当,把那些飞钹,一起射落地来。盖世雄看见大惊,叫声:"罢了,枉费了几载功劳,一旦坏在敌手。"就把禅杖打来。又战十余合,被叔宝将枪拦开禅杖,取出金装锏打来,却好打中背上。盖世雄即时口吐鲜血,心中昏乱,却不逃往本营,反往北方落荒而走。未知盖世雄性命如何,且听下回分解。

第 五 十 五 回

斩鳌鱼叔宝建功　蹿唐营雄信拼命

当下秦叔宝见盖世雄逃走，因穷寇莫追，就回营缴令。那盖世雄一头走，一头想："俺是出家人，有如此法宝，被他破了，如今有何颜面再见各位王子？不若回转天斗山，再炼飞钹，有何不可？"遂走了一日一夜，想起宝贝被他伤坏，心中又气又恼。又被秦叔宝打了一铜，背上又痛，身子又十分狼狈。忽见前头有个土地庙，心中想道："也罢，待我进去瞌睡片时，再作区处。"遂奔进庙门。见一块拜板，倒也干净，就把禅杖做了枕头，睡将下去。因厮杀辛苦，又走了一日一夜，这番一放倒，就睡着了。

哪里晓得这程咬金奉了李靖军师将令，三日之内，要取盖世雄的首级，心中想道："此乃掘地寻天，断断做不来的。况且他飞钹厉害，怎敢讨战？"又怕回营，只得逃躲在外。一连二日，又不曾带得干粮，腹中十分饥饿。只得到乡村人家去抢，方才抢得些酒肉吃了，走到这土地庙内，因在拜板上犹恐人来看见，故此钻入神厨底下睡觉。那神座上有黄布桌帏遮护，所以盖世雄进庙，不曾看见他。

也是这和尚命数当尽，那咬金一觉睡醒，忽听得雷响，心中想道："我方才进庙，见皎日晴天，哪里来的雷响？"遂起身钻出神厨，往外一看，犹是晓日晴天。再向四下一看，只见拜板上睡着一个和尚，鼻息如雷，仔细一瞧，认得是盖世雄，不觉大喜。忙走到神厨下，取出宣花斧，照大腿上一斧。可怜盖世雄在睡梦中着了这一斧，叫声："呵呀！"醒来一看，原来也认得是程咬金，却把两腿砍得挂下叮当了，遂叫："程咬金呵，你把我头上再砍一斧吧。如今叫我死又不死，活又不活，不如结果了我吧。"咬金道："你且忍耐些时，待我拿你见我军师，那时还你快活吧。"遂走出庙来寻索子。四围一看，只见那边有一个樵夫，拿着扁担索子走过。咬金忙赶上前，把他索子抢了就走。那人大怒，回头一看，见他青面獠牙，凶恶嘴脸，想不是好惹的，只得去了。咬金拿了索子，走进庙内，把盖世雄一把扯起，将索子捆了。把自己宣花斧做了一头，把他的禅杖做了扁担，放在肩上，挑了就走,走到唐营缴令。秦王大喜,就令咬金把盖世雄斩首,号令军前。

那洛阳军士探知这事,飞报入营。众王闻报,大惊失色道:"这却如何是好?"正在惊慌,忽外边又报进来说:"有日本国驸马,带领倭兵三千,现在营前了。"众王齐出迎接,入帐见礼坐定。只见那驸马头戴金冠,耳挂玉环,鼻似鹰嘴,目如流星,身长一丈四尺,使一把长柄金瓜锤,有万夫不当之勇。一口番语,再听他不出的。却带两个通事①将官,一个叫王九龙,一个叫王九虎。二人乃嫡亲兄弟,原是山东人,因做了大盗,问成死罪在狱。多亏秦叔宝,与他上下使用,改重为轻,救了他二人性命。后来逃到日本国,做了通事。兄弟二人,时常说起秦叔宝大恩,未曾报答,今有此事,特谋此差到来。众王道:"难得驸马远来!为甚我们军师不同来?"那鳌鱼一些不晓,只张两眼看着。旁边王九龙,便对鳌鱼叽里咕噜,说了一番。鳌鱼方才得知,也叽里咕噜对众王子说,众王子哪里晓得?也是王九龙过来说道:"军师又到别处访游,故驸马先来。"众王大喜,吩咐摆酒与鳌鱼接风。

不料王九龙私对王九虎道:"我闻恩人秦叔宝,在唐营为将,秦王十分重用。今驸马骁勇厉害,恩人岂是对手?我们必须如此如此。"九虎点头道:"是。"到次日,五王来请鳌鱼开兵。问他:"不知可否?"那王九龙代五王回话,叽里咕噜说了两句,鳌鱼点头道:"咽哒咽哒。"九龙又代鳌鱼传话说:"待我就去。"众王闻之大喜,送鳌鱼出兵。那鳌鱼太子要逞威风,提金瓜锤,上白龙马,来至阵前,王九龙、王九虎两骑随侍。那鳌鱼道:"唐营兵卒,快叫有本事的将官出来会战。"小军飞报进营说:"外边有一倭将讨战。"李靖便问:"何人前去会他?"当有程咬金闪出来,说道:"小将愿往。"遂提斧上马,来到阵前,大声喝道:"倭狗通个名来。"那鳌鱼全然不晓,把金瓜锤打来,咬金举斧一架说道:"呵唷,好厉害!把我的虎口都震开了!"回马就走,幸喜跑得快,不然性命难保。咬金回到营中,只叫得好厉害,便将交战之事,诉说一番。外面又报倭将又来讨战,李靖又问众将,谁人敢去出战,秦叔宝应道:"末将愿往。"遂提枪上马,来到阵前,果见一员倭将,他的两名通事,甚是面善。那鳌鱼太子问道:"木古牙打。"叔宝不晓,便问通事,他说什么话?王九龙道:"他问你叫什么名字?将

---

①　通事——旧时指译员。

军,我与你有些面善。"叔宝道:"我乃山东秦琼。"王九龙道:"呵,原来将军就是秦恩公。但此人力大无穷,必须挫他风头,方好挑他。"叔宝大喜,鳌鱼也问通事道:"南都由?"他是问那将官说什么。九龙道:"他说琉球国王死了,快些回去。"那鳌鱼太子,却是有孝心的,听见这话,把头一侧。叔宝应当胸一枪,翻身落马。王九龙下马,斩了道级,兄弟二人,同叔宝回营。叔宝问道:"虽与二位面善,不知曾在何处会过?"九龙道:"恩公,我兄弟二人,在山东时,问成死罪,多亏恩公相救。如今在日本国做通事。小人叫王九龙,兄弟叫王九虎。"叔宝道:"原来是二位,这也难得。"便一同进营,参见秦王,也封了将官。

李靖又令叔宝,可将空头官诰,①前往红桃山,看锦囊上行事,不得有违。叔宝领令上马而去。李靖又令程咬金,你去离红桃山二十里路,在凉亭内,见一个麻面无须的,身背包裹腰刀之人,先斩了首级,回来缴令。咬金亦领令而去。

再说洛阳军士,飞报进营说:琉球国通事官,帮了唐将把鳌鱼杀了,首级号令在营外。五王闻报,大惊失色。单雄信上前道:"众位王爷放心,臣还有一处人马,在红桃山,兄弟三人,叫侯君达、薛万彻、薛万春,招此三人来助,也还不怕。待臣修书一封,叫单安前去便了。"五王大喜。单雄信即修书交付单安。单安领命而去,行至凉亭,看见程咬金,两人是相识的。咬金不忍就杀,对他说了,单安明知不对,便自刎了。咬金砍了首级,回营缴令。再说叔宝奉令,往红桃山,打开锦囊一看,却是要他招安三位英雄。这事且放下不表。

当下单雄信正在营中,忽报唐营已将单安首级取了,号令营门,雄信闻言大怒,想众将都已杀尽,独力难支,遂叫一声:"罢了!"即来见世充道:"臣入城去干一事,就来。"世充道:"驸马速去速来。"雄信别了世充,入洛阳城,行至府中,公主接着,见礼坐下,吩咐摆酒。雄信与公主对酌,公主问道:"驸马逐日交锋,今日想是唐兵退去了,故回来见妾?"雄信道:"公主,你还不知唐童的厉害! 他帐下兵强将勇,把我们借来的将士,杀得干干净净,只留得五位王子。眼见大势已去,将来必至玉石俱焚。为此回来与公主吃杯离别酒,只怕明日就不能与公主相见了!"说罢,不觉流

---

① 空头官诰——有名无实的授官凭证。

下泪来。公主道:"驸马呵,我哥哥出兵城外,他身边无人,你快去保护他。倘退得唐兵,万分之福;若有不测,妾愿死节,以报驸马,决不受辱偷生耳!"

雄信道:"说得好爽快,公主,你真有此心么?"公主含泪道:"妾真有此心。"雄信大笑道:"妙呵,这才是我单通的妻子,如今说不得了。"便往身边拔出佩剑一柄,付与公主道:"我将宝剑赠你,若城一破,单通就在阴司等你。"公主接剑道:"晓得。但驸马此去,意欲何为?"雄信道:"我受你哥哥大恩,未曾报答。我今此去,情愿独踹唐营,死在战场,也得瞑目。死后做鬼,也必杀唐童,以雪仇恨。公主呵,我今此去,若有不测,不可忘了方才此言。我去也!"说完往外就跑。公主含泪扯住道:"驸马,妾身与你说话不上两个时辰,怎么就去?"雄信喊道:"公主不要扯俺。"把公主一拂,公主跌倒在地,雄信也不回头,竟自去了。众宫女忙把公主扶起,公主放声大哭,众宫女相劝不表。

再说李靖在营对秦王道:"贫道今日交还兵符印信,要往北海去了。"茂公道:"五王未擒,雄信未拿,为何要去?"李靖道:"如今不难。叔宝在红桃山自会招安侯君达的人马。至于五王,我有锦囊留下亦易擒的。雄信一人何足惧哉?"秦王摆酒送行。

众将齐在。李靖把尉迟恭一看,知他到长安,有一番大难,取出一丸丹药,交付与尉迟恭道:"你归长安,十二月初一日,可用烧酒服之。"说罢起身去了,此话慢表。

再说单雄信别了公主,一马出城,叫声:"老天,今日我恩仇两报之日也!"遂跑至唐营,大喝一声,把槊一摆,踹进营来,正是叫做"一人拼命,万夫莫当"。守营军士,见他来得凶勇,把人马开列两边。雄信道:"避我者生,挡我者死!"竟往东营杀来,把枣阳槊乱打,就像害疯癫病的一般。

小军飞报进来说:"启上千岁爷,不好了!单雄信踹进营来!"徐茂公即差尉迟恭去拿。秦王道:"这是孤家心爱之人,待他出出气儿,自然归降,不可阻挡。"又报单雄信杀到北营去了,秦王命人劝他归顺。雄信听了,一发大怒,把枣阳槊乱打。又杀过南营、西营,将近中营。看官:你道单雄信有多大本领,这样大大的唐营,如何东南西北,团团杀得转来? 有个缘故。只因他势穷力竭,明知独力难成,不能挽回天意,故此别了公主,来踹唐营。这叫做"一人拼死,万夫莫敌"。及至杀了进来,遇见的都是他往昔结交的朋友，又是秦王一心爱他，不许众将伤他，所以被他团团杀转。

那雄信杀到中营，大叫道："唐童，俺单雄信来取你首级也!"秦王闻言，倒也不在心上，徐茂公忙奏道："主公虽然爱他，他却越扶越醉，万一杀将进来，难以招架。依臣愚见，还须拿住了他，看他降不降，再作理论。"秦王依允。茂公往下一看，那些众将，都是贾柳店结拜的朋友，谅来不肯伤情，只有尉迟恭与他了无干涉，遂叫："尉迟恭，去擒这单雄信。"秦王道："尉迟王兄，那单雄信是孤家心爱之人，切不可伤他性命。"尉迟恭道："得令。"遂上马提枪出营，正遇着雄信，雄信一槊打来，尉迟恭把枪敌住。战不上十合，被尉迟恭把枪掀开槊，拿他过来，往地下一掷。众军将他绑缚了，推至秦王面前，尉迟恭上前缴令。雄信大骂道："唐童，我生不能啖①汝之肉，死也要吸汝之魂!"秦王满面赔笑，亲解其缚。雄信手松，只见秦王佩剑在身，就夺剑在手，照秦王砍来。两边将士急救，秦王避入后帐。未知后事如何，且听下回分解。

---

① 啖(dàn)——吃。

第五十六回
秦琼建祠报雄信　罗成奋勇擒五王

当下茂公见雄信如此，急令用绊马索把他绊倒了，照前绑下。秦王出帐，亲自上前道："单王兄，从前楂树岗之事，实系无心，你在御果园追我一番，亦可消却前仇。孤家今日情愿下你一个全礼，劝你降了吧。"秦王即跪下去。雄信道："唐童，你若要俺降顺，除非西方日出。"秦王再三哀求，雄信只是不睬。茂公道："若是不从，只得斩首。"秦王依允，把雄信绑出营门，就差尉迟恭监斩。茂公又奏道："臣等与他结义一番，再容臣等活祭，以全朋友之情。"秦王准奏。

茂公便同程咬金等众人，设下香烛纸帛，茂公满斟一杯，送过来道："单二哥，桀犬吠尧①，各为其主。可念当初朋友之情，满饮此杯，愿二哥早升仙界。"酒到面前，雄信把酒接来，往茂公面上一喷，骂道："你这牛鼻道人，俺好好一座江山，被你弄得七颠八倒，今日还要说朋友之情！什么交情！谁要你的酒吃？"张公瑾、史大奈、南延平等，个个把酒敬过来，雄信只是不肯饮。咬金道："你们走开，让我来奉敬一杯，他必定吃我的酒。"遂走上前叫道："单二哥，我想你真是个好汉，不降就死，倒也爽快，小弟十分敬服。今奉劝一杯，可看我平昔为人老实，肯吃就吃，不肯吃就罢，再不敢勉强。"说罢，将酒送到口边。雄信道："俺吃你的。"即把酒吃下。咬金道："单二哥，再吃一杯，愿你来生做一个有本事的好汉，来报今日之仇。"雄信道："妙呀，俺也有此心。"把酒又吃下。咬金道："单二哥，这第三杯酒，是要紧的。愿你来世将这些没情的朋友，一刀一个，慢慢的杀他。"雄信道："这话说得更有理。又把酒吃干了。"咬金对众人道："如何！独我老程，能劝二哥吃酒。"众人道："这些肉麻的话，我们说不出的。"尉迟恭见众人活祭毕，就拔出宝剑，把雄信砍为两段。

---

① 桀犬吠尧——《汉书·邹阳传》记载，邹阳从狱中上书："桀犬吠尧"，桀的狗向尧狂吠，比喻走狗一心为宅主子效劳。

再说秦叔宝在红桃山，招安侯君达等，闻得擒了雄信，飞马来救，走到面前，头已落地。叔宝抱住雄信的头，大哭道："我那雄信兄呀，我秦琼受你大恩，不曾报得。今日不能救你，真乃忘恩负义，日后九泉之下，怎好见你？"跪在地下，哭个不住。众将劝了半日，方才住哭，即忙进营，向秦王哭诉道："臣受单雄信大恩，欲把他尸首安葬，以报昔日之恩。"秦王允奏。茂公道："明日可破洛阳，生擒五王。安定天下，在此一举，众将无许懈怠。"即令罗成带领一万人马，埋伏在金锁山，等待五王到来，生擒活捉，不许漏落一人，违令斩首。罗成道："得令！"茂公又令尉迟恭、程咬金冲他左营，黑白二夫人冲他右营，张公瑾、史大奈、南延平、北延道等，冲他中营。众将得令，连夜点兵不表。

再说洛阳军士，飞报进营道："王爷，不好了！昨日驸马独踹唐营，被唐将擒住斩首了。"王世充闻言，大叫一声："天亡我也！"即时倒地，众王慌忙扶起。世充大哭道："呵呀，驸马，如今叫孤家怎生是好？"窦建德道："王兄且免悲伤，目今看来，洛阳难保，不若带领兵马，同孤家回转明州。孤处还有元帅刘黑闼，有万夫不当之勇，镇守在那里，还可再来报仇。如今急宜速走，若再迟延，我等休矣！"众王道："有理。"正在议论，忽闻唐营炮响，小军飞报进来道："千岁爷，不好了！唐兵杀来了！"众王大惊，一起上马杀出来，只见营盘已乱。众王意欲寻路逃走，见四面都是唐兵，只得拼命杀出。忽遇张公瑾杀至，王世充挡住；史大奈杀来，窦建德对定；南延平杀来，高谈圣抵住；北延道杀来，孟海公敌住；金甲、童环杀来，朱灿敌住；樊虎、连明杀来，史万岁、史万定对敌。一场狠战，杀了些时，世充见势不好，叫声："众王兄，速往明州去吧！"五王一起杀出，窦建德领头，齐往明州而去。被唐兵追赶三十余里，史万岁、史万定俱已阵亡，不表。

这里徐茂公率众将，破入洛阳，请秦王入城。秦王吩咐：单雄信家小，不可杀害，一面出榜安民，盘清府库。不想公主闻得秦王破了洛阳，即以宝剑自刎而死。叔宝将他夫妻合葬在南门外，又起造一所祠堂，名为"报恩祠"，以报他当初潞州之恩。秦王就封他为洛阳土地，至今香火不绝。

再讲五王带了残兵败去，回头见秦王不来，心中方安，一起往明州而来。行到一山，名唤金锁山，忽闻一声炮响，闪出一支人马，当头一员小将，挡住去路，大叫："五王速速自绑，免我动手！"五王抬头一看，见是罗成，惊得魂不附体。窦建德道："列位王兄，罗成虽勇，难道我们大家束手被绑？不若一起拼命，与他交战，倘得过了此山，就有性命了。"众王道："有理。"就一起杀过来。遂把罗成围住在当中，拼命厮杀。罗成把枪一架，指东打西，未及四合，罗成一枪，刺中孟海公腿上，翻身落马，被手下拿去。窦建德大怒来救，不料马失前蹄，跌下马来，也被拿去。王世充、高谈圣、朱灿三人着慌，欲待要走，被罗成赶上，一枪刺中高谈圣右肩，也被拿去。朱灿见高谈圣被拿，心中一发慌张，被罗成照肩一枪，跌下马来，亦被擒住。王世充料不能胜，杀开血路，往前就跑。罗成急急追赶，王世充无处逃避，也被擒了。罗成令军士将五王解往洛阳城中，其余残兵，一半投顺了，一半逃回明州。刘黑闼闻知大怒，即自称为后汉王，封苏定方为元帅，兵镇明州，按下不表。

再说秦王破了洛阳，升坐殿中，专候罗成回来。早有小军飞报道："罗将军生擒五王，现在午门外候旨。"秦王叫："宣进来。"罗成来至里面，朝见秦王，把生擒五王之事，说了一遍。秦王大喜，吩咐摆宴庆功。次日茂公见秦王说道："那五家王子，乃系钦犯，可上了囚车，着人先解往长安，听皇上发落，以显主公之能，众将之功。"秦王道："是。"茂公就吩咐秦琼道："我有锦囊一封，速将五王解往长安，路上须要照锦囊行事，违令者斩。"叔宝得令，将五王上了囚车，解往长安而去。

茂公然后吩咐班师，大小将官三军，一起起身。一路上欢欢喜喜，齐唱凯歌。程咬金大喜道："如今好了！回京朝见圣上，俺有许多功劳，自然蟒袍加体，玉带垂腰。不封王侯，就是国公，我真快活呵！"尉迟恭道："是不枉投唐一番，今日得胜班师，连我也快活了。"茂公道："你不要快活尽了，你两人只道自家功高，还不知自家的大罪。只怕那些功劳，也还抵不过那些罪过哩！"咬金道："我有何罪？"尉迟恭道："我哪有过失？"茂公笑道："程咬金月下赶秦王，斧劈老君堂；尉迟恭夜出白璧关，三跳红泥涧，那两般罪名，就要斩了。圣上谅不肯容情，主公也难讲分上①。"咬金一闻此言，不觉失色道："不好了！你这两句话说得不错，尉迟兄，我与你走吧。"茂公道："他却还好，曾在御果园救驾，还可保全。你却是难！"咬金道："大哥呵，你是做军师的人，难道没有什么计较，救我的性命？"茂公道："我有一计：你见皇上发怒之时，必须如此如此，或者皇上饶你，也未

①　分上——情面。

可知。"咬金听了大喜，一路上说说笑笑，竟往长安，按下不表。

　　再说秦叔宝解着五王，取路先行，来到半路上，打开茂公锦囊一看。原来为窦建德是主公的母舅，若回到长安，定然宽恕，日后恐有更变。故此要在馆驿中，纵火烧死众王，以免后患。叔宝心下明白。是夜五王宿在驿中，叔宝暗令军士，四围堆满干柴，候至黄昏时分，令军士四面放火，一霎时火光腾空，可怜五王数载英雄，今日绝于此地。烧了半夜，把五王性命结果了，叔宝便吩咐军士救灭了四下房屋。次日，秦王大兵已到，叔宝上前认罪，言驿中失火，烧死五王。秦王道："既死不能复生，只是孤家母舅在内，可认出葬之，以表甥舅之情。"谁想那五王烧做一样颜色，再也认不明白。秦王无奈，就一并葬之。次日，秦王进兵长安，将人马扎在教场上，众将安顿家眷，次日入朝。未知后事如何，且听下回分解。

第五十七回

众降将金殿封官　尉迟恭御园护主

当下秦王入朝高祖，山呼礼毕，因奏道："臣儿赖父王洪福，所到之处，无有不胜。今有归降众将，共三十六员，俱有莫大功劳，求父王一一加封官爵。"遂把册籍二本呈上，放在龙案。高祖看一本是"众将归降册"，一本是"功劳簿"。高祖观看归降册，第一个是山东秦琼，高祖大喜，传旨宣临潼山救驾人进来。茂公道："这功劳不小。"叔宝来到丹墀①，山呼万岁。高祖道："平身。卿家未归唐之前，先有救驾之功，后面功劳，也不必看，封卿为护国公之职。"叔宝谢恩，穿了国公服式，站在一边。高祖又看到罗成功劳甚大，传旨宣上来。罗成来到殿前俯伏，山呼万岁。高祖见他青年秀逸，武艺高强，心中大喜，加封为越国公。披了服式，也站在一旁。高祖又看到徐勣，在金墉时节改诏救驾，有"本赦秦王李世民"这一句，其功不小，以下不必看了，宣进朝中，朝拜已毕，加封为镇国军师英国公之职。披了服式，站在一旁。

高祖看到程咬金名字，想道："程咬金乃是山东的响马，后来又助李密，曾月下赶秦王，斧劈老君堂，这个罪名，却也不小。"传旨绑进来。一声旨下，殿前校尉，如狼似虎，立刻赶出午门，把程咬金夹领皮一把，掀翻在地，将绳索绑了。咬金连声叫苦，被校尉推至金阶，大叫道："万岁呀！人来投主，鸟来投林。大家都有功劳，为何薄我？"高祖骂道："你这贼，可记得月下赶秦王，斧劈老君堂的大罪么？"咬金哭叫道："万岁呀，岂不闻桀犬吠尧，各为其主？昔日做李密的臣子，但知有李密，不知有秦王。如今归顺万岁，就是唐家的臣子，自当要赤心报国。俺这狗性是极有真心，最好相与②的。再无一言哄万岁爷。"高祖听他这话也说得有理，忙把功劳簿一看，见他也有许多功劳，即下旨道："看你功劳分上，赦你无罪。松

---

① 丹墀(chí)——丹，朱红色；墀，台阶。古时宫殿前的石阶以红色涂饰，古名。

② 相与——彼此往来；相处。

了绑,封为总管之职。"咬金谢恩,换了服式,犹如死里逃生,快活不过,也立一旁。

高祖又看到尉迟恭名字,就想着日抢三关,夜劫八寨,追逼小秦王,三跳红泥涧,不觉大怒道:"此贼来了,不许朝见,速速斩首。"众校尉领旨,将尉迟恭衣衫剥下,立刻绑了,只等行刑旨一下,就要开刀。秦王一见,连忙跪下奏道:"父王,抢关劫寨,本该处斩。但此时各为其主,后来投臣儿,御果园独马单鞭,来救臣儿的功劳,也可准折得过。望父王开恩。"高祖闻奏,心中一想道:"他既肯赤身露体,不避刀枪,前来救驾,也可饶他一死。"

高祖未曾传旨,只见太子殷王建成,齐王元吉,满面怒色,心怀妒忌,一起上前奏道:"父王,莫听世民之言,臣儿细想,尉迟恭之功,其中有假。"高祖便问:"如何有假?"建成道:"臣儿闻得单雄信名扬四海,有万夫不当之勇。尉迟恭单鞭独马,又不穿衣甲,如何战得他过?"元吉也奏道:"父王,臣儿闻得御果园,离澄清涧有五里足路,徐贩虽然马快,往还就是十里路。那单雄信莫说是有名的大将,就是略有小本事的将官,十个世民,也被他结果了。所以知他这功劳是假的。如今世民这般卫护他,实系蓄心不善,故此收罗这些亡命之徒,日后定然扰乱江山,依臣儿之见,不若速斩尉迟恭之首为是。其余众将,速调他方,若留在长安,只恐为祸不小。"

高祖闻言,未曾开口,又见秦王奏道:"父王,御果园尉迟恭救臣儿,乃是真的,莫听王兄御弟之言。父王若不信,且叫尉迟恭演这一功,与父王观看。"建成道:"如要演,可在御果园中,也要照样离园五里,尉迟恭去洗马,也要徐贩去唤。往还若差了些儿,其功尽假。"高祖准奏,又问:"单雄信何人去扮?"元吉道:"臣儿手下有一王云,可以去扮。"高祖道:"好。"把以下三十余人,尽封总管,明日御果园演功,就此退朝,众官回府。

再说殷齐二王,回到府中,元吉叫声:"王兄,你看世民今日回来,这些将官,个个如龙似虎。日后父王归天,这座江山,谅王兄无分。为今之计,欲图日后江山,不如今日先除世民。"建成道:"计将安出?"元吉道:"趁明日在御果园演功,只叫王云去杀了世民,这天下还怕何人得了去。"建成道:"若杀了世民,父王必定追究,万一王云说出来,如何是好?"元吉道:"待王云成事回来,我们就把王云杀了,这事死无对证了。"建成大喜,吩咐唤王云来。那王云身长一丈,青脸黄须,却与单雄信相貌一般。武艺精强,善使大刀,只因打死了人,逃在殷王府中。一时闻唤,走到面前,就问何事。二王道:"王云,孤家明日有事用你,你敢去么?"王云道:"千岁爷,俺王云要没有二位千岁爷相救,死多时了。虽粉身碎骨,也难报千岁的大恩。今日用俺之处,自当不避水火。"二王道:"好一个王云!明日尉迟恭在御果园演功,先有秦王在园游玩,要你假扮单雄信,可把秦王杀了,我把贵妃赏你为妻。日后孤登九五,①封你一个大大官职,须要用心前去。"王云听了这话,就应道:"千岁爷要杀那尉迟恭,俺就去;若杀秦王,小人怎敢?"建成道:"王云,你若杀了秦王,有事都在孤身上,包管你无事。孤家日后做了皇帝,你就是大大的开国勋臣了。你可用心前去。"王云只得依允,不表。

再说尉迟恭朝散回来,闷闷不乐,黑白二夫人问其何故,尉迟恭道:"二位夫人有所不知,只为明日十二月初一日,圣上有旨,要演昔日在洛阳御果园救驾的功劳。今当天气寒冷,怎生下水洗马?不要说救驾,就是冻也冻死了,如何是好?"黑氏听了,忽然想起,说道:"相公不必心焦,前日李靖老爷临去时节,曾送你一丸丹药,叫你到十二月初一日,用烧酒服之,可避大难。如今果有大难,服之想来不妨。"敬德闻言大喜。到了次日,先吃酒饭,然后吃药。那药才吃下咽喉,身上好似火烧,心中却像油煎,汗淋如雨,胜如六月炎天。就提鞭上马,来至御河。他就脱下盔甲,把马去了鞍,自己又脱了衫袄,往河中一跳。滚来滚去,好不燥皮,自己洗了一回,然后牵马在河中去洗。岸上立着许多人来看,起初都与尉迟恭担忧,后来看他在水中,好似戏水的一般,大家惊异,不表。

再说高祖这日驾到御果园,登万花楼,聚集文武百官,要看尉迟恭演功。高祖便问:"今日演功,那假单雄信可曾端正②了么?"元吉道:"端正多时了。"高祖就令秦王与徐茂公先到御果园游玩,二人领旨,下了万花楼,来至下面。茂公道:"主公,今日演功,却要带了刀去,须要仔细提防。那王云不是善良之人,小心为是!"秦王道:"晓得。"就提了定唐刀,同茂公上马,也往假山上去,指手画脚的观看。

---

① 九五——本为《易经》中的爻卦位名。后以此指帝位。

② 端正——(准备)停当;就绪。

　　再说那元吉就吩咐王云："不可忘却我的言语。"王云道："晓得。"上马提刀要行，被秦叔宝扯住道："那单雄信用的是枣阳槊，不是用砍刀，你可换了槊去。"云吉道："兵器总是一样的，王云你换了槊去吧。"王云不敢争执，就换了槊，来至假山，大叫："唐童，俺单雄信来也！"那秦王是防备着的，听见一下喊叫，就往山下一跑。王云随后赶来，茂公上前扯住假单雄信的战袍，假作慌忙之状，叫："单二哥不可动手。"王云变着脸道："我与你什么朋友？"说罢，即拔腰间所佩的宝剑，要的一剑，把袍割断。茂公把手一放，竟拍马出园，飞奔往御河来。离河还有半里路，就叫："救驾！"那尉迟恭是有心等候的，远远一闻徐茂公的声音，就举鞭上马，竟跑往御果园来，大叫一声："勿伤我主！"这一声喊，犹如青天上一个霹雳。

　　那王云追赶秦王，见秦王往假山后，团团走转，举槊便打。秦王大惊道："不过在此演功，只当玩耍做戏一般，却怎么认起真来？"王云喝道："谁与你玩耍做戏来，当真要来取你命了！"就把槊打来。秦王大怒骂道："好贼子！怎么当真起来！"遂把定唐刀一架，交战起来。秦王哪里是王云的对手，只得又走，王云随后赶来。不料尉迟恭忽然就到。那高祖在万花楼上观看，见尉迟恭人不披甲，马不加鞍，果然单鞭独马，威风凛凛，声如霹雳，心中大喜。又见王云十分无礼，要伤秦王，心中发恼。看见尉迟恭到来，心中放宽。尉迟恭大叫："勿伤吾主！"王云看见尉迟恭赶来，遂弃了秦王，举槊向尉迟恭打来。尉迟恭把鞭往上一架，就乘势把王云一鞭打死。

　　三人齐来复旨，高祖看见那尉迟恭赤身跑到楼下，一些寒冷也不怕，心内十分惊异。只见建成奏道："尉迟恭无礼，打死王云，望父王正罪。"秦王亦奏道："今日虽只演功，王云却认真要害死臣儿，幸亏尉迟恭前来救驾，望父王开恩。"高祖心下明白，不说出来，遂封尉迟恭为总管，就此回宫。尉迟恭家将取衣服与尉迟恭穿好回衙。未知后事如何，且听下回分解。

第五十八回

挂玉带秦王惹祸　入天牢敬德施威

当下高祖回宫,君臣相安无事,如此过了一年。不道高祖内苑有二十六宫,内有二宫,一名庆云宫,乃张妃所居,一名彩霞宫,乃尹妃所居。这张尹二妃,就是昔日炀帝之妃,只因炀帝往扬州不回,他们留住在晋阳宫,甚感寂寞。又闻内监裴寂说李渊是真主,就召李渊入宫,赐宴灌醉,将他抬上龙床,陷以臣奸君妻之罪,李渊无奈,只得纳为妃嫔。但张尹二妃终是水性杨花,最近因高祖数月不入其宫,心怀怨望。

不久,这张妃、尹妃和建成、元吉发生了暧昧。二王本是好色之徒,不管名分攸关,他们常常在一起饮酒作乐,并做些无耻之事。

再说秦王因出兵日久,记念王姊,这时姊丈柴绍业经病亡,不知王姊如何,遂往后宫相望。公主令侍儿治酒,饮至傍晚,秦王辞出,从彩霞宫走过,听得音乐之声,只道父王驾幸此宫,便问宫人道:"万岁爷在内么?"那宫人见是秦王,不敢相瞒,便说道:"不是万岁爷,是太子与齐王也。"秦王闻言大惊,吩咐宫人,不要声张,轻轻往宫内一张,果见建成抱住尹妃,元吉抱住张妃,在那里饮酒作乐。秦王望见,惊得半死,叫声:"罢了!"欲要冲破,不但扬此臭名出去,而且他性命决然难保,千思万想,想成一计道:"呀,有了,不免将玉带挂在宫门,二人出来,定然认得。下次决然不敢,也好戒他们下次便了。"就向腰间解下玉带,挂在宫门,竟自去了。

再说建成、元吉与张尹二妃戏谑一番,见天色已晚,二王相辞起身。二妃送出宫门,抬头一看,见宫门挂下一条玉带,四人大惊。二王把玉带细细一看,认得是世民腰间所围,即失色道:"这却如何是好?"二妃道:"太子不必惊慌,事已至此,必须如此如此。"二王大喜去了。

次日高祖临朝,文武朝拜已毕,忽见内宫走出张尹二妃,跪下哭奏道:"昨日臣妾二人,同在彩霞宫闲谈。忽见秦王闯入宫来,遂将臣妾二人,十分调戏,现扯下玉带为证。"就把玉带呈上。高祖一见大怒,叫美人回宫;即宣秦王上殿。秦王来至殿前俯伏,高祖见他腰系金带,便问道:"玉带何在?"秦王道:"昨日往后宫,相望王姊,留在他处。"高祖道:"好畜生,怎敢瞒我?"就命武士拿下,速速斩首。众武士领旨,一起将秦王绑了,推出午门。秦叔宝忙出班奏道:"万岁爷,秦王有罪,可念父子之情,赦其一死。且将他囚在天牢,等待日后有功,将功折罪便了。"高祖道:"本该斩首,今看秦恩公之面,将这畜生,与我下入天牢,永远不许出头。"武士领旨,将秦王押入天牢去了。

建成见了这事,心满意足,上前奏道:"世民下入天牢,众将都是他心腹之人,定然谋反,父王不可不防。"元吉奏道:"父王可将众将调去边方,不得留在朝内,倘有不测,那时悔之晚矣!"高祖怒气未平,因说道:"不须远调,单留秦琼在朝,余者革去官职,任凭他们去吧。"叔宝就启奏,要告假回山东祭祖一番。高祖准奏,钦赐还乡,候祭祖毕,就来供职,叔宝谢恩,高祖退朝入宫。

那些众将,见旨意一下,个个收拾行李,各带家小回乡去了。罗成要与叔宝同往山东,程咬金道:"罗兄弟所见极是,小弟亦要往山东,我们大家共往吧。"叔宝、罗成大喜,各带了家眷,竟往山东去了。那徐茂公依然扮了道人,却躲在兵部尚书刘文静府中住下。独有尉迟恭吩咐黑白二夫人:"前往山后朔州麻衣县致农庄去住,家中还有妻儿。你们一路慢慢而行,等我往天牢拜别秦王,然后一同回去。"白夫人道:"将军速去速来,凡事须要小心,妾在前途相等。"尉迟恭道:"晓得。"黑白二夫人带领车马,竟往山后而行。

那尉迟恭出了寓所,避入冷寺,等到下午,拿了些饭,扮作百姓,来到天牢门首。见一个禁子,尉迟恭把手一招,那禁子看见,便走过来问道:"做什么?"尉迟恭道:"我是殷王差来的,有事要见你家老爷。"禁子道:"什么事?"尉迟恭道:"有一宗大财喜在此,你若做得来,就不通知你家老爷也使得。那财喜我与你对分了。"那禁子道:"有多少财喜?所作何事?"尉迟恭放下酒饭,取出一大包银子来,足有二百两。那禁子见了银子,十分动火,便说道:"此处不是讲话的所在,这里来。"就引尉迟恭到一间小屋内,禁子笑问道:"只不知足下意欲如何?"尉迟恭道:"我乃殷王府中的亲随,早上王爷赏我一百两银子,要我药死秦王,这一百两银子,要送与狱官的。又恐狱官不肯,王爷说:'只要有人做得来,赏了他吧。若做出事来,我王爷一力承当,并不连累他的。'"那禁子听说大喜道:"药在哪里?"尉迟恭道:"药在饭内。"禁子道:"如今你可认我为兄弟,我可认你为哥哥,方可行事。"尉迟恭会意,便叫:"兄弟我来看你。"禁子道:"哥哥,多谢你。"两下一头说话,一头往牢里走来。有几个伴当,见他二人如此称呼,都不来管他。到了一处,禁子开门,推尉迟恭进去,禁子就关门去了。尉迟恭进内,看见秦王坐在椅上,尉迟恭上前跪下,叫声:"主公,臣尉迟恭特来看你。"秦王一见尉迟恭,即抱住尉迟恭大哭。尉迟恭道:"臣不知主公此事,从何而起,众将又革除官职,各回家去。臣今亦要回山后,故此前来拜别主公,特备些酒饭在此,供献主公,以表臣一点丹心。"秦王道:"多谢王兄,此事因玉带而起。"但也不便说明。

君臣正在讲话,忽听门外叫声:"哥哥开门。"尉迟恭开了门,问道:"做什么?"禁子道:"哥哥,事体成了吗?"尉迟恭道:"尚未成。"禁子道:"还好。随我来。"尉迟恭道:"我要在此伺候,不去!不去!"那禁子发怒道:"今有齐王亲自到此,倘齐王看见你,问起根由,岂不连累及我,快些出去。"尉迟恭道:"好弟兄,看银子分上,待我躲在此间,谅他不致看见。"禁子道:"既如此,必须躲在黑暗里才好。"尉迟恭道:"我晓得。"禁子去了,尉迟恭就去躲在黑暗里。

却说齐王同狱官,带领二十余人,来到天牢。齐王叫声:"王兄,做兄弟的特来看你。"秦王道:"足见兄弟盛情。"元吉叫手下看酒过来,秦王知他来意不善,便说:"兄弟,此酒莫非有毒么?"齐王对秦王笑道:"且满饮此杯,愿你直上西天。"秦王大惊,不肯接杯,元吉叫手下道:"他若不饮,与我灌下。"众人齐声答应,正要动手,忽然黑暗里跳出一个人来,大声喝道:"你们做得好事!"大步上前,一把扯住元吉,提起拳头就打。众手下欲待上前救应,见是尉迟恭,各各走散。元吉把他一看,认得是尉迟恭,惊得魂飞魄散,叫道:"将军放下手,饶了我吧?"尉迟恭道:"你好好实对我说,今日到这里做什么?"元吉道:"孤家念手足之情,特送酒饭来与王兄吃,并无他意。"尉迟恭见他不肯实说,把手一紧,元吉就叫喊起来,一下跌倒在地,痛得一个半死。

尉迟恭道:"我问你,你酒内藏什么毒药?若还敢支吾,我就一拳打死。"元吉道:"将军,看王兄面上,饶了我吧!"尉迟恭道:"要我饶你,你可写一张伏辩①与我。"元吉道："孤是写不来的。"尉迟恭见他不写，就将两个指头，向元吉脸上一拨，元吉痛得紧，好似杀猪的一般，忙叫道："待孤写就是了。"尉迟恭问狱官取了纸笔，放了手，付与他道："快快写来。"元吉看来，强他不过，只要性命，没奈何，提起笔来，写了一张伏辩。尉迟恭叫他念与己听，元吉念道：

　　立伏辩齐王元吉：因王兄世民，遭禁在牢，不念手足之情，反生谋害之心。假以敬酒为名，内藏毒药。不想天理昭彰，忽逢总管尉迟恭，识破奸谋。日后秦王倘有不测，俱系元吉担责，所供是实。

　　大唐六年四月十三日，立伏辩元吉花押。

　　元吉念完，敬德接在手中道："饶你去吧。"元吉听说，飞跑去了。尉迟恭道："这伏辩放在主公处，那奸王谅不敢再来相害，臣今要回山后去了。"就拜别秦王，走出牢门，来到外边。

　　只见十数个大汉，忙走来说道："尉迟老爷，方才的事，万岁爷知道了，说你私入天牢，殴打齐王。如今差官兵拿你，你快快同我们去吧。"尉迟恭问道："你们是哪里来的？"众人道："我等奉程咬金大老爷之命，前来救你。"尉迟恭听了，就同他走。此际已是黄昏时分，尉迟恭心慌意乱，随众人领到一家门首，直到大厅，转到书房。众人道："老爷在此少坐，待我们进去，请家爷出来相会。"说罢，众人入去。又见一人拿酒肴出来，摆在桌上，说道："老爷先饮一杯，家爷就出来了。"那尉迟恭辛苦了一日，一闻酒香，拿来就吃了几杯，头昏眼花，立脚不住，跌倒在地。内里走出二十余人，把尉迟恭用绳绑了。

　　看官，你道这一家是什么人家？原来就是殷王府中。方才牢中之事，早有细作报知殷王，故设此计，不想尉迟恭误中其谋。当时众人禀知殷王，说："尉迟恭拿下了。"殷王道："将他洗剥干净，绑在柱上，用皮鞭先打他一顿。"众人领命，即把尉迟恭洗剥，绑上庭柱，将皮鞭乱打一顿。尉迟恭醉迷之人，哪里晓得？受此一顿毒打，直到五更醒来，开眼一看，见身上衣服被剥，赤身绑着，遍身疼痛，不知何故。

　　少刻天明，建成、元吉出来，同坐在上面，两旁分列一班勇士。建成骂道："尉迟恭你这狗头，俺父王恐你等助秦王为非，故此打发你等回去。

————————

　　①　伏辩——旧时指悔过书。

你怎么私入天牢,行凶无忌,该得何罪?"元吉骂道:"你这狗头,好好送还我的伏辩,万事全休。如今放在哪里? 实对我说。不然,孤就要用刑了。"尉迟恭道:"要伏辩也容易,到万岁爷殿上就还你便了。"元吉道:"你这狗头,不用刑,料也不怕。"叫左右将牛皮胶化油,用麻皮和钩,搭在他的身上,名为"披麻拷"。若扯一下,就连皮带肉去了一块。左右端正好了,将尉迟恭身上遍搭。元吉问道:"你招也不招?"尉迟恭不知厉害,说道:"招什么?"元吉叫左右扯下去,就把麻皮一扯,连皮带肉去了一大块。可怜尉迟恭疼痛难当。不知性命如何,且听下回分解。

第 五 十 九 回

尉迟恭脱祸归农　刘黑闼兴兵犯阙

当下尉迟恭大叫："呵呀,好厉害呵!"元吉吩咐左右再扯,一连扯了十五六扯,连皮带肉去了十五六块。那尉迟恭喊叫不休,犹如杀猪的一般,只说:"呵唷,痛死我也!"元吉骂道:"你这贼,昨日威风,如今安在?我的伏辩,哪里去了? 快快说来!"尉迟恭被他摆布得上天无路,入地无门,只说道:"呵唷,王爷饶命呀! 那一张伏辩,昨夜酒醉,想是失脱了,不知去向。叫我哪里有伏辩还你?"

元吉大怒,正要拷问,忽见外边来报说,兵部尚书刘文静,有机密事求见王爷。二王听见说有机密事,只得走出外厅相见。刘文静行礼毕,二王问道:"先生有何事见教?"刘文静道:"臣因尉迟恭的夫人黑氏、白氏,来到臣府,他们说:'昨日在前途相等,不见丈夫回去,无处寻访。却有一张纸,说是千岁爷的伏辩,要去见驾,特来问臣。'臣一闻此言,弄出来,非同小可,特来告知千岁。"二王大惊道:"如今怎么样?"文静道:"此事不是当耍,依臣愚见,必须寻出尉迟恭来还他,便讨了伏辩才好。不然,那黑白二氏去见驾起来,万岁一知,千岁爷就不当稳便了,臣去了。"

说罢转身就走。二王忙扯住道:"此事欲烦先生与孤商量。"文静道:"此事如何商量? 只要寻得尉迟恭还他,自然不怕他不还这张伏辩。如今尉迟恭不知哪里去了,有什么商量?"建成道:"尉迟恭在孤府中,如今还他。但一纸伏辩,要先生身上还我。"刘文静道:"实不相瞒,臣已骗他的一纸伏辩在此。若有尉迟恭,方好送还,不然,臣反受黑白二氏之累了。"建成就令放了尉迟恭出来,只见尉迟恭满身是血,只把头摇道:"呵唷,死也! 死也!"竟往外边去了。文静就取出伏辩,送还道:"方才若没有臣,二位千岁几乎弄出事来,如今还了此纸,可放心无事了。"说罢,起身而去。看官,那刘文静这纸伏辩,从何得来? 皆因徐茂公躲在他府上,算定阴阳,差人到天牢,问秦王取了此伏辩。故设此计,救了尉迟恭出来,这些闲话不表。

且说尉迟恭得放，好似鳌鱼脱却金钩钓，慌忙奔出城来，一路寻赶家眷，却好黑白二氏正在前途相等，夫妻遇见，说明此事。黑白二夫人倒吓得魂飞魄散，道："幸亏吉人天相，逢凶化吉。不然，几乎不能会面。"尉迟恭叹道："俺自投唐以来，指望他封妻①荫子，如今反受这样苦楚，倒不如守业终身，做个田舍郎便好。"夫妻三人在路晓行夜宿，非止一日。及回到山后麻衣县致农庄上，寻到家内，方知几遭兵乱，妻子不知去向，田产皆化乌有。尉迟恭叹息了一回，只得重整田园，耕种为活，与乡民饮酒快乐，不表。

再说建成、元吉将秦王这些将官，算计开去，又常常使人进牢，欲害秦王。谁想秦王有徐茂公不时调护，使刘文静刻刻提防，照管得紧，因此下手不得。二王大怒，欲害文静，无奈兵权在他手内，害他不得，只得丢手。

不想唐朝骨肉自相伤残的消息，传到明州刘黑闼那里。那刘黑闼是夏明王窦建德的元帅，因建德被害，国中无主，众将推刘黑闼为主，称后汉王，这日闻报大喜，叫一声："唐童，孤只道你一班强盗，永远横行天下，不料也有走散的时节！这时若不与孤主公报仇，更待何时？"遂带了元帅苏定方，点兵十万，望陕西长安进发。行到鱼鳞关，离城十里安营，刘黑闼令元帅苏定方前去抢关。定方得令，提枪上马，领兵到城下，大叫："城上军士，快叫守城将官，速速投降，万事全休。若道一个不字，立即屠城，那时悔之晚矣！"守城军士报进帅府，说："明州刘黑闼领兵来，与窦建德报仇，有将在城下讨战，请令定夺。"

那守关将军，就是王九龙，他和兄弟王九虎，原系山东人氏，后在日本做通事。那日助秦叔宝灭了鳌鱼太子，降顺唐朝，高祖封他做了鱼鳞关总兵之职。当下王九龙闻报，便问："众将，谁敢前去会战？"有兄弟王九虎应声道："小弟愿往。"遂提枪上马，出了城门，来至阵前，就问来将何名？苏定方道："俺乃明州后汉王驾前大元帅苏定方便是。你是何人？"王九虎道："原来你就是苏定方，我看你前在洛阳，夜劫唐营，后来不见了。只道是砍死，原来是怕死逃走，今日又来送死么？你要问俺的名字，俺乃鱼鳞关总兵大元帅麾下，正印先锋，二老爷王九虎是也。"苏定方道："原来是你。俺闻你与秦琼谋杀鳌鱼太子，背义投唐，谅你本事，非我对手，好

---

① 封妻——君主时代功臣的妻子得到封号。

好献关,饶你狗命!"九虎大怒,举枪刺来,定方把枪相迎,大战二十余合,不分胜败。定方心生一计,回马就走,九虎随后追来。定方放下枪,取出弓箭射去,正中九虎前心,跌下马来。定方下马,斩了首级,得胜回营,将首级号令营门。那败兵飞报入城说:"不好了! 二老爷阵亡,首级号令营门了!"王九龙大惊,吩咐闭城坚守,遂差官上本往长安,见高祖告急求救。未知高祖所遣何人。且听下回分解。

第 六 十 回

紫金关二王设计　　淤泥河罗成捐躯

再说高祖设朝,文武山呼万岁毕,黄门官奏道:"今有鱼鳞关总兵官,有告急本章,奏闻万岁。"把本章递上龙案,高祖看了大惊,便问:"众卿计将安出?"殷齐二王,恐怕众臣保奏秦王,忙上前一起奏道:"父王,自古道:'兵来将挡,水来土掩。'臣儿不才,愿统大兵前往,务必生擒刘黑闼。如若不胜,甘受其罪。"高祖大喜,就命建成、元吉即日兴师。二王领旨出朝,到教场点兵十万,向鱼鳞关进发。

行到关下,总兵王九龙前来迎接,进了帅府,九龙摆酒接风。次日,二王同王九龙领兵出城,来到阵前,建成叫道:"刘黑闼,尔等何故兴兵犯我边界? 如今速速退去,万事皆休。倘若不听,悔之晚矣!"黑闼大怒,回顾苏定方道:"快与我擒来!"苏定方大吼一声,一马冲出,举枪就刺。王九龙一马上前,举枪来迎,未及十合,被苏定方一枪,刺落马下。建成大怒,拿金背刀来战定方,黑闼见了,使大刀来战建成。元吉摇动金枪,冲将过来,定方接住厮杀。大战十合,建成被黑闼一鞭,打中后心,满口喷红,伏鞍败走。元吉见建成着了一鞭,心中一慌,早被苏定方一枪,刺中了左腿,几乎落马。那建成一战大败,走入城来,闭门不及,被刘黑闼率兵一涌而进,只杀得尸山血海。二王失了鱼鳞关,败往紫金关去了。那刘黑闼得了鱼鳞关,出榜安民,养兵三日,杀奔紫金关来,离关五里安营,不表。

再说建成、元吉,领了败兵来到紫金关下。那把关守将,姓马名伯良,就是兵部尚书刘文静的妻舅,是个酒色之徒。闻知二王兵败回来,出城迎接。到了帅府见礼毕,摆酒接风。马伯良就请两粉头①前来陪酒:那粉头一个名叫随地滚,一个名叫软如绵,俱生得十分美貌。建成道:"马将军,你原来是个妙人儿! 只是你姊夫做人不好,往往与孤家作对。"马伯良道:"千岁,既不喜我姊夫,何不用计除之?"建成道:"我欲除之久矣,惜无

---

① 粉头——妓女。

机会耳!"马伯良道:"千岁放心,待臣捉他一个短处,与千岁出气便了。"二王大喜。

忽小军来报,刘黑闼兵马离城五里安营了,二王大惊失色。马伯良道:"不要理他,我们今日且吃酒吧。"两个粉头娇声软语,殷勤敬酒,二王大悦,其夜尽欢而睡。次日,马伯良对二王道:"千岁爷可速往长安,见万岁说,在未到之前,鱼鳞关已失,如今明州兵扎营紫金关外了。要奏臣马伯良大胜明州兵,只是兵微将寡,还要添兵救应。如此奏法,定然无事,还要千岁寻个有本事的将官,前来帮助。我那姊夫的首级,都在小臣身上就是了。"二王满口应承,起身往长安去了。马伯良闭城坚守,按下不表。

再说秦叔宝同程咬金、罗成一家同住,不料叔宝因少年积受风霜,吃尽劳苦,得了吐血的病症;一日睡在床上,忽想起秦王受罪天牢,不觉流泪哭道:"我主公呵,今生只怕不能见你了!未知你近来如何?"罗成道:"表兄,你若记念主公,待小弟扮做客商,前往长安,探望主公何如?"叔宝闻言大喜,忙爬起来说道:"多谢表弟代我一行。"便写书一封,交与罗成道:"你将这书,可往兵部尚书刘文静府中投下,自然得见主公。切不可给两个奸王看破。若被他看破,只恐别生事端,反为不美。"罗成道:"晓得,明日就行。"

到了次日,罗成拜别母亲,又别妻子表兄表嫂,并程咬金,带了罗春,扮做客商,往陕西大路而来。及到长安,正要到刘文静府中去,忽然想起表兄一封书,丢在家中,忘记带来,如何去见他?我今日寻旅店住下,再作商议。就寻了一家歇店,主仆二人进店。不料殷齐二王在店门首经过,被他们看见,心中大喜,正好害他。次日,高祖早朝,二王奏道:"臣儿奉旨领兵到鱼鳞关,不料其关已失,只得守住紫金关,被臣连败数阵。奈军中无有上将,不能擒拿贼首,望父王再发一员上将,随臣征剿。"高祖道:"如今要差哪一位去好?"建成道:"今有越国公罗成,现在饭店住下。父王可颁旨一道,赐他原官,挂先锋印,前去灭贼,刘黑闼必被擒矣。"高祖允奏,即发圣旨来召罗成。那罗成在旅店,次早起身,准备去见刘文静。忽有差官捧圣旨来到,召他做先锋,罗成没奈何,领旨谢恩,就有军士来接。罗成便命罗春往天牢去看秦王,自己上马,往教场演武厅上,参见二王,即挂了先锋印,放炮起身。及行到紫金关,马伯良前来迎接,同入帅府。

次日,二王升帐,众将礼毕。二王令罗成出阵,务要生擒刘黑闼、苏定方,违令者斩。罗成得令,提枪上马,来到阵前讨战。明州军士,飞报进营,说外边有将讨战。刘黑闼道:"那守将马伯良,连日任我叫骂,只是不出来。今日想是有救兵到了,不知是谁,待俺亲自去会他。"遂提刀上马,出营一看,认得是罗成,叫一声:"罗将军,请了。孤与将军在扬州一别,闻得将军归了唐家,无罪被革。今日我兵杀到,无人抵敌,又来用你。眼见得唐家待人无情无义,日后太平,依然不用。我劝将军不如归了孤家,与你平分土地,有何不美?"罗成大怒,把枪刺来,黑闼举刀迎敌,大战十余合。苏定方看见黑达渐渐招架不住,遂暗放一箭射来。这里罗成一枪,正中刘黑闼,忽闻得弓弦响,罗成将身一闪,刘黑闼就逃回营去了。这苏定方的箭,正中罗成腿上。罗成大怒,拔出腿上的箭,回射苏定方,正中左臂,几乎落马。罗成本欲踹营,拿捉定方,因腿上疼痛,不便再杀上去,只得回营缴令。

二王问道:"罗成今日出兵,可拿下刘黑闼么?"罗成道:"今日出兵,大败刘黑闼。正要擒他,忽被苏定方暗放冷箭,中在腿上,以此被他逃走。"二王大怒道:"你昔日在金锁山,独擒五王,这些本事,到哪里去了?今日要擒一个刘黑闼,为何不能? 明明欺我不是你的主公了! 这样国贼,违孤军令,吩咐绑去砍了!"武士一声答应,把罗成绑了,推出辕门。当下马伯良道:"千岁爷,目今敌兵未退,不若放罗成转来,待他杀退明州兵,那时寻个事端,慢慢杀他未迟。"二王道:"既如此,死罪饶了,活罪难免。"吩咐就在军前,捆打四十棍。那罗成被武将推转来,打了四十棍,两腿竟打得皮开肉绽。正遇罗春赶到,忙扶主人至帐中睡下,就把看秦王之事,说了一番,又道:"主人呵,你今日落在奸王手里,必遭其害。不若私自回家,也得清闲自在,若再住在此间,定然性命难保。"罗成喝道:"胡说,自古道:'忠臣不怕死,怕死不忠臣。'我今奉圣上旨意,岂可不赤心尽力? 若然私自回家,岂是忠臣所为? 从今以后,不许你多言!"这话按下不表。

再说明州细作,打听罗成被责四十棍之事,前来通报刘黑闼。刘黑闼闻报大喜道:"此天助我也! 两个狗王,不会用人,如此一员虎将,无罪受责。眼见得关内无人,此关唾手可得也。"就令大小三军,直抵关下,布起云梯,架起火炮,尽力攻打。众将得令,大家奋勇当先,攻打十分厉害。关内小军,连忙报知二王,二王闻报,即同马伯良上城,亲自督兵紧守。看见明州兵马盔甲,滚滚层层,就像潮水一般,涌将上来。二王看了,大惊失色道："如今怎么好？"马伯良道："现有勇将罗成在此，千岁放心，如今可着他退兵。退得贼兵，将他杀了，退不得贼兵，也将他杀了。岂非一举两得？"二王道："有理。"遂发一支金鞭令箭，着人去召罗成杀退敌兵。

罗成接令箭，跳起身来就走。罗春忙扯住道："主人呵，你棒疮未愈，如何杀得贼？"罗成道："我但知报国杀贼，哪里顾得身躯？就去也不妨。"罗春道："主人既要去，今日不曾吃饭，可用些酒饭去。"罗成自恃骁勇，不听罗春之言，提枪上马，竟奔紫金关来。罗春无奈，只得拿些面饼，藏在怀中，随罗成到了关上。二王道："将军，你速速出城杀贼。若生擒这两个贼首，包管封你为公侯，若误了军令，一定斩首，决不轻恕。"罗成得令，杀出城来，罗春相随而出，那些人马，看见罗成，都退下去。罗成手执长枪，杀入明州营内，如入无人之境。直杀得刘黑闼甲散盔歪，众将一起上前救护。那罗成连挑上将一十八员，明州军抵敌不住，退下四十余里，方才歇息。刘黑闼见这番大败，就要回兵，苏定方忙止住道："主公不可退兵，胜败乃兵家常事。臣有一计，可杀罗成。此处有一地方，名唤淤泥河，必须如此如此，不怕罗成不死在我手里。罗成一死，这紫金关唾手可得也！"黑闼听了大喜，一一准备，依计而行。

再讲罗成追赶明州兵，杀了半日，腹中饥饿，腿上棒疮又痛，只得回至城下叫关。二王在城上问道："刘黑闼与苏定方的首级可曾拿来？"罗成道："不曾。"二王道："既无二人首级回来，又违我的军令了！回来怎么？"罗成道："千岁既要二人首级也不难，且开了城门，待俺吃饱了饭，再去出战，取他首级未迟。"二王大怒，吩咐左右放箭，军士一声答应，城上的箭，一起射下。罗成看见，把马退去。忽见罗春走到马前，怀中取出面饼，与罗成充饥。罗成把饼吃了几个，忽见苏定方一马跑到，大叫："罗成，你有此功劳，殷齐二王待你如同冤仇。今日大获全胜，饭也没有得吃，我劝你不如归我主公吧？"罗成听了，又气又恼。催马上前，一枪刺来，定方把枪相迎，战了数合，定方回马就走。

罗成随后赶来，赶了廿余里，罗春跟到，大叫："家主爷，你岂不晓得穷寇莫追？方才明州兵败去，今苏定方又来交战，其中必然有诈，我劝家主爷不要追赶了。况二位奸王，一心要害你，不如早早回家去吧。"罗成听了，就住了马。定方见罗成不追，他又回马，大声骂道："罗成小贼种，你有能耐取得你爷老子的首级，方为好汉！"罗成大怒，又赶上去。那罗春步行,再也赶不上。苏定方在前,且走且骂,罗成随后紧紧追赶,足足又赶了二十里。到了淤泥河,忽见刘黑闼独自一个,坐在对岸,大笑道:"罗成,你今番却该死了!"罗成一见大怒,弃了苏定方,即奔刘黑闼,一马抢来,哄通一声,陷入淤泥河内。那河内都是淤泥,并无滴水,只道行走得的,谁知陷住了马脚,不得起来。两边芦苇内,埋伏二千弓箭手,一声梆子响,箭如雨下。罗成叫道:"中了苏定方计了!"乱箭齐着,顷刻丧命。欲知后事如何,且听下回分解。

第 六 十 一 回

罗成托梦示娇妻　秦王遇赦访将士

当下罗成被乱箭射死在淤泥河内,就像个柴把子一般,一点灵魂,竟往山东来见妻子。是夜罗夫人抱着三岁孩子罗通,睡在床上,时交三更,看见罗成满身鲜血,周围插箭,上前叫道:"我的妻呀！我因探望秦王,被建成、元吉设计相害,逼我追赶刘黑闼,中了苏定方奸计,射死淤泥河内。妻呵,你好生看管孩儿,我去也！"罗夫人惊醒,却是南柯一梦。次日,夫人将此梦说与太太知道,太太大惊,连忙说与秦叔宝、程咬金知道,都各各惊疑此梦不祥。按下不表。

再说刘黑闼射死罗成,也不取首级,又统兵来攻紫金关。那罗春见人马去了,因来寻觅主人,寻至淤泥河内,见了主人尸首,放声大哭,便问乡民寻扇板门,放在河上面,然后将身困倒,用手向下去一扯,就将罗成的尸首,扯了起来,遍体乱箭,即一一拔出。罗春身边却有银两,就买了一口棺木,盛殓主人,做了孝子,一路扶棺回来。行到山东,先往家中报信。一进门,看见老太太、夫人,叫道:"不好了,老爷没了！"老太太道:"怎么讲?"罗春道:"老爷没了,棺木即刻就到。"老太太与夫人听了这话,一起大哭,晕倒在地。罗春连忙叫道:"太太、夫人苏醒。"叫了数声,婆媳二人,慢慢醒了过来。此时外面棺木已到,停在中堂,婆媳二人,哭得伤心惨目。

此时程咬金闻知,走来大哭,罗春遂把二王相害的始末,细说一遍。咬金说:"老伯母与弟媳,不必悲伤。自古道:'既死不能复生。'如今主公禁在天牢,我们又走散了,少不得几处反王杀来。这两个奸王,少不得死在眼前了。那时若再来寻我们,待我做程咬金的,啐也啐他十七八啐。你太平时节,将我们打发回家,自耕自种;反乱之际,又要来寻我们,今日不管你唐家事了！"话未完,忽见家将来报道:"程爷不好了！秦爷闻罗爷消息,大哭一声,就死了。"咬金听了,连忙走来看叔宝。只见他老小惊慌,幸亏咬金叫了数声,叔宝方才醒来,口叫:"罗贤弟,都是我害了你也！"便哭个不住。就与罗成开丧,请僧做道场追荐,①不表。

再说刘黑闼杀到了关下,奋勇攻打,军士飞报进关,二王大惊,忙问马伯良道:"罗成被他射死,贼兵又来,如何是好?"马伯良道:"事急矣!为今之计,千岁爷可再往长安求救,臣在此依旧守关,须要速去速来。如若迟延日期,失了紫金关,不干臣事。"建成、元吉见此关难保,只得且回长安,遂离了紫金关,来到长安,朝见父王,言:"罗成阵亡,明州兵凶勇,紫金关危在顷刻。望父王再遣能战将官,前去救应。"高祖大惊,便问群臣计将安出?只见兵部尚书刘文静出班奏道:"陛下,我国人才空虚,难以交兵。为今之计,可赦出秦王,往山东寻访秦琼到来,方可退得。刘黑闼目下在紫金关,无人救护,臣虽不才,愿统雄兵救应。"高祖闻言大喜道:"依卿所奏。"即下旨赦秦王之罪,速往山东,寻访秦恩公到来,将功折罪。

秦王从天牢出来,进朝奏道:"臣儿不敢前去。"高祖便问何故。这秦王道:"臣儿一人往山东,秦琼若肯来,实为万幸。万一不肯来,岂非徒然?"元吉道:"秦琼不来,可叫尉迟恭来,亦可战退贼兵矣。"秦王道:"贤弟差矣,你还要提尉迟恭怎的?他往日在御果园救驾,有了这样功劳,不能封妻荫子,反革他的官职,受你披麻拷之苦。今日他还肯来帮助么?"

高祖道:"昔日都是这两个畜生,起妒忌之心,将众人散去。如今秦琼、尉迟恭,不是不肯来,只怕两个畜生又要算计他。朕今降旨一道,着秦王将秦琼、尉迟恭与其余众将,招抚回来,官还原职。敕赐秦琼、尉迟恭铜鞭,可上打昏君,下打奸臣,不论王亲国戚,先打后奏。这两个畜生,就不敢算计了!"秦王大喜,又奏道:"今有徐勣在午门候旨。"高祖道:"宣进来。"原来徐茂公算定这事可成,故使刘文静奏赦秦王,秦王上奏高祖,敕封二将,方好制伏两奸王。那时茂公宣至金阶,朝见毕,高祖即着茂公同秦王往请秦琼、尉迟恭,并寻众将回来。秦王领旨,同茂公带了五百兵,向山东进发。及到山东,徐茂公令人马扎在幽僻之处,与秦王换了便服,步行而来。行到秦琼门首,咬金看见茂公,就问茂公一向躲在那里,如今到此何干。茂公道:"同主公特来访你。"咬金出见秦王,大喜,请到里面去坐。未知说出什么话来,且听下回分解。

----

① 追荐——迷信者请僧道为死者诵经礼忏,祈祷祝福。

第 六 十 二 回

尉迟恭诈称疯魔　唐高祖敕赐鞭铜

却说程咬金请秦王同徐茂公到里面，见礼毕，坐下。秦王道："孤闻罗王兄阵亡，他灵柩却在何处？"咬金道："在后堂。"秦王道："烦程王兄端正祭礼，待孤家祭奠一番。"程咬金领旨，忙去整顿祭礼完备，即引秦王、茂公，来到后堂。秦王看见孝帏①，不觉泪如雨下，上香行礼，哭一声："罗王兄呵！孤家怎生舍得你？你有天大的功劳，不能享太平之福，为孤家死于战场之上。是孤家之罪也。今日孤家在此祭奠你，你英灵不爽，可来飨②此微馨③！"说罢大哭起来。

里面罗夫人知秦王在此祭奠，心酸痛切，哭声甚哀。老太太见媳妇悲哭，想着丈夫身亡，全靠这个儿子，今又为国捐躯，也是哭个不了。徐茂公看见，也掉下泪来。程咬金见她们哭得伤心，也就哭起来道："呵呀！我那罗兄弟呵！唐家是没良心的，太平时不用我们，如今又不知哪里杀来，又同牛鼻道人在此'猫儿哭老鼠'，假慈悲。想来骗我们前去与他争天下，夺地方。我想罗兄弟英雄无敌，白白误中殷齐二王诡计，死于万弩之下。呵唷！我那罗兄弟呀！"

那一片哭声甚响，早惊动了秦叔宝。他因患病在床，听得一片哭声，便问道："今日为什么有此哭声？"家将道："是秦王同徐茂公老爷，在此祭奠罗爷，故有此一片哭声。"叔宝一闻此言，双手将两眼一擦，说："秦王来了么？我正要去见他。"忙爬起来，那病不知不觉就好了三分，走到后堂，叫："主公在哪里？"秦王道："秦王兄，孤家在此访你。"叔宝一见秦王，即忙行礼，便问："主公今日焉能到此？使臣得见主公，喜出望外。但此来必有所谕。"秦王道："王兄，你还不知道，那明州刘黑闼，自称后汉王，声

---

①　帏——同"帷"，指帐子。

②　飨——享受。

③　馨——芳香。比喻好名声。

言要与夏明王窦建德报仇,拜苏定方为元帅,起兵杀来,把总兵官王九龙和他兄弟王九虎杀死,夺取鱼鳞关,现在兵临紫金关。父王命殷齐二王出战,杀得大败,回来请救,正遇罗王兄入京,探望孤家,被二王瞧见,保他去做先锋。因二王不能用贤,以致罗王兄被贼暗算。如今紫金关危在旦夕,父王因赦孤家出牢,立功折罪。孤今奉圣旨前来,请秦王兄前去破敌立功。"

叔宝闻言便叫:"主公呵,罗家兄弟为国亡身,可怜他母亲妻子,无人看管。臣因中表至亲,理当留家替他照管。主公要退明州之兵,可另寻别人去吧!"徐茂公道:"今日特奉圣旨前来相召,还要去召尉迟敬德。圣上有旨在先,仍恐殷齐二王相欺,敕赐你二人铜鞭,上打昏君,下打奸臣。不论王亲国戚,皆先打后奏。劝你去吧!"程咬金接口道:"论理原是不该去,若封了铜鞭,令先打后奏,这两个奸王,如照旧作怪,我就先打死他。圣上若敕封了我的斧头,我就砍他十七八段。秦大哥就去吧!"叔宝不应。

又见里面走出一个小厮,约有三四岁,满身穿白,走到秦王面前,叫声:"皇帝老子,我家爹爹为你死了,要你偿命!"秦王便问:"此是何人?"程咬金说道:"就是罗成的儿子,叫做罗通。年纪虽小,甚有气力,真是将门之子,后来定是一员勇将。"秦王欢喜,伸手把罗通抱起,放在膝上,叫一声:"王儿,果是孤家害了你的父亲,孤家永不忘你父亲一片忠心!"便对叔宝、咬金道:"孤欲过继罗通为子,二卿意下如何?"叔宝道:"主公,这就是贵人抬眼看了!"即唤罗通走下来,拜了主公,叔宝扶定罗通,向秦王拜了八拜,里面罗夫人摆出酒来,请秦王上坐,下面众位挨次坐着。秦王说起往长安之事,叔宝咬金只得应承。

次日,叔宝与咬金拜别秦氏太太、罗夫人,及自己家小,同秦王出门。到僻静处,招抚兵丁,一起望山后进发。不一日,已到朔州致农庄,将人马依先拣僻静处扎伏,四人换了便服,一路望敬德家中步行而来。早有一班同敬德日日吃酒的父老,看见四人威风凛凛,相貌堂堂,知是唐朝大贵人,慌忙前来报与尉迟恭,说道:"今有长安来的四位贵人,带有五百人马,扎在僻静处。那四位贵人换了便服,步行而来,一路问将军住处,不知何故?"尉迟恭听了,心中一想道:"此必是唐王有事,差四位公卿,领兵前来请我了。但我想唐家的官,岂是做得的。我前日几番把性命去换了功劳,还要受两个奸王如此欺侮，若非尚书刘文静相救，几乎被他披麻拷活活处死。如今回归田里，自耕自吃，倒也无忧无虑，何苦要去做官？他今来寻我，我自有道理。”

遂入里面，吩咐黑白二夫人道：“少停若有唐王差人到此寻我，你只说：我害了疯癫之症，连人也认不出的。你们不可忘记。”两位夫人应声：“晓得。”尉迟恭就走到厨房下，将灶锅上黑煤取来，搽了满面，将身上的衣服扯碎，好像十二月廿四跳灶王的花子一般。二位夫人见他形像，几乎笑倒。霎时秦王与茂公、叔宝、咬金访问，来到尉迟恭门首，即走进里面坐下。咬金高声叫道：“黑炭团在家么？”内面黑夫人问道：“是哪个？”咬金道：“是与你做媒人的程咬金。”黑夫人听见程咬金三字，即同白夫人走出外厅一看，见秦王、叔宝、茂公都在此，叫声：“呵呀！原来千岁爷也在此！”即见过了礼，又与叔宝、咬金、茂公一起见礼。里面丫环送出茶来，吃罢，二位夫人问道：“不知千岁爷驾到，有何贵干？”秦王就将一番言语，细说一遍。二位夫人道：“千岁爷还不知道，我家丈夫数日前，不知怎么害了疯癫病，日日大呼小叫，连人也认不得了。如何可以出兵交战？岂不枉费了千岁爷一番龙驾？”秦王闻言，只是跌足叹息。

茂公冷笑问道：“今在何处？”话未毕，忽听得里面大呼小叫起来，秦王等三人忙抬头一看，只见尉迟恭跑将出来，大叫道：“不好了！不好了！原来是鬼怪妖魔都来拜我生日。”指着秦叔宝道：“你是海龙王。”看定秦王道：“你是刘武周。”对着茂公道：“你是乔公山。”一把扯住咬金的手道：“你是柳树精，偷了仙桃，结交四海龙王，合了虾兵蟹将，来抢我的宝贝，如今被我捉住在这里了。”把咬金一扯，自己反跌倒在地。滚来滚去，忽又爬起来，说道：“我如今要变一个老虎，去吃人了。”一声叫，就翻一个筋斗进去了。秦王看了，心中很是难受，知他不能前去，只得吩咐众人，作别去吧。众人答应一声，遂作别起身。二位夫人相送出门，见四人去了，黑夫人对白夫人道：“今日相公诈为疯癫，如此形状，连那未卜先知的军师，也都骗信了。”二位夫人大笑不表。

再说秦王君臣四人，依旧来到僻静之处，叫五百军士回长安去。秦王在路，嗟叹可惜。茂公笑道：“主公，你还不知其细。如今可差程咬金前去，如此如此，包管尉迟恭就不疯癫了。”秦王大喜，暗令咬金领二百兵，前去行事。咬金领旨，将二百人扮作喽啰，自己扮做大王，复到致农庄，把庄门团团围住。口称:"我乃虬①石山都天大王,闻得庄上有孟海公的黑白二夫人,生得齐整。快快送出与我做压寨夫人,万事全休。若有半声不肯,把那尉迟恭的狗头,砍为两段!"

那庄中乡邻朋友,听了这话,个个惊慌,连忙来报尉迟恭。那尉迟恭正假装疯癫,打发秦王君臣去了,自为得计,与黑白二位夫人饮酒快乐,一闻邻友来报这事,顿时大怒骂道:"何处毛贼,敢来放肆!"遂提鞭上马,跑出庄门。果见有一个大王,是个圆硃砂脸,原是颜色画的,手执长枪,再也认他不出。咬金见尉迟恭出来,大声喝道:"你这黑鬼,快将夺来的两个老婆送来,与我都天大王做压寨夫人,我便饶你这黑贼一死。若道半个不字,定将你砍为两段!"尉迟恭听了大怒,举起钢鞭打来,咬金把枪一架,回马就走。尉迟恭大喝道:"你这毛贼,走哪里去!"随后赶来,忽见树林内走出三个人来,却是秦王与叔宝、茂公,一起大笑道:"尉迟将军,你害得好疯病也!"咬金道:"媒人也认不得,竟杀起来!"尉迟恭看见秦王,叫声:"罢了,中了军师之计了!"连忙下马赔罪,请到家中,摆酒接风。秦王将从前之事,细叙始末,尉迟恭无奈,只得同两个夫人,别了邻里,随秦王起身,往长安进发。

在路不上数日,到了长安,朝见高祖。高祖大悦,立刻降旨道:"今有刘黑闼兵犯紫金关,损兵折将,难以拒敌。朕思非卿二人,不能取胜,故特遣世民召卿前来,望卿等莫记从前之过。今朕赐卿铜鞭,不论王亲国戚,如有不法者,先打后奏"。就令叔宝、敬德,取铜鞭上殿,高祖提起御笔写道:

> 御赐钢鞭付敬德,不论王亲与国戚,
>
> 若遇不法奸伪事,即行打死无停歇。

写毕,付与尉迟恭,尉迟恭叩头谢恩。高祖又提起御笔写道:

> 敕赐恩公铜二根,专打朝中奸佞臣,
>
> 不论王亲并国戚,任从此铜去施行。

写毕,将字付与叔宝,叔宝叩头谢恩。高祖道:"二位爱卿,请即往教场点齐人马,督同众将,前去破敌立功,另有升赏。"叔宝、敬德奏道:"臣启陛下,此行必须要秦王同去,以振军威。"高祖准奏,就命秦王同去,即日兴

---

① 虬(qiú)——虬龙,拳曲。

师,前往紫金关而去。那殷齐二王,看见父王御笔亲书,敕赐二人铜鞭,暗暗叫苦,恐尉迟恭日后报仇,又是恐惧,无可奈何,按下不表。

再讲刘文静领兵到紫金关,即着马伯良为先锋,连败数阵。文静大怒道:"如此无用将官,怎生镇守此关?"便上本入朝,把马伯良削职回家去了。谁想马伯良哭诉姊姊刘夫人,刘夫人不知大义,便发起恼来,对马伯良说道:"你姊夫这等无情!我父母双亡,只有你这个兄弟,怎么就下这等毒手,将你削职赶回。也罢,兄弟呵,你姊夫现塑刘武周身像在家内,只将此事去出首,看他的官做得成也做不成!"马伯良大喜,即将刘武周身上的衣服剥下来,取了衣服,次早入朝出首。高祖不察其事,一时大怒,忙点兵围住府门,先将刘夫人一刀杀了,又把一门老幼尽杀,一面差官吊回文静,即在路上将他处斩。

再说秦王到了紫金关,不见刘文静,问起情由,方知其事。秦王大惊,连夜写本,将刘武周作祟前事,细细叙明,差官往长安启奏。及到长安,差官入朝,将本章呈上,高祖展开一看,方知屈杀刘文静。龙颜大怒,即传旨将马伯良碎割凌迟,①一门皆斩。正是"害人终害己,报应最公平"。此话不表。

再说秦王兵马来到关中,你道刘黑闼为何不来攻打?只因领兵十万前来,被罗成杀了将近一半,心中懦怯,也要学王世充故事,差官聘请四家王子,共破唐兵。你道是哪四家王子?一个是南阳朱登,就是南阳侯伍云召之子,当初承继与朱灿扶育的,故称朱登;一个是苏州沈法兴;一个是山东唐璧;一个是河北寿州王李子通;俱约即日兴师到来。未知何日可到,且听下回分解。

---

①　凌迟——古代一种残酷的死刑,零割碎剐犯人的肢体。

第六十三回

报唐璧叔宝让刀　战朱登咬金逞斧

却说山东唐璧以楚德为元帅,统兵五万先到,小军飞报入营,刘黑闼接进营中,见过了礼,刘黑闼道:"有劳王爷兴兵来助,若灭唐家,愿与王爷平分天下,共掌山河。"唐璧道:"不敢,弟念昔日与窦千岁情谊,恨被唐家所灭,难得刘王爷与主报仇,兴兵到此,故尔拔刀相助。"刘黑闼连声相谢,即摆酒接风。

次日,唐璧与刘黑闼、楚德、苏定方等出阵,独有唐璧来到关下讨战。小军飞报进营。秦王便问众将道:"哪一位王兄出去会他?"叔宝道:"小将愿往。"遂提枪上马,开了关门,来到阵前,认得是唐璧,即欠身施礼道:"故主唐爷,小将甲胄在身,不能全礼,马上打拱了。"唐璧见是叔宝,叫一声:"秦琼,孤家往日待你也不薄,你今日怎敢与孤家会战呢?"叔宝答道:"唐爷差矣!我主唐王,与你素无仇隙,你今起兵到来,出于无名。我劝唐爷不如归顺唐家,也不失王侯之位。若执迷不悟,那时悔之晚矣!"唐璧听了,大喝道:"胡说,自古道:'天下者,乃人人之天下,非一人之天下也。'孤家争取江山,管什么有仇无仇?你这个马快手,晓得什么?照爷爷的刀吧!"言罢举刀就砍。叔宝使枪架住道:"唐爷不必发怒,还要三思。"唐璧又将刀砍来,叔宝又使枪架住,一连架过三刀。叔宝道:"唐爷,小将曾在你标下一番,故此让你三刀。如今要还枪了。"唐璧又举刀砍来,叔宝把枪架住,往上一枭,那唐璧的刀几乎枭脱,叫声:"好厉害!"自料不是对手,回马就走。

后面楚德看见主公输了,便拍马上前,大喝道:"勿伤我主,俺楚爷来了。"摆动神钢叉,来战叔宝,战了八九合,被叔宝刺落马下,取了首级,回营缴令。秦王大喜,即摆酒贺功。小军飞报进来说:"昔日众将俱在关外,求见千岁爷。"秦王听了,吩咐开关迎接。那一干众将,闻得秦王赦出天牢,又封了铜鞭,不惧奸王,故此各各都来。那时众将见开关迎接,一起进关,朝见毕,秦王大喜,吩咐摆酒接风,俱留在关内听用。

再说刘黑闼见唐璧输了，又折元帅楚德，心中不快。忽见小军报进道："启王爷，今有南阳王朱登，上梁王沈法兴，寿州王李子通三处人马，一起到了。"二王大喜，出来接进营中，见礼已毕。刘黑闼道："多承列位王爷，不辞跋涉而来，弟心甚觉不安。"三位王爷道："辱①承相召，本欲早候，乃羁迟时日，有负见招之意，望乞恕罪。"刘黑闼道："不敢。"即将战败之事，一一说明，吩咐摆酒接风。

到了次日，众位王子升帐，刘黑闼道："请问今日哪位王爷出阵？"南阳王朱登应道："小侄愿往。"四位王爷大喜。朱登提枪上马，杀气腾腾，威风凛凛，来到关下讨战。小军飞报进来："启千岁爷，外边有一员小将讨战。"秦王问道："哪位王兄出去会他？"闪出程咬金道："小将愿往。"遂提斧上马，开了关门，一马冲出。来到阵前，看见朱登面如满月，眼若流星，年纪不上十八九岁，叫声："好一个小将，快通名来，或者你是故交之子，我好留情饶恕，若是野贼种，我就一斧砍为两段。"朱登喝道："你这丑鬼，休得多言，孤乃南阳王朱登是也。"咬金道："呀，你叫朱登，乃是野贼种，不要走，照爷爷的斧吧。"当头就是一斧劈下，朱登把枪一架，咬金又一斧砍来。朱登大叫一声："呵呀，好一员勇将！"说未完，扑的又一斧，一连三斧，把朱登劈得汗流脊背，说声："好厉害！"却待要走，不料第四斧就没力了。朱登笑道："原来是个虎头蛇尾的丑鬼！"就把枪劈面来迎。连战几个回合，战得程咬金只有招架，并无回兵。朱登趁势拦开斧头，扯出鞭来一打，正中咬金左臂。咬金便大叫道："呵唷，小贼种，打得你爷老子好厉害！"回马便走，大败进关，来见秦王，连称厉害。

秦王又问，谁去迎敌？闪出齐国远道："小将愿往。"遂一马冲出，与朱登交战，不上十合，也大败进关。次后史大奈出战，也败了。此时四王正在掠阵，见朱登少年英雄，不胜欢喜。末后尉迟恭出战，与他交手，有百十余合，不分胜败。直杀得日色西沉，各各收兵。朱登回进营中，四王迎接，俱皆称贺，吩咐摆酒庆功。

这边尉迟恭回进关中说："朱登年纪虽小，本事高强，一时难胜。待明日俺出去，必要擒他，才见手段。"叔宝道："尉迟将军不可，我知他非别人，乃南阳侯伍云召之子。只因炀帝无道，伊祖与父，忠心不昧，祖遭荼

---

① 辱——谦辞。表示承蒙。

毒,父被逼迫,继与朱灿抚养成人,故名朱登。待末将明日出去会他,说他归降主公便了。"秦王大喜。

　　次日,朱登又在关外讨战,叔宝提枪上马,来到阵前,看见朱登,就叫道:"贤侄,你叔父秦叔宝在此,对你讲话。"朱登大怒道:"放狗屁,你这匹夫,孤家何曾认得你? 擅敢妄自尊大,称侄道叔!"提枪就刺。叔宝也怒道:"不中抬举的小畜生!"也把枪相迎。正是棋逢敌手,将遇良才,两人大战三十余合。叔宝见朱登枪法并无破绽,又把枪挡住道:"贤侄,你还有所不知,我对你说明始末,方知我叔父不差。当年你父伍云召在扬州,曾与我有八拜之交,结为异姓兄弟,情同手足。曾对我言及贤侄,寄托朱灿收养,他日长大相逢,当以正言指教。不意你令尊去世,贤侄如此英雄。目今①唐朝堂堂天命,岂比那刘黑闼卑卑小寇? 劝贤侄不如归顺唐朝,一则不失封侯,二则弃小就大,不使英雄耻笑,以成豪杰之名。贤侄以为何如?"朱登听了这番言语,心中省悟,只因四家王子在后掠阵,恐他识破,反为不美。只得变脸道:"不必多言,照孤家的枪吧!"一枪刺来,又战数合,暗想:"他方才所言,十分有理,我既有归顺之心,与他交战何益。"就虚刺一枪,回马就走。叔宝随后追来。四家王子见朱登败走,恐防有失,忙令众将放箭射去,叔宝只得退回关中,不表。

　　再说朱登回营,就道:"列位王爷,那秦琼果然厉害,小侄不能及他,故被杀败而回。"四位王子道:"胜败乃兵家之常,何必介意? 明日再出兵去战吧。"未知次日交战如何,且听下回分解。

----

　　①　目今——现今,如今。

第六十四回

四王洒血紫金关　高祖庆功麒麟阁

次日刘黑闼招齐人马,向紫金关前搦战,早有苏定方一马冲出来,那秦王也在那里掠阵,看见苏定方一表人才,心中欢喜,叫一声:"苏王兄,投顺了孤家吧。"定方大叫:"唐童休走!"劈面一枪刺来,秦王大惊,忙把定唐刀要来招架,后面众将一拥而上,把苏定方团团围住。秦王道:"苏王兄,你们大势已去,如投顺孤家,不失公侯之赏。"苏定方料想刘黑闼兵微将寡,不能成事,不如归顺唐朝,就放下手中枪,下马投降,跪拜马前,秦王大喜,下马扶起。那边唐璧见苏定方投顺唐朝,不觉大怒,拿金背刀杀过来。这里程咬金举起宣花斧,上前架住。朱登见四王不能成事,料想后来天下必为秦王所得,也要投唐,遂拍马上前。却逢秦叔宝拦住,叫声:"贤侄,你可知天命有归,休要执迷不悟,快快投顺了唐家吧。"朱登道:"谨从叔父之命。"叔宝就引朱登降了,秦王大悦。

当下寿州王李子通,见苏定方、朱登两人归唐,心中大怒,把托天叉杀过来,尉迟恭接住厮杀。上梁王沈法兴使宝剑杀来,张公瑾、史大奈接住厮杀。刘黑闼领众将杀来,徐茂公招呼殷开山、马三保、段志贤、刘洪基等,一起战住。那一场狠战,非同小可。直杀得阴风惨惨,怪雾腾腾,这话不表。

再讲南阳王朱登叫一声:"秦叔父,待小侄去招呼本部人马,斩了刘黑闼,作进见之功。"叔宝大悦道:"贤侄之言极是。"那朱登遂一马杀去,招齐了自家人马,去归唐朝,复翻身杀入刘黑闼阵内,这一条枪,好不厉害,犹如白龙取水,空中飞舞一般。那苏定方看见朱登入阵逞能,他也高兴起来,即忙向前叫声:"主公,待臣也去助一臂之力,以破明州兵献功。"秦王大喜。定方遂一马冲入阵去,把一条枪东挑西刺,直杀到上梁王阵里。这边张公瑾与沈法兴交战,史大奈连忙相助。只杀得沈法兴大汗直淋,恰好苏定方一马冲到,向沈法兴后心一枪,翻身落马,定方便下马割取首级而去。那尉迟恭战住李子通,不上十余合,被尉迟恭的枪刺去,正中咽喉,翻身跌下马来,尉迟恭也便下马,割取首级而去。那程咬金与唐璧交战,唐璧虽做过山东节度使,怎当得这程咬金三斧头的厉害?第一斧砍来,就当不起。那程咬金不由分说,走上前去,把第二斧劈下来;扑通一声,劈个正着,便下马赶过来,割取唐璧首级而去。

那刘黑闼见此光景,大叫一声:"罢了,杀的杀了!降的降了!可怜数十万人马,只乘得五万有零,这番料难复仇。"遂领残兵回营而逃,不提防朱登从后追来,一枪刺去,正中刘黑闼后心,翻身跌下马来。朱登上前,取了首级。可怜明州二十五万兵马,一时杀得天昏地暗,尸积如山,血流成河。当下徐茂公鸣金收兵,众将纷纷回营,程咬金献上唐璧首级,尉迟恭献上李子通首级,朱登献上刘黑闼首级,苏定方献上沈法兴首级。其余众将,所献大将首级,不计其数。秦叔宝一一记明,上了功劳簿。秦王吩咐摆酒贺功,众皆大悦。

次日,秦王传旨,留尤俊达为鱼鳞关总兵官,副将金甲、童环佐之;又留刘洪基为紫金关总兵官,副将樊虎、连明佐之;两处分兵丁十万镇守。六将领旨,自行打点守关。秦王带领众将,随即班师,放炮三声,起兵就行,一路上好不得意。及到长安,专等次日入朝,此话不表。

这日,高祖驾坐早朝,百官朝拜毕,忽黄门官启奏:"秦王得胜,班师回朝,同众将午门候旨定夺。"高祖大喜,叫:"宣他进来。"秦王闻宣,来至金阶,朝拜毕,就把出兵事情,一一奏上,又将功劳簿呈上龙案。高祖道:"王儿平身。"将功劳簿细看一遍,龙心大悦。传旨宣徐茂公等三十七人见驾,众将闻宣,进朝朝见。山呼已毕,高祖龙颜大悦,说道:"朕有封诰一道。"着黄门官上殿宣读。黄门官领旨,上殿,念道:"圣旨到。"众将跪听宣读,诏曰:

> 朕闻有功必赏,尔诸将勤劳王事,赤心报国,今幸班师,宜享太平。所有开国功勋,今当一一敕封。恩臣秦琼,临潼救驾,佐朕扫平宇内,特封护国并肩王、天下都督大元帅,赐双锏,专打奸佞。尉迟恭单鞭救主,封为鄂国公,赐鞭先打后奏。徐茂公封英国公;程咬金封鲁国公;魏征授兵部尚书;朱登复姓伍,封开国公;苏定方封锡国公;马三保、段志贤、殷开山、刘洪基、尤俊达五将,皆封为国公;其余众将,亦皆封总兵。故罗成赠越国公;故刘文静赠太子太傅。建麒麟阁,表扬诸将功勋。钦此。

黄门官读诏毕，众将山呼万岁，叩头谢恩，高祖起驾回宫，不表。

再说程咬金封了鲁国公，头载金幞头，①双龙抢珠扎额，身穿大红蟒袍，腰系白玉带，脚踏粉底靴，摇摇摆摆，好不快活。当日朝廷就有旨意下来，命工部尚书，在府库中支出银一万两，起造麒麟阁，督同该管有司官员，即日兴工起造，钦限三月完工。那些有司官，唤齐各项匠人，不下数千名，纷纷起造。足足忙乱了三个月，完工复旨。早惊动了那长安的百姓，都称麒麟阁千古奇逢，难得看的。大家扶老携幼，男男女女，一起来看，都沸沸扬扬的说道："好齐整一个麒麟阁，你看四围一带，都是玛瑙石砌就的。四边亭柱，都是乌木紫檀。高有十丈，阁造三层。上铺琉璃碧瓦，四面雕龙画凤的纱窗，真个景致非凡。"这些百姓，人人道好，个个夸强，这且慢表。

再讲高祖闻麒麟阁完工，传旨摆齐銮驾，到来游玩。细细观看一遍，龙颜大悦。命秦王写一副对联，挂于阁上，写道：

双铜打成唐世界，单鞭撑住李乾坤②。

次日，高祖吩咐光禄寺摆宴阁上，命殷王、秦王、齐王，齐赴麒麟阁庆贺诸位功臣。兄弟三人，来到阁上，众将上前各各见礼已毕。那些众将，只与秦王说说笑笑，唯有殷齐二王，却无一人理他。咬金见了暗想："这个狗头，一向大模大样，把我们众朋友百般欺侮，如今幸得高祖明白这个道理，把秦大哥的双铜与尉迟恭的单鞭，一起御笔题诗在上，听他们专打朝中奸佞，不论王亲国戚，先打后奏。故此这两个狗头，好像哑巴子一般，不敢撒野。待我老程去耍他一耍，也好与罗兄弟的阴魂，出出怨气，有何不可？"未知程咬金如何戏耍二王，且听下回分解。

---

①　幞头(fú tóu)——一种头巾。
②　乾坤——象征天地，阴阳等。

第 六 十 五 回

升仙阁奸王逞豪富　太医院冷饮伏阴私

当下程咬金走到殷齐二王面前，开言道："你们两个在这里做什么？我家主公收纳英雄，在此麒麟阁，庆贺我们众功臣功劳，赐宴饮酒，好不光彩。你这两个退时倒运的废物，一出兵就大败而回。看起来，真正是没用的人了！要你们在此做什么？"叔宝见了，忙走过来喝退咬金，羞得殷齐二王，含怒而去。

来到府中，建成与元吉商议道："我们也造一个高阁起来，比麒麟阁更加齐整，也与我们两府的将士，日日饮酒作乐，以出今日被程咬金这狗头羞辱的恶气。贤弟，你道如何？"元吉道："王兄说得有理。"次日，二王就发出两府钱粮，在麒麟阁对面，起造一所高阁。不消数月完工，却也与麒麟阁一般高大。上悬一个金字匾额，名曰："升仙阁"。那殷齐二王，也在那里饮酒作乐。倒造化了这班家将，日日赏赐，吃个醉饱。正因升仙阁造得穷工极巧①，十分齐整，那些百姓，都去看升仙阁，这麒麟阁倒没有人来观看，就渐渐冷落了。

众将都不以为意，只有程咬金是好胜的，他看见这光景，心中不服之极，忽然想道："我有个道理在此。"遂买了几百担干面，叫人做起肉馒包子，若百姓来看麒麟阁，每人赏他包子两个。这消息传出去，到了次日，众百姓都来看麒麟阁，领赏包子，去而复来，往复不绝，真正热闹。程咬金得意洋洋，好不快活，那升仙阁也没有人去看了。二王知这消息，便说道："这两个包子何难，明日也做起肉馒包子，每人赏他四个包子。"这些百姓何乐而不为？复一起来看升仙阁了。咬金闻知这事，一时兴发起来道："他们四个，我们这里赏他八个便了。"这消息传出去，到明日，百姓都是贪多，又一起来看麒麟阁了。这边二王道："赏包子有甚稀罕，我明日分赏每人一钱银子。"百姓闻知这事，生意都不去做，扶老携幼，填满街道，

---

① 穷工极巧——工艺极其精巧。

都来看升仙阁,领赏一钱银子了。

咬金闻知,不觉大怒,暗想:"我因一时赌气,把家中银子都用尽了,哪里及得这两个狗头富?"心中气闷不过。这一日,正逢尉迟恭酒吃得大醉,咬金便问道:"老黑,那万岁爷封你的鞭做什么?"尉迟恭道:"万岁爷叫我专打朝中不法之臣,你岂不晓得?"咬金道:"如今二王私造升仙阁,给每人赏一钱银子,引得百姓不务生理。这等不法,你怎么不去打他?"尉迟恭道:"他两个有钱,自去做畅汉,关我甚事?"咬金道:"原来你是没用的! 当初你被他骗去,受披麻拷打,吃了他的亏。如今趁此机会,何不公报私仇,打他一顿?"尉迟恭是个莽夫,听了这话,不觉大怒,遂拿钢鞭赶至升仙阁来。

咬金暗想:"不好了,万一二王被他打死,追究起来,说我老程叫他打的,如何是好? 不若我一路叫喊前去,使两个狗头害怕,预先去了。我就哄骗这老黑,拆倒了这升仙阁,岂不是好?"遂一路喊叫道:"殷齐二王私造升仙阁,耗费钱粮,尉迟恭打来了,你们大家走开些!"二王正在阁上饮酒,忽听下面喊叫,推开纱窗,望下一看,大惊道:"不好了! 尉迟黑子来了!"忙奔下阁,逃出后门走了。那尉迟恭抢上阁来,不见了二王,正没处出气,忽见咬金走到,说道:"他两个奸王,虽然逃走,打不着,这升仙阁是私造的,在此引诱百姓。何不将他拆毁,也与万岁爷省些钱粮?"尉迟恭正在大怒,今闻这话,就叫数百名家将,立刻把这座升仙阁,不消一日工夫,拆得干干净净。又把家伙玩器之物,件件都打得粉碎,方才住手,转身回府。那二王逃归王府,差人打听回报,不多时,差人来报说,升仙阁被他拆了,家伙玩器,尽行打碎。二王闻言,气得手足冰冷,半晌无言。

建成道:"三御弟,我们气他不过,不如把此事奏闻父王,说他两个无事生非,欺君灭主的罪吧!"元吉道:"不可,这升仙阁原是我们心不甘服他们的麒麟阁,故此私自出银来造的。怎敢奏闻父王? 这场亏我与王兄是要吃他的了。"建成听说,又叫:"御弟。你的见识虽是,但是秦王手下这些将官,我心里到底恼他不过。全赖御弟再想一个妙计,把这些将官,个个弄死,须要做得干干净净才好。"元吉听了,把眉一皱,顷刻计上心来,说道:"有了。"建成忙问何计,元吉向建成耳边,低言如此如此,自然死得个个干净。建成听了大喜道:"妙计! 妙计! 明日就行。"

次早二王入朝,朝见高祖,上殿奏道:"臣儿建成、元吉,有事奏闻父王。"高祖道:"你所奏何事?"二王道:"臣儿想秦王麾下将士,边关立功,享安未久。值此盛暑,父王何不颁赐香菇①饮汤,解散炎蒸,以表父王爱士之恩?"高祖道:"皇儿之言甚善,依卿所奏。"即着太医院合就香菇饮汤,颁赐秦府众将。医官领旨,高祖散朝入宫。

二王退朝回府,就叫内侍去召太医院来。那太医院闻二王相召,忙来府中参见。二王道:"孤家弟兄有一事相烦,不知先生肯依否?"那太医院英盖史道:"千岁令旨,臣敢不遵?"二王道:"先生,孤因天策府一班将官,个个倚着秦王势力,每事欺侮孤家。今日皇上要赐他香菇饮汤,着先生料理。孤家欲烦先生,于香菇饮汤中,暗藏巴豆大黄发泻等药,待他们吃了,个个泻死,故特请先生到来叮嘱。"英盖史闻言,连忙说道:"二位千岁爷,别样事无有不遵,此系险毒之事,臣断断不敢奉命!"殷王道:"先生不必推辞,你今日依孤行事,他日孤登九五之位,就封你为并肩王,岂不富贵极矣!"英盖史听了这话,心中动念,想:"他是太子,他日皇帝自然是他的,我若依他,这并肩王稳稳做得成。"一时贪慕富贵,就忘了天道好生之德,便依允道:"既承二位千岁美意,臣敢不领命?"二王见他允了,便大喜,相送出府。未知后事如何,且听下回分解。

---

① 香菇——双子叶植物药菊科植物香菇的全草。功效是清热利湿。

第六十六回
天策府众将敲门　显德殿太宗御极

当下英盖史回归太医院，连忙合好了香茹饮汤，奉旨送去。那天策府众将，因天气炎蒸，大暑逼人，各脱衣冠乘凉。忽见家将飞报进来道："圣旨到了！"众将连忙穿戴衣冠，走出外边来，一起俯伏接旨。那天使即开读诏曰：

> 朕处深宫，尚且不胜酷暑，想众卿在天策府，必然烦热。特命太
> 医虔合香茹饮汤，一体颁赐，以明朕爱士之心。钦哉！

读罢诏书，众将谢恩，太医院入朝复旨。那程咬金忙走过来，说道："这是皇上赐的香茹饮汤，必定加料，分外透心凉的，我们大家来吃。"先是秦王吃一杯，然后众将各吃一杯，唯有尉迟恭与程咬金，多吃两杯。见滋味又香又甜，两人贪嘴，不觉又吃了十来杯。咬金道："妙呵，果然爽快，透心凉的！少停，我们再来吃吧。"众人各各分开去玩耍了。

看看到晚，众人肚中忽痛起来。咬金道："这也奇了！难道我吃了十来杯香茹饮汤，暑气还不解么？我再去吃吧。"走过去又吃了几杯，谁想愈加痛甚，只叫："呵唷唷唷！不好！不好！要出恭了！"快走到坑上，泻个不住。自此为始，一日最少也有五六十遍。敬德泄泻也是如此。秦王众将，略略少些，却也泻得头昏眼花，手足疲软。这个消息传出去，殷齐二王闻知，暗暗欢喜。高祖在内宫，闻天策府将士，吃了御赐香茹饮汤，一起泻倒，不觉大惊，就传旨叫太医院来医治。二王闻知，又嘱托英盖史，速速送他们上路。英盖史不敢推辞，口称："遵命。"走到天策府中来医治，更把大黄巴豆放在药内，煎将起来，众将吃了，一发泻得不堪。

正在这时，却好救星到了。原来李靖云游四海而归，恰好到长安来见秦王。行礼毕，秦王告知："诸将中毒泄泻，未能痊愈，军师何以治之？"李靖道："不妨。"随将几丸丹药，化在水中，叫众将士吃了。果然妙药，吃下去，就不泻了。当下徐茂公道："我们中了诡计，服下泻药，才会如此。太医院英盖史是和这事有关的，从他身上可以获得水落石出。"众将倒也罢

了,只有程咬金、尉迟恭不肯干休,就要出气。无奈泻了几日,两脚疲软,行走不动。将息了数日,方才平复如故。两人私下商议,如此如此,遂同到大理寺府中来。衙役通报本官,大理寺出来迎接,升堂见礼,分宾主坐下。咬金道:"我们两个,今日要借这座公堂,审①究一事。"大理寺道:"遵教。"二人起身到堂中,向南坐下。咬金道:"贵寺请便吧。"大理寺道:"晓得。"说着里面去了。咬金唤过两名快役道:"我要你拿太医院英盖史回话,你可快去拿来。"快手禀道:"求老爷出签。"咬金道:"怎么要签,你速拿来,不得有违。"快手应道:"晓得。"他知程将军的性格,不敢回言,出了府门,一路思想道:"这个人是强盗出身,知什么道理?那太医院是朝廷命官,怎么就好去拿?今我写一个帖子,只说请老爷吃酒,他一定肯来的,那时就不关我事了。"算计已定,来到太医院,把帖子投进去。只见一个家丁出来说:"你们先去,我老爷就来。"两个快手回去,不表。

再说英盖史不知底细,只道大理寺请,即上马往大理寺来,到了门首,不见来接,心中暗想道:"定是他又陪别客在内。"竟自进去。到了仪门下马,走到里边,看见程咬金、尉迟恭坐在堂上,心内大惊,只得上前打拱。咬金见英盖史来,便大声喝道:"你这狗官,怎么不下跪?左右与我抓他上来。"两边衙役答应一声,赶过来将他剥去冠带。英盖史大怒道:"我是朝廷命官,怎敢如此放肆?"咬金喝道:"你既是朝廷的命官,怎敢药死朝廷的将官?快把香菇饮汤之事招来,免受刑法。"英盖史听了,大惊失色,勉强说道:"这是万岁爷的主意,与我无干。"尉迟恭见他面上失色,遂叫:"程将军,不必与他斗口,夹他起来,不怕他不招。"咬金道:"是。"就叫左右把这狗官夹起来,两边答应一声,就把英盖史夹入夹棍内,尽力一夹。那英盖史号呼大哭,几乎痛死,心中想道:"今日遇了这两个强盗,招也是死,不招也是死,不若招了,也免一时痛苦。"只得叫声:"愿招。"咬金吩咐画供,那英盖史一一写在纸上,呈将上来。程咬金与尉迟恭,看不出是什么字,便叫:"大理寺出来,念与我听。"那大理寺躲在屏门后观看,闻得叫唤,忙走出来,清清白白念与二人听了。二人大怒道:"可恨这两个奸王,如此作恶,烦贵寺把英盖史监下,待我奏过朝廷,然后与他讲究。"大理寺道:"领教。"就把英盖史收监,二人辞别回府。

---

① 审(shěn)——审查,审讯。

次早，二人上朝，细细奏闻。高祖大怒，即着人去召殷齐二王，并传英盖史。不多时，英盖史唤至殿前，叫道："此是殷齐二王的主意，与臣无干。"二王亦到，见事发觉，只得朝见父王。高祖道："又是你们两个！"二王道："臣儿怎敢？这是英盖史妄扳①臣儿，希图漏网，待臣儿与他对质。"就走下来，英盖史见了二王，忙叫："千岁，害得臣好苦！"殷王忙拔出宝剑，把英盖史砍为两段。高祖见了大怒道："此事尚未明白，怎么就大胆把他斩了！"二王道："臣儿问他，他言语支吾，一时性起，把他斩了。"高祖见了这事，明知二人同谋，欲要问罪，却是不忍父子之情，遂大气回宫，染成一病，不表。

再说元吉闻知高祖有病，即来与建成商议道："王兄，今乘父王有病，我们只说守护禁宫，假传父王圣旨，兴兵杀入天策府，把他们众人个个结果何如？"建成大喜，准备进行不表。

再说秦王知父王气愤成疾，十分忧惧，众将屡劝秦王早即帝位，秦王不肯。一日，徐茂公来见秦王，说道："主公，臣观天象，那太白经天，现于秦分，应在主公身上。主公可速即大位。"秦王道："军师差矣！自古国家立长不立幼，今长兄建成，现为太子，九五之位，自然是他的。军师如何说出这话来？"

茂公见秦王不允，只得出来与众将商议道："我算阴阳，明日是主公登位吉期。我劝主公即位，主公说是国家立长不立幼，再三推让。如今二王谋害主公，我们不得不自行主张。"咬金道："我们去杀了两个奸王，不怕主公不登宝位。"茂公摇手道："不可，此非善计。今晚你们众将，可如此如此，自然成事。"众将听了道："妙计！妙计！"

商议已定，到了三更时分，众将顶盔贯甲，一起到天策府敲门。秦王明知有变，不肯开门。众将见门不开，就爬上门楼，将绳索拴缚好了，大家用力一扯，把一座门楼，就扯倒了。众将一起拥进，秦王骇然。即忙出来，尚未开口，被咬金扶他上马，拥到玄武门，埋伏要路。殷王闻知这事，急请齐王来，道知此事，元吉道："王兄不必着忙。如今可速领东宫侍卫兵马杀出，说是奉圣旨要诛乱臣贼子，秦王自然不敢抗敌。岂不一举成功？"建成大喜，即出令点齐侍卫兵马，元吉也带侍卫家将。建成赶到玄武门，

---

① 妄扳——胡乱牵连。

不料尉迟恭奉军师将令,埋伏在此,看见建成领兵杀来,遂拍马上前,大叫:"奸王往哪里走!"建成一见尉迟恭,心下着忙,便大胆喝道:"尉迟恭不得无礼,孤奉圣旨在此巡察禁门。你统众到此,敢是要造反么?左右与我拿下。"东宫侍卫还未上前,尉迟恭大喝道:"放屁,有什么圣旨?都是你奸王的诡计。今番断不饶情,吃我一鞭。"建成见不是路,回马便走。尉迟恭就把箭射去,正中建成后心,跌下马来。咬金从旁抢出,就一斧砍为两段。

后面元吉带了人马赶来,早有秦叔宝出来,大吼一声,举起双铜,把元吉打死。那侍卫兵将大怒,各各放箭,两边对射。秦王看见大叫道:"我们弟兄相残,与你们众将无干,速宜各退,无得自取杀戮。"那众将闻秦王传令,方才散去。时高祖病已小愈,忽见尉迟恭趋入奏道:"殷齐二王作乱,秦王率兵诛讨,今已伏诛,恐惊万岁,未敢奏行,遣臣谢罪。"高祖闻言,不觉泪下,乃问裴寂道:"此事如何?"裴寂道:"建成、元吉,无功于天下,嫉秦王功高望重,共为奸谋。今秦王亲讨而诛之,陛下可委秦王以国务,无复事矣。"高祖道:"此朕之夙愿也。"遂传位于秦王。秦王固辞,高祖不许。秦王乃即皇帝位于显德殿,百官朝贺,改为贞观元年,是为太宗。尊高祖为太上皇,立长孙氏为皇后。文武百官,俱升三级,秦府将士,并皆重用。犒赏士卒,大赦天下,四海宁静,万民沾恩。有诗为证:

> 天眷太宗登宝位,近臣传诏赐皇封;
> 唐家景运从兹盛,舜日尧天喜再逢。